Staread
星文文化

THE INFERNO

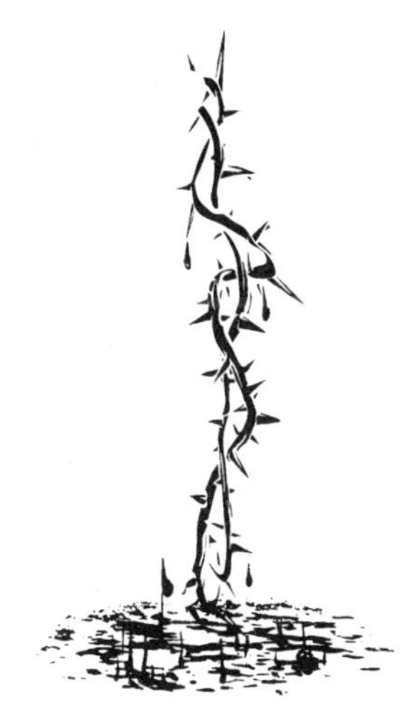

宁三意　著

浙江出版联合集团
浙江文艺出版社

图书在版编目（CIP）数据

十三狱 / 宁三意著. -- 杭州 ：浙江文艺出版社，2016.12
ISBN 978-7-5339-4635-7

Ⅰ. ①十… Ⅱ. ①宁… Ⅲ. ①长篇小说－中国－当代
Ⅳ. ① I247.5

中国版本图书馆 CIP 数据核字（2016）第 269508 号

责任编辑：瞿昌林
责任印制：朱毅平

十三狱

宁三意 著

出版　浙江文艺出版社
网址　www.zjwycbs.cn
经销　浙江省新华书店集团有限公司
印刷　北京毅峰迅捷印刷有限公司
开本　700 毫米 ×1000 毫米　1/16
字数　360 千字
印张　20
版次　2016 年 12 月第 1 版　2016 年 12 月第 1 次印刷
书号　ISBN 978-7-5339-4635-7
定价　38.00 元

目录

目录

引　子

佛曰：造作恶业当堕血池地狱。

又曰：狱中有恶虫，名朱诛，专门吸食罪人身上之血，令其干枯而死。

《地藏经》云：中有血湖，乃朱诛虫饮罪人血成故。

第一章　乘客

北阳市地处中原，虽然面积不大，只能算是三线小城，但临山傍水，历史也颇为悠久，几百年前就曾作为京城的陪都，所以有不少古代遗址和自然景观。虽说比不上西安、杭州这些老牌的旅游都市知名，还是有很多外地客人慕名到这里来游览，给这座原本安静的小城带来了热闹，同时也带来了许多商机。

比如民主街上的北阳府衙，就算得上是全国闻名。这片建筑群历史悠久，始建于宋朝，共历经近两百任知府，是现今中国唯一保存完整的府级官署衙门，建筑共有一百多间，当地人都把它叫作“小故宫”。加上它位于市里的中心，白天游客总是络绎不绝。

但在当地人眼中，北阳市最有名的地方不是府衙，而是同样位于民主街上的“沸腾夜”洗浴中心。已经入夜，景点早已关门谢客，但沸腾夜洗浴中心正是生意红火的时候，门口十几米高的霓虹灯牌闪烁不定，俨然一副销金窟的模样，人进人出好不热闹。

洗浴中心对面就是条小巷，入夜后巷口摆起了不少卖吃食的小摊。

周源把面包车停在沸腾夜门口的路边，下车后径直走到其中一个小摊前。

摊主见老主顾到来，也不多话，直接下锅煮面，片刻之后一碗热腾腾的羊汤烩面就端到了周源面前，在大锅里熬了一整天的羊汤雪白浓厚，扯成双指宽的面条上面浇了红艳艳的辣椒油。

面条煮的火候刚刚好，绵软不失劲道，汤头也是没有放味精调料，是用真材实料的羊骨羊内脏用老火慢慢熬出来的。虽然几乎每天都会在这家吃上一碗面，但周源还是不由满足地点了点头。之前在外闯荡的日子里，周源最想念的就是家乡的这一口烩面，别的地方都做不出这种味道。

周源慢慢吃着面，不时抬头打量着沸腾夜的大门口。此时已经十点多，对于普通老百姓来说是该回家休息的时候了，但对于周源来说，正是开始做生意的时候。

北阳市是个旅游城市，说起来周源勉强也算是吃旅游这碗饭的。只不过他的职业是开黑车，因为他那辆破面包车并没有运营牌照，所以只能私下偷偷拉客。不过他收费公道，对外地游客绝不宰客，还能在路上兼职导游介绍一下当地的景色人文，算得上很有职业道德。有同行总说他太傻，拉到外地游客不宰白不宰，否则哪里挣得到钱？周源总是笑笑也不反驳，依然故我。倒不是胆小怕事，而是他太明白这种钱赚得不光昧良心，还很容易引起纠纷和麻烦，而之前经历过的事让他只想本分地过日子，不想再被牵扯进什么意外之中。

周源回北阳市不过几个月时间，干这一行时间不长，却很快自己总结出了一套拉客的经验。白天他主要是在火车站和景点附近拉活儿，路上一聊，外地游客多半会请他做导游，顺带着也包车，比拉散客要轻松得多。而晚上这个时候，没什么游客，但沸腾夜洗浴中心是客人最多的地方，客人出门不一定能马上打到出租车，他虽然开的是黑车，但价格比出租车便宜，总能捡到一些客。

“今天的味道还好吧？要不要加点汤？”摊主显然和周源很熟了，看周源快吃完了，关切地问了两句。

“不用不用，有客来了。”周源摆摆手，掏出钱放在桌上，急忙起身朝街对面的沸腾夜大门走去。他眼尖地看到从会所里跌跌撞撞跑出来一个男人，显然是喝得有点多，歪歪倒倒地走到路边停下了，看样子是要坐车。

那个男人三十来岁的样子，周源刚靠近就闻到一股浓烈的酒气。他扶着那个男人，殷勤问道：“大哥，坐车是吧？车就在旁边，来，我扶你过去。”

那个男人看到周源的破面包车也没说什么，直接上车在副驾驶上坐了下来。周源松了一口气，毕竟不是每一次拉客都能成功。这里出入的客人都是有钱人，有些人见到他开的这辆二手破面包车扭头就走，宁愿多等一会儿出租车。这个男人也不知是不介意，还是喝多了根本没在意这种细节。

上了车，周源还没来得及问男人去哪儿，那男人就直接扔了五十块钱给他，只说了句“赶紧开”就开始闭目养神了。

周源心里一喜，看来是遇到大款了，不由多打量了几眼这个男人。

这个男人第一眼看上去还真不像什么有钱人，上身穿着一件有点旧的T恤，下身配着一条肥大的短裤，脚上穿的是一双棉质拖鞋，鞋面上还印着“沸腾夜”几个字。周源心里暗笑，看样子这哥们儿喝高了，穿着洗浴中心的拖鞋就稀里糊涂地出来了。

就这样漫无目的地开了二十分钟，那男人依然闭着眼睛，没有要开口的意思。周源渐渐回过味来，发现有点不对，这趟活儿自己拉得有点亏啊！他看了一眼里程表上不断滚动的路程显示数字，心想这得开到什么时候去？要是这哥们儿真在车上睡着了，自己还傻乎乎地一直跑下去，这五十块钱油钱都不够。万一对方酒醒了不认账，那就真是哑巴吃黄连了。

于是周源咳嗽了一声，问道：“老板，接下来往哪里开？一会儿要加钱啊，这都快绕城跑了一圈了。”他明白过来，多半是个喝醉了想兜风的主，现在他只想在这家伙彻底醉倒之前赶紧给他送到目的地。这么一会儿工夫，自己的车里都是酒味，他只能把窗户摇开到最大，散散味儿。

副驾驶座上的男人睁开眼，二话没说，又递过来一张百元钞票：“随便开，再开快点。”

有钱人的心思真是猜不透，就算真是想醒酒，也不至于坐辆破面包车兜风吧？周源觉得挺有意思，不过也懒得管那么多。接过钱后他心里踏实了许多，心情也好起来，车里的酒味似乎也没那么呛人了。他还是想问问目的地到底在哪，一边下意识点了下刹车，一边开玩笑道：“老板，到底往哪儿开啊？这么一直开下去等会儿咱们就开到郑州了。”

感觉车子的速度降了下来，那个男人脸上的表情变化了一下，渐渐凝固成恶作剧般的似笑非笑：“随便——不想被追上的话，就赶紧开快点。”

像是为他的话做注解，一阵发动机的突突声跳进周源的耳朵。他看了眼后视镜，却被镜子里的亮光给晃花了眼。后面一辆桑塔纳不知什么时候已经追到侧后方不到二十米的地方，不停地闪着远光灯。桑塔纳副驾驶上坐着的人把头伸出窗外，正愤怒地挥手大骂：“停车！给老子停下来！”依稀可以看到他穿着深色的制服，头上戴着大檐帽。

周源愣了一下，还以为是警察在抓黑出租车，心里一颤，猛踩了一脚油门，暂时和桑塔纳拉开了一点距离。这个动作似乎让桑塔纳车上的人更生气了，打着远光灯不停地闪烁，骂声更是不绝于口。

周源这才反应过来，桑塔纳车上的人不是警察，应该是一群保安。可他还是搞不清楚为什么这些人一副不追到自己不罢休的架势？难道是刚才超车时不小心别到这辆桑塔纳，惹到路怒症患者了？

正觉得莫名其妙，桑塔纳却很快再度追了上来，半个车身已经和周源的哈飞面包车平行，周源抬头就可以很清楚地看到桑塔纳上坐着的保安。

那个保安穿着的制服肩上有一排银线，样式看着有些眼熟。周源很快想起来了，这些人应该是沸腾夜洗浴中心的保安。他忽然想到自己车上坐着的这个客人，就是穿着沸腾夜拖鞋出门的，顿时有些明白过来，对方看样子不是找自己，而是要找自己拉的这个客人。

既然多半不是自己的事儿，他心里稍微放松了一下，转头问道："哥们儿，你怎么惹上他们了？"

"没怎么啊……坏了，我好像忘了给钱。"那人拍了拍脑门，也不知是真忘了还是故意逃单，但除了哎呀一声之外，倒是挺淡定的。

"什么？"周源一阵哀号，猛踩一脚油门，"你知不知道沸腾夜是有背景的？你到底欠了多少钱，人家要开着车来追？"

那男人揉了揉脸，很努力地思考着："做全套多少钱？还有泰式按摩，对了，我还点了一瓶酒，还有一碗什么海鲜龙虾面……"

他没说完，周源就听不下去了，心里鬼火直冒，忍不住开口骂道："你居然做按摩不给钱？这下坏了，那帮家伙多半以为我们是一伙的，你叫我以后怎么在这块儿拉活？这不是坑我吗？"

这个乘客倒是真淡定，他回头看了眼后面紧追不舍的桑塔纳，看着外面叫骂的保安，轻描淡写地说道："不是我不想给，只是出了点意外。"

周源立刻做了决定，"哥们儿，对不住你了。我马上就停车，你自己下去和他们解释。你的车费我也不要了，留着给你买伤药，我可不想惹麻烦。"开玩笑，他可不想莫名卷进这种事里去。

"别啊，你停车，他们会连你一起打，弄不好车也会被砸。"那个男人还是一副无所谓的样子，说的话让周源火冒三丈，却无法反驳。

因为他说的是事实。

沸腾夜一个洗浴中心凭什么在北阳市那么出名？还不是因为有特殊服务。而且这种场子在当地开了这么多年屹立不倒，可想而知背景有多深厚。它里面所谓的"保安"其实都是当地的混混，平时没事还想找点事，逮着这种不给钱还外带逃跑的，那还不朝死里整？真停下来，周源知道自己百分之百会被牵连。

桑塔纳追得越来越近，车里传出的骂声很不堪，周源听得清清楚楚。这个男人说得没错，从骂声中听得出来他们已经把周源认定是吃霸王餐的同伙了，现在停车认㞞也没用了。周源努力让自己冷静下来，思考应该怎么办。这样开下去，他的哈飞面包车肯定跑不过桑塔纳，最多一两分钟就会被超过，被堵在路上的后果怎么样他都不敢想，这帮混混打人砸车的事情肯定干得出来。

这些念头在脑子里飞快地转了一圈，周源瞬间做了决定，手上顺势把方向盘猛一打，轻点刹车，车头就在马路上转了过来。

北阳毕竟是内陆小城，此时临近午夜，街道上基本没什么车经过，所以桑塔纳才嚣张地一路贴着追过来，他们没想到周源会在大路上急刹掉头。等他们气急败坏地跟着掉头，周源已经开着面包车钻到了路边的一条小巷子里。

虽然开的是黑出租，但周源好歹也算是个经验丰富的老司机了，市里的路是再熟悉不过。北阳市历史悠久，历朝的战火之下依然保存了不少老建筑，他选择钻进来的这条巷子是条古街，白天也是游客喜欢逛的景点之一。但正因为是老建筑围成的巷子，所以非常的窄，那帮保安的车是桑塔纳，宽头大屁股，在这种地方，根本施展不开，况且最尽头出巷子的路口有两块巨大的下马石，面包车应该可以勉强过去，桑塔纳想都别想。

一边祈祷那东西最近没被拆了，周源一边谨慎地控制着面包车在小巷子里一通钻。运气不错的是，巷子的尽头那两块下马石依然竖在那里。面包车的两侧擦着石头，总算是顺利挤了出去，那辆桑塔纳却被挡在那里进退不得，车上的人气急败坏，跳下来追着面包车的尾气破口大骂。

虽然暂时甩掉了这些人，周源的心情却变得更糟糕了。他知道这只是躲了一时而已，自己的车牌号肯定是被人记下来了，也不知道明天该怎么收拾这个烂摊子。他越想越郁闷，只好干脆不去想了，至少眼前这麻烦暂时躲掉了。

“好车技。”周源穿街走巷摆脱后面那辆桑塔纳的时候，副驾驶上的那个客人坐在旁边一直没说话，直到车出了巷口上了大路，客人才忽然开口夸了一句。

周源板着脸没理他，朝前又开了几分钟，把车开进一条比较僻静的小街，找了段两个路灯之间的阴影地段，利落地把车停靠在路边。

车刚停稳，周源就伸出手，看向那男人：“老板，把账结了吧，三百。然后你就下车，爱去哪儿去哪儿吧。”

“哟，这么贵？”那男人的酒似乎醒了些，看见周源阴沉的脸色反而笑起来，“小兄弟，你这黑车开得还真够黑啊。”

周源心情很不好，还是不耐烦地给他解释：“车刚才出路口时蹭了石头，明天得去补漆。还有，要不是我，你这会儿多半已经被那帮人打死了。”说到这，周源忽然想起什么，“不行，你还得再给我……至少五百！你倒是拍拍屁股走了，明天人家找到我要钱怎么办？”

那男人点了点头，也不生气周源赶他下车，摆了摆手，依然笑着从裤兜里掏出钱包：“说得有道理，这钱确实应该给你。不过你不能把我扔在这里，要送我去个地方。”

周源接过八百块钱，对这个男人的厌恶减少了许多。之前他还很担心，这男人既然连沸腾夜的单都敢逃，说不定车费也会赖掉，那自己可就真是被坑惨了。他把钱收起来，重新发动车子：“没问题。老板，你要去哪？”

“你们这里什么地方比较偏僻？”男人想到了什么，不等回答就指了指前边，“对了，去西郊。十八里岗。”

“你是不是有毛病。”周源没有动，疑惑地看着他，“现在都十一点过了，车开到那里都半夜了。那里可不是偏僻，根本是荒无人烟。”十八里岗是个地名，不是什么景点，只有本地人才知道，可这个男人的口音听上去明显是外地人。事有蹊跷，他才不愿意跑这一趟。

那男人点了点头，坦然说道：“就是偏僻才去。”

“我不去。”周源干脆把车熄了火。

那男人笑起来：“你身上的钱加起来还没我多，还怕我抢你？”

周源的确有些担心被抢。十八里岗离市中心有二十来公里，位于北阳市和临县的交界，是个延伸了好几百米的大斜坡，周围都是荒地和树林，那一段既没路灯，也没人，是个抢劫的风水宝地。

但当那个男人又爽快地掏了两百块钱出来，并再三说明只需要把他送到那里就行了。想到难得遇上这样的好活儿，算下来这几百块钱够他平时跑两天的了，再三犹豫后，周源还是一咬牙发动了车，心想跑完这一单就收工。可他万万没有想到，这一个决定在之后会让他无比后悔。

从这到十八里岗不算近，一路出城开向郊区，路上几乎看不到其他车，周源心里又开始不安起来。他听说过一些案子，现在抢劫的也学会了钓鱼，找个面善的引司机到那里，然后上来连人带车砸倒。这个念头一起来，周源越来越觉得真有这个可能，保不准对方是故意花个几百块钱吊着，好让自己放松警惕。虽然自己身上没钱，但这辆二手车自己半年前还是花两万块钱买的，现在怎么着也能卖个万把块钱。

想到这里，周源把车门摁了内锁，又故意在车门内侧摸出把梅花起子，放在了右手边的脚下。

那男人看到他的动作，摇摇头哈哈笑起来："小兄弟，这么小心啊？"

"老板，你去的那地方太偏了，我这也是为你好。"周源本来就是故意让他看到，表明自己已经有所防备，嘴里敷衍着，手下的方向盘并没停。

"胆大心细，挺好。"那男人突然转了个话锋问道，"兄弟，那你觉得我是个什么人？像个抢匪？"

周源随口应付道："你？当然是大老板吧。"

"呵呵。"那男人听了这话，忽然冷笑了两声道，"大老板？兄弟，人是很复杂的，只看表面，你永远不知道他里面什么样。"

周源一听这话，心里一紧。什么意思？他不喜欢这男人一副话里有话的样子，便斜着眼冷冷说道："老板，这种时候就别开这种玩笑了。"

那男人看着周源，突然叹了口气，换了一种郑重的口气说道："小兄弟，你说，啥东西才是真正算自己的？"周源摇摇头，喝醉了的人他也见得多了，眼前这种一会儿装疯卖傻一会儿故作深沉的也不是没见过，便不想和他瞎扯淡。

果然那男人吐了口酒气，自言自语说了下去："钱？房子？女人？名声？活了一辈子，才发现没啥能真正算是自己拥有的啊。"

这句话里明显有很强烈的失落情绪。周源多瞟了他两眼，第一次仔细打量起来。这哥们儿三十来岁年纪，胡子拉碴，穿着虽然邋遢，但衣服质地应该挺不错。还有说话的语气和用词，应该是从大城市来的，若是打扮干净，也许看上去会更年轻些。周源猜想，他或许是失恋了，所以才会跑到这个小地方来散心透气，做些出格的事情来刺激自己吧。

不知为什么，周源对他的厌恶之情减少了一些，主动开口安慰他："老哥，有什么想不开的。老天爷不是还给了咱们这百十来斤的身板吗？既然身外之物不能带走，那就好好享受一下生活呗。佛祖不都说色即是空嘛，阿弥陀佛。"

"你信佛？"那男人忽然问道。

周源本来就是随口胡扯，被这么一问，想了想才说道："算是吧。"其实他真没什么具体的信仰，但也不是那种完全否定的态度。

"那你相信有地狱存在吗？"男人又问道。

周源呵呵一笑："这个我还真……这么说吧，要是什么刀山火海油锅之类摆在面前，那我说不定就信。这些不都是吓唬人的吗？”

男人听了这话，直愣愣地看着周源，像是想要说什么，但最终他还是没有说话，而是神色复杂地叹了口气。周源随口问道：“怎么，老板你信这个？”

“不是信不信。”男人顿了一下，说道，“地狱，我见过。”

“……”作为一个出租司机兼导游，每天的工作内容除了开车，最重要的就是和客人聊天。但周源一时间都拿不准该怎么接这个话题。因为他太有经验了，一般说这种话的人，其实是有心事想要说，这是在等着别人追问，然后就会趁机告诉对方“老子当年那段经历比地狱惨多了”之类。

这种话题听多了就感到特别无聊，还得做出一副感同身受的难过表情，周源现在可没心情陪着聊这些，于是他想了想，把话题往轻松的方向带过去：“不是有十八层地狱吗？你说的是哪一层啊，好像有个拔舌地狱，还有个无间地狱——这个我还是看《无间道》才知道的呢……”

那个男人听着周源一通乱扯，也许是明白周源不想正经地聊这些话题，于是识趣地闭了嘴，转头看向窗外不再说话。

周源并不是个好奇心很重的人，既然难得他主动闭嘴，自然不会没趣到主动再搭话。

到了十八里岗，已经过了十二点。那男人倒是很爽快，车刚一停稳，就把车钱递给周源。周源伸手接过，却忽然看到那男人的手臂上有一片暗红色，再一看，发现竟然是在流血。

“老板，你的胳膊怎么了？”周源吓了一跳，那血流得有些多，那男人的T恤上都沾了不少。可明明他上车的时候还没事儿啊？周源完全不知道他流血的伤口是什么时候弄的，下意识伸手就想去扶他。

却没料到那男人猛一转头，恶狠狠地叫道：“别碰我。”然后他看了一眼自己的胳膊，随手把副驾驶窗前的毛巾拿过去摁在胳膊上。

周源吃了一惊，那毛巾是擦车用的，平时用完了就随手扔在那里，从来也没洗过，脏得要命。那男人用它来捂伤口，也不怕得破伤风吗？刚想说话，那男人却突然说道：“对不住，小兄弟，把你车弄脏了。”

周源也不知道是不是他把血滴到了车座上，但既然人家主动道歉了，他也只好说没关系，回头冲洗下车就好。那男人不再说什么，就这样用条脏毛巾捂着右手臂下了车。

周源本来一路上都在担心被抢，结果事实证明自己是想多了。那个男人真的只是让他送自己来这里而已。他坐在车上，看着那个男人先站着打量了一下四周，然后慢慢朝路边的山坡上走了过去，心里忽然有些发毛，一个念头升了起来：这男人古古怪怪的，别是个鬼吧，《故事会》上经常有这样的事儿，别一会儿回家掏出钱来，才发现是一大沓冥钞。

十八里岗本来就是个偏僻的地方，又处在两个市的交界处，连路灯都没有，四周又黑又空，一个人都没有。周源想到这里一个激灵，赶紧拿出那男人给的钱，摁开阅读灯仔细看了看。钱没问题，都是真的，再看那男人在车灯下的影子，黑黑的也不是无影子的，这才稍微放了点心。

不过看到那男人很吃力地顺着斜坡爬上去，最后找了一个地方坐下来，背靠着一片黑夜，实在不知道他要干什么。

周源好奇心升了起来，忍不住远远开口问道："老板，你是在这儿等人？"

那男人远远地道："小兄弟，你走吧，我不等人。"

不等人？那你大半夜的坐在这里，等死啊？周源这时候反而不敢走了，他越想越觉得这哥们儿不会想不开自杀吧？如果这种时候扔下这么一个半醉不醒的人在这里，真出了事儿周源良心上肯定有些过不去，一时间坐在车里有些犹豫。

男人看周源坐在车里半天没有发动车子，倒先急了，张开嘴吼道："你怎么还不走，快滚！"

听到他忽然毫无理由地开口骂人，周源并没生气，反倒更坚定自己之前的想法是对的。一路上就能看出他有心事，再加上半夜到这种地方来，怎么都觉得是要想不开啊！

想到这里，周源干脆下了车，从车上翻出手电朝山坡上走过去，思忖着要不要把他揍一顿再带回镇上醒酒，但没想到那男人抬手就朝他扔过来一个东西，然后几乎是咆哮着吼道："你想死是吧？离老子远点。赶紧给我滚。"

黑暗里一个东西飞来，周源下意识举手一挡，打在手背上，却不太疼，面前飞舞出好多东西。仔细一看，地上红红的散了一地，竟然都是钞票，原来那男人把钱包砸了出来。

周源摸黑一通找，好一会儿才总算是把钱都归拢了捡起来，更确定这家伙是醉了发酒疯而且想轻生。他也不想刺激对方，站在坡下，尽量语气温和地说道："老板，你把我当什么人了？我是开黑车，但我心不黑，这大半夜的，你可别做傻事。"

这么说只是想安慰他，那男人却突然站起身，像个兔子一样朝坡的另一侧蹿去。

坡后很黑，周源站在下边只能看到那男人的身影一晃就不见了，不由吃了一惊，立即把钱包朝口袋里一塞，抓紧手电也朝坡上走去。

斜坡并不高，周源很快就上到了顶，站直了身子先朝四周看了看，确定一下那男人到底跑哪儿去了，发现不远处，一个灰色的影子在那里左摇右摆的。

斜坡下是个稍微平展的碎石滩，再远处则是一片很小的经济林，如果不是天黑，这里其实一眼就能看很远。但黑夜成了无形的屏障，只能看到那男人的影子在前边摇晃，听声音似乎还在朝前跑，但速度应该不快，毕竟他喝了那么多酒，能保持一直没摔倒就很不错了。

因为这里很偏僻，附近根本没有人住，周围除了天然的小树林，连庄稼地都没有，地上也都是碎石块，脚下很不好走。周源怕崴着脚，也不敢使劲跑，就慢慢在后面跟着。走了没多远，突然听到一声叫喊从前方传了过来。

他赶忙把手电朝声音的来处照去，立即隐约看到那个男人似乎不跑了，就这样一下子跪在了地上。

跑不动了，吐了吧？周源有些哭笑不得，觉得自己还真是倒霉，想到一会儿还要把这个发酒疯的家伙给弄回车上，就头大了起来。他弯下腰稍微喘了几口气，慢慢朝那男人走过去，但就在还差十来步到他身边的时候，周源突然觉得有些不对，于是本能地停下了脚步。

第二章　燃烧

北阳市属于典型的中原气候，虽然是夏天，但天一黑下来温度很快就降下来了，这时的温度不会超过22摄氏度，在这种野外，如果起风穿着短袖还会觉得稍稍有点冷。

但是就在这一瞬间，周源忽然感觉到一阵燥热，就像夏天时路过街旁店面外的空调外机那样，一股热风笼罩了全身。

这时他离开车子已经有一段距离了，除了天上的微弱月光，四周依然一片黑暗，这荒郊野外，别说是空调，就连个火堆也看不到。周源甚至怀疑是自己的错觉，但那股忽然出现的热风却没有就此消失，而是越来越强，这种突如其来的冷热反差，让他手臂上甚至都起了鸡皮疙瘩。

周源原地转了几个圈，也不知道这股邪风是哪里吹来的，总不可能这小山坡其实是个准备喷发的火山吧？周源虽然觉得有些古怪，但不管怎么说，赶紧把这喝醉的哥们儿弄走才是正经的。

他此时离那喝醉的男人只有十来米的距离。那哥们儿看样子是彻底喝醉了，依然保持着半跪着不动，头低垂着，身体似乎在摇晃，但幅度不大，从背后看起来，很像是喝醉了后想吐又吐不出来的那种姿势。周源朝他走去，但刚走两步，又是一股热浪袭来。

这次周源很确定，见鬼的是，热风的来源竟然就是这个男人所在的方向。

周源有些不知所措，停下脚步，试着小心喊了句：“老板，你怎么了？没事吧？”

“热死了，热死了。”那男人低声嘀咕着。

"你说什么？"周源没听得太清楚，他也觉得很热，而且那股热风真的就是从那个男人所在的方向来的。

那个男人却没有再回答，头埋着，整个身体缩得更厉害，几乎成了一个球。

周源等了几秒，见他不动，于是走上去伸手想要把他给搀起来。可是靠近他后，周源更惊讶了：那股热浪不只是从那男人所在的方向来的，根本就是从他身上冒出来的。

那个男人忽然站起身，一把推开周源伸出的手，骂了一句："赶紧滚！"

周源看着那个男人跌跌撞撞地向前跑去，呆立在原地没动。

他不知道发生了什么，只知道那个男人身上有什么不对，隔着衣服都能感觉到滚烫的气息。他刚刚推周源的那一瞬间，周源能明显感觉到一股炙热的空气袭来，呼吸都有些困难。毫不夸张地说，那种感觉就像站在一根正在燃烧的柱子旁一样。

直到那人踉踉跄跄地跑开，再次远离之后，周源面前那种空气灼烧的感觉才消失。他摸了摸脸，发现全是顺着鬓角流下来的汗。

而那个男人跑出去没多远，就重新瘫倒在地。

四周空气依然还残留着灼热的气息，这让周源一时不敢乱动。他朝那个男人轻轻地喊着，却没有得到回应。就在他犹豫着是否再度上前时，忽然听到一声凄惨嘶哑的叫喊声，接着眼前忽然出现一片亮光。

这是一个多云的夜晚，月亮在云层后若隐若现，月光微弱，而山坡这边根本没有路灯，本来就很黑。周源之前好不容易已经习惯在黑暗中勉强视物，但这忽然出现的亮光异常刺眼，反而被晃得什么都看不到了。

周源下意识地一边往后退，一边用手遮住眼睛。这突如其来的亮光有些怪异，让他心里有些发慌，因为他听得出那凄惨的叫声就是那个男人发出的，却异常短促，像是喊了一半就硬生生被切断了一般。

过了几秒钟，周源终于适应了眼前的亮光。他放下遮住眼睛的右手，却震惊地张大了嘴巴，他终于知道这亮光是从哪里来的了。与此同时，他见到一个毕生难忘的恐怖景象：那个男人正在安静地燃烧。

这些亮光是火焰发出的，周源之前从来不曾想象过，一个人居然会像张纸片那样迅速而猛烈地燃烧。那个男人的身体里就像是藏着一个小的太阳，一团团火球从他的身体各个位置涌出，把他变成一个更大的火团。

这极为不真实的画面让周源几乎崩溃，除了开始时的一声喊叫，他燃烧的整个过程都是在寂静中完成的，没有燃烧时的噼啪声，没有惨叫哀号声，周源甚至能听见风吹过远处树林时树叶的哗哗声。

如果不是现在依然能感受到那一股股热风从燃烧的火团出散发开来，周源一定会认为面前的一切都是幻想。

火团燃烧了不到一分钟就逐渐黯淡下来，很快彻底熄灭，四周又重新陷入黑暗。周源这才意识到刚才发生了什么，自己刚才就一直愣愣地待在离那个火团十来米开外的地方，头脑完全一片空白。

意识到这一点，他本能地拔腿就往后跑，跑了两步又觉得自己的反应也太慢了一些，现在再跑开已经意义不大，于是停了下来，回头望向那个男人燃烧的地方。直到听到自己喘着粗气的呼吸声，周源这才发现自己的状态很差：小腿都在发抖，浑身都被热气包围着，犹如被裹进了高温的桑拿房里，非常难受。

不过还好，至少已经从极度惊愕的状态中清醒过来，五官的感觉逐渐回复。他心情极为复杂，本能的一面想马上离开这个地方，理智的一面却告诉自己，一定要搞清楚到底发生了什么，不然会有天大的麻烦。

周源一番挣扎，最后还是下了决心，至少要近距离看一看。周源强忍住内心的恐惧，把电筒打开，一步步小心地挪过去。

诡异的是，刚刚那男人所在的位置，周围的一些草已经被烧掉了，地上有一小块区域有明显被灼烧过的痕迹，但除了这些被灼烧后留下焦黑痕迹的碎石，没有任何其他东西留下。没有面目全非的尸体，也没有衣物肉体燃烧时的焦臭味。那男人不见了。

对，没有留下任何痕迹，一个大男人就这样不见了。

一阵巨大的恐惧从心底升起来，周源控制不住大吼了一声，喊声在这寂静的荒郊野外传得很远，依稀能听到回声。

周源抱着最后一丝希望，颤抖着喊道：“老板，你别开玩笑，你在哪里？快出来吧。”

没有人回答。

周源又喊了两声，周围依然一片寂静。他愣愣地站着，直到几分钟后，意识到刚刚一个人就在自己眼前燃烧成灰烬这个事实后，他的理智终于崩溃了，嘴里啊啊叫着，转头一阵狂奔，再也没有一丝停顿，朝自己的面包车跑去。

上车，关门，点火，挂挡，踩油门，周源从没有如此迅速地一气呵成完成了这一系列的起步动作，然后才以这辆车的最快速度朝着北阳市区里开回去。

上了车以后，他被压抑的惊骇情绪才爆发出来，如果有人看见，一定会以为他是个疯子，在高速奔行的车上，不停拍着方向盘大声吼叫。

他没有意识到自己这样驾驶很危险，因为脑中正不停地闪过那个男人的面容和他燃烧的样子。

到底发生了什么？

难道这家伙是恐怖分子，来这里搞自杀爆炸？但最后却良心发现，所以才嚷着让自己走？可是他穿的是单衣啊，从洗浴中心出来没有带任何包之类的东西。现在他烧得一点儿痕迹都没有留下，那种程度的燃烧，汽油也要好几十斤才够吧？他死前说自己热死了，难道爆炸品藏在他的大肚子里？但没发现他肚子上有刀口啊。

这些胡思乱想的念头毫不着调，却让周源更加慌乱。那个男人临死时那声短促的惨叫不停回响在他耳边，虽然只有那么短短的一声，却强迫性地在他脑海中反复播放。这不到半秒的叫喊声，里面所包含的痛苦却让他不寒而栗。

尽管那个男人燃烧的过程只有短短几十秒，在亮得耀眼的火团下周源其实什么也看不清楚，但此刻周源的想象力却不受控制地发挥到了极致，脑海中自动出现那个男人烧焦的双手在绝望挥舞，火焰燎掉了他的皮肤，里面的脂肪在大火中吱吱作响，肌肉逐渐变熟直至焦臭……这情形简直活生生的像老辈人传说中地狱里的场景！

想到这里，周源的胃一阵抽搐，他再也忍不住，刹住了车，打开车门，就扑到路边呕吐了起来。

等到胃里的东西吐完，连胆汁都再也呕不出一滴，又干呕了十多分钟，周源才筋疲力尽地回到了车子上，瘫在驾驶座上。刚才遇到的事情是他无法解释的，所以周源觉得必须要有一个答案来让自己相信，这样自己才不会神经错乱。

比如，也许那个男人是个外星人，这只是他回火星的方式而已。这样胡乱想着，周源的情绪终于稍微镇定了一些，看来真的有用。他很快找到了一个最能说服自己的说法——自燃。虽然很少有人亲眼见过，但关于人体自燃的传说却有很多。

周源狠狠地对自己说，对，就是自燃！似乎这样的话，就能把一切归结于他的运气比较坏就行了。这个结论像是一根救命稻草，让周源逐渐从那种被刺激的疯狂状态里冷静了下来。

暂时解决了心理上如何面对这件事。接下来的麻烦却是现实上的，这让周源头大如斗。

首先一个最重要的问题，就是他在这件事里应该怎么做？是当作没发生过，还是去投案自首？

周源马上排除了当作没发生过这个选项。三年前，他还是个正规出租车驾驶员，却遇到一场麻烦。一群劫匪在抢劫后拦下他的车，周源在完全不知情的状况之下，被那伙人半强迫地开出了城。结果抢劫者半路下车跑了，警察却找到了他的头上。虽然最后嫌疑解除，但中间的过程却一言难尽，让家人担惊受怕了好久，这件事也直接让周源被出租车公司开除，之后他心灰意冷之下去外地打工，半年前才灰头土脸地回来，买了辆二手车开起了黑出租。

这件事让周源深刻地明白，自己只是一个小人物，这种自以为可以躲过去的侥幸心理，还是不抱的好。等被警察发现这件事和自己有关系，麻烦更大，那时候恐怕更加解释不清了。

但他也绝不可能去投案，虽然那个男人的死从头到尾都和周源没有什么关系，可毕竟这件事太匪夷所思了，事关命案，用脚想也知道到时候洗清嫌疑会有多么的困难。

既不能视若无睹，也不能去自首，只剩下一个选择。

在一个十字路口旁，周源停下了车。

这里是城郊地段，离市中心还有一段路，半夜里也没什么人经过，连路边的小卖店都已经打烊。周源见周围没人，走到街边的一个公用电话亭，拿起电话，颤抖着拨通了120。

“十八里岗有个人被……烧伤了，你们快去看看。”

“十八里岗？那里不是荒郊吗？具体什么位置？”120的接线员也知道这个地方，语气有点不耐烦，以为是有人恶作剧。

周源张了张口，却无言以对，沉默了一会儿，只好挂了电话。他忽然觉得自己像个白痴，人都已经烧成灰了，打120急救电话还有什么意义？

苦笑一下，周源深吸一口气，做了下心理建设，这才拨通了110的电话。

接电话的是一个男人，应该是接警中心的接线员。

“110指挥中心。有什么事？”接警员的口气很轻松，估计以为又是谁忘记带钥匙之类的事。

“有个人受伤了，很严重。在十八里岗。”

“你说清楚点。谁受伤？在十八里岗具体什么位置？”接警员的语气立即变得严肃起来。

“他……我不知道怎么说，他就那么在我面前烧起来了……我怀疑他已经死了，我已经打了120，想也应该给你们说……你们最好过去看看。”周源很紧张，好不容易语无伦次地说完这几句话，又是一头汗。

“请问你和受伤的人是什么关系？”电话那头开始追问起来。

“我……他坐我的车，我把他拉到了那里。”周源不愿意撒谎，但也没敢说得太详细，毕竟自己开的是黑车，只能这样含糊说道。

接警员停了一阵，似乎在琢磨什么。然后电话那头的人似乎吸了一口气，忽然问道：“你说他烧起来……是不是自燃？”

啪！周源脸色苍白，猛然挂了电话。

这下他是真被吓到了。这个电话他本来就打得很勉强，只是想把这件事交给警方去处理，却不想自己被牵扯其中，所以把事情说得含糊一些。

但……为什么这接线员听起来好像什么都知道？

真是见鬼了！

周源脑子有些发蒙，“丁零零”，面前的IC卡电话突然响了起来。周源吓得后退一步走出了电话亭。

电话坚持不懈地响着，可周源现在哪里敢接，不管是110追打过来的，还是其他人凑巧打过来的，他都没有一点儿兴趣。左右看了看，还好这段时间附近依然没有人路过。无视电话铃的持续响声，周源硬着头皮快步回到车上。他知道如果接这个电话，那么他肯定糊弄不过去，必须要把所有事情都交代清楚，可现在他心里一片混乱，不想再给自己找麻烦。

不过此时他心中又多了一个疑惑，想起刚刚接线员说的话，有些奇怪，为什么那个接线员像是知道发生了什么？十八里岗那种破地方不可能有什么摄像头吧？

周源叹了口气，知道这不太可能。不过他反而希望有，因为如果这样就能证明自己的清白。

开车进了市区后，周源没有着急回家，而是开着面包车在街上慢慢晃悠着。他已经有了觉悟，迟早警察会找到自己的。只是他此刻心神不定，只有人多的地方才能让他稍微觉得有安全感一点儿。还好他开出租经常跑夜班，父母已经习以为常，就算他通宵不回去也不会担心。

就这样漫无目的逛了二十分钟，周源路过一条小巷子，看见有家门面的门半开着，门旁是个破旧的灯箱，上面写着“网吧”两个字。周源心里一动，这种小网吧倒符合他现在的要求，既热闹又不会太显眼。

把车停在门口，他推门走进网吧。一进门就看到屋里烟雾翻腾，灯光昏暗之中里面坐了十几个年轻人，正兴奋叫骂着打游戏。屋子里开着空调，但因为窗门紧闭，空气还是很不好闻，满屋都是呛人的烟味。

平常他不会进这种乌烟瘴气的地方，但此时听着网吧里大呼小叫的嘈杂声，却觉得有一种难得的安心感觉，于是找了个角落里的空位置坐下。这种开在巷子里的小网吧很不正规，估计营业执照都没有，但有个好处，就是不用身份证，交十块钱的押金，网管就直接帮你开好机器。

电脑屏幕亮了起来，周源却不知道应该干点什么，他跑到网吧只是潜意识里觉得人多的地方安全一点儿。但真坐下来又觉得挺难受，这网吧的电脑都是几年前的老机器，键盘上的字母都磨损得看不清了，上面积满厚厚的一层污垢。沙发也满是污渍，都看不出本来的颜色了。周源只好安慰自己，这种时候就别想那么多了，反正是消磨时间。

他先是上网打了几把游戏，但精神完全无法集中，每次都输得很惨，在队友的破口大骂下，周源不得不烦躁地退出了游戏，干脆打开了网页，找到北阳市的贴吧和微博，还有本地论坛。他不知道刚才发生的那件事多久会被人发现，只是潜意识里想要关注，不过网页刷了半天没有任何的异常。

周源暗自苦笑，这件事自己一点儿错也没有，但为什么心里却很不安，鬼鬼祟祟躲在这里，搞得自己好像是杀人凶手。

派出所接到自己那个报警电话后发生了什么？接线员是谁，为什么能知道发生了什么？周源百无聊赖地刷着网页，忐忑猜测着，却对这些问题毫无头绪。

就这样过了差不多两个小时，时间已经接近后半夜。周源也没看到有什么跟那事有关的帖子，贴吧上充斥着各种乱七八糟的帖子，有寻找一夜情的，有转载过时的火星笑话的，还有就是没营养的版聊。

周源胡乱地点看着，等这些无意义的信息充满脑子后，他的心里反而静下来一些了，思路也逐渐清楚起来，脑子里其他的疑问渐渐都被一个最大的问号挤开：那个忽然自己烧起来的男人，到底是怎么回事？

现在他又困又饿，待在这个破网吧里，有家也不敢回，心里忐忑不安——而造成这一切的根源，都是那个奇怪的男人。

周源开始不断回想起有关那个男人的细节，却更加肯定这些事情每一件都没有什么反常之处。

于是他开始仔细回想起那个男人到十八里岗后的每句话，这是几个小时之前才发生的事，对方说话时的语气还能记得很清楚。

“小伙子啊，该享受的时候就要享受，不然有得你后悔的。”

“活了一辈子，才发现没啥能真正算是自己拥有的啊。”

“你怎么还不走，快滚！”

“赶紧滚！”

……

他一定是自杀的，周源有一种强烈的直觉。虽然不知道原因是什么，但现在再想起这些对白，周源有些不寒而栗，那个男人似乎知道自己最后会燃烧？

浑蛋，死就好好死你的吧，为什么要把我拖下水？之前好不容易对他建立起来的一点儿好感，此刻全都转化为愤怒。

可是那个男人是怎么做到这一点的呢，像一张纸一样，瞬间就燃烧干净，连一点儿残骸都没有留下来？

周源想到这些得不到答案的问题，那种不安焦躁的情绪又回来了，他有些口干舌燥，抬起头喊道：“老板，拿包烟，一瓶可乐。”

网管可能正在打游戏，过了几分钟才懒洋洋地走过来：“二十一块。”

周源哦了一声，正准备掏钱，忽然瞄见屏幕上的论坛页面里多了一个新帖子，标题让他心里一跳：“突发火灾现场！有图有真相！”

他毫不迟疑地点进去，目不转睛地等待跳转载入具体页面的屏幕，随手从包里摸了一张钱出来，眼角余光瞟见是一张红色的一百块，头也不抬就递给了网管。

页面很快打开了，但让人失望的是，这是一个多小时前某个小区发生的，烧着的不过是一个小小的临时工棚。跟帖的都在骂楼主夸大其词，楼主有些委屈，辩白说消防队已经赶去，当然算是火灾了。大热天的出这种事很常见，但周源有些微微失望，这和他想知道的完全没关系。

这时一直站在身边的网管忽然拍了拍周源肩膀：“伙计，我见过在钱上签名的、写字的，甚至画画的，可从没见过你这种，这钱你让我怎么花？”

“什么意思？”看着网管一脸愠怒，周源有些不明白。

“靠，你自己看。”网管把手里的那张一百块“啪”地拍在电脑桌上。

周源觉得莫名其妙，把钱拿了起来。网吧的灯光很昏暗，这张钱猛一看上去没什么特别的，手感也不像假钱，于是他拿起来就着显示器的光亮仔细看了看，这才知道网管说的是什么。

这张钱上全是血迹，已经干了，而一百元的人民币本来就是红色的，在光线暗淡的网吧里，猛一看确实没有看出来。周源疑惑地问道：“这是我刚才给你的那张？”

“装什么蒜？”网管一听这话，脸色变得很难看，眉毛挑了起来。

周源只是顺口一问，毕竟刚才给钱的时候，就是随手摸出来的，已经记不起这钱是不是这个样子。但网管显然以为周源是想要赖账。

“这钱是假的？”周源想了想，换了个问题。

“假倒不假。”网管迟疑了一下，接着就不耐烦地说道，“少废话，你给我换一张，快点，小卖部那边还等着我给烟钱呢。”

“又不是不能用。”周源还是有些不乐意，这钱看着很恶心，他反而开始怀疑是不是假的，说不定是网管借机讹他，早知道不来这个破网吧了。

“你什么意思？”网管把手里的烟扔在桌上，“老子在这边五年了，从不坑人，但谁要想坑我，没门！”

“什么事，刘哥？”旁边的电脑前站起来几个年轻人。

遇到地头蛇了，周源一看这势头，暗叫倒霉，赶忙摆手道：“好了好了，多大点事，我给你换一张就是了。”说着赶紧掏出钱包，另外拿了一张一百元。

网管接过钱摸了摸，又对着灯光照了照，才朝那几个小伙子说道：“没事了没事了，玩吧。”然后撇撇嘴，不屑地看了周源一眼，“欠收拾。”

周源只有自认倒霉，觉得自己今天真是太邪门了，连上网都受气，只好无奈地拿回那张被血浸过的脏兮兮的钞票，也不知道花不花得出去，可正准备放进钱包，心里却咯噔了一下。

周源重新端详着这张钱，忽然想起来，这张钱好像真的不是自己的。

第三章　目击

周源曾经是职业出租车司机，每天要过手很多钞票，对钱的真假非常敏感，因为要避免被假币坑到。当初刚做出租车司机的时候，他没少上当，每个月都至少要收到三四张假钞后来学精了，一般的钱只要搭眼一看，伸手一摸，就能知道真假。

仔细看了后，他肯定眼前这张是真钱，但确实不太好用得出去。因为除了血糊糊一片之外，头像那一面上还有些发黑，猛地看上去像是什么发霉的东西黏上去一块，用手摸上去，指头能感觉到凹凸不平的颗粒状。打个比方，这张钱的这一面就像曾沾过面粉，然后用火燎过，留下的燃烧物就都附着在上面，看上去黑红一片，无比恶心。

难怪网管一脸不爽，谁都不愿意收这样的钱。

周源想了想，把钱包里的钱都掏了出来，放在桌子上。他发现还有几张钱上也沾染了一些黑红的痕迹，同样像是曾沾染到血，只是没有这张这么严重。

看样子自己是错怪网管了。周源大概能猜到，那张钱应该是来自那个死去的男人的。推测起来有几种可能，第一种是他之前几次给自己车费时，这张钱就在其中，不过自己收钱时一般比较谨慎，若是这样当时就能看出来。还有一种可能，是那个男人在十八里岗下车后曾用钱包砸自己，那时候他的胳膊已经流血。周源回想了一下当时的细节，钱包在那个男人胸前的口袋里放着，很可能被他胳膊上的血给溅到，或者是钞票满地散落的时候刚好有血滴落在上面。

总之，钱上的血迹大致应该就是这样来的。

周源想到这里又是一阵郁闷，他从小受的教育就是不能贪图不义之财，尽管开黑车却从来没有宰客绕路的行为。这些钱他从没想要贪，当时只是帮着收起来，谁料到现在已经没机会再还给那个死掉的男人。

那个男人死在荒郊野外，在场的只有周源，现在再加上这些钱……周源忽然有种不妙的感觉，到时候警察不会认为自己是图财害命吧？这还真是有些说不清楚了。

周源盯着这张钱发呆，心里胡思乱想着，忽然看到钞票正面上的几道痕迹，似乎有些像写的什么字。举起来对着灯光，费了半天力气，果然辨认出是几个写得很潦草的字，被血盖住了，不太好辨认。

他歪着头低声一个字一个字地念出上面写的几个字："操……你……妈……"

网管正拿着一把零钱走到跟前，一拍桌子："你骂谁呢？"

周源愣了一下，知道他误会了，甩了甩手里那张钱："骂给我这钱的孙子呢。"

网管乐了："你再看也没用，这张钱你拿到银行，人家也不见得会给你换。小心告你个损坏人民币的罪名。"说着把刚才找的零钱往他面前一放，"哥们儿，你看好了哈，这些钱可都没问题。"

周源把零钱胡乱揣进兜里，想了想，干脆把钱包拿出来，开始整理起里面的东西。这个钱包是那个男人扔在他身上的，周源好心帮他收好，但没来得及还给他，那个男人就"biu"的一下烧得一点儿痕迹都没有了。

前一天周源是临近中午才出来拉活的，身上一共只有三四百块钱，其中大部分都是零钱。所以包里的百元大钞基本都是那个男人的。这些钱都挺新，除了有些沾了一些尘土和血迹。数了数，大概有四千多块钱。那个男人看样子不像是很缺钱的人，可做的事却难以捉摸，除了这个钱包和这沓钱，什么都没留下。

哦不对，还留下了一句脏话。周源又把那张写着"操你妈"几个字的钱掏出来，放在这沓钱上，可反复看了半天也没看出什么线索来。首先不能确定这几个字是不是那个男人写的。其次就算在人民币上写了句没头没尾的脏话来发泄，也不能证明什么事儿，最多说明他心情不太好。

除此之外，钱包里就没有其他的东西了，没有银行卡，也没有身份证或者其他能够证明身份的东西。不过周源最后还是在夹层里发现了一张叠着的纸，展开发现是一张收据，那上面写着："今收到刘三交来，瓦罐街一百四十八号三楼半年房屋押金五千元整，年底房租到期，多退少补。立字为证。"

这家伙原来叫刘三吗？周源有点好笑，这个名字起得还真是随便。他瞟了一眼押金条上的地址和签约日期，觉得有些奇怪。这个刘三说话的口音明显是外地人，没想到竟然还在这里租了房子。看时间才住了一个月左右，如今他死了，这五千块怕是要便宜那房东了。

正在这时，周源忽然觉得网吧里的气氛有些不对，本来一直吵闹喧哗的声音不知什么时候停下来了，网吧里变得有些安静。

他抬头看过去，周围的人本来都在大呼小叫地打游戏，可现在都转过头来好奇地看着他。周源有些莫名其妙，低头看着键盘上放着的一沓人民币，顿时醒悟过来。自己这样子太二逼了，别人肯定以为是跑到这里来炫富呢。他赶紧手忙脚乱地把钱包收了起来，嘴里喊着："老板，结账下机。"开玩笑，这里上网的看起来都是些小混混，他可不想再出什么意外。

刚一起身，忽然听到门口有人大声问："门外的面包车是谁的？尾号915的。"

网吧里没人搭腔，但周源心里一紧，这显然说的就是他那辆车。抬眼看去，两个穿着制服的人走了进来，一进门就向屋内四处打量着，表情都很严肃。

周源的头一下大了，看到制服他就立即反应过来，这两个人肯定是洗浴中心的保安。看来这伙人是真被激怒了，这是有多大仇啊，居然满城找自己的车找了大半夜，一直找到现在？

那两个人已经走了进来，周源赶忙低下头，听到网管似乎正在跟那两个人交涉。周源没心思听，直接起身就朝屋子后面走。他之前就看到后面有两个小学生模样的小孩在上网，这种网吧里既然有未成年的人在上网玩游戏，一定有后门好应付平时的检查。

低头蹿过几张桌子，他扯住一个正上网的小孩问道："后门在哪儿？"

那小孩看起来似乎只有十二三岁，正在打游戏，被打断显得很不耐烦，瞪了周源一眼，目光又转回电脑屏幕上去了。周源懒得废话，直接从兜里的一把零钱中抽出两张扔给他。小孩也不客气，一把抓过钱，随手朝身后一指："倒数第二排桌子的左边，柱子后面。"说完又继续抓起鼠标玩起来。

周源回头看了一眼，网管这时已经把那两个人带到了他刚才的座位旁边，甚至能听到网管正在和那两人说话："奇怪了，刚才人还在这里呢。可能去厕所了吧。"

那小孩也听到了，扭过头看了他一眼，放下了鼠标，脸上全是幸灾乐祸的神情。周源心里暗骂一声，现在的小孩真不简单，这就已经开启看戏模式了。他立即加快几步，果然在最后的第二排的桌子左侧，发现了一扇虚掩的小门。

推开门跑出去的时候周源有点纠结，他忽然想到如果那些人恼羞成怒把他的车砸了怎么办？不过权衡后觉得还是人更重要，车砸了，可以修，人砸坏了去哪儿修。

外面是条漆黑的小巷，周源顾不得那么多，撒开脚就跑。刚跑了几步就听到从门里传来了刚刚那小孩的声音："后门在这儿，那个人刚跑出去！"周源真是哭笑不得，妈的真是运气背到家了，死小孩收了钱还这么不仗义。

"哐哐"两声门被撞开的声音，身后随即响起了呵斥，那两个人明显是已经发现周源了。他有些慌，这条狭窄的巷子不是很熟，乌漆麻黑的也不知道多长，但现在也根本顾不上看环境了，只是迈着腿，继续闷着头一个劲朝前冲。

"站住！"

身后的叫喊声越来越大，周源吃了一惊，慌乱中回头看了一眼，那两个人竟然已经跟到了十几米外，显然速度可比他快多了。

"再跑，就开枪了！"

周源猛地一愣，脚下差点摔了一个跟头。什么？现在洗浴中心的保安可以带枪吗？太假了吧？这一愣神的工夫，身后的一个人就扑了上来，他感到脚下一顿，身上一沉，就不由自主朝前趴去，右胳膊关节那里跟着一阵绞疼，立即龇牙咧嘴起来，脑子里的第一反应却是：好多小说里，这种背后有人扑过来的情况，不是能感觉到脑后一阵风声吗？我怎么啥都没感觉到……

"你跑什么啊？你跑什么啊！"

身后那人气急败坏地说道，还不停喘着气，估计这一通疾跑下来也累够呛。刚才他扑过来的这一下的力道实在惊人，周源只感觉到身子忽然失去控制就倒下去了。那个人只是简单掀了他的手臂一下，就疼得他动弹不得，彻底失去反抗的能力。周源苦着脸想这下完了，落到这帮人手里，不死也得残。

"两位大哥，我只是个司机，跟那男人不认识。他包我的车，是他欠你们钱，跟我没关系啊。我跑也是怕你们砸我车。别动手，大不了我替他还钱。"

周源赶紧快速解释，说着软话给自己开脱，心里已经想好了，替那男人还一千都成，总比挨打强。但跟着身后却传来一阵大笑，一个人笑得甚至咳嗽了起来："咳咳，你把我们当成什么人了？回头看看，我们是警察。"

警察？周源慢慢转过头，身后的一个人打开了手电，虽然没戴帽子，但身上短袖警服胸口的警号正闪闪反着光。他不由暗骂自己愚蠢，这明明是警察制服，自己怎么会认成保安的。

压着他胳膊的那人开口说道：“别跑了啊，再跑真开枪了。”说完周源感觉胳膊上的压力一下消失了，肩膀关节咯噔一声复了位，不过同时也疼得忍不住“哎哟”叫了一声。

“小王！”穿短袖警服的中年人出声阻止，然后低下头看了看周源：“没事吧，刚才是你打电话报的警，说有人烧伤了？”

“是……我报的。”周源忽然意识到，警察找到自己也不是什么好事，不过只能垂头丧气地承认。到这份上了，也没必要再抵赖了。这才知道什么叫作国家机器，这么快就把自己找到了。这效率，真是太牛逼了。周源有点庆幸自己还好没有回家，不然半夜被警察从家里带走，还不知道父母会担心成什么样儿呢。

那叫小王的年轻警察掏出手机，开始拨号。周源见那中年警察看起来比较和善，使劲喘了口气，说着好话：“警察同志，我真没做什么违法乱纪的事儿，您得相信我。”

中年警察掏出根烟，放进嘴里却没点上，估计这会儿也还没缓过劲来。他摆了摆手，周源心里安定了不少，看来问题不大，于是好奇地问道：“我就用IC电话打了个电话报警，你们怎么会那么快就找到我的？”

中年警察休息了一下，低头点着了烟，只说了几个字：“天网，车牌。”周源恍然大悟，肯定是对方调查了监控系统，根据车牌很快找到了自己。

这时那个小王的电话看来是打通了。他嗯嗯了两声，转过头看着周源，对手机说道：

“是。第七起的目击证人，已经找到了。”

第四章　画像

“第七起目击证人？！”

周源在一旁听到这句话，浑身一个激灵，整个人愣在那里。

第七起？难道这种事发生了不止一次？他敏锐地意识到，那个叫作刘三的男人燃烧，也许并不是偶然。他低下头掩饰自己的惊恐，艰难地咽了口口水，这件事看来比他想的还要复杂得多。

看周源低着头不说话，脸色苍白的模样，中年警察以为他是刚刚被扭伤了还没回过神，不由回头教训那年轻警察：“你使多大劲？告诉你多少次了下手轻点，今年的奖金又不想要了？”

小王刚挂了电话，被说了一通有些委屈，但还是伸手把周源搀起来，没好气地问：“有没有事？”

周源揉了揉胳膊，摇了摇头，除了有点疼倒没什么。他没心思在意这些，忍不住主动问道：“哥们儿，你刚刚说我是……第七起目击证人，那是什么意思啊？”

年轻警察没理他，中年警察这次却没回答周源的问题，只是说了句：“走吧。”转身就走。

“去哪儿？”周源话刚出口就反应过来，既然说他是目击者，估计是要回去录口供了。果然，那年轻警察不耐烦地推了他一把：“废话，还能去哪儿？”

中国大部分普通人，几乎都会对穿着制服的警察天然敬畏，周源也不例外。再加上不久前亲眼见到那个刘三在自己面前诡异地被烧死，虽然和自己没有什么关系，但还是心里发虚，只好老实地跟着他们往回走。

快到网吧的时候，周源想起一件事：“两位长官，我的车还停在网吧外面的……”

中年警官头也没回：“好，你开车载我们过去，我们正好没开车。”

周源下意识接口道：“市公安局是吧？在政府大院里，离这儿不远，收你们五块钱起步价就行……”旁边那年轻警察推了他一把，他这才反应过来这不是平常接活，赶紧尴尬地闭嘴。

走到网吧后门的时候，周源看到刚才给他指路的那小孩正在门口朝外张望，见到他垂头丧气地跟着两个警察回来，兴奋地喊起来：“坏人被抓住喽。”

周源心里那个郁闷就别提了，想到这下别人多半都以为自己是逃犯，进网吧之前拿手挡着脸，低着头穿过屋子。等从前门出去，上了车才想起来，自己又没犯罪，干吗那么心虚，真是丢脸。

还是那句话，今天太倒霉了。叹了口气，周源发动车子直奔公安局。

北阳市只是县级市，因为地域不大，行政机关的级别也不是很高，所以一般的几个政府部门都聚集在同一个地方，公安局自然也是这样，跟市政府检察院之类的政府单位同在一个大院里。

到了政府大院门口，周源正准备往前面掉个头开进去，坐在副驾驶上的中年警察指了指路边的便利店：“就在这儿停，我去买包烟。你的车就停在这儿，不用开进院里了。”周源当然没什么意见，熄了火下车，等他买完烟出来，就跟着进去。

公安局就在院门口的一栋楼里，他们带着周源径直走到二楼的一间大屋子里。

一进屋，周源就看到靠墙根蹲着几个小青年，头上染得各种黄色红色，有两个脸上还有血迹，离得老远就闻到一阵酒气，估计是喝了酒打架都被带过来了。一个警察正站在他们面前训斥，其他座位上还坐着两三个警察在忙着，有一个中年大婶坐在一张椅子上正在哭哭啼啼说着什么，她对面有个女警察埋头记录着。

周源不是第一次来公安局，但还是第一次半夜来，看到这热闹的场面，心想警察这个工作还真是辛苦，事情不分日夜地找上门来，难怪干这个的没几个脾气好的。

两个警察低声交谈了两句，那年轻警察指了指大厅角落的几张硬塑料椅子，让周源先坐一下，然后就和中年警察进了大厅后面。

周源垂头丧气地坐在墙角，到现在还有些发蒙，这个晚上所有的事都在他的意料之外，出门之前他绝没想到自己会半夜三点待在警察局里。

“怎么又在这儿看到你？你小子又犯了什么事儿？哈哈！”一个声音忽然在耳边响起，周源没有在意。直到一双大手重重拍了他肩膀一下，周源才意识到对方是在和自己说话，抬起头就看到一张胡子拉碴的豪迈面孔。

“老胡？”周源认出是谁了，有些意外，又有些惊喜。

老胡是市刑警队的副队长，周源认识他，正是因为三年前那件案子。

那时候他还在出租车公司上班，却碰上一伙劫匪抢劫逃跑后上了自己的出租车。虽然他是被胁迫，而且当时处于不知情的状况。但毕竟劫匪坐着他的车逃出城去，消失无踪，导致周源也被认为是同伙之一，莫名其妙惹上一场大麻烦。

老胡就是当时这件案子的负责人。他身材高大，长相看起来很凶，说话粗声大气，但却有着和长相不符的细心敏感，而且为人也很正直。周源第一次见到老胡时觉得他很可怕，像是那种一言不合就动手打人的粗鲁警察，到最后却发现，自己最应该感谢的就是老胡。

这起闹市金店被抢劫的案子，影响很大，劫匪迟迟抓不住，警方的压力也很大，而这些压力很大部分都被转嫁到周源身上。开始周源只觉得自己倒霉，被频繁询问作证，但后来逐渐感觉到了恐惧，因为他发现自己似乎被当成嫌犯。

毕竟他是当时这件案子中唯一的人证，或者说是嫌犯，而这两个词所代表的性质可是天差地别。事后周源才知道，当时老胡的压力也很大，有领导甚至在会上说过“那个出租车司机问题很大嘛”这样明确暗示的话。

毕竟，案件毫无进展，和有所突破，对于领导来说，也意味着截然不同的局面。但即便是这样，老胡也依然顶住压力，不但没有刑讯逼供，还很快坚决排除了周源的嫌疑。还好劫匪在三个月之后在外地被抓住了，否则周源还真有可能会被当成是接应劫匪的同伙之一，那样估计就不只是被出租车公司开除那么简单了。

因为这件事，老胡算得上是周源的恩人，而周源也在意识到自己被当成嫌犯后，主动配合老胡，他提供的一些线索最终为老胡抓到劫匪提供了帮助。两人因为这件事，也算成了朋友，只是之后不久，周源就离开北阳市，直到不久前回来，一直没有联系过老胡。

在公安局里看到也算是熟人的老胡，周源也有点激动，赶紧解释道：“我可没犯事儿，就是来作个证。”

老胡手里端着个铁盘子，上面堆满刚烤好的烤串，他顺手递给周源两串烤肉串：“深更半夜的，什么事儿？”

周源一肚子怨气，狠狠咬了口烤串：“老胡，你说我这倒霉的。我就跟平常一样开车拉活儿，结果拉到个奇怪的客人，说要到十八里岗。到了地方他就往山上跑，我怕他是想不开就追上去，结果他就自己烧起来了！”

周源说得有些含糊，没说那个人被烧死了，因为他潜意识里还不愿意相信这一点，想和这件事撇清关系。

“我先是有些蒙，然后就用公用电话给110打了个电话。然后过了没多久，就被警察给找到了，把我带回来准备做笔录什么的。老胡，你相信我的人品吧。等会儿你给他们说说，我真就是撞上了，什么事儿也没有做啊。一进公安局，我心里就有些发慌。”

老胡在周源身边坐下，中间只是点点头示意他继续说下去。只是在听到周源说到有人被烧了时，眉头挑了一下，但也没多问。他见周源好整以暇地在这儿等着，还以为是烧伤之类的普通治安案件。

等周源说完，老胡没有直接回答，而是自嘲地笑了笑，然后指了指自己的衣服：“我现在不是警察了，过来找老同事们聊聊天。不过等会儿我帮你问问是什么情况应该没问题。”

周源这才发现老胡穿着件普通的衬衫，的确没穿警服。他有些纳闷，因为老胡无论是长相还是言谈举止，都是那种电视里常见的典型的警察形象。

周源还记得，自己当年被牵扯进抢劫事件，就是老胡询问。他就和现在一样，从不打断别人的叙述，好像心不在焉，但其实心思非常缜密，等到询问的时候，问题也是飘忽不定，被询问的对象还没搞清楚状况时，老胡的心里就已经做出了结论。正是如此，在劫匪还没被抓住的那段时间，老胡作为抓捕活动的负责人压力很大，却顶着巨大的压力，提前解除了周源的嫌疑人身份。

这些都是老胡后来带队亲手抓住了那些劫匪后，信息慢慢公布，周源才慢慢知道的，感激的同时也特别佩服老胡的专业。所以猛然听到老胡这种天生适合做警察的人居然不做了，周源一时间心情有些复杂，又是吃惊又是惋惜，不明白这中间发生了什么事儿，却又不好询问。毕竟这个时间这个地点都不是寒暄的时候。

正不知说什么好，那个叫小王的年轻警察走了过来，先跟老胡打了个招呼，看样子很尊敬老胡，然后才朝周源挥了挥手，示意他跟过去。周源没办法，朝老胡苦笑了一声，站起身跟着走过大厅，来到后面的一间小屋子。

这间屋子很小，正中放着一张桌子，三张椅子分别放在桌子两侧，窗户上挂着厚厚的窗帘，给人一种压抑的感觉。

周源一看这阵势有些发怵，不知这是不是就是传说中的小黑屋。年轻警察在桌子后坐了下来，看见周源还一脸愁容，站在门口手足无措的样子，不禁笑了起来："进来吧，外面太吵，就是找你了解一下情况，做个笔录而已。"

周源还是有点犹豫，那警察敲了敲桌子："磨蹭什么，还不赶快？要不是你，我早回家陪老婆了。"

话都说到这份儿上了，周源只好硬着头皮走到桌前坐下。

"你先说说，你是做什么职业的？"

"是这样的，我是开出租的，平常除了跑城里，也偶尔客串一下导游……"

年轻警察笑着打断他："就你那面包车，还出租？黑车吧？"

周源听他说到这事，顿时头疼起来。他之前一直没想起这茬来，心想难道是刚刚害他跑了一段路，这是准备借机会修理自己？便赶紧苦着脸解释："真不是黑车，我这就是为人民服务……"

年轻警察无奈地打断了他的胡扯："行了行了，其他的事我暂时不去管。你把报警电话里的事情仔细说一遍。"

周源舒了一口气，不过还是有点紧张。警察倒也善解人意，把烟和打火机从桌上推了过来。周源看着他这个动作，觉得自己更像电影里被抓的嫌疑犯了。不过抽了两口烟，感觉轻松多了，于是定了定神，从在洗浴中心门口拉到那男人开始，一直到最后被警察抓到，所有的事基本都讲了一遍。

那警察虽然年轻，但应该也是个询问老手，很少打断周源的话，只是不时地提一两个问题，或是让他把某个地方再讲得仔细点，问得很有技巧。周源能感觉到自己的讲述节奏完全被他控制，不过这么有问有答的，讲起来逐渐也流畅了起来。

其实从接上那个刘三，到看见他燃烧起来，周源和他也就接触了最多一两个小时的时间。但笔录做得很细，比如刘三上车的时间周源并不记得，为了确认这一点，那年轻警察会仔细询问周源之前的行程，然后再反推过来，从而确定一个精确的时间段。

就这样有问有答，大概一个小时后，周源老老实实把和刘三接触后见到的所有事情全部都讲了一遍。不过他还是留了个心眼，刘三临死前用钱包砸他，钱都被他捡起来了这一段被他给有意省略了。

周源不是打这些钱的主意，而是他发现警察似乎并没有把他当作犯罪嫌疑人看待，而如果交代了这些钱的来历，他反而担心自己的嫌疑会加大。因为这个原因，网吧里找钱那一段他也略去了。

终于盘问告一段落，年轻警察没有再问问题，而是低头整理着笔记。周源见气氛比较轻松，终于忍不住问道：“警官大哥……那个家伙到底是什么人？”

年轻警官抬起头看了周源一眼，周源大着胆子继续问：“不会真是个罪犯吧？他看起来真不像，不然我早就报警了……”

“行了，别乱猜了。”警官打断他的话，站起身来，“你再等一下，我找人来配合你做个他的画像。”说完就走出了屋子。

一个人坐在小黑屋里，周源才感觉到额头上汗水一直往下流。倒不是因为害怕，而是这屋子太小，又不通风，实在闷热难当。刚刚做笔录的时候注意力很集中，现在松弛下来，顿时有些受不了。

还好烟留在桌子上，周源点了根烟，没抽到一半，进来一个警察。这个警察看起来更年轻，戴副度数很高的眼镜，一看就是那种做文职工作的，倒更像是个宅男。他头发乱糟糟的有些油，身上的警服也皱巴巴的，底下的两颗扣子也没扣好，揉着眼睛，应该是才醒来不久，估计是通宵值班。

周源讨好地从桌上的烟盒里抽出根烟递了过去，那警察倒没什么架子，顺手接过点了，招了招手：“走吧。”很多侦破电影里都有专家给嫌犯制作画像的桥段，周源没想到居然自己有一天会有机会亲自尝试，不禁有点好奇。

到了画像室，桌上放着一个打印机大小的机器，自带着一个小屏幕，连着投影仪。周源第一次见到这种装置，本来以为北阳市这种小地方做画像，多半是那种在透明纸下更换画有各种脸部器官的卡片，没想到设备看起来还挺先进。

眼镜警官调试了一小会儿仪器，投影仪在墙上投出很多脸部轮廓的线条：“咱们开始吧。你形容一下他长什么样，主要是五官特点，脸型，你觉得最有印象的，尽你最大可能地回忆一下。”说着他指了指墙上的投影，提示道，“这样，先说脸型吧。”

周源回忆了一下，有些不确定地说道：“好像是方脸。”

眼镜警官嗯了一声，点了几下，墙壁上出现了很多方脸的模型。那个男人的样子周源本来是记得，可毕竟接触的时间太短，这么多差不多的方脸摆在那里，反而不太确定了。他犹犹豫豫地换了几页，才勉强指了指：“应该是第二排的第三个。”机器动了一下，其他的轮廓都消失了，被指定的那个放大，占据了小半面墙的位置。

看了看，周源有点不好意思：“这个……好像没有这么方，应该再稍微圆润一点儿。”

眼镜警官却没动手修改："没关系，我们先把整体画出来，再逐渐修改。"

周源听他的语气中没有什么不耐烦的，想来这工作本来就是要慢慢来，于是心情放松了一些，开始努力回想那个男人的脸，却发现没有什么特别明显的标志特点，比如胎记之类的。还好这是今天发生的事，周源凭着记忆描述，很快又把眼睛和鼻子加上，现在大概拼出了一幅人像的轮廓。可是仔细看了看，周源却不由皱起了眉，因为发现和记忆中那张脸还是有很大的差距。

听了周源的疑惑后，那警官推了推眼镜，慢条斯理地说："没关系，都是这样的，我们一点点改。"

就这么反复描述，又弄了十分钟，勉强把眼睛改出来，但周源总觉得有些不对，本来记得很清楚，但在这张似像非像的画像前看了一会儿，记忆反而变得模糊起来。之前本来觉得这件事挺有趣，现在兴趣很快就过去，没想到具体弄起来是这么枯燥。周源偷偷看了看表，已经快到早上了，这样搞下去什么时候是个头？

于是周源想了想，犹豫地问道："能不能我自己来画一下？"怕他误会，赶紧又补充道，"我原来学过一段时间画画，这样效果可能更好一些。"这倒没骗人，周源小时候有段时间很迷漫画，有过三分钟想当漫画家的热情，经常临摹一些漫画里的人物，比如七龙珠、圣斗士什么的，虽然没有正规学过，但直接画出来个轮廓，这样效率肯定更高。

那警察倒是无所谓，直接拿出一块画板和铅笔放在他面前。

周源努力回想了一下，然后对着那幅已经对出来的脸临摹着画了几笔，把脖子的线条先画了出来。

"不错。看来有点功底。"眼镜警察夸奖道。

周源有了信心，然后一点点地勾线，五分钟左右，把脸的轮廓也画了出来。

眼镜警察见他画得很慢，提醒道："不用画得太细，大致样子就好。"周源尴尬地笑笑，继续低头画起来。他的画工是临摹漫画自学的，只会这种慢慢描线的方式。

这警官估计是熬夜值班不止一天，也不再催，自己靠在椅子上，没两分钟居然就睡着了，还响起了轻微的鼾声。周源感到有些好笑，在街上开黑出租时看到警察总是提心吊胆，那时候很羡慕他们的职业，现在看来，大家都不容易。

旁边没有人打扰，周源的注意力渐渐集中起来，不断闪过那个男人的脸庞，他的样子渐渐在脑海中形成一幅清晰的图像。周源发现其实这幅对出来的画像，最大问题是太生硬了，即使每个部位都挺像，可拼在一起总是少了点什么，应该是缺少眼神、表情这种微小的细节。

想明白问题在哪儿后，周源开始回忆刘三的表情，可是印象最深的却是他燃烧前的样子，那时候他明明是背对着周源，可是周源却似乎能够想象出他脸上的那种绝望的表情，无声地喊叫着，在黑夜中变成一团明亮的火球……

这副残酷的场景刺激周源，他像是回到了少年时代，沉迷到画画的状态中，完全没有了时间的概念。

忽然旁边“哐”的一声，把他从忘我的境界中拉了出来。周源吓了一跳，转头一看，原来是那警官睡着睡着失去平衡，差点从椅子上摔了下去，惊醒了过来。那声响就是椅子倒地发出的。他醒来后不好意思地笑笑，扶起椅子凑过来问道：“画得怎么样了？”说着看了一眼画板，笑起来，“你这是画超级赛亚人呢？”

画板上是一个半身的人像，周围是一圈火焰。周源刚刚无意识中居然把那个男人燃烧时的样子画了上去，整张脸都有些扭曲，但鼻子和眼睛这么一组合起来，倒真有七八分相像了，以周源的水平来说，也算得上是惟妙惟肖，只不过对于警察来说，这种带效果的图画，不知道还有没有作用。

周源有些不好意思：“要不，我重新画一张？”四眼警察没回答，盯着那张画像，挥手制止了他说话，又看了几秒钟，丢下一句：“你在这里等我一下。”就冲了出去。

周源有些莫名其妙，不到两分钟他带着那个中年警察一起打开门冲了回来，手里拿着几张纸，往桌子上一扔：“你看看，是不是这个人？”

周源拿起来，发现这三张纸上都画着人像，都是简单的线条，每张画像的脸部细节都有些微差别，但放在一起，周源还是立刻能看得出来，这些都是画的同一个人：刘三。当即点了点头。

中年警察立即拍了一下桌子：“妈的，见鬼了！”语气十分惊讶。接着马上察觉自己有些失态，朝周源笑笑：“不是说你。”

周源见他反应有点夸张，连忙问道：“怎么了？”

“这是其他几个目击证人画的像，看来的确都是同一个人。”

周源“噢”了一声，但下一秒钟马上反应过来。

一股恐惧夹杂着荒谬的情绪猛然冲击着他的脑海，因为他想起来之前那个年轻警官打电话时曾说，他是第七起事件的目击证人。

那么也就是说，之前自燃事件发生了六起，而不同的证人见到的都是同一个男人。

换句话说，今天坐他车上的那个男人，死了七次？

看着画像上那些熟悉的脸，周源突然觉得有一种说不出的诡异，心里只有一个念头：真是活见鬼了！

第五章　押金

“这是怎么回事？”周源声音有些颤抖，难道这个刘三真的死了七次？可为什么这么诡异的事情从来没听说过？

中年警察没说话，皱着眉头看了他一眼：“这事跟你没关系。”

对方既然这么说，也许牵扯到保密之类。这种被排斥在秘密之外的感觉让周源有些不舒服，不过转念一想就释然了：最初的担心不就是怕这件事和自己扯上关系吗？现在既然警察都说了跟自己没关系，岂不正好？

事实的确如此，接下来周源就被告知没有其他事情，可以回家了。走到大厅发现除了两个值班的民警，其他人都不在了，本还想找老胡聊聊，只好作罢。周源走出警察局，叹了口气，不知道怎么总结自己这一夜的离奇经历，有些像是做梦，但好在噩梦已经醒了。

走出政府大院时，天已经微亮了，周源上了车慢慢向前开着，一边打哈欠一边琢磨着找个地方吃了早饭再回家。但刚开出去不到两百米，突然左侧斜冲过来一辆小车，速度非常快，几乎是擦着车身冲到了前边，跟着竟然就这样直接停了下来。

周源吓了一跳，本能地把刹车踩到底，还好速度不快，面包车的轮胎和地面摩擦出一阵刺耳的刹车声，最终在离前面的车不到半米远的地方停了下来。

周源本来困意十足，被这么一吓反而精神了，摇下车玻璃就要开骂。但刚一伸出头，就看到前边车上跳下来三个人，直接就冲到周源的面包车前，拉开车门把他给拽了下去。

“你们干什么？”周源觉得莫名其妙，这帮人显然是冲着他来的，可都是陌生面孔，他一个都不认识。但看着面前这几个人凶神恶煞的样子，知道情况不妙，很明显这辆车是故意等着截他的。周源立即大叫道：“哥们儿，是不是认错人了？我跟你们可没仇。”

那帮人根本不说话，直接围了上来用行动表示他们的目的。周源先是腿弯上挨了一脚，一下就被踹倒，跟着就感觉身上被一阵疼痛覆盖了，眼前全是黑影，身体在拳打脚踢之下发出嗵嗵的闷响。慌乱中他只能护着头，直到疼得有些麻木了，这场突如其来的围殴才暂停下来。

“让你跑！还神龙摆尾玩漂移是吧？你不是厉害吗，再跑啊！”周源茫然地趴在地上，剧烈的殴打让他产生了耳鸣，这个声音听起来嗡嗡作响，他一时间根本分辨不出说话的人是不是自己认识的。

勉强支撑着翻了个身，周源看到一个长头发青年叼着根烟，右脸靠近下巴的地方有一道很长的疤痕，此时正一脸愤怒地低头看着他。

周源想起来这个人是谁了。昨天晚上他就坐在那辆桑塔纳的副驾驶上，气焰嚣张地追了周源的面包车几条街。周源明白过来，这群人就是沸腾夜洗浴中心的保安，这个人看样子就是他们的头儿。

只是周源不太理解，这帮人为什么这么执着，这样子肯定不是偶遇，看样子是找了他整整一晚上。而周源早就忘记这档子事了，蒙逼之下连辩解的机会都没有就挨了一顿毒打。

“你还挺会躲啊，去警察局消夜？”疤脸朝他踢了一脚，“以为我们拿你没办法了？老子换了车跟你玩。”

周源摇摇晃晃地刚站起来，又被这一脚踹倒在地上。

“那个男人呢？死哪儿去了？”疤脸示意另外两个人把周源架到路边，然后把一口烟喷到他脸上。

周源吐出一口带血的唾沫，说道：“他死了。”

“死了？”周源胸口又挨了一拳，“骗谁呢？骗谁呢？”

周源满肚子的委屈，大声喊道：“他真的死了！不信你可以去警察局问！我根本不认识他，只是刚好拉客载上他！”

“哈哈哈哈。”那帮人反而笑了起来。架着周源的一个人对疤脸说道：“阿龙哥，这家伙不老实啊。”

“以为我们傻啊？去警察局问？你是想报警吧。”阿龙又是一脚踹过来。

周源明白这个时候说什么他们都不会信，或者说根本没想要相信。这群人说是保安，其实就是一群混混。既然被这群人讹上了，想要赶紧脱身只有一个办法，于是他咬着牙说道："各位大哥，他欠你们多少钱？我替他给。"

"你不说我还忘了。"阿龙把嘴里的烟扔掉，直接从周源裤兜里把钱包掏走了，一打开就冷笑起来，"口气那么大，才这点儿？"

他嘴上这么说，手上却麻利地把钱包里的一把零钱抽出来，装到自己口袋里，想了想说道："我们也是讲道理的人，昨晚的消费，你把单买了就行。也不贵，五千。"

即使是被人给团团围住，周源听到这句话还是忍不住心里骂了起来。他本来想着就当自己倒霉，赔个千把块钱就行了，没想到这伙人狮子大开口，张嘴就要五千。北阳市的消费水平也就是普通二三线城市，这就是赤裸裸的讹诈。

但形势逼人，周源只能开口商量道："大哥，那男人的事跟我确实没关系。这些钱您拿去，就放了我吧。"

"我放了你，找谁去补这五千块的窟窿？"阿龙转过头，"再好好搜搜，看还有没有。"

架着周源的两人立即行动起来，摸到上衣内侧时叫了起来，跟着掏出了一个东西："阿龙哥，这儿还有个钱包。"

周源有些意外，愣了一下才发现这是刘三的钱包，之前他顺手揣在了上衣包里，刚才打成那样，竟然没掉出来。

"真不老实。"阿龙抓过那钱包打开，一看到那里面的钱就笑了，直接全部掏出来，一张没剩全揣在了自己兜里。

周源看着这一幕，不知说什么好，里面的几千块钱他在警察局都没上交，结果便宜了这小子。

"这是什么？"阿龙继续翻着刘三的钱包，掏出那张押金条，再看里面没什么了，回手就把钱包扔了。

"你叫刘三？"他看了看那押金条上的字后，突然问道。

见周源摇头，他接着问："那这钱包是你偷的？"

周源赶忙摆手："不是不是，这是那男人……掉在我车上的。"

"真的？"阿龙斜眼看着周源，然后又看着那张纸，眼睛突然亮了，跟着扯过身边的人，低头开始嘀咕了起来，然后他们频频地点着头，表情逐渐有些兴奋。

两个人很快嘀咕完，阿龙拍了拍周源的肩膀。周源以为总算结束了，没想到阿龙说了一句让他差点崩溃的话："小子，算你走运。这钱包里的东西就抵两千块吧，还剩三千块，明天之内送来沸腾夜。你的车牌我们记下来了，想赖账的话就走着瞧。"

周源没想到他竟然这么无赖，本来挨了一顿冤打心里就有火，此刻火气上头，也顾不得那么多，大骂道："你们这是讹诈！"

阿龙没想到周源居然还口，脸色大变，抬腿就是一脚踹了过来。周源被两个人架得死死的，动弹不得，只得闭上眼睛受这一脚。但只听到一声闷响，自己没有感觉到疼痛，反而是周围的人发出了惊呼。

睁开眼，周源发现一秒前还嚣张得不行的阿龙躺在地上，手捂着胸口说不出话来，其余的保安都神情惊恐地看着忽然出现的一个身材魁梧的高大汉子。

从天而降的拯救者正是老胡。他穿着拖鞋，嘴里正在嚼着什么，手里拎着一袋包子，典型的那种早起买了早饭刚好经过的路人样子。但那些保安目光却充满畏惧，他们不认识老胡，可看得清清楚楚，这个男人只是看似随意一脚，他们的老大就飞出去两三米远，趴在地上挣扎了几下都没爬起来。不过他们毕竟人多势众，本能地畏缩了一下之后，仗着人多势众纷纷围了上来准备围殴。

"住手。"阿龙在手下的搀扶下站了起来，及时制止了其他几个小弟。他的脸色很难看，却没有发什么狠话，只是神色复杂地看着老胡。

"还是那么没长进。"老胡看了一眼阿龙，摇摇头，又塞了一个包子到嘴里，然后一把推开架着周源的人，把周源拉到身边。这种场面根本用不着解释，他扫一眼就大致明白发生了什么。

"胡哥。这次真不是我们挑事，是这小子带着人吃霸王餐。"阿龙的话不实，但这小子刚才那么嚣张，此时居然认真地对老胡解释起来，已经让周源很吃惊了。

"滚。"老胡根本没打算听他们解释，只是挥了挥手，像赶一群苍蝇。那些小混混显然有些不服气，但阿龙阻止了他们，居然真的一句话都不说，只是恶狠狠地看了一眼周源，就带着人上车走了。

"哎哟。"看着他们走掉，周源放松下来，本来麻木的伤处开始疼了起来，便忍不住呻吟出声。

老胡拍了拍周源的肩膀："你少跟这些人扯上关系。"

周源有些委屈，分辩道："真不关我的事儿……"他发现一两句话根本解释不清楚，忽然又想起了什么，"怎么就让他们这么走了，他们讹我来着。"

老胡似笑非笑地看着周源："要是他们真的完全不在理，怎么会在大马路边这么嚣张地打人？这帮家伙精明得很，当街抢劫可得负刑事责任。"

周源张了张嘴，想到那个被抢走的钱包，顿时气势一挫，喃喃说道："我……"

老胡倒是很淡定，指了指几百米外的公安局大院："你要想报警的话我倒可以帮你。反正里面都是原来的同事。"

周源摇摇头："算了，我真是倒霉透了。"他心里清楚，阿龙最后想讹他只是顺便的。不说两个钱包里加起来本来就有将近五千块钱的现金，阿龙拿到那张押金条就已经心满意足，那家伙多半是看上那五千块钱押金了。瓦罐街是条商业街，虽然房租不便宜，但若是住人的单间的话，一个月也绝不会超过五百。即使出上两个月房租作为违约金，也还能剩下四千块余钱，数目不少。周源相信，之后阿龙应该不会再来找自己的麻烦了。

老胡的出现也是让阿龙他们顺坡下驴，也多亏这张押金条，不然他们说不定真干得出来扣车让周源筹钱的事儿来。

"我送你回去吧。"老胡看着鼻青脸肿的周源，忍不住笑起来，"怎么每次见你都这么狼狈？"

周源没拒绝，以他现在浑身酸疼的状态，还真没法把车开回去。说起来老胡讲的还真是，虽然两人不算太熟，但每次遇到他都是自己特别倒霉的时候。不过他挺喜欢老胡这个脾气，原来他是警察，自己一个开出租的也不好去攀个交情，所以走动也不多，现在倒无所谓了，虽然挨了一顿打，两人的关系倒是更近了一些。

回到家，周源父母并不在，只在桌上留了个条，说是去附近的超市了，厨房给他留了早饭。超市最近每天早上都在搞排队促销活动，这东西最吸引老年人。这倒省了周源准备好的借口，被他们看到这副衰样，老人少不了又得担心。

"说说吧，你小子到底惹上什么事儿了？"老胡大大咧咧在客厅沙发上坐下，一边继续吃他那袋没吃完的包子，一边问道。

昨天晚上接二连三发生这么多事，周源心里也很郁闷，老胡正是个适合倾诉的人，于是一五一十把事情讲述了一遍。

老胡听到刘三自燃而亡的时候，并没有特别惊讶，只是抬起头看了周源一眼，看来这件事后来警察局里有人已经告诉过他。只是老胡依然没有发问。

周源明白，老胡心里多半是不怎么相信这个说法的，想必刚才从阿龙等人手下救下自己也不是巧合，肯定是他专程在等自己，想私下问清楚这件事。否则不会刚好那么巧出现在那里，又主动提出要送自己回来。

不过周源也很理解老胡，其实这种事即使是自己亲眼所见，再说出来的时候依然有一种虚幻的感觉，只好强调道："我也觉得像做梦一样。但警察也说了，这是第七次了！我都怀疑自己是不是撞鬼了。"

老胡摇摇头："不要乱猜。你看到的自燃可能有其他原因，但不可能会有人反复自燃，如果真有这样的事，早就变成重点监控的大案件了。"老胡的推测很有道理，周源想了想觉得确实如此，自己只是简单做了笔录就没事了，显然事情并不是十分严重，只是其中的古怪之处看来一时得不到解答。

后面的事就没有特别诡异的地方，老胡没有再打断周源的讲述。直到把遭遇讲完了以后，周源憋了一晚上的心情似乎好了很多。

老胡皱着眉头吃着包子，像是思索着什么，但一袋包子直到吃完还是不得要领。他心里很清楚，就算周源说的都是真的，可毕竟出了人命，眼前这种低调的处理显得很古怪。所以他才专门等着周源，想要问清楚到底是怎么回事。不过老胡没有把心里的疑惑说出来，只是安慰了一下周源："就当运气不好，坏运气总会过去的嘛。你先洗个澡好好休息一下。阿龙应该不会再来骚扰你，有问题你给我电话。"说完起身准备告辞。

周源点点头，也只能如此了。他挥挥手示意老胡慢走，顺手把上衣脱掉准备先去洗澡。

但刚刚转过身，已经走到门边的老胡忽然大声说道："等一下，你别动！"

第六章　痕迹

周源身上有很多伤痕，大多是被殴打时留下的肿块和擦伤，到处是青紫的瘀痕。阿龙那帮人是职业混混，下手很有分寸，只会让人感受到疼痛，但不会有严重的外伤，甚至骨折都没有。只是被按在地上打了半天，浑身衣服上都是脚印和尘土，看起来异常狼狈。

周源担心等会父母回来看到，所以准备先洗个澡。但老胡在准备离开前，却发现周源身上，除了那些瘀痕之外，有一处奇怪的伤痕。

在老胡的帮忙下，周源在镜子里也看到了自己身上这个伤痕，不由倒抽了一口冷气：右边肩膀到背部的一大片皮肤，变成了一片鲜红。乍看上去像是在流血，但仔细观察之下，发现是很多细小的红点痕迹，痕迹的边缘微微有些凸起，对比旁边正常的皮肤，像是极其严重的皮疹，看上去密密麻麻的有些恶心。周源试着用手摸了摸，却没有什么特别的感觉。

“你这是什么毛病？”老胡松了一口气，刚才猛一看他还以为是周源背上有道很长的伤口，在不停流血，所以吓了一跳。

周源不明所以地摇摇头。要不是老胡发现，他根本没感觉，而且很确定自己身上昨天还没有这玩意儿。

老胡伸手在皮疹上使劲搓了一下，周源没有什么反应，老胡却皱起眉头：“你身上怎么那么烫？”

“没有啊？”周源再摸了摸，一切正常。

“不对。”老胡想了想，“家里有没有温度计？”

两分钟后，两人看着温度计上的刻度，面面相觑。

38.5摄氏度，不算是严格意义上的高烧，但也是中度发热了。可奇怪的是，周源完全没有发烧的感觉。

“怎么回事？”周源侧头看了看身上的皮疹，依然鲜红一片，看上去都觉得头皮发麻。“是不是和昨天晚上那件事有关？”他有点发慌，自从昨天拉上那个刘三之后，似乎一切都在变得糟糕，他本能地和这件事联系起来。

“我原来办过一个案子。”老胡忽然说道，“那个人浑身起了很多红点，和你有些像。后来他身体里钻出了许多细小的虫子。”

周源不明白他为什么忽然讲起这个，但想象了一下那种画面，身上顿时起了一层鸡皮疙瘩，他问道：“然后呢？”

“最后找到凶手，他是被人下了蛊。你知道吗，蛊这种东西就是培养出来的一种寄生虫，可以在人体里蛰伏寄居……”

“真的？”周源声音有些发抖，打断了老胡。

“也不一定，还有可能是降头。我只是听说过，没亲眼见过，不过听说好像会更惨。”

周源听出了老胡话中的捉弄意味：“老胡，你啥意思啊，别开玩笑，我真有点慌。”

老胡把衣服扔给周源：“我的意思就是，乱猜也没用。走，去医院。”

周源这才松了口气，点点头：“那我先给陆明打个电话。”

陆明是周源从小玩到大的邻居，从小学到高中都是同学。只是周源成绩平平，高中毕业后就读了职校，陆明却是地道的学霸，大学考上了北医大，学的是什么专业周源也不太懂，只知道成绩依然很优秀。

让人意外的是，陆明毕业后没有留在大城市，而是回到了北阳市。周源曾问过陆明，可陆明却很回避这个问题。最后陆明分在了北阳市中心医院，负责皮肤病和呼吸道疾病。他在北阳市中心医院里资历不算老，但业务能力很强，没几年就已经是主治医师了，很受医院领导的重视，算是前途无量的典型——在这个二线城市的医院不知算不算得上前途无量，但至少是年轻有为的榜样，周源的父母数落他的时候总是一开口就拿陆明做例子。

不过因为陆明平时非常忙，再加上生活圈子不同，周源平时很少找他。但两人十几年的友谊，并没有因为如今混得有差异而改变。遇见这种要去医院的事，周源当然第一时间就想到找陆明了。

陆明在医院正忙着，简单说了两句，让周源到了直接去找他就挂了电话。知道周源在中心医院有熟人，老胡到了医院帮着把车停好就先走了，临走时想了想，又叮嘱了一下周源，让他有事随时打电话。虽然不再做警察，但老胡还是觉得周源昨天经历的那件事有些古怪。

周源倒也没多想，只是当作朋友的正常关心。等他上到医院三楼的门诊皮肤呼吸科门口，发现病人不少，门口排队的就有六七个，陆明正在给一个病人看喉咙，看到周源后用眼神示意他先坐在一旁等着。

这一等，就等了将近一个小时，终于告一段落。陆明关上办公室的门，站起身把周源拉到里屋的检查室。等周源脱了衣服，看到他满身的外伤，有些吃惊："你这是怎么搞的？"

"和人起了点冲突。"周源含糊地说道，想略过这段。那些皮外伤不重要，他来找陆明，主要是看看身上忽然起的皮疹，还有身体温度的异常。

但陆明倒是对这些外伤很感兴趣："啧啧，看样子被打得挺惨啊。对方至少有三五个人吧？"调侃了几句，陆明正色道，"周源，你也快三十了，别整天和街头的混混一样打架斗殴的，别的不说，你父母多担心啊。"

周源有些无语，明明和自己一样的岁数，陆明这么老气横秋的却毫无违和感，倒是和他从小是好学生的形象一致，连忙岔开话题，指了指后背："你先帮我看看这儿，这东西昨天还没有，吓我一跳。还有，我体温好像有点高，但又不像是发烧。"

接着周源干脆简单把昨天晚上发生的其他事讲了一遍。不过就像老胡之前开玩笑说的那样，周源不觉得这两件事之间有什么联系。他只是想告诉陆明，自己被打是事出有因，不是主动惹事。既然到了医院，那么身上的问题自然就交给专业的陆明来解决了。

陆明仔细看了一会儿，拿出一个体温计让周源测量体温，然后才慢条斯理分析道："你身上的那一大条红痕可能是丘疹。手心温度高，则是体热，你最近一定很焦虑，再加上熬夜和打架，可能就造成了你的手心温度比腋温高。不瞒你说，今天早上我刚收治了一个病人，身上也有类似你的皮疹的这种东西，所以别太担心。这个季节，天气干燥，通过空气传染的风疹也很流行。"

不一会儿体温量出来了，还是38.5摄氏度。陆明又用听诊器听了听心跳和胸腔，有了初步的结论："你这可能是流感引起的。一般人认为的流感发作期都是秋冬季，其实流感四季都有。只不过现在的人从小注射疫苗，对流感病毒的抵抗力强了很多。有时候感冒起来头疼脑热的，吃点药抗一抗也就过去了，你这个可能有些厉害，我给你开点退烧和消炎的药，吃两天缓解一下就会好。”

虽然周源并不觉得自己有感冒的症状，不过听陆明这么有理有据地分析了一番，还是放心不少：“你们当医生的就是厉害，药还没吃，我心里就已经踏实不少。”

陆明摇摇头，让周源躺下，用消毒水给他擦洗了一下身上被打伤的部位。虽说那些都是皮外伤，并不严重，周源自己也大大咧咧并不在意，但他还是给做了消毒处理。之后应该很快就可以恢复，皮外伤就是这样，看起来严重。

等到一切处理完，已经临近中午，周源想拉他去饭馆吃饭，陆明说下午病人多，就在医院食堂凑合一下算了。两人正在商量，走廊上传来一阵急促的脚步声。有人一边跑着一边大声叫着陆医生，然后一个人从门外冲了进来。

“陆医生，你快救救小青，她不行了。”那人一冲进来就扑通一声跪到陆明脚下。周源吓了一跳，真没见过这样的阵势。

陆明一把搀起那人，脸色变得有些严肃道：“先起来。小青怎么了，上午送来的时候不是还好好的吗？”

“陆医生，4012床病人突然恶化。”门外又跟进来一个戴白帽子的护士，显然是追着那人进来的，看到陆明后语速很快地解释道。

陆明“嗯”了一声，就去拿自己放在桌子上的病历本。周源这时看清了地上跪着的那人，心里打了个突。真是冤家路窄，竟然就是早上刚打了自己又抢走钱的那个阿龙。

此时的阿龙不再是早上那样嚣张威风，而是满脸惶急，哭得鼻涕一把眼泪一把的。这种反差出乎周源的意料，看到他这副样子，心想不知道他说的小青是谁，不过看他的表情，似乎小青对他非常重要。

阿龙被陆明从地上搀起来，这时候屋外又进来两个年轻人，应该是阿龙的手下，早上也参与了围殴周源。那两个人迎面看见周源，先是愣了愣，然后其中一个激动地用手指着周源叫起来：“龙哥，是这小子。”

阿龙正一把鼻涕一把眼泪地扯着陆明不撒手，听到这话抬起头看到周源，立即变了脸，虽然脸上还挂着眼泪，嘴里却开骂道：“操你妈的，你赔我的小青！”说着就朝周源扑了过来。陆明眼疾手快，不等他动手就从后边抱住了他。

“你干什么？”陆明大声叫道，“他是我朋友！”

“陆医生，你放开，我今天非废了这小子不可。小青就是他害的。”

阿龙的话让周源几乎吐血，心想这是哪儿跟哪儿啊？小青是谁？怎么八竿子打不着的事情又怪到自己头上？简直是岂有此理。

“你别胡说，小青的病是不明症状的发烧，跟他有什么关系？你别再闹了，小青还在急救室里，你再耽误一会儿，她就真没救了。”陆明一边说一边用眼神示意周源赶紧出去。

医生的话还是颇有分量，阿龙一下就冷静下来了，连说了几个对对，跟着对陆明说道：“陆医生，这是我不对，您大人有大量，别跟我计较，快去救小青。”

虽然不知到底发生了什么，但周源明白肯定不是什么好事，先避开最好。但刚出门口，那两个年轻人就贴了上来，眼睛狠狠盯着他，一副“你别想跑，这件事没完”的表情。周源无奈之下只好叫了声陆明。陆明回头看到这场面，干脆说道：“你跟我一起过去。”

有陆明在这儿，那两个年轻人没有再阻拦，一帮人风风火火径直来到二楼最里面的急救室，那里的门口已经围了一群人，其中有个白大褂一看陆明来了就迎了上来道：“病人出现了呼吸衰竭，体温很高……”

“准备氧气和肾上腺素，急救措施上到三级。”陆明松开了周源的手，镇静地吩咐着。旁边有护士递给他一副手套和口罩，他戴上后就要朝里进，但走到门口又站住，转身对阿龙说道：“手术需要绝对安静，明白吗？你们的事刚才周源给我说过，有什么话，等我出来再说。”

阿龙脸色惨白着点了点头，似乎很敬畏陆明，看了看周源，只说了句：“你小子不能走。”说完就守在急救室的门口。

事已至此，周源也不好马上离去，就在走廊上的座椅上坐了下来。阿龙看他的那一眼里充满了压抑着的愤怒，而周源却完全不知道这种愤怒是从何而来。

那两个年轻人也过来挨着周源坐下，似乎他是造成一切的罪魁祸首，生怕他跑掉。不过还好这是在医院里，周源相信他们不敢乱来，心中的疑惑远远大于害怕。

陆明带着一帮白大褂进了急救室后，门口两个急救的大红字顶灯亮了起来。阿龙在急救室门口不停地来回走动，显得很烦躁。

“小青是谁？”坐了一会儿，看阿龙在身边不停转圈实在是烦，周源忍不住就试探地问身边的年轻人。

“你是真不知道还是假不知道？”那年轻人瞪着眼没好气地道。

妈的这帮人就不会好好说话？周源也不知这小子成年没有，明明脸上全是稚气，却故意昂着头做出一副盛气凌人的样子。这时候周源也懒得计较，把语音放低，诚恳地说道："我确实不知道哪里惹着你们了，钱不都给你们了吗？"

那小子看着周源，有一分钟都不说话，似乎在揣测他的意图。看了一会儿，发现他不像是装的，才哼了一声："昨天你带过去的男人，他点的就是小青姐。那家伙走后，小青姐就开始不对劲，然后就成了这样。那家伙一定带了什么脏病。"

周源这才明白过来，同时感到一阵无语。

自己是在洗浴中心门口拉上刘三的，看来这个什么小青，应该就是那刘三去洗浴中心时找的小姐。那家伙倒是把自己烧得干干净净，却留下一摊麻烦事儿。问题是，不说那家伙已经死了，即使真是他传染给了小青什么毛病，跟自己有什么关系？这群混混的思维还真是简单粗暴，就因为最后是自己和刘三在一起，就全把责任怪到自己头上，也太浑蛋了吧？

周源越想越无语，刚想辩解两句，那年轻人又郑重说道："我告诉你，小青姐没事则罢，出了什么问题，阿龙哥一定不放过你。他和小青姐本来今年年底就要结婚的。"

不知是不是周源的错觉，那个年轻人说这话的时候语音似乎有些哽咽，说完这话，他就侧过了头，似乎在掩饰情绪的流露。

周源已经不知该如何形容自己的心情，那年轻人说的话的确让他有些动容，但转念一想，还是那句话，这事和我有什么关系？也说不上来是郁闷还是憋屈，一时间只觉得整件事简直无厘头到了极点。现在只希望陆明能把那个什么小青救过来，不然看阿龙的样子，真不知事情会变成什么样。

想到这里，周源心中一动，给老胡发了个短信："老胡，我在医院遇到阿龙了。他可能还会找我麻烦。"

短信发出去片刻后就有了回音。老胡的回答很简单："我马上过来。"周源心里顿时感觉踏实了不少。

果然，过了不到二十分钟，老胡就赶到了。面前的场景显然让他有些意外，并没有想象中两方大打出手的场面，周源靠着墙坐在板凳上，走廊上或坐或站的几个人都沉默着。阿龙则是眼睛通红地盯着急诊室的玻璃，完全没有注意到老胡的到来。他的两个手下看见老胡，明知是周源喊来的帮手，却也没什么反应。

"怎么回事？"老胡拉过周源低声问道。周源苦笑着说自己也不知道，只晓得阿龙的女朋友现在在里面抢救，并且认定周源是罪魁祸首之一，如果小青出了问题就会找自己麻烦。

老胡听了半天终于搞清楚是怎么回事，看向阿龙的神色也带了些同情。

一个多钟头后，急救室的灯终于灭了。陆明戴着口罩刚从里面走出来，阿龙就扑过去一把抓住他的肩膀问道："小青怎么样？"

陆明不说话，脸色阴沉。周源心里也是一沉，他是主治医生，这种表情只能说明情况很糟糕。

阿龙的嘴唇开始哆嗦，扶着陆明肩膀的手也耷拉了下来，似乎一下失去了力气。他使劲抓着自己的头发摇着头后退了一步，嘴里低低叫着："不可能，不可能……"

两个年轻人走上去搀着他，他却一下坐在了地上，脸上的肌肉揪成了一团，使劲地捶打着自己的胸口，似乎要把里面的痛苦敲打出来。

陆明叹了口气，走过去拍了拍他的肩膀："她还有一些时间，等下进去看看她吧。"他的声音不大，但阿龙的头立即抬了起来，充满希望地问道："小青没死？"

陆明点了点头，但又摇了摇头。阿龙的嗓子里冒出一阵低吼，叫了声小青，从地上蹦起来要朝急诊室里进，但刚抓住门框，却被陆明反手一把抓住了胳膊。

"陆医生，你这是……"

"你先等等。"陆明朝周源一指道，"让他先去。"

第七章　小青

“你说什么？”阿龙的脸上出现了一种不可置信的表情。

周源也以为自己听错了，不由得叫道：“你开什么玩笑？我进去干吗？”

既然小青生命垂危，最后时刻见见阿龙是理所当然的，毕竟是最亲近的人。但周源实在没法理解，这样一个快死的人，又不认识自己，为什么要让自己去见她？

所以陆明说出这话的时候，在场的人全都愣了愣，时间和声音在那一刻似乎停滞了一下，立即所有目光都看向了周源。那些目光很复杂，询问的、嘲讽的、看热闹的、惊讶的，像一圈刀子，周源觉得自己好像光着身子站在人群里被围观。

“陆医生，我看在你救小青的份上，如果这是个玩笑，我不计较。但如果是真的，你告诉我，为什么？”阿龙说这话时眼睛都红了，头上的青筋一鼓一鼓的，明显处于暴怒边缘的状态。

陆明叹了口气道：“你这会儿进去有危险，先等一等。”

“危险？他进去就没危险，陆医生，你到底在说什么？”阿龙打断了陆明的话，一只手抓住急诊室的门把手，另一只手微微颤抖着，显然正在极力忍耐自己的怒气，如果陆明不说出一个让他信服的理由，他绝对会立即发飙。

周源也觉得很尴尬，推脱道：“让他去吧，我跟小青根本不认识，这样做不合适。”

陆明扭过脸看了看他，忽然说道：“这是小青强烈要求的。周源，你还是去见见她的好。”

阿龙的脸色因为这句话一下变得铁青，他握着的门把手咯吱了一声，这是要发飙的前兆，那两个年轻人也面目狰狞地围了过来，就等阿龙的一声命令。显然他们也觉得这是对老大的羞辱。

这种紧张气氛让两个后出来的女护士立即闪到了一边，老胡也咳嗽了一声，他也不太明白为什么陆明会这样安排，但还是往前两步，准备随时阻止可能失控的场面，

但陆明却跟没看到一样完全不为所动，他一把掀开周源的衣服："阿龙，你先看看这个。"

周源肩背皮肤处的红色皮疹痕迹显露在大家面前，而阿龙的神色在看到那块鲜红的皮疹后立刻就变了，愤怒瞬间变成了极度的惊讶，他指着周源，有些不敢相信地说道："他也有……"

"他跟小青一样，也是受害者。"陆明说道，"你急什么？不是不让你进，而是要先给你做个隔离措施。让周源先进去，是因为我们要为他们两个做个病体对比，这是为了你好。况且小青还没走呢。"

这番话说完，阿龙像是泄了气的皮球，本来硬挺的肩膀一下就塌了下来，手也放了下来，再没有说话，似乎是默认了这个理由的正当性。

但一旁的周源却差点震惊得跳起来，他听到"受害者"三个字心里顿时乱作一团，疑问和惊讶在心中不停地翻腾。不过陆明却没给他说话的机会，一把将周源推到了急诊室的门口，然后回身对那两个护士道："带他去做个隔离防护。"那两个护士点了点头，走过去把阿龙拉着去了另外一间屋子。

"你到底在搞什么？"周源进了门就压低声音吼道："我是什么受害者？那个阿龙为什么一看到我身上的痕迹会是那种见鬼了的表情？"

"周源，那只是一个借口，是为了你的安全。因为你跟小青的病症有些像，现在让阿龙认为你有这种病，他就不会再找你麻烦，懂了吗？小青身上的症状非常复杂，并不单是发烧和出皮疹。而你不用太担心，你的病症和她其实不一样。"

"原来是这样，你差点吓死我了。"周源长出一口气道，"你们医生还挺会骗人。"

陆明继续说道："小青的状态并不稳定，现在我们只是用药物维持着她的生命，她已经没多少时间了，所以，有些事必须要在她死前弄明白。"

"什么事要弄明白？"周源听得云里雾里。

"见了她你就知道了。"

陆明不再说话，把他推到了一个大玻璃柜子旁，从里面拿出手套和口罩给他

戴上，然后又在他头上套了一个头罩，这才推开第二道门就朝里屋走去。

急诊室不算大，分成了里外两个隔间，外边是准备区，周源被陆明带进的第二道门是手术室，进来后就看到一张很大的床，影影绰绰地放在一排白色的布帘子后面，里面一个戴着口罩的医生点头打了声招呼，把手里的病历本递给陆明然后走了出去。

看到床上隔帘躺着一个人，灰灰的身影非常的模糊，而房间里则充斥着一股消毒水味，透过口罩闻起来非常的怪异。周源捏了捏拳头让自己定神，这才绕过帘子。

当他看到了躺在床上的人，一下呼吸就急促起来。

那个应该就是他们说的小青，此时这个姑娘躺在床上，身上盖了层白色的被子，外面露出了半截手臂和一张脸，胳膊上扎着一支粗大的输液针头，灰白色的头发没有一点光泽，散乱地耷拉在脸的四周。而她的脸最是恐怖，整个脸部都布满了黑色的斑块，犹如被火烧出来的疤痕，一块一块地凹陷着。额头上皱纹纵横，皮肤下似乎都没了水分，干燥的嘴唇紫黑翘裂。眼眶塌陷，眼珠里没有一点儿神采。那种状态，如果不是胸口还在微微起伏，任何人都会认为她其实已经死了。

好惨。这是周源看到她时，心里唯一的想法。

“她在我们救治的时候，一直在说一句话。”陆明在我身后低声说道。

“一句话？”

“那句话只有三个字：他是谁？”

“这话什么意思？”周源还是不太明白，“这跟我有什么关系？”

“周源，小青为什么被送来？听阿龙说昨天她跟一个客人在一起，那人走了之后她就出了事。上午被送过来时已经休克了，被抢救过来后一直都处在昏迷中，刚才又发生了心脏衰竭，在急救中她却突然清醒了，就开始不停地重复那三个字。你觉得他会是谁？”陆明看着周源，正色说道。

周源听懂了。小青一直在念叨的人，就是那个刘三，她肯定清楚自己是因为他才变成了这样。那么这家伙到底对小青做了什么？

想到这里，周源心里生起一阵莫名的恐惧，问道：“小青到底什么毛病？艾滋病？”他实在无法想象，会是什么病才会把人变成这样？同时心里还有隐隐的疑惑，这种状况的病人谁还会去点她的台？

陆明摇头：“这病的症状是高烧不退加身体器官的急速衰竭，艾滋病可没这么快。她的身体衰竭得太厉害，我们来不及做病理测试。不知道随后可不可以做解剖。”

“你们医生都这么理性吗？这人还没死呢。”陆明的态度让周源有些不舒服。

陆明并不在意周源的语气，说道：“好了，时间不多了，你过去问问她，到底那男人对她做了什么，也许会知道她这病是怎么得上的，这对你也有好处。”

周源无奈地站在了小青的床前，看到各种仪器的连线和管子从她的鼻子和手指甚至是她所盖的被子里面延伸出来，枝节纷乱地连到了床边的几个仪器上，电子声伴随着她身体的抖动，嘀嘀地响个不停。

他是第一次这么近距离看到濒临死亡的人，那种生命即将消逝的感觉非常强烈，让他有一种难以言说的感慨，仿佛内心某个地方被触碰了。周源在心里暗暗叹了口气，慢慢靠近了她。

离小青的脸近了，更是觉得有些恐怖，那张脸看来几乎没有一点活人的气息，说是张僵尸面孔都不为过，只有她的嘴唇似乎在微微颤抖，不过眼睛始终紧闭着，对有人接近根本没什么反应，

周源伸手在她脸前动了动，她依然一动不动。陆明指了指她的耳朵，说道：“你凑近了说你是谁，然后问她问题，她应该听得见。”

周源点点头，转过脸小心地靠近了小青的耳朵，试探性喊了句：“哎。”

这一声不大，但小青却真的有了反应，先是听到身旁的心率监视仪开始嘀嘀地响起来，屏幕上的心率线逐渐跳动成快速的波浪状，跟着她的身体开始有了一些抖动。

“你是谁？”她的头动了几个角度，嘴巴动动，艰难吐出这句话。

声音很小，周源几乎听不清，只能朝前歪了歪身体，小青的手跟着抬了起来。周源下意识就伸手握住，轻声道：“我是昨天跟你在一起的那个男人的司机。你有什么话，跟我说吧。”

虽然隔着手套，但摸到她手的那一刻周源还是有些吃惊，她的手好烫！

“他是谁？”小青问道。

“我不知道，只知道他叫刘三。”

“他……他是谁？”

怎么还是这句？周源想了想，说道：“那个男人，对你做了什么？”

这次小青没有再说话，胸口起伏着：“我被骗了……”

陆明忽然把周源背后的衣服掀了起来，露出他身上的红疹，对小青说道：“他身上也出现了和你一样的症状，所以希望你告诉我们，那个刘三对你到底做了什么？”

小青越来越激动："你也被骗了？我被骗了，骗了，骗了……"

她开始不停地重复这句话，精神也逐渐随着话语的重复而开始亢奋。接着反倒背过手来握着周源的胳膊，力量很大，完全不像是快死的人。

陆明看到不对，忙把周源的胳膊从小青手里抽出来。而这时小青的抖动幅度已经大到把被子给掀开，露出了她的身体。

这具身躯完全没有一点儿年轻姑娘该有的青春和美丽，皮肤上到处都是灰黑的斑点，肚皮上则有一大块暗红色的斑痕，犹如用手抹出来的抽象画，衬托着她瘦弱的身体，在无影灯下显得诡异又恐怖。

周源看着那层皮疹，恶心的同时又有些恐慌，自己的身上也有着同样一块莫名出现的痕迹，心里升起一个念头：难道陆明刚才在门口对阿龙说的话是真的？自己是另一个受害者？

小青剧烈挣扎的动静让门外的医生也冲了进来，很迅速地拿出一支针筒给小青注射着什么。小青浑身都在发抖，嘴里喃喃地反复念着那句话，场面很混乱。周源也帮不上忙，只好先退了出去。出了门正遇到阿龙，他也一样戴着口罩和头罩，看到周源眉毛动了动，想说什么，但屋内小青急促的叫喊让他暂时放过了周源，冲了进去。

"快，给氧，做胸压。"这是周源从急诊室出来时，听到陆明说的最后一句话。门口的两个年轻人急忙拉住周源问情况，周源摆了摆手表示自己不清楚，离开他们站到一边，这才发现身上的冷汗已经把衣服给浸湿了一大片。

周源摘掉头罩和手套，发现头上也都是汗，腻腻的非常难受。周源只好用手扇着风，但脑海中却全都是小青的表情和她最后那句话。那种感觉实在太深刻，他不自觉地低声重复着，一遍又一遍。

念了十几遍后，周源停了下来。

人死如灯灭，到了这种时候，小青纠结那男人骗了她什么呢？钱？身体？还是承诺？

他的脑子突然跳出一个念头。

小青也许不是被那男人骗了什么钱，而是她的命。

第八章　讨论

这念头让周源打了一个寒战。

一切又再次转到那个刘三身上了。

“问题在刘三身上。”老胡也是同样的看法，听周源讲了刚才的事情后，他马上做出了结论，“你再想想，那个刘三的举止有什么反常的地方没？”

周源再次开始回想有关那个男人的一切细节，表面上看他行为粗鲁，似乎有什么心事，情绪起伏很大。现在回想起来，除了这些之外，他的行为似乎有些怪异，明明有钱，却要吃霸王餐，明明以某种方式欺骗了一个小姐，但对开出租的周源却有着善意的提醒和警告。总之他的行为处处矛盾，也毫无规律可言。

别说周源，老胡也猜不出来到底发生了什么，更何况刘三到底是如何自燃的，现在还没有弄清楚，警察局那边也没什么消息。

不过亲眼见过小青的惨状，却让周源意识到，刘三一定对小青做了什么，他在车上曾亲口说过出了些意外，现在看来，这个意外可能就是造成小青惨状的主要原因。更让周源忧心的是，小青身上的皮疹和过热体温，不知与自己身上的症状有没有什么联系？

刚想到这里，急诊室的门开了，陆明和其他的医生纷纷走了出来，几乎是同时，急诊室里传出一阵低沉的吼叫，仿佛声带被压抑了很久之后从嗓子眼里突然迸发出来，颤颤地像是打闷雷。那两个年轻人扭身想要进去，陆明立即摆手阻止了。

那是阿龙在痛哭的声音。

“小青死了。”老胡轻叹一声。

听到这句话，周源忽然心中升起一个念头，小青和刘三都死了，他们之间发生了什么，也许再也不会有人知道。

阿龙的痛哭声整个走廊都听得清清楚楚，周源有些惊讶这个混混对小青的感情竟然如此真挚，一时对他的看法有些改观。他手下那两个年轻人也被这种气氛感染，一个皱着眉头叹气，一个则开始抹眼泪。

周源不太喜欢这种氛围，扭过头去坐在了椅子上，想试着让自己平静下来，但脑袋里很乱，一会儿是小青的惨状，一会儿是刘三燃烧的场景。

穿着手术服的陆明走了过来，周源给他介绍："这是老胡，我朋友，原来做过警察。"

老胡朝陆明点点头，直接问道："小青没有再说什么？"

"没有。"陆明摇头，"一直都在昏迷中。"然后对周源低声道："我问过阿龙的手下，知道你们的冲突也和那个男人有关。周源，我建议你去做一些检查。不是说你一定有事，但你毕竟跟那个男人有过接触。排除一下，为你也是为别人。"

老胡和陆明都看向周源。周源浑身一颤，勉强挤出一个苦笑，紧张问道："小青的病到底是怎么回事？"

陆明这次没有立即回答，示意两人一起走开一段距离，直到走廊角落才开口："这病非常奇怪。"

"哪里奇怪？"能让陆明这种专业医生的人说出奇怪两个字，这本身就是一件怪事，只能说明这种病也超出了他的掌控。周源也有些好奇，因为那个神秘自燃的刘三，他和这个陌生的小青，似乎有了一些隐晦的交集。

"你觉得小青临死时的状态正常吗？"陆明反问。

周源一下被问住了，愣了愣才道："你这话不是难为我嘛，小青是你们给治的，我哪里知道你是怎么把她给弄成这样的。"

陆明无奈地笑了起来，说道："果然，你的看法是这样。"

"陆医生是吧？那你的看法是什么。"老胡问道。

"这就是我所说的第一个奇怪之处。"陆明道，"她被送来时，已经是那样了。"

"你说什么？"周源立刻就听出其中的问题。虽然没见过小青得病前的样子，但一个在洗浴中心做按摩的小姐，即使长得不漂亮，至少也要保持身材吸引人吧。但是刚才在手术室里的小青，那种形容如枯槁的样子，怎么可能昨天晚上还在洗浴中心上班？

“你想到了什么？”陆明看周源若有所思的样子，继续问道。

周源冷静下来，越想越觉得不对：“昨天晚上刘三在洗浴中心和小青一起，直到她被送到你这里，中间也就间隔了十来个小时。假设之前她是正常状态，这么短的时间，即使她不吃不喝，挨打受累的，想变成那副模样，也不太可能啊。人的身体又不是气球吹的，哪能说变就变？”

陆明叹了口气：“你这么想没错。我第一时间以为她是中了毒，不过很快就排除了，小青最明显的症状是高烧，当时送来时已经昏迷了，我们这边立即投入了抢救。”

老胡插嘴道：“你是主治医生，小青是阿龙送来的吧，他没告诉你具体情况吗？”

“那时候小青非常危险，高烧已经让她深度昏迷，脉搏都快没了，情况很紧急。后来小青暂时脱离危险后，我去问了阿龙，这才知道原来小青的病竟然那么奇怪。”

这是周源第二次听陆明说出奇怪两个字，以他一贯冷静沉着的性格，应该不是乱说的。

“昨天一整晚阿龙都在外面，早上七点左右的时候，他接了一个电话，打电话的人是沸腾夜的老板娘。”

听到这里，老胡摸着下巴看了周源一眼：“那应该是他们揍完你之后的事。”

“老板娘的原话是‘小青出事了，赶快回来’。阿龙一听立即心急火燎地赶了回去。不过回去后他才发现，原来只是让他去开锁——小青竟然把自己锁在了按摩室。”

“这种事找开锁匠不就行了？还用得着阿龙回来？”周源听到这里插嘴道。

陆明摇头道：“不是你想的那样，那个沸腾夜，你去过吗？”

周源摇摇头，那地方虽然很出名，不过消费也不便宜。周源倒是经常在沸腾夜门口拉客，可从来没进去过，只是偶尔听客人说起过，在那里洗个澡按个摩，怎么也得几百上千块。

老胡接口道：“沸腾夜从外面看是个六层楼的建筑，但里面的三楼和四楼是打通的，好几百平方米的空间中有一个非常大的中央浴池，水温是电脑控制的，而浴池四周则是对等的二十间按摩屋，每一间都不重样，包金嵌银的全都是古风式样。”

周源翻了个白眼：“你怎么知道得这么详细，你是不是去过？”

老胡摸摸头：“当然去过啊，去抓人。”周源这才想起他原来是警察，顿时无语。

“别打岔。”陆明继续说道，“沸腾夜里的格局就是老胡说的那样。老板娘把阿龙叫回去，并不是为了省开锁钱，而是那个门连开锁师傅都没办法。”

周源有些惊讶：“什么防盗门这么牛逼？”

“小青待的那个按摩室的门是一种定做的实木门，用转轴做动力开合，因为按照仿古建筑来弄，那个门的背面除了正常的锁之外，还有两道大门闩，那个本来是为了美观，平时没人会用，现在小青这么一关，却成了一个开锁匠都没办法的东西。”陆明道。

周源有些无语：“按摩室的门都弄那么烧包！果然不是一般人去的地方，不过小青为什么要反锁呢？”

“这个没人知道，那时候已经是凌晨，最开始是一个打扫卫生的服务员听到按摩室里面有哭声，问了问没人应答，这才叫来了老板娘，一对房间号才知道里面的人是小青。老板娘在门外又劝又喊了半天没效果，门又弄不开，不得已才给阿龙打电话。”

周源听得心里一沉，小青把自己锁在屋里哭，这事就非常的有说道。她要么是受了委屈，要么是发现了自己已经有了毛病。他立即想到了刘三，这家伙昨天晚上到底对这姑娘做了什么？

随着陆明的讲述，周源诧异地发现，原来事情的古怪远远超出自己的想象。

第九章　热气

当时阿龙风风火火地赶回去后，直接到那间屋子外面喊小青，但他喊了半天，里面还是丝毫没有回应，只是哭声持续不停。老板娘就开始着急了，因为这么一会儿工夫，一些客人竟然也都围在那里看起了热闹，这样一来影响肯定不好，她就命令阿龙想办法赶紧把门弄开。

阿龙得了命令立即去找工具撬门。但让人哭笑不得的是那根门闩虽然是个摆设，却做得非常工整，在里面被杠上后竟然卡得很紧，阿龙找了一堆工具，竟没一个使得上力，锯条连门缝都插不进去。

这可苦了阿龙，带着人忙活了半天，累了一身臭汗，门就是弄不开，最后没办法了就去找了把大锤，想把那门给破坏掉，但他还没动手，老板娘却因为那门价格不菲，有些舍不得而阻止了他。

老板娘这么做其实也无可厚非，但阿龙却爆发了，他觉得小青的命在老板娘这里还不如一扇门，差点没跟老板娘动起手。场面当时有些混乱，有人在劝有人在看热闹。正闹得不可开交，就有眼尖的服务员发现，那间紧锁的按摩室里竟然冒出了一阵雾气，而小青的哭声也在那一刻停了。

门里突然冒出的这一阵雾非常大，让阿龙和老板娘的争吵立即停了下来，因为所有人都意识到不对，因为从门缝里冒出的雾气并不是燃烧产生的烟气，而是水蒸气。

沸腾夜夜总会里浴池的水，用一种热力循环的水管子来控制水温。那套系统是埋在地下的，小青所待的那个按摩室里设施齐全，自然也接有这种东西。突然从门内冒出那么大的热气，只能说明里面的热循环管子漏了。那东西一漏会引起一系列的问题，最严重的是烧热水的锅炉压力因此产生变化，他们是全天营业，锅炉一直都在开着，这样随时可能爆炸。

老板娘自然知道事情的严重性，一看冒出那么大的热气，也不再顾及什么实木门，一边吩咐给锅炉降压，一边让阿龙不惜一切手段赶紧把门弄开。

老板娘松了口，阿龙也就不用讲规矩了，抡起大锤子就开砸。不过那门实在是结实，几个人轮流换着，硬是砸了十几分钟才把门给弄开。

按摩室是分里外两间，按摩在外面，里面一间则是一个淋浴的小卫生间，两间小屋间有一道实木镶毛玻璃隔断。阿龙着急看小青，先冲了进来，但一进去就发现被那些热气给遮挡得几乎看不到什么，好在门一打开，里外通风就让这些热气的排出顺畅了很多，他一边叫着小青的名字一边打开了灯寻找。

屋内热气缭绕，还有一种古怪的声音在屋里回响，阿龙有些奇怪，听出来这声音似乎是从里面的淋浴室传出来的。他没有耽误，速度很快地在外间的屋子和按摩床上扫了一圈，发现小青并不在，于是就朝发出声音的淋浴室走过去。

他一靠近，就看到淋浴室的门口正朝外翻腾着一团团的蒸汽。这让他非常吃惊，因为这代表淋浴室内的热气管子或许真的漏了。不过很快就知道不对，因为那层用作隔断两个房间的毛玻璃上，影影绰绰地透着一团人形的黑影。虽然不太清晰，但还是能看到，大量的蒸汽是从那个黑影上冒出来的，那种状况非常像是热水开了锅，但又比那种态势大得多。

阿龙立即就冲了进去，他已经想到里面的黑影如果是小青，那些冒出来的热气，很可能是淋浴里的热水循环被开到了最大，如果是那样，被淋到的小青一定会被烫坏。

他没心思去想小青为什么会开热水管子，两步就冲进去，一看地上的那团黑影果然就是小青。这姑娘竟然半裸着身体，低着头趴在地上一动不动，任凭水流冲在自己的身上，热气蒸腾着发出一阵吱吱声。

阿龙心疼得浑身发抖，扯了一条挂在门口的毯子就扑过去，想把小青的身体盖住拖过来，但他一摸到小青的身体就跳了起来。原来小青的皮肤竟然已经烫得让他没法触摸，而更让他吃惊的是，哗啦啦的淋浴水竟然是凉的。

这时候阿龙才发现了一个让他完全不能理解的事实：那些冒出来的热气，居然是因为淋浴水管里的凉水被小青身体上的热量蒸发而成的。

“我靠，小青这种情况，岂不跟……我一样了？”周源听到这里，脑袋里一阵发紧，他忽然记得在十八里岗，自己靠近刘三时忽然感受到那股不知从何而来的炎热。他瞬间想到自己的体温也莫名到了38.5摄氏度的事情，只是这个猜测太可怕了。

“别激动，未必一样，你那个其实是正常的。人体最高体温可以达到42摄氏度，应该是可以把凉水温出点热气来。但像小青那种，凉水浇在身上冒出那么大的蒸汽，我觉得已经超出了咱们的常识。”陆明安慰道。

“是不是阿龙的话有些夸大了？”

“其实我很希望阿龙的话里有夸大成分。可惜当时并不是他一个人，除了老板娘外，还有其他好几个服务员也看到了，这就定死了这个事是真的。”陆明一向很冷静，周源经常嘲笑他神经是铁做的，适合做医生这个职业。但说到这里，他的眼神也开始有些涣散，似乎也不太相信接下来自己口中说出来的事情，“阿龙说当时小青的身体摸上去像烧着的炭一样烫，而她身体上的热量蒸发着淋浴水冒出蒸汽的那种吱吱的声音，他一辈子也忘不了。”

周源喉头发干，什么话也说不出来。

“现在知道我为什么说这事奇怪了吧。”陆明的眼神转到了周源身上。

周源看着他，摸着自己的手，心里想着那个场景，微微有些发抖。他知道自己在害怕，害怕小青身上的遭遇在自己身上重现。

陆明安慰道：“周源，小青一定跟那个刘三有身体上的接触，所以她的情况跟你并不一样。小青的死亡原因现在并没有一个定论，但它一定很复杂，我可以告诉你，她的身上还有二期梅毒。”

周源吃惊抬起头：“梅毒？”

陆明点了点头，然后放低了声音道：“不过，那种病症的主要特征是局部溃疡，二期的会产生皮疹，但那种皮疹是环状颗粒，而且发作起来不会这么迅速，这是最主要的区别，但引起并发症倒是有可能。”

“可你说的什么什么并发症，会让人烧起来吗？”周源很感激陆明的安慰，但理智却告诉他并没有这么简单，“你知道我想到了什么吗？我告诉你，昨天那个男人，下了我的车不久后，就在我的眼前自燃了起来！我就想知道，他和小青的症状是不是同一回事？我是不是也……会烧起来？”说到这里周源声音微微发颤。

这时老胡忽然开口问道：“陆医生，你们医学病例中，真的有自燃这种事吗？如果有的话，有没有可能是遗传？”

陆明沉默了好一会儿才说道：“我曾向阿龙了解过，小青的上两辈人，并没有出现过这种毛病。因此可以排除家族遗传。现在基本可以确定，小青的皮疹是过敏和感染。但这跟她的发热和死亡究竟有没有联系，我现在还不好说，必须要解剖才可能知道，但目前来看，这个并不现实，因为家属未必会同意。”

他顿了顿继续说道：“至于人体发热和自燃，曾有过一些记载，但没有明确的影像记录，所以存疑。我在上大学时，老师曾以这个题目让我们进行了一场论证讨论，我们曾用许多的医学推想来证明它可能存在，但最后得出的结论是，人体自燃并不成立。”

周源着急地说道：“那个刘三的自燃，我发誓不是假的，因为是我亲眼看到的啊。”

“我也相信你，但那一定有什么理由，人体不会无故自燃，那也许是借助其他的力量。”陆明道。

周源和老胡都没有再说话。

这时陆明忽然转过身，说了句：“阿龙出来了。”

第十章　线索

阿龙是缩着肩膀从门里倒退着出来的。

他走出手术室的大门时几乎无法站稳，两个手下立即搀住他。阿龙从自己口袋里摸出一支烟，颤抖着塞到嘴里，他的跟班赶忙点上火。阿龙使劲嘬了一口，烟头上燃起一团亮红色的火点，很久不灭，等他嘴里的烟雾吐出来时，那支烟已经燃烧掉一半，只留下一截灰白的烟灰。

阿龙就这样一动不动抽着烟，烟头上的红点灭了又亮，一根烟很快就燃到了头。旁边的护士们当作没有看到，没有人敢上去阻止他在医院抽烟。一根烟抽完，手下又默默给他递上一根，这次他却没有接过去，而是眼睛瞪着手术室的门，愣愣地也不知道在想什么。

看着阿龙明显处于极其悲伤的状态，周源有些唏嘘，陆明倒没有太动容，显得很冷静。也许医生见多了这种生离死别吧。

老胡走了过去，蹲在阿龙旁边低声安慰着。直到十几分钟后，阿龙才抬起头，向周源看了一眼，然后低声说了句什么。老胡点点头，拍了拍他的肩膀，然后抬头朝周源招了招手，等他走过去后，老胡低声道："大家一起聊聊。"

周源也顾不得是在医院走廊上，掏出根烟递过去，叹了口气道："请节哀。"

这话说得阿龙眼圈又是一红，还是把烟接在了手里，这个动作表明他对周源的敌意消失得差不多了，看来老胡在阿龙心中是很有威望的。

说是聊天，其实只是周源在说话，阿龙只是听着。之前没有机会解释，现在周源抓住机会，仔细讲了一遍他被牵扯进这件事的原因，甚至他再次掀起衣服，把自己描述成和小青一样的濒死患者，目的只有一个，让阿龙明白小青的死的确和他没有任何关系，只是意外。

“那个男人，他要不死，我一定要他好看。”阿龙说到那个男人，眼神里重新亮起凶光，但转眼之间又黯淡下去。毕竟谁都不能再向一个死人复仇。

让周源意外的是，阿龙沉默了一会儿，从口袋里掏出几百块钱递过来：“那男人的钱，我拿了是应该的，也算是他对小青的补偿。但这几百块钱是你的，我不能拿。还有，之前打了你，对你说声抱歉，希望你别放在心上。”

见老胡点了点头，周源没有推辞，他发现这些流氓倒也有几分仗义，看来也不是一无是处。阿龙继续说道：“果然不是自己的，终究是要还的。早知道就不该拿这些钱，我就知道那事不对，凭什么就给我那么多钱？原来是买小青的命啊！”

阿龙说着又开始掉眼泪，老胡却听出什么，问道：“什么买命钱？”

阿龙擦着眼泪说道：“我说的是那张押金条。”

“你拿到钱了？”周源想起来，他说的是从刘三钱包里抢去的那张押金条。

“拿到了，比我想象中还要容易。”阿龙道，“不过……太容易了。”

“怎么说？”老胡抢着问道，他直觉这话里有些线索。

阿龙的情绪很低落，但在老胡的追问下，还是把那张押金条的事说了一遍。事情如他所说，非常简单。

他们一伙人把周源揍了之后，拿着那张押金条就直奔了瓦罐街。按照押金条上所写的地址，刘三是在那条街上租了一间房。阿龙的目的很简单，找到那间屋子，然后用刘三的名义把房子退了，押金条上的时间还不到，剩下的钱肯定是要退的。对阿龙来说，那是笔五千块的大便宜，不占白不占。

他们很快就找到了押金条上的房屋所在地，但在退款的时候却和房东发生了一些争执。就在这时候，来了一个老头。据阿龙的描述，是个一头白发的老者，穿着一身质地看着就很好的长风衣，看着很有气质，说的是普通话，六十来岁的样子。用阿龙的话就是：“一看就不是我们这小地方的人。”

那老头弄清楚他们的来意后，竟然很干脆地直接就掏了五千块出来，阿龙他们只是想求财，既然拿了钱，就没想那么多，把押金条给了老头就下了楼。前后不到半个小时，五千块钱就到手，顺利得出乎他们的意料。

现在看来，这老头多半跟那个刘三有关系，不然凭什么当这个冤大头？

“那是他爸爸吗？”周源试着猜测道。

“可惜，当时要是留住他就好了。”老胡没下结论，但语气中也流露出可惜的意思。

阿龙不吭声了，似乎也知道自己犯了一个错，只低头抽着烟。小青的死跟那个刘三有关，而这个老头如果跟刘三有关，他这么做等于放跑了唯一可以弄明白刘三身份的线索。

“那个地址，你还记得吗？”老胡问。

“记得。”阿龙把烟盒拆开，在上面写了一个地址，然后又说，“不过你们现在去，那老头可能已经走了。”

“去看看那个房子，也许能找到些线索，这病太恐怖了，得找到原因。”老胡拿过写着地址的烟盒，转过身果断对周源说道。虽然老胡已经不是警察的身份，看起来就像一个不修边幅的普通大叔，但他说出这句话的时候，周源还是能感觉到老胡整个人顿时有些不一样，只有在这种时候，老胡才会不经意流露出一股强烈的气势，充满斗志。可能正因为这样，周源才会一直觉得老胡是那种天生适合做警察的人吧。

情绪本来有些低沉的周源也被感染，精神为之一振，更不要说这个线索和他有直接的关系。他现在十分胆战心惊，总觉得自己身上的异常和小青与刘三有什么直接的联系，听老胡说要主动去寻找线索，立刻点点头说：“好！”

瓦罐街是北阳市很热闹的一条商业街。顾名思义，这条街正是以专卖瓦罐和陶瓷制品的店铺众多而得名。不知是不是因为土质特殊，自古以来北阳的陶瓷和黏土制品就很出名，当地有许多人都是以此为生，算是当地的一个特产。外地人来到北阳，一般都会到瓦罐街上转转，买一些陶土制品作为纪念。

瓦罐街离中心医院并没有多远，和陆明打过招呼后，老胡和周源很快就找到了阿龙给的纸条上所记载的地址。

此时正是下午时分，街上的商户都开着门，街上人来人往，正是最热闹的时候。老胡打量着街道两旁，忽然说道：“那个刘三选在这里租房子，肯定有问题。”

周源不明所以，也学着老胡看向四周，瓦罐街的街道两旁大多是那种五层以下的老房子，甚至有些二十世纪八十年代初的房子，看起来已经十分老旧，但瓦罐街一向如此，周源没看出有什么特别之处，有些疑惑：“哪里有问题？”

老胡随手指了指两旁：“刘三并没有在这里做生意的打算，却把房子租在这里。瓦罐街的房租贵，是因为这里人流量大，做买卖合适。但人来人往的很闹，房屋设备又老旧，居住环境比起附近的小区来说差很多，性价比不高。他为什么不去其他的小区租房子？我看是因为这里外地人多，在这里他显得不起眼。”

周源这才恍然大悟。纸上的地址写得清楚是三楼，阿龙因为来过这里，写下的地址比之前押金条上还要详细许多，只是之前周源压根没注意。现在老胡敏锐地从这个细节发现了问题，他对从这里有所收获顿时更有信心了。

老胡和周源踏着铁架焊成的楼梯上到了三楼，来到了一扇独立的木门前。门上用红色的油漆刷了厚厚一层，门把上插着一根短铁棍，棍头上焊着一个铁环当成锁眼，眼里挂着一把老式的三环锁。

这栋楼从外面看只有两层，这第三层明显是房东为了赚租金临时加盖的，位于楼房屋顶，中间用砖头垒起这么一座小房子。屋顶上连隔热层都懒得弄，只在四面用栅栏一围，就敢出租给人住。周源有些吃惊那个刘三居然住这么个破屋子，这大热天的也真够他受的。

老胡走上前去拍了拍门，然后趴在门上听了听，确定里面没人。这里的楼层就三层，站在那门前，身后则是另外一栋楼的房顶。四面都是乱建的棚户房，跟这里一样，一些小孩和女人的衣服在空中摇摆着。大热的天，除了敲门声，周围没有一点儿声音。

看样子屋里确实没人。不过这也是在意料之中，周源正想问老胡现在该怎么办，身后突然传来一声呵斥。

“你们怎么又来了？”

第十一章　空屋

周源和老胡被猛然响起的尖厉女声吓了一跳，扭身看到一个胖胖的中年女人。

“啊，认错了。”胖女人拿着把大蒲扇，看到转过身的两人，拍着肥肥的胸脯，“我还以为是上午那些人呢。那帮人一看就不是好东西，还想讹老娘的钱。”她不太确定地说，“两位是来租房子的？”

看来这应该就是房东了。她说的应该是阿龙他们，那帮家伙到哪里都会给人留下深刻印象。来的路上两个人就商量好，就说是来租房子的。既然房东主动提起了阿龙，老胡就顺着说起来：“对，我们本来是想租房，不过听你刚才说的，这里好像有点乱啊？”

周源暗暗点头，老胡这一招以退为进使得不错。果然房东一听就急了：“哪有的事！这地方地段好，楼上又安静，安全得很！”

老胡咂咂嘴：“你刚刚不是说上午还有些不三不四的人来这儿吗？”

“哎呀，那是误会啦。”房东摆摆手，脸上的肥肉激动地抖着，“住在这里的本来是刘先生，不知有什么事离开了，另外一群小伙子拿着押金条要来退钱，那我当然是不肯的了，退房肯定要租客本人来的嘛。万一押金条是他们偷来捡来怎么办，对吧？”

见周源和老胡都在点头，房东更是觉得有理，声音也越发高了起来：“那群人凶神恶煞的，还想打人咧。还好来了个老先生，把那些混混给打发走了。”

房东说的和阿龙讲的一样，虽然她没说细节，但周源和老胡明白，老头拿了五千块钱把押金条拿回来这件事肯定是真的，只是后面的事阿龙就不知道了，毕竟他拿了钱后就走了。

老胡装作感兴趣地问道：“老先生挺厉害啊，一个人就把一群混混给打发走了，啧啧。”

房东脸红了红，不再提这个，开始推销起出租房来：“两位不是要租房子吗？这间蛮好的，你看这三楼安静得很，下楼就热闹，去哪里都方便。”

老胡指了指紧锁的房门：“你不是说有人还在住吗？”

房东撇撇嘴：“那个刘先生有急事走了。那个老先生就是来帮他退房的，只是押金条不知怎么落到那伙人手上了。老先生说了，这房子以后他也不会再来住了。所以你们放心，没问题的。”

周源从这句话里听出了其他的信息：房东说的是“不会再来住了”，而不是“退房了”，说明那老头用五千块钱买了押金条后，没有从房东那里退回剩余的房租。不过他应该真的不会再回来了，所以房东才会这么肯定地说。

这说明那个老头应该比较有钱，而且急着找到刘三的住所一定有什么目的。看来这趟是来对了，只是希望还不晚。周源看了一眼老胡，老胡朝他点了点头，显然也从房东的话里听出了这些意思，貌似随意地对房东说道：“那能不能让我们看看房子？”

“可以可以，钥匙我都带在身上的。随时可以拎包入住！”房东一听马上掏出钥匙打开了门。

一进到这间小屋里，立时就觉得一股热气扑面而来。这种顶上没有遮阳层的小屋，屋里白天会被太阳烤得像个大蒸笼。周源随口说道：“这要热死人的，没装空调吗？”

房东在身后叫了起来：“一个月不到五百块钱，还想要空调？我要赔死的。你们想装可以自己装，电表我可以给你们安。”

周源摇头苦笑，这房东还真是精明刻薄。这房子环境这么差，按照行情最多是两百块一个月而且是月付还差不多。她一次性收了刘三半年房租加押金五千块，肯定就是想着到时候从押金里再扣出一部分，这是明摆着宰冤大头。

这样想着，另外一个疑惑也随之而生：刘三也不是很缺钱啊，为什么会选择住在这么一个破地方？周源刚刚心里一动，老胡已经开口了：“老板，要租你这房子的话，要身份证吗？我身份证丢了，要两周才能补办。”

房东挥挥手，不在意地说道：“那押金得多给点才行。”

周源刚才的疑惑立刻从房东这里得到了答案，显然老胡也是故意这样问的。看来刘三选择这里租房子，还有一个原因就是不想暴露真实身份，多半“刘三”

这个名字也是假的。

老胡指了指屋子低声说："你看出问题了没？"

这屋子不大，一共也就十来个平方，屋里的家具很简单：一张没有铺盖的空床，和一张开着抽屉的老式木头桌子，一个单人木质衣柜，还有两个板凳。除此之外，就没有其他东西了，空荡荡的看起来挺干净，倒是真像房东说的，随时拎包入住都可以。

周源马上反应过来，问题就在太干净了，几乎没留下上一任住户居住的任何痕迹。他边打量边问房东："老板，人家上午退房，你这会儿就打扫得这么干净了？"

房东摇摇头："这是那老先生收拾了刘先生的东西后打扫的。本来屋里还剩了不少东西，但他把屋里的被褥什么的都拿出来，在外面烧了。真是可惜了，不然可以给你们用的。"说着朝屋外指了指，周源顺着看过去，果然楼顶的一角有个破的铁皮桶，周围有灰烬的痕迹。

"什么都没剩下？"周源有些失望，拉开衣柜门，又把桌子的抽屉再拉开了一些。房东见他不相信，说道："什么都没了。后来警察也来了，看到屋里没什么东西，也就走了。"

"警察？"老胡也有些惊讶，"警察来这儿干什么？"

房东可能是见他们问得这么详细，觉得确实是想租房子的，就耐心解释道："来查流动人口啊。这里经常来查这个的。不过那两个警察调查的时候，我听他们在嘀咕，说什么之前烧的都是东西，这次是个人。"

"他们就说了这个？"周源打断房东的絮叨。

"可不就这个？我问他们，也不给我说，这还是我站在门口听来的。"房东有些得意地八卦道。

周源明白了，那两个警察一定是来调查刘三自燃事件的，不过看样子没有什么新进展。不过房东偷听到的这两句话倒让他心里松了一口气。之前他以为110警察说的六起自燃事件，是指刘三自燃了六次。原来前面的几次自燃事件，应该只是有什么东西自己烧了起来，只有他正好遇见的第七次，是刘三自己燃烧了起来。

这样一来，很多事情就能想得通了。正是热天，很多东西都易燃，在太阳底下晒的时间长了，自己烧起来，可不也叫自燃吗？这种小案子难怪警察不怎么重视。

只是还有一个问题，刘三似乎曾有几次出现在着火现场附近，不然也不会有他的画像出现，看来他是被当成纵火嫌疑犯了。他是外地人，面孔生，被人记得并不奇怪，不过这是巧合还是真的和他有关？周源隐隐觉得是后者，毕竟刘三凭空燃烧的那一幕现在想起来依然让他胆战心惊。

老胡的声音打断了周源的思绪：“这墙上是怎么回事？”

他这句话是问的房东，周源看过去，发现就是面普通的白色墙壁，正对着门口，一进屋就能看到，周源并没觉得有什么异常。此刻听老胡一说，仔细看了一下才发现这面墙似乎太过于干净雪白了，简直就像是新刷上去的一样。

周源用手轻轻蹭了一下，发现这真的就是新刷上去的，这种热天里，油漆虽然已经干结，但还没有完全干透，摸起来有些软。

“这墙没什么啊。”房东觉得这个问题有些莫名其妙。

老胡换了个问法：“这墙以前什么颜色？”

“就是白色啊。”

“不对，这白色下面还有一层，这是新刷的。”老胡用手在那些看着不对的颜色下抠下来了一小块，给周源解释，“这种速干墙漆一个小时左右就能干燥。”

“你们租不租？不租别抠我的墙。”房东有些不乐意。

老胡停了手，接着用手顺着墙壁摸了一遍，叹了口气。周源也看出来了，这墙上在没刷这层墙漆之前可能被人写过什么，现在却被盖住了，只有仔细看，才勉强能在一些地方看到下面一层有些隐约的深色，似乎是书写的痕迹。

“里面有什么？”周源离得很近，努力想分辨出白色墙漆下面的痕迹。

“不管是什么，它都被盖住了，这漆的质量很好，把底下那一层也渗上了，你看。”老胡说着伸开手，手里是刚刚从墙上剥下的碎渣。周源一看那些东西，就知道老胡刚才为什么叹气了，那些渣滓的颜色都很一致，有一些黑色物质都被混合在了白色的油漆里，如果刘三曾在这墙上写过什么，依照这种渗透的程度，即使把表面那层漆皮铲掉，也看不出什么来。

“会是谁干的？”

“刘三和老头，都有可能。”老胡拍拍手，“不过，那个老头的可能性更大。”

周源点点头，那个老头出现得很蹊跷，买下押金条后他做的事，无论是烧掉被褥，还是带走其他东西，都说明他的目的是要消除刘三在这里留下的任何痕迹。

“你们租的话，这墙可以让你们自己刷油漆。”房东还在身后撺掇着。

老胡再次打量了一圈空荡荡的屋子，对周源说：“先出去吧，这里面实在太热了。”

出了屋子，老胡没有马上走，又问了问房东对刘三的印象。房东看出他们不像是下决心要租房子，只是不停问问题，积极性大减，有些不太高兴。只是说刘三一般都不在家，经常在外面跑，在这里住了一个月，几乎二十天都没见到过人。她唯一的印象，就是刘三喜欢早出晚归。

“两个疑点，一个是老头，一个是那痕迹。”回去的路上，老胡坐在副驾驶上，一边抠着手上残留的油漆痕迹一边若有所思地说道，“可惜，都没了。”

“也许真是他爸爸，知道自己儿子有这毛病，来给他收尸的？”周源胡乱猜测道，无论是刘三还是那老头，他都没有什么好印象。

“那老头给那房子做了消毒处理。”老胡忽然说道，“你有没有闻到屋子里有一股淡淡的味道？”

周源没注意到这样的细节，屋子里太闷热，只觉得屋里的空气不太好闻。但老胡这么说，多半没有错。周源猜测道：“这么说，他知道刘三得了病？怕传染别人，所以急忙赶来处理？”

老胡摇摇头。周源已经有些习惯老胡这个动作了，他在事情没有想清楚之前，不会轻易下结论。

这一趟唯一得到的线索，就是能确定那个老头肯定和刘三有密切的关系，但到底是怎样的关系只能猜测。周源最忧心的还是自己身上奇怪的皮疹和低烧怎么治。对他来说，这才是最重要的。

车子直接开回中心医院，阿龙和他的跟班们都已经不在了。问了陆明才知道小青的遗体已经被他们拉到了火葬场，看样子是医院的解剖遗体寻找病因的要求他们没有答应，大热的天人不能久放，所以直接就烧了。

对这个结果，三个人的反应却不太一样。小青一夜之间变成这样，她身上的怪病原因显然并没有被真正找出，很有可能是一种还没有被发现过的新型疾病，既然没能第一时间解剖尸体进行各种深入检查，意味着对它的各项了解，比如传染性、生发原因，甚至危害性都不明了，所以陆明对此失望。

老胡和陆明的态度差不多，同样觉得应该对尸体解剖分析。他隐隐觉得，小青并不是暴病而亡那么简单，背后也许有谋杀的可能。只是这种想法太过匪夷所思，老胡没有把它表露出来。

周源倒是认为这样也好。他觉得人死后就应该早点入土安息，医生陆明和警察老胡，都是看惯生死的人，在这种事情上难免会表现得有些冷血。

不过对周源来说，最重要的是阿龙应该不会再来找事了，解决掉一个大麻烦，可以专心解决自己身上的毛病了。

陆明给周源开了一系列的检查单子，在医院检查了将近两个小时。抽血，验尿，还有胸透，总之在中心医院里能做的检查几乎全做了。最后的整体检查结果出来，除了血液里的白细胞指标高了些，其他的身体指标竟然都很正常。

“身体指标正常，这是个好现象，而白细胞偏高，西医的说法就是身体有炎症，发烧是必然，但身上的疑似皮疹痕迹跟中度发烧之间有没有联系还不能确定，随后再进一步检查，我建议目前还是先做个退烧处理。”陆明看完化验单后，又加开了点药，“先输液看看效果吧。”

周源倒是没有异议，陆明是医生，相信他就是相信科学嘛。看着这些化验结果，他松了口气。从昨天开始的倒霉事，似乎都一个个解决了，这是个好兆头。

输液室里没有别人，老胡坐在一旁，不知在想些什么。周源看着输液软管里的药水慢慢滴落，觉得屋里太沉闷了，随口问道：“老胡，你觉得这到底是咋回事啊？”

“你说的是刘三的自燃，还是小青的死？还是把出租屋里痕迹都清理了的那个老头？”老胡反问道。他一直也在想这几件事的关系，只是越想越觉得不解。这些事看似有联系，但仔细一推敲，又发现它们之间的联系看起来太过牵强。比如小青，大家都觉得她的死和刘三有很大的关系，可一旦把刘三当成凶手来看待，却发现他既没有动机，也没有行凶的手段。而刘三本人的自燃更是古怪，如果说是意外，那么他之前的行为明显对这个结果有所预感。但要说刘三是自杀，他的自燃又完全是违反常识的。

老胡都想不明白，身为当事人的周源更是茫然，他感慨地说道：“唉，也不知道警察查出来什么没有？”

正在这时，老胡的手机响了。他看了眼屏幕，站起身来：“我之前给原来的同事打了招呼，他正好路过医院，我去打听一下。”

周源知道他说的原来的同事是警察，点了点头，随口感慨了句：“还是有熟人好啊。对了，老胡你警察当得好好的，怎么忽然不干了？”老胡的身形顿了一下，却没有回答这个问题，转身走出了门口。

走出门诊大楼，老胡径直走到楼后不远处的小花园。花园旁的石凳上坐着一个中年警察，正低头抽着烟。

“宋哥，来了。”老胡打了个招呼，走到他身边大大咧咧坐下。

如果周源在这里，一定会立马认出，他正是昨天夜里在小巷里找到自己的那个中年警察。

“那个周源，是你关系很好的朋友？”老宋抬起头，递过一支烟，随意问了句。

老胡犹豫了一下，还是点了点头。说实话周源和他关系并不算是很熟，两人认识还是因为几年前周源作为嫌疑人被调查时，虽说两人性格挺投缘的，但之后也没什么交往。只不过老胡的性格属于古道热肠那种，能帮就会帮下去。

老宋显然很了解老胡，微微摇了摇头：“算了，就知道你爱管闲事。我特地找你，就是要告诉你，最好不要掺和这件事。”

老胡正准备点烟的动作停了下来，看了老宋一眼，却没有问为什么。

“最近生意怎么样？”老宋却没有继续刚才的话题，而是闲聊起来。

“还行，烧烤店的生意多亏大家照顾，现在也上了正轨，不用我每天守着，挺轻松的。”老胡辞职以后开了家烧烤店，他人缘好，原来的同事们都有意捧场，生意很不错。

“其实我们都觉得你是天生干警察的料。”老宋叹了口气，看着老胡，“有没有想过回来？其实局长也是这个意思。”

老胡眼中光亮一闪，但随即又黯淡下去，默默摇了摇头。

老宋嘴唇动了动，想劝说什么，但最终只是又叹了一口气：“那事儿还压在心上呢？不是老哥多嘴说你，你心善爱帮人，这没什么，但有些闲事是不好管的。”

老胡没说话，沉默着大口大口抽着烟。老宋口中的“那事儿”直接导致他离开了警队，离开了自己热爱的职业，他不愿再提起。

老宋终于说回了正题：“我知道你和周源关系也一般，顶多算是半个熟人。你顺手帮帮他也无所谓，反正这件事和他关系也不大。但我得给你说清楚，这件事就快结案了，你就别再掺和进来了。”

“结案？怎么能就这么结案？那个小青死得太蹊跷了，还有刘三的自燃……”老胡有些惊讶，疑点太多，他习惯性反驳起来。

“那个人不叫刘三。真名是林河，他有精神病史，鉴定书上写的是妄想症，就是一般人说的大白天发癔症。”老宋纠正道，“他是几起纵火案的嫌疑人。至于那个暴病意外身亡的小青，和林河关系不大。”

老胡明白了他的意思，闷头抽了一口烟。

一个是精神病自杀，一个是小姐病故，这样的结论不会涉及怪力乱神，也最省心省力，皆大欢喜。可他还是觉得这样不妥，结论也太草率了点。今天老宋其实是老胡专门约过来的，本来是想告诉他之前自己去出租屋的发现，觉得这条线索可能会有所帮助，但听老宋的意思，这件事并不准备再查下去了。

老胡刚想说什么，老宋忽然压低声音，严肃地说道："胡东东，你别犯轴。这件事从头到尾处处透着诡异，你不要多管闲事了。"

老宋能说出这样的话，老胡明白他是真心为自己好，一时间犹豫起来。警方决定终止调查肯定有自己的理由。而几年前那件事以后，自己也发誓不再多管闲事，而且以他从警多年的经验，本能地也觉得这两起死亡事件更像是意外，只是方式过于诡异。

"我先走了。"老宋见老胡低头思索，站起身拍了拍他的肩膀，又叮嘱了一句，"记得我说的话啊。"

老胡点了点头，下了决心不再多管这件事："老宋，我听你的。"

但没想到的是，仅仅五分钟之后，一场意外就让老胡准备置身事外的想法动摇了。

下午中心医院的病人不多，陆明找了个没人的检查室让老胡陪着周源输液，周源还打趣享受单间待遇算不算开小灶。可当老胡见完老宋，回到房间里时，却发现周源双眼紧闭，脸色苍白地瘫在椅子上，他扎着针管的整条右手，从手背到胳膊，一道明显的红斑显得格外恐怖。

周源已经昏迷过去，失去意识。老胡不知他是不是起了过敏反应，赶紧冲出门外去找医生，同时心里涌起了自责的情绪，如果不是自己刚才离开这么一会儿，就能第一时间发现周源的异常。

第十二章　冲突

周源从昏迷中睁开眼后，首先看到的是一片白，房顶上一盏六孔圆形吊灯发着惨淡的白光。接着眼前出现了一张胡子拉碴的国字脸，脸上充满担忧的神色。在看到周源睁开眼后，他终于露出了一丝如释重负的神色。

“老胡？”周源一开口才发现自己的声音有些嘶哑，全身有些发软，有些不解地问道，“我这是怎么了？”

“好点了没有？”陆明也出现在视线里，他的表情也和老胡一样，明显松了口气的样子。

“我怎么了？”周源有些紧张，他想不起刚刚发生了什么。

陆明做了个手势，让他先躺好，然后用手摸着头试了温度，并用听诊器听了会儿心跳，这才皱着眉头说道：“你输液产生了过敏反应。幸好发现得及时，这还多亏老胡，之前护士路过门口往里看过一眼，还以为你睡着了。”

周源心里一惊，这才想起来之前自己正在输着液，忽然就失去知觉了。输液过敏是可大可小的事情，前一段一个朋友的父亲就是因为这个没了的，他去参加那老头的葬礼时，那位朋友见人就说他以后宁可吃药吃死也不输液了。

“你有没有觉得哪里不舒服？”陆明边问边扶着让周源坐起来。

周源动了动身体，觉得自己好像刚睡醒一样，头蒙蒙的，身上有些使不上劲。这时才发现身旁还站着几个人，其中一个秃顶的医生有点熟，他想起来之前在门诊室里就是这个医生给自己拿的药。

“刚才输液之前不是做过皮试吗？”周源有些疑惑。

“我就说，肯定是你们的药有问题！”老胡忽然对那个秃顶医生说道。

秃顶医生翻了翻眼皮："我们这里的柴胡和青霉素都是正规渠道进的，质量肯定没问题，给他配的药量也不大，输液扎针护士也都是按照正规的程序，皮试都没问题，哪知道输了二十几分钟还会有反应？"

"怎么说话呢？你的意思是我这哥们儿有问题？"老胡似乎是看不惯那医生一开口就是推卸责任。秃顶医生冷笑了两声，不再说话。

周源才醒过来，不知道之前发生了什么，但两人的对话还是让他觉得有些奇怪。虽说老胡是为自己出头，但这样说话有些太冲了，不像是老胡的作风。而那个医生，明明险些出医疗事故，还是这副无所谓的态度更是让周源无法理解。

"怎么个意思，我哥们儿被你们给治成这样，你就这么表示歉意？这可不叫问题，叫医疗事故。"老胡提高了声音。

"你不要无理取闹。"那医生一听这个脸色就变了，用手指着老胡的鼻子，声音也大了起来，"什么医疗事故，输液过敏很常见的，你懂不懂？"

"常见？"老胡拍开他的手道，"我还真不懂！刚才不是我发现得早，我兄弟还有命吗？鬼门关里走了一遭，是白去的？这怎么算？"

见到老胡这样的架势，周源越发奇怪。老胡似乎是想让医院这边给个说法，作为朋友他这么做没什么不对的，可问题是老胡绝不是鲁莽挑事的人啊。

看来在自己昏迷的过程中应该还发生了什么，周源想问问陆明，可一转头才发现陆明被其他几个人拉到了门口，心中更加疑惑。

"医闹我见多了，可还没听过人好好的就想要说法的。"秃顶医生见膀大腰圆的老胡走近，害怕地后退了两步，转身就朝外面喊了一嗓子，立即涌进来一堆保安，怕不下六七个。

老胡看着那些人笑了："这是要动武？嘿，出了医疗事故还想殴打病人？"

说着话，胡东东就把袖子卷了起来，那几个保安似乎被镇住了，站在门口没敢动，只是和老胡打嘴仗对峙着。

周源彻底被眼前的情况弄迷糊了。那么多保安出现得这么及时，明显是早有准备啊。刚才自己晕过去时到底发生过什么？事情发展成这样，听那医生所说，应该只是一个普通的医疗事故，可自己毕竟没事，老胡在这件事上起毛起得这么顺溜，实在有些反常。

"老胡，胡东东！"周源害怕两边真的起冲突，喊了老胡的名字。但他声音虚弱，老胡此时正和那些保安大声争吵，根本听不到。

那几个保安也被胡东东的嚣张给激怒了，从门口走了进来，手里都拿着警棍，老胡刑警出身哪里怕这个阵仗，继续言语挑衅。

周源看在眼里，急在心里，知道这样下去场面马上就要失控，只好大声喊陆明，这时候他是最可以解决问题的人，但叫了两声却发现门口已经没人，那些医生跟陆明都不见了，只剩下一些看热闹的闲人。

正在一筹莫展的时候，突然门外一声大喝，立即嘈杂声就小了很多，跟着就安静了下来。那些保安都停止了动作，开始朝外让出一条道，紧跟着从他们身后，陆明拉着一个人走了进来。

“这是我们周院长，老胡你先别闹，听周院长说。”陆明看着胡东东道。

“好，正主来了，我也懒得和小鬼们纠缠。”胡东东顺势放下了椅子。

“你们的事，陆医生刚才对我都说了，这位周……源先生的事我们确实有一定责任，但你们这么闹，就是你们的问题，这里是医院，楼上还有两台手术正在进行中，出了事，这责任你们担吗？”周院长年纪不算很大，头发只有一些花白，穿着一身白大褂，手里还拿着一支钢笔，似乎是在工作当中被临时拉来的，“恐怕到时不用我们出面，病人家属就会让你们出不了这个门。”

老胡看看周源，想了想说道：“好吧，那你们拿出个解决办法，我们先听听。”

周院长也看着周源道：“周源先生，你觉得呢？”

周源无力地摆摆手道：“你们先告诉我刚才到底发生了什么。”

周院长拉过陆明：“关于这件事的过程，陆明医生是你们的朋友，这里面的具体情况，他来讲比我说合适。”说完往后退了两步，淡定地站在那里。

陆明皱着眉头走出来，先对刚才那个发脾气的秃顶医生低声说了句什么，那医生哼了一句，这才让围在屋里的保安都退了出去，屋子里顿时安静下来。

然后陆明走过来，从口袋里掏出一个体温计递给周源，低声道：“这是你刚才出现反应时的体温。你先看看。”

周源接过来，对着灯光一看，发现那上面的水银柱顶在了42摄氏度的位置，倒吸了一口气：“这么高？”

周源知道人体的基础体温是36摄氏度到37摄氏度之间，超过这个度数人就要不舒服。如果高烧超过41摄氏度，就有可能会出现说胡话、神志不清等症状，如果没有及时送往医院，甚至会有生命危险。自己刚才竟然烧得这么高？这样想来真是后怕，也难怪老胡刚才的表现那么愤怒。

这时周院长走上来两步解释道：“发热反应下高烧到42摄氏度的也有，你不用太担心。刚才你醒过来前，陆医生已经检查过你的脉搏，心率还有血压，都很正常。再说刚才的高烧持续时间不长，不会对你的大脑和身体造成伤害。”

“不光是高烧。”陆明伸手过来掀开了周源的上衣，“你自己看。”

周源低下头，看到了肚皮上靠近右肋附近有一大片鲜红，吓了一跳，下意识地摸了摸，立即就发现那地方竟然有些烫。

“这是怎么回事？”皮疹是早上才忽然出现的，但周源记得明明之前肚皮位置并没有，而是在肩膀到背部的位置。而且现在这片皮疹似乎比之前更加鲜艳，看起来更加让人心里发颤。

“这皮疹，在刚才对你的急救中，出现了一点儿问题。”陆明盯着周源的眼睛，一字一顿地说道。

“什么问题？”看着陆明的表情，周源觉得有些不妙。

“就在刚才，你发烧的那阵，它就开始变大，最后延伸到了你的胸口，你的上半身几乎都成了红色，很怪异。后来烧退了，才缩小到现在这样。”

“见鬼，为什么会这样？”周源有些不敢相信，又摸了摸肚子，皮疹所在的地方温度明显比其他地方要热许多。

“跟刘三的死一样，暂时无法解释。”陆明摇头道，“周源，我必须告诉你一件事，小青死的时候，她身上也出现过皮疹，也曾出现过这种情况。”

“你的意思是……”

“你的过敏，可能并不是药物引起的。”陆明声音慢慢低下来，“你可能跟小青一样，被刘三传染了某种……”

“不可能吧？”周源脑中“嗡”的一下。他使劲拉住陆明的胳膊，打断了他的话。从陆明开口他就有所预感，但还是不愿意听他真的说出口来。

陆明看着周源不再说话，但眼神里有些闪躲。他是个冷静理性的人，很少出现这样的表情，可现在周源能感觉到，陆明下意识躲开他的眼神，是因为无能为力的愧疚。

这让周源不得不相信他的说法，只觉得眼前一黑，似乎世界都崩塌了。

一直以来他都觉得自己不会那么倒霉，刘三和小青的死虽然发生在身边，但潜意识里觉得离自己很遥远。不久之前自己才觉得似乎一切都过去了，但现在才知道这想法有多天真。

“先别那么悲观，比起小青，你的情况还是很好的。”陆明安慰道。

周源摇了摇头：“这病连个原因都查不出来，比她好又怎么样？最后结果还不是一样？”

陆明严肃说道：“周源，你不要这么想。正因为查不出病因，才有希望！现在已经可以排除小青的死是因为空气飞沫之类引起的感染，很大的可能是由体液交换和接触刘三的身体残留物这两种情况引起的。而你，在这么长的时间里除了身体发热和刚才的输液产生了过敏反应，跟正常人是没什么两样的。那些检查项目显示得很明白。所以，你跟小青并不一样！懂吗？”

周源明知道陆明是在安慰自己，但听到这样有理有据的分析，还是心里一热。

这时周院长见周源的情绪稳定下来，开口说道：“周源先生，陆明是我们医院的优秀医生，你是他的朋友，既然这样，我就不说废话了。你出现意外，我也很遗憾，但我们已经核实过了，输液时相关的操作都是严格按照规定执行的，并没有什么问题。如果你和你的朋友有什么意见，可以向上级单位反映。我们中心医院毕竟不是大医院，医疗设备不完善，如果担心再出什么意外的话，你可以去其他医院想想办法嘛。”周院长说完这话，拍了拍陆明的肩膀，就朝门口走。

周院长的话里明显透露出不想惹麻烦，请君滚蛋的意思，周源心想你怎么这么对待病人？刚想说什么，就觉得耳边“嗡”的一声，然后只感觉身体忽然很热，接着眼前忽然变黑，再次晕了过去。

老胡站在旁边，看见周源忽然往后倒在枕头上，像是被陆明给吓晕过去一样，不禁愣了一下。但作为医生的陆明马上反应过来，他也不顾院长就在旁边，马上大声对屋里的其他人指挥道：“准备急救室，上措施。”

老胡吃惊地问道：“有这么严重？”在他看来，周源并没有什么变化，不明白为什么陆明的反应那么大。

陆明神色凝重，目光落在周源的右脸上，语气沉重：“小青就是这样的症状。”

老胡顺着他的目光看去，赫然发现周源的右耳外侧，不知什么时候突兀地出现了一小块黑斑。尽管只是小指甲盖那么大一点儿，但老胡马上意识到陆明在说什么，他的眼前立刻浮现出死去小青的惨状，她的身上也布满了这种像极了烧焦般的痕迹！

第十三章　转折

陆明边解口罩边从急救室走了出来。他的神情有些奇怪，眉头紧皱，似乎有什么奇怪的事情困扰着他。

“周源怎么样了？”老胡一直守在急救室的门口，见门口红灯灭了，知道抢救告一段落了。他在门外等了好几个小时，因为觉得周源之前的昏迷是因为自己的疏忽，所以很担心，可从陆明的表情看不出什么来，只好主动开口问。

陆明神情有些恍惚，先是点点头，又摇摇头：“他没事了。不过太奇怪了。”

听到没事，老胡总算松了一口气，但不知陆明的后半句话是什么意思：“哪里奇怪了？”

“病人先是出现了严重的脱水现象，身体各项指标都不乐观，一度病危。但之后却莫名其妙地快速好转起来。”治疗过程中出现的意外似乎让陆明很震惊，下意识地称呼周源为病人，显然手术过程中的变化很出乎意料。

“没事就好。说明周源运气不错，可能是这小子身体底子不错。”

“不是这样的，你不明白。”陆明摇摇头，“之前的一切症状都和小青如出一辙，体温反常地急剧升高，病情迅速恶化，身体同样出现大面积焦痕……你见过小青死亡时的状况吧？”见老胡点了点头，陆明疲惫地挥了挥手，“你自己进去看看周源吧。”

既然得到陆明的许可，老胡也不废话，直接走进急救室。周源依然紧闭双眼躺在床上，也不知是处在昏迷中，还是因为药效的原因。他的脸色有些苍白，除此之外与进急救室之前的样子没什么太大的区别。

想到刚才陆明的描述，老胡轻轻掀起周源的衣服，发现皮肤上还有一些红斑痕迹，但完全没有一点小青那样的焦痕，甚至之前右耳上曾出现过的黑斑也消失了，就像从未出现过一样。

老胡马上明白了陆明之前所说的奇怪是为什么了，虽然他不懂医学，但周源忽然陷入病危又莫名其妙好转过来，这样的情况的确很古怪。

陆明在门口等老胡出来，主动说道：“我要对周源再做一个详细的检查。他虽然脱离了危险，但没有找到真正的病因之前，随时有可能会出意外。”老胡点了点头，这也是应该的。

陆明顿了顿，又说道：“既然我们都是周源的朋友，有件事就直接问你吧。周源输液晕倒之后，你为什么故意闹事？”

老胡有些意外地看了他一眼，却没有否认，想了想才说道：“周源的病很奇怪。”

这句话和陆明的问话不搭调，但陆明却像是早就明白，若有所思地说道：“小青的病也很奇怪。”

话说到这个份上，老胡就干脆直说：“周源显然和小青的病状一样，但检查却是一切正常，而小青的死因结论也很草率。这种病很少见，医院和警方都有正当的理由要求尸检，可小青的遗体没有解剖而是马上火化，除了亲属的坚持之外，我相信有其他的原因。”老胡是从之前警队的同事老宋的话中听出这件事并不简单，再加上之前陆明对小青遗体快速火化表示出了遗憾之情，所以对此产生了怀疑。

只是陆明毕竟是周源的朋友，又是他直接做的治疗，所以老胡也不好直接说出自己的猜测，干脆借机把事情闹大，这样既不直接得罪陆明，又能看出医院的真实态度。只是有些意外陆明居然主动谈到这个问题，于是干脆挑明了来讲。

没想到陆明听了后，马上说道：“我也有些疑惑。对于这种连续短时间发生的两起奇怪病症，周院长的重视程度显然不够。”

老胡若有所思：“如果真的和那个刘三自燃的案子有关……我会去查一下，有什么情况会告诉你。”

“好。”陆明点点头，“我是医生，发现新的病症，本能就是想要尽快找出病因。但我和你一样，都是周源的朋友，最希望的就是他没事。”

最后这句话陆明是向老胡解释，即便真的医院对小青检查结果有什么隐瞒，也绝不是他做的。老胡此刻倒是相信他说的都是真的，不过印象最深的却是陆明的另外一句话。

老胡转头看向急救室，周源此刻应该还毫无知觉地躺在病床上。老胡自嘲地笑了笑，陆明说得没错，自己和周源既然算是朋友，那么自己帮他就不算多管闲事了吧？

周源恢复得很快，不到半个小时就醒了过来。出于默契，老胡和陆明都没有告诉周源他刚才已经在鬼门关前走了一圈，只是告诉他这是因为输液过敏的后遗症。

傍晚的时候，陆明再次来到病房。他进来后先反手关上门，然后径直走到床前，问周源："周源，关于这个病，你现在有什么打算？"

周源一时还搞不清楚状况，想了想老老实实说道："中心医院也检查不出什么，那个周院长看起来也不是很欢迎我继续留在这里。所以我打算先回家，回头去郑州省医院看看。虽然现在没什么事，但这事儿毕竟太玄了，没检查出个结果之前，我心里挺虚的。"

他猜周院长肯定是对于老胡之前的闹事不满，所以言辞中流露出不愿意自己留下。不过老胡当时冲动也是为了自己，所以周源没有提这个。

"既然你没有什么特别的打算，那我这里有个消息要告诉你。"陆明先是看了一眼老胡，然后才转向周源继续说道，"周院长请你继续留在中心医院治疗，并且承诺所有费用全免。"

听到这个消息，周源直接蒙了，不明白是什么情况。

老胡正坐在床前给周源剥橘子，剥好了正要递给周源，又想起来他正处在发烧状态，也不知能不能吃，干脆直接扔到自己嘴里，边吃边问陆明："你们那个院长的态度有点奇怪啊，你觉得他是什么意思？"

周源插话道："是不是怕我们真去投诉他？这种医患矛盾被捅出去，这老头多半要背处分。"

"你想多了。"陆明白了周源一眼，"我们是公立医院，院长最怕的是医疗事故。再说下午那事，的确不是医院的过错。"

不等两人发问，陆明一摊手继续说道："具体为什么我也不知道。医院对病人免费治疗也不是没有过，有些是急重症病人的确负担不起医疗费，也只好免费。但周源只是普通病人，这种情况没有过先例。"

"那总要有个理由。"老胡皱起了眉头，"你查出什么没有？"

"还没有。"陆明很干脆地回答。

"你们在说什么？"周源有些茫然。

“刚才没告诉你，怕你接受不了。”老胡吃完橘子，擦了擦手说道，“刚才你昏迷的时候身体状况很糟糕，和小青死前的症状很像，但不知为什么又忽然好转了。我和陆明商量了一下，觉得医院有问题。”

见陆明点头，周源知道老胡说的是实话，脸色顿时变了，他马上想到了一种可能：“这么说，周院长给我免费治疗也是有目的了？是准备把我当小白鼠？”

他越想越觉得肯定是这样，一掀被子坐了起来：“我要出院。”

可让周源没想到的是，陆明和老胡异口同声地阻止了他：“别着急。”

陆明先开口，只是四个字：“静观其变。”

老胡对周源解释道：“既然医院忽然转变态度留你下来，肯定是有所图，现在看来一定是和你身上的病有关系。虽然不知为什么他们不直接告诉你，但只要他们有所图，就能找到原因。”

听老胡这么说，周源冷静下来，陆明本就是中心医院的医生，再加上老胡愿意帮忙，他反复想了想，觉得应该没有什么问题，终于点头答应下来。

“那我去请周院长过来。”陆明出门之前，想起了什么，“老胡，这两天你先不要来医院。很多医生对你之前在病房里的态度有些意见，周院长说怕影响对周源的治疗。”

周源有些尴尬，陆明这话说得太直接了，他有些担心老胡听了会生气，没想到老胡呵呵一笑就答应了，不过嘱咐周源随时保持电话和短信联系。

周院长的态度和之前截然不同，一进房间就拉着周源的胳膊用一种极为热情的语气，说着“抱歉，下午都是误会”之类的客套话，让人有些受不了。周源暗暗腹诽，心说这老头是百变星君吗？下午的样子多有领导的范儿，这会儿怎么就亲热成一家人的模样了？

周院长身后还跟着一群医生和护士，直接把周源给转移到高级病房。一路上周源看着周围的笑脸，听着恭维的话语，那种感觉又好笑又不真实，仿佛一夜之间自己就变成什么重要人物。在他之前二十多年的人生里，从没有过这样的待遇。

到了医院三楼的加护病房里，周院长亲自给铺好病床上的枕头，让周源靠在上面，然后当着所有人的面先呵斥了下午跟老胡起冲突的那个秃顶医生。

周源本来想要拒绝，既然自己现在没什么事了，他第一反应是自己还得回去开车挣钱呢，但陆明朝他微不可察地摇了摇头。虽然周源不明白为什么他和老胡都要让自己留在医院接受这个莫名其妙的免费治疗，但他相信陆明他们这样做肯定是有原因的。

“当然，因为周先生你的病症我们从未见过，所以在正式开始治疗之前，我们会对你进行一个全面的检查。请你放心，中心医院会尽力、尽心，用完备的医疗手段和设备来做最好的检查，为接下来的治疗做好准备工作！”周院长最后郑重承诺。

周源敷衍地点点头应付着周院长的官腔，好奇地打量这个足有六七十平方米的病房，装修得和宾馆一样，设备也很齐全，空调、电视一样不少，空气里完全没有一般医院里应该有的消毒水味道，而是弥漫着一种令人非常舒服的清香。

周源默默地看着周围忙碌的医生和护士，这些人此刻都是为他一个人提供服务。周源并不傻，并没有被突如其来的“好运”冲昏头脑，他明白自己只是一个再普通不过的黑车司机，可为什么医院会忽然提供这种VIP贵宾级别的待遇，还是免费的？周院长葫芦里卖的到底是什么药？

第十四章　协议

医院先给周源开出了一个详细的检查计划。这可不比之前他自己花几百块钱作检查，光是各种项目的名称打印出来就有满满一张纸。周源偷偷拍下来发给老胡和陆明，他们建了一个微信群，随时保持联系。

陆明用他的方式表达了自己的惊讶："周源，我现在都有些怀疑你的真实身份是不是什么官二代了。这些项目全部检查下来至少得几万块钱。"

"你们周院长是下了血本啊。"老胡关注的是另外一点，"我这边暂时还没有什么线索。陆明，你有什么发现吗？"

"医院进了好几台大型的医疗检查设备，都是进口的。过两天就能收到了。我们部门也分到了一台，今天在抓紧时间做培训，所以一直没抽出时间。"

"好，有消息随时联系。"老胡说完这句就没动静了。陆明也不再说话。周源觉得这两个人神神秘秘的，问了几句到底他们在搞什么，却没有得到回应。他一个人待在病房里着实有些百无聊赖。

护士送来了晚饭，六菜一汤，非常丰盛。周源却没有胃口，现在他觉得自己就像是被圈养起来的小白鼠，这种感觉很糟糕。如果可以选择，他宁愿去街旁的小摊吃一碗烩面，然后继续开着自己的破面包满街拉客。那样的生活虽然辛苦但至少舒心，不会像现在这样一片茫然，什么都不在自己的控制之中。

周源感觉自己仿佛掉进了一张大网，却不知该如何挣扎。他现在特别后悔那天晚上在沸腾夜门口拉的那单活儿，一切麻烦都是从那一刻开始的。事已至此，周源只好给家里打了个电话，撒了个谎，说自己要拉趟长途，过两天再回家。

挂了电话后，周源依然心事重重。虽然身体暂时没有再出现什么问题，但住在医院里这个事实，难免让周源想起了刘三和小青。陆明既然这么安排，那就说明自己有很大可能性会像小青那样忽然病情加重。这当然让周源心情好不起来，更郁闷的是，到底发病的原因是什么，现在还完全搞不清楚。

对了。周源忽然想起来，小青死前说刘三骗了她，到底是怎么回事？洗浴中心里发生了什么？这也许是事情的关键。

周源有些怀疑刘三是不是也用同样的方式骗了自己，所以才导致自己也出现和小青同样的症状。想着这一段的经历，发现刘三的自燃和中心医院的奇怪态度，这两件事看似不沾边，但仔细琢磨，却又都属于那种不可能在正常生活里发生的。

这算是共同点吗，如果是，它们会不会有什么关系，那又会是什么？

周源这样一路想下去，问题却越来越多，直到天色微亮才勉强入睡。

第二天，高规格的检查继续进行。按照医院的安排，对周源的检查是由内而外，由上到下来进行。先是内科，包含心肝脾肺和神经系统的物理检查，来排除那些器官病理方面的问题。接着是外科，这需要检查皮肤、脊柱、四肢、甲状腺、“小弟弟”等一切外科所包括的器官。这些项目非常的琐碎，普通人估计全部做完得好几天，但周源发现自己是例外，因为医院的一切似乎都在围绕着他来运转，根本不需要排队。

陆明在早上过来看过周源一次，不出所料，他对医院的具体安排也蒙在鼓里，只知道这一切都是周院长亲自安排的，其他人不知究竟。而更让周源意外的是这次的治疗，陆明竟然被排斥在外。

周院长的理由是，这种规格的单独治疗都会有医院组织专家团队来对病情进行分析和讨论，然后指定检查和治疗标准，那都是些老资格的医生，陆明虽然是医院骨干，但跟专家比还是有些年轻。

陆明安慰周源：“你安心治疗，组织专家团和会诊你的病情，这都需要时间，而这些检查，其实也是预诊。这表示你这个病，还处于疑似病例阶段，所以别太担心，我会每天来看你。”

之后的检查过程没什么好说的，说白了就是把身体里的零件用检测仪器过一遍，有一个老医生全程陪同，他告诉周源说这叫筛查，这样才能找出病源。

这个老医生人很闷，也不多说话。周源这两天有意和他闲聊，却一句有用的信息也没套出来，知道这肯定也是周院长的有意安排，不由暗骂真是老奸巨猾。

直到第三天，周院长才再次出现。

“周源先生，这几天对医院的检查还满意吗？”周院长还是那副和气模样，一进来就亲切地问道，像极了探望受伤员工的领导。

周源有些受不了这副肉麻劲儿，知道直接问也问不出什么，干脆说道：“有什么事儿您直说吧。”

“周源先生，这是院里对你以后的治疗所做的一份协议，你先看看。”周院长拿出厚厚一叠文件,态度和蔼地说道。

“什么意思？”周源有种不好的预感。这份协议拿在手里感觉很沉，而且非常的厚，周源诧异地翻了翻，马上就发现这上面的条款很细致。以前他只知道有些法律协议会厚得和一本书一样，但从没亲眼见过，忽然周院长给自己这样一份东西，不知是搞什么。

“这份协议是院里为你的治疗做的一份指导性质的说明，你看完没有意见就签了它，这样我们才好继续为你治疗。”周院长解释道。

“这个……”周源用手掂了掂，心想这是协议还是小说？

“不急，不急。你慢慢看，等明天答复我。”周院长说完就起身离开了，跟之前一样，来去匆匆，不给周源留一点询问的时间。

周源倒是知道病人做手术前，医院都会跟病人签一份这种东西，这也是医院自我保护的一种法律手段，真实目的就是尽量避免产生不必要的医疗纠纷。从医院的角度来看，也是人之常情，并不为过。

不过这样夸张的一份协议……周源先翻到最后一页，看到结尾标注的页码是263，不由有些好奇这么多页到底都是些什么内容。

协议是用正楷字体打印的，白纸黑字，工工整整。粗略翻看了一遍，他发现前面的部分条款是医院的免责条款，另外一些就看不太懂了，因为有许多的医学术语和医疗器械名词，都附加了众多的详细解释。此外更多的则是对周源的治疗安排，那些更为专业、数量庞大的医学单词和医药上的化学名词让他完全找不着北。

没办法，只好场外求援了。周源拿出手机，把这件事告诉陆明和老胡。还好有陆明在，这东西还是找他这个专家来看。周源心里很清楚，自己身上的问题，检查了好几天什么进展都没有，周院长却突然拿来这么一份协议，绝对有问题。

陆明似乎在忙什么，接到电话后又过了一个多小时才到，他看到协议时，也有些吃惊，也不说话坐下就看，这一看就看了一个多小时，才脸色古怪地抬起头道：“这东西有问题。”

“有问题就对了。我就说肯定没有免费的午餐。”

“医院的协议一般都是为治疗或者手术中所产生的风险来签订的，这是法律规定，也是人之常情，而你这份，这么多条款里，针对你的治疗上，却并没有太多约束，完全就是一种开放性的治疗方案。”陆明翻着那些协议里的纸张。

“开放性治疗？什么意思？”

“我这么说吧，这协议并不是为了给你治疗签订的，而像是要做什么病理或药物实验，这就属于医学研究的范畴了，而附加的解释条款里并没有对这件事做出很明确的说明，是因为这种开放式的治疗，很容易出问题，毕竟治疗是以你的身体为依托，一旦出了事，医院不会有任何责任。”

“什么？……”周源觉得一股怒火从心里升起来，不由叫道，“医学实验？这是拿我当小白鼠啊！小白鼠还是其次，关键就北阳市这种小地方的医院，居然也要搞什么医学研究？资格够吗？”

“够不够资格不是我们来说的。”陆明摇摇头道，“病理学研究谁都可以搞，关键是看你这个研究搞出来要做什么？不过这不是重点。我有一个想法。

“对于你的治疗，有个第三方在介入。”陆明严肃地说道。

“第三方？你怎么知道的？”这个问题周源一直也在思考，只是没有实在的证据。

“是那些设备，太贵了。前几天我就有些怀疑，医院根本没有这个财力来进那么多设备。我就顺着医院的设备进货渠道去调查，果然被我查出了一些眉目。”陆明从口袋里掏出一些复印件，“你看，这是那些设备的入院手续，这上面显示供货商和进货渠道竟然都是在同一个地方报关，这就有问题。要知道那些设备分别来自四五个国家，从我发出小青的病历到网上，到医院准备给你治疗，其实也就两三天，在这么短的时间里，这么多的进口设备的报关渠道竟然能被整合到一个点，这可能吗？唯一的解释就是，这单子是伪造的，目的是掩盖这个第三方的身份。”

“等等。”周源打断他，“小青的病历你挂在网上干什么？”

“你对医学研究上的新课题了解吗？”陆明突然问。

周源摇摇头：“这不扯吗，术业有专攻，你那个山头的事，我怎么可能懂这个。”

“我本来是为了寻求解决方案，这也是一个惯例。二十世纪九十年代，清华大学有个女生突发疾病，反复检查却找不出病因，后来把病状描述出来放到网上求助，国外有专家提出了重金属中毒的可能，并反馈给院方。后来有针对性地检查之下，果然确诊为铊中毒。

“那个第三方可能就是看到了挂在网上的小青的病例，才会突然出现在这里，这也就可以解释医院对你的前后态度的转变是怎么回事了。你想，一个可以在医学史上留名的机会，对咱们这个小城医院来说，可并不多。

“世界医学界，包括各个医药公司每年都会有大量的专项资金投入到新发现的病症的研究破解工作里。从经济学角度来说这叫抢占先机。而刘三的自燃和小青的死亡，都属于那种新出现，但还没有治疗方法的病症，它又有传染性，这就正好符合了这种研究性质。我想那个第三方可能就是为了这个目的，才会和医院接触。”陆明的分析听起来很有道理，周源心里开始认同：“照你这么说，那个第三方看来是确实存在的喽。”

“那些设备，可以让医院在今年的资格认证中得到一个不错的级别。你知道，级别提高对我们这个医院，还有院长本人的前途来说，是有很大好处的。再说，这事对周院长来说并没有什么损失，这些东西如果是第三方捐助的，中心医院也不会有任何损失。”陆明继续解释。

周源还是心有疑惑：“但即使有这个第三方，他为什么要隐瞒自己的身份，花那么多钱通过周院长来布置？如果要搞研究为什么不直接找我？”

“这个我就不清楚了。”陆明摇头，“所以，我的建议是先别签协议。”

“协议我当然不会签，我可不想做小白鼠。”

“也不能这么说，从目前的情况来看，你得到的全都是好处。”陆明翻开其中一页，指给周源看，“医院这边，也许只是为了利益，我们现在的疑问都出在那个第三方身上。你这病属于未知病症，签这个协议只是为了给你以后的治疗添加一个法律上的保障。你看，最后的条款里医院还为你买了保险，这说明医院并不是没有为你考虑。”

周源点头表示明白，协议最后确实有份针对自己的医疗保险。至少他如果真的在中心医院治疗期间因病去世，父母会得到一大笔保险金。这让他的愤怒稍稍有所平息，不过更多的是不安，因为这个条款同时也意味着，这种奇怪的病症确实是很危险的。

“假设我的推论正确，那个第三方需要的是对你的研究结果。你如果不签，对医院来说，可能就会违约。我想，周院长跟那个第三方也肯定会有一个协议在身。那些设备一定就是第三方给予医院的筹码。”陆明终于说到结论。

“那就等着，不签，看他们怎么办？”周源马上明白了他的意思，“这样那个第三方一着急，说不定就能看出他们这么做的真正目的。”

“完全正确。”陆明点点头，第一次对周源表示了赞同。

第十五章 “幸运”

周源已经从老胡那里知道，那个自燃的家伙真名叫作林河。他发现自从遇见林河开始，自己平淡的生活就忽然开始跌宕起伏，意外频出，完全脱离了自己的掌控。和陆明讨论之后，周源总算找到了一点线索，虽然还有很多疑惑，但终于有了些抓住主动权的感觉。至少在心理上感觉好受许多：接受治疗时不再是被动的忐忑不安，周源开始主动留意其中的反常之处。

前几天的检查都属于常规项目，除了各个器官的小面积单独筛查，以及抽血验尿这些基本项目。今天医院甚至给周源做了脑部CT，周源发现这台机器是崭新的，不知是不是这次医院忽然莫名其妙新进的那批仪器之一。想到这很可能是中心医院把自己作为筹码与第三方达成的交易，周源躺在机器上的时候心里很不舒服。

下午的时候，周院长再次来到病房，进门说了几句套话就问周源协议是否可以签了。周源见他这么着急，心中更加有数，直接不客气地说道：“这协议我不会签的。”

周院长有些意外，满脸堆笑说肯定是有什么误会，甚至主动作了让步，说如果觉得协议内容有问题可以商量再调整。他的态度更让周源防备，周源坚持绝对不会签。

见周源态度强硬，周院长脸色有些难看，转身出门了。周源还以为他准备翻脸，没想到过了半个小时周院长再次回来时，脸上表情缓和了很多：“周先生既然对这个协议有异议，那你看这样行吗？明天先对你展开治疗，等你的显性病况，也就是发热和皮疹有了缓解，那时再请你重新考虑这份协议，你觉得怎么样？”

周院长出去这一趟回来后态度有所改变，显然是打电话和那个第三方去沟通了，他的反应在周源的预料中，但重新提出的条件却和周源预想的有所差别。

毕竟周源和陆明商量的结果，本来想借此让那个神秘的第三方露面，可既然周院长同意在不签协议的情况下开始治疗，不管是不是那个第三方的授意，至少说明对方对这种病有一定的把握，周源发现，这样的条件对于自己是有利无弊的。

既然有希望能把这怪病给治好，与这个最重要的事相比，第三方的古怪行为都不算什么了。毕竟林河和小青的死状如此恐怖，周源绝不想步他们的后尘。

于是在周源的口头协议下，的治疗正式开始。周源却有种哭笑不得的感觉，因为治疗的方式完全超出了周源的想象，甚至没有用到任何一台医院里的高级仪器。

治疗开始之前周源被要求脱光衣服，护士对他做了体毛去除处理后，开始在他身上贴满味道奇怪的膏药，接着他被放在一个有些冰冷的空调屋里，就这样不动不吃地躺了十个小时。

膏药的粘贴让周源浑身都不舒服，躺在那里像被上了刑的木乃伊，感觉整个人像是冰库里的冻猪肉硬邦邦的，更让他欲哭无泪的是皮肤在这种不透气的情况下很快就变得又痒又麻，稍微一动，就会摩擦得生疼。

不过再难受，周源还是咬着牙坚持了下来。能动的那一刻他终于舒了一口气，以为解脱了。可惜他还是天真了，因为很快就发现，那些粘贴在身上的膏药又带来另外一种痛苦。

周源也是事后查了网络信息才了解，人类不可忍受之疼中，撕膏药竟然名列前茅。虽然某些重要部位的体毛都被提前刮掉，但全身的汗毛都还在，可想而知浑身贴满的膏药撕扯下来的时候有多痛苦。周源只能咬着牙任护士把膏药一片一片地朝下撕，等到在镜子里看到自己满身都是纵横交错的痕迹，他甚至开始怀疑，这是不是周院长对自己的不配合进行的报复。毕竟中心医院虽然不是省级大医院，也是北阳市最好的医院，放着那么多先进仪器和药物不用，居然用这种偏僻乡下才会用的土法治疗，简直不可理喻。

膏药上也不知是什么东西，黏在皮肤上的痕迹却不容易清洗，最后还是护士找来红花油给他擦拭，膏药的黏性据说只有它可以去掉。红花油的刺激让周源身上又痒又疼并列在一处发作，等到身体弄干净，周源带着一股浓重的红花油味道躺在床上再也不能动了。

但这些罪受得很值得。护士给他量过体温后，周源发现自己的体温居然恢复到了37.5摄氏度。这几天护士每天都会对周源体温测量后写在图表上，之前每天他的体温都呈现出一种微弱的上升趋势，虽然不太明显，但每天那么零点零几摄氏度地朝上升着，要不了十天半个月，体温就会到达42摄氏度，那是人体能承受的极限。所以周源觉得那道缓缓上升的曲线就像是催命的诅咒。

此刻看着护士把那个温度显示写在了记录表上，那条趋势线条的下降实在让周源为之一振，按照人体温度的上浮范围说，他已经不发烧了，甚至可以说从病理特征角度来看，是没有问题的。

这是自从陷入昏迷被确认得病后，周源第一次看到了治愈的希望，这种喜悦感觉是任何事情都无法比拟的。没想到这种变态又古怪的膏药竟然真的有效，周源对那个神秘不愿意露面的第三方也开始感激起来。他现在只希望这种幸运，可以一直持续下去。

但陆明却不这样认为。晚上来到病房，看到周源的体温有了明显的下降，他也很高兴，虽然现在皮肤上被刺激得依然红成一片，但那片形状古怪的红疹却真的没那么明显了。

只是听了周源详细讲述今天的治疗过程后，陆明对此有所质疑："这里面还是有问题，你不是全身型的皮肤病，为什么要贴满全身？我看可能是治疗方不希望你知道他们是从哪里下手的，也许真正的治疗点只有几个部位。"

"你是说，他们用这种办法来掩盖自己真实的治疗目的。"

"对。"

"不管了，只要有效，我不在乎。"周源低声说道。他真的不太在乎背后是不是真的有什么阴谋，只要能让身体康复就行了。

陆明叹了口气，没有在这个话题上继续。有时候人只看着眼前的好坏，很容易被蒙蔽。这个道理很简单，但事到临头真能抵挡得住诱惑的人还是太少了。陆明知道，这个突如其来的怪病从身体到精神都在折磨着周源，现在好容易抓住一根救命稻草，他肯定不愿意去多想。

所以陆明只能换了个方式继续提醒周源："我现在可以确认除了周院长之外确实存在着第三方，因为周院长说的那个专为你治疗而成立的专家团队，根本不存在，给你治疗用的膏药来路更是奇怪，谁也不知道周院长是从哪里弄来的。

"而且周院长是西医心脑专科出身，从没听过他还会配膏药。"陆明很确定地说道，"必定是那个第三方提前给他的。"

“无论如何，我的烧退了。”周源没有接这个话题，低着头手无意识地揉着床单，“只希望明天的治疗不要这么变态了。”

既然周源的态度如此，陆明知道现在说什么也没用了。周源是当局者迷，有些事情看来只能先和老胡商量了。

“周源退烧了？这不挺好吗。”老胡接到陆明的电话，虽然不懂医学，但第一反应也和周源差不多，觉得这是一件好事。

“他的体温的确降低了，但我不认为是膏药的作用。”

“怎么说？”老胡来了精神。

“周源的体温是治疗结束之后立即测试的，但之前他赤裸着身体，在开着冷气的屋里已经吹了一天，这是典型的物理降温。”

“医院这么做的意义是什么？”老胡选择相信陆明的专业判断，但周院长这样做能得到什么好处呢？

“我有一个猜测，”陆明声音平静地说道，“对方这是在拖延时间。”

老胡有些惊讶：“不会吧？你们医院周院长之前不是生怕周源在医院出问题，还想赶他走吗？”他知道医院的考核指标里有住院患者死亡率这一条，如果周源接受治疗却最终死在医院里，无疑会拉低这一指标的考核。所以周院长的做法前后明显自相矛盾。

“想拖延时间的也许不是周院长，而是那个第三方。”陆明迟疑了一下，因为下面说的话他也仅仅是猜测而已，“周源的情况最诡异的一点，就是虽然他体温高于常人，但他自己却感觉不到任何异常。医学史上有过这种极其罕见的例子，但他身上症状和小青的死亡联系太紧密，我无法认为这只是孤立的偶然现象。我怀疑……他的身体正在发生一些变化。”

斟酌了一下用词，他继续说道：“我做了一个大胆的假设，就是周源的身体已经适应了这个温度，但并不稳定，当体温继续升高之后，出现意外的可能性非常大……”

说到这里，陆明停了一下，老胡知道他说的“意外”，就是指小青和林河。无论是浑身极度脱水，还是自燃，的确都像是体温继续升高后可能会发生的意外。

“对方这样做的目的，我只能推测。一种是对方的确带着好意，不管方法如何，成功地暂时控制住体温的升高，目的是暗中观察研究病情的发展情况。而另一种，则是他们另有所图。”

两人一时间都不再说话。第三方既然刻意躲在暗中，他们都明白第一种情况的可能性很小。老胡忽然问道："你告诉周源没有？"

"没有，他现在心情挺好。在没有确凿证据之前，我不想干扰他的情绪。"

老胡对着电话点了点头，觉得陆明做得挺对，尽管隔着电话他看不见自己的这个动作。老胡想了想，问道："陆明，你觉得周院长这个人怎么样？"

这个问题有些太宽泛了，陆明一时没有回答，老胡又补充道："你觉得他贪钱吗？"

陆明想了想，中肯地答道："周院长虽然有些势利，但也是为了医院。他在中心医院这个位置上坐了十多年，平心而论是很称职的，无论能力还是医德都算是不错。"

"遇到医疗事故就想赶病人走，也算医德不错？"老胡抱怨了一句，不过对陆明给出的回答并没有显得很意外，"不过你说得没错，和我调查的结果差不多。他并没有从第三方那里收取什么个人好处，应该只是被那些捐赠给中心医院的医疗仪器给打动了。"

陆明没有问老胡对周院长做了哪些调查，他相信以老胡的能力，既然这样肯定，那就是非常有把握的。和老胡交流后，陆明更确定了自己的想法："我怀疑接下来的治疗也会和今天一样，只是障眼法，但我实在猜不出对方到底想做什么。我有些担心周源，并且觉得我们让他留在中心医院，是不是做错了？"

老胡哈哈一笑，充满了豪气："放心，有我在。"

第十六章　小偷

即使膏药的降温效果立竿见影，周源也没办法对接下来的治疗产生什么好感。第二天上午，医院没有再给他贴膏药，却让他在一张有些像是巨大的自动按摩椅的床上躺了几个小时。医生只告诉他这叫理疗床。周源也不知道是什么原理，开通了电源之后床下的机器发出嗡嗡的声响，此外什么事儿没有发生，虽然很无聊，但比起第一天的全身膏药要好受许多。

中间老胡来看了周源一趟，看见周源的样子，还打趣他睡的是高级按摩床。周源这两天都处于失眠状态，和老胡没说几句话就躺在理疗床上睡着了，等醒来之后，发现老胡已经走了。

下午的治疗安排更古怪。小护士给他拿过来那东西时，周源吓了一跳，还以为自己看错了。因为那东西像极了一根按摩棒。长长的金属棍，一头连接着一个圆圆的金属头，他疑惑地拿过去一摸，立即像被马蜂蜇了一样跳了起来，惹得那个小护士咯咯笑个不停。后来经小护士介绍，他才明白这东西是一个电磁穴位按摩器。一头是导电金属，接通了可以产生微小的电磁脉冲，摁在人身体上可以用来刺激穴位。

周源有些迷糊起来，这种东西不是那些养生用品店推荐给老头老太太们用的吗？怎么也拿出来让自己用。这也太儿戏了吧？

他发微信问陆明。陆明的语气很淡，似乎对这些所谓的治疗过程并不感兴趣，只告诉周源中医里的穴位按摩在西医里是没有论证的，但穴位刺激一下并没有坏处。

昨天的好运气似乎戛然而止，一整天的所谓治疗没有起到什么作用，体温测量的结果，再次升到了38摄氏度。虽然比治疗开始之前好了一点，但这种趋势让周源有些紧张。老胡和陆明直到晚上周源入睡前都没有出现，让周源的心情更加郁闷，有一种被遗忘的恐慌感。

当天晚上，周源做了一个噩梦。梦中，他在一片漫天风雪的平原上独自走着。这样孤独地走了很久很久之后，忽然看见远方有一群人影。周源兴奋地朝他们跑去，发现那些人已经快被严寒折磨得无力前行，都瘫坐在地上。可看到周源之后，他们却都露出了奇怪的笑容，所有人沉默地起身，争先恐后地靠近周源。很快，周源就被围在中间，他感觉到不对劲，可是无论他说什么，都没有人回答。人们努力地想要挤进来，只为了靠他近一些。

接着，周源看到了一片火光，在风雪中显得很温暖，人们纷纷看向周源，脸上的表情变得贪婪。火光越来越亮，周源猛然发现，原来光亮来自于自己身上，他愕然低头，发现自己的身体不知什么时候燃烧了起来！极度的恐惧让周源不由自主发出了惊呼！

“啊！”梦中的惊呼让周源暂时摆脱了噩梦，他猛地从床上坐起身，却发现床边站着一个人。

那个人没料到熟睡中的周源会忽然发出惊叫继而惊醒，也愣在了原地。

周源这才发现这个人戴着一顶夏天绝对用不上的毛线帽，帽子的下沿翻了过来，罩住了大部分脸庞。从身形看很陌生，不像是自己认识的人。

周源不知道为什么醒来后病房里会出现一个陌生人，而那个人也没料到周源会忽然醒来，这种场面完全出乎两人的意料之外，一时间两个人都呆住了。

但下一刻，那个人就先反应过来，他没有逃向门边，却反而向周源扑了过来。周源不知道他想干什么，本能地感觉到不妙，猛地把被子掀起罩向对方。那个人被阻挡了一下，但还是隔着被子抓住了周源的胳膊，一个翻滚，两个人顿时一起滚在了地上。

周源猝不及防被压在下面，幸好这两天除了儿戏般的治疗，并没有吃药开刀之类，所以并不像普通病人那么孱弱。他一边反抗一边吼道：“你是谁？”

那人并不说话，只是手上加劲，把被子反过来蒙住周源的脑袋，同时身子完全压在周源的胸口上，这下周源想要大喊救命也喊不出来，很快就出现了缺氧的症状，头开始发晕。

“砰！”

“咚！”

连续两声闷响之后，周源忽然觉得身上一松，他愤怒地扯掉头上的被子，却发现那个戴着帽子的家伙瘫在了地上，旁边站着一个高大的身影。病房的门大开着，还在不停地晃动。

“老胡，你丫是不是蝙蝠侠啊？遇到人民有危难就出现，又救了我一次。”周源站起来，使劲呼吸了几口空气——刚才被闷得够呛。对老胡的出现他颇为意外，又是惊喜又是疑惑。刚才的两声，应该是老胡踢开门冲进来，然后一脚把压在自己身上的家伙给踹开了。他可见识过老胡这一脚的威力，阿龙当时可是半天没回过气来，眼前这家伙显然更加不如，躺在地上挣扎了两下，爬都爬不起来。

老胡见周源没事，上前一把将那个人的帽子给扯掉，周源发现自己并不认识他，但敏锐地发现老胡皱了皱眉头。

“你是谁？来干什么？”有老胡在，周源底气足了很多，主动问那个家伙。

明明是夏天，那个人戴着一顶冬天的帽子，显然是怕被人看到。但此刻他被抓住，却一副无所谓的表情，也不理周源，自顾自揉着被踹到的腰部，干脆坐在地上闭目养神起来。

周源刚刚做了噩梦，心情本来就不好，一醒来又遇上这样的事儿，心里火气噌噌地冒上来，就想上前打这家伙一顿。老胡伸手把他给拦住了，说道：“他是北阳市有名的惯偷。二进宫了吧？”后一句却是问的那个人。

那个人看见老胡认出他来，嬉皮笑脸地说道：“胡爷，我真不知这是您朋友，这不还没来得及下手就被发现了，算我倒霉。”

周源恍然大悟，这家伙多半是以为这个贵宾病房里住的是什么有钱人，所以半夜悄悄潜进来偷东西。不过他觉得奇怪的是，老胡怎么会半夜刚好出现呢？

老胡从地上一把将那个惯偷扯了起来，对周源说：“我把他送到局里去，你给陆明打电话，让他过来。我等一会儿就回来。”

周源看了看表，半夜两点半多了，顿时露出为难的神色。他觉得只是遇见小偷，不用小题大做半夜把陆明给喊来，但看着老胡少有地露出严肃的神色，还是拿起电话。

陆明今天没有值夜班，但接了电话之后，不到一个小时就从家里赶了过来，周源给他说完刚才发生的事，老胡正好也赶回了病房。

“老胡，那小子怎么处理的？这次非得关他个几年。”周源恨恨地说道，他很讨厌小偷，特别是在医院偷钱的贼，看新闻报道经常有病人在医院被偷走治疗费。救命的钱也偷，这种人简直该死。

“盗窃未遂。数额不大，情节也不算严重。虽然他是惯犯，最多拘留几天。”老胡摇摇头。

周源有些失望，不过好在自己也没什么损失，也只能这样了。他好奇地问道：“老胡，你真神了，怎么出现得这么巧？”

“巧你个头。”老胡两步走到门边，从门框上方拿下一个小东西，扔给周源看，“针孔摄像头，可以用手机监控。我今天来看你的时候装上的，在医院守了一天了。”

周源翻看着手里的摄像头，这东西做工挺细致的，只有硬币大小，也不知老胡是哪里搞到的。周源不解地问：“你装这个干吗？”

陆明站在旁边听他们说了这两句，立刻明白过来：“老胡，你一直在医院守着？这件事和那个……有关？”

老胡点点头，从怀里掏出一个塑料袋递给陆明：“你看看这个。”

塑料袋里是一条毛巾，陆明刚刚打开袋口，立刻紧紧皱起了眉头：“这是那个小偷身上搜出来的？”见老胡点了点头，陆明神色立刻变得凝重起来。

“这是啥东西？”

“乙醚。”陆明解释了一句，然后小心地把袋口重新封上，揣进了口袋里。

“等等，什么状况啊？”周源有些搞不清状况，转头问陆明：“乙醚是什么？我怎么听着这么耳熟呢？”

陆明简单解释道：“一种麻醉剂，通常医用上用来做全身麻醉。”

老胡补充道：“不少罪犯也会用。但剂量掌握不好容易造成深度昏迷。”

周源这下听懂了，电视剧里有不少这样的情节，拿个手帕往嘴上一捂，受害人就浑身瘫软昏过去了，好像就是这玩意儿。他有点后怕：“这算是行为恶劣吧？有这个做证据是不是可以让那家伙判得重一些？”

老胡没理周源，走到床边坐了下来：“周源，你平时有没有什么仇家？”

周源被问得一愣，想了想才说道：“没有。最近有过节的就是阿龙，不过事情也说开了，他现在应该不会找我麻烦吧。”

老胡点点头：“他身上没有带凶器，而且和你并不认识，所以没有报复行凶的动机。”然后老胡再问道，“刚才你醒了之后，他的第一反应是什么？”

“我们都愣了一下，然后他就扑上来打我——也不算打，就是用被子蒙住我的头。”周源立刻说道，这事毕竟刚刚发生，他印象很深刻。

“如果他真是为了偷东西，而且你也没能看见他的长相，他的第一反应为什么不是逃跑？”老胡反问道。

老胡问得很有道理，周源一时间说不出话来。这可是医院，虽然是半夜，但整栋大楼里清醒的人绝对不少，如果那小偷转身就跑出门去，还是可以顺利跑掉的，但他却选择主动动手，如果周源反抗的时候动静闹大了，有人发现后他肯定跑不了。若是新手这样做还有可能是因为紧张，但作为一个惯犯，他这种不明智的行为的确很反常。

陆明接口道："所以，他其实根本不是来偷东西的。他的目的就是你，周源。"

"我？"周源有些错愕，然后自嘲地说道，"老胡都说了他又不是报复行凶，总不会半夜跑来就是要莫名其妙揍我一顿吧？我又不是女的，难道他还想把我劫回去当压寨夫人？"

可是老胡和陆明没有接话，反而都目光闪烁地看着周源。周源被盯得有些发毛，想到刚刚说的乙醚的用法，干笑道："不会真的是想要劫我吧？他图什么啊？"

"今天的治疗效果如何？"陆明问了一个不相干的问题。却说到周源烦心的地方，他描述了一下今天的治疗过程，沮丧地说道："昨天体温降了点，可今天又升上去了。"

"现在基本可以确定我们的猜测了。"陆明微微摇了摇头，"最坏一种可能出现了。想要劫走你的不是这个小偷，而是那个第三方。"

"我不明白，为什么啊？"周源此时的心情用一句话来形容的话，那就真是日了狗了。

老胡说道："这得你自己想想，你有什么特别的地方？"

"对了！那个小偷叫啥名字？可以问他啊，严刑拷打还怕他不说！"陆明的推断让周源有些慌乱，他感觉自己好像真的变成小白鼠一样，情绪激动起来。

"没办法，现在只是我们的推测，并没有证据。"老胡使劲拍了下床沿，"他咬死了是来偷东西的，最多拘留几天。那个第三方既然那么有钱，这小偷肯定已经被牢牢收买了，就算真的能判他几年，也是绝不会松口的。"

陆明也同意老胡的说法："周源，这两天的所谓治疗明显只是敷衍，你不能再把希望寄托在这上面。不过至少明确了一件事，第三方对你本人很感兴趣，甚至不惜请人试图劫走你。所以我们必须先搞清楚，你身上到底有什么是他感兴趣的？"

是啊，自己到底有什么特别的呢？周源冷静下来，自己身上唯一特殊的地方就是这个怪病。可见过求钱、求名、求色的人，从来不知道还有人会对病感兴趣？

周源忽然有了一个可怕的想法：也许小青、林河的死，也都和那个第三方有关。而老胡之前不动声色提前安好了摄像头，说明他也认为这件事背后有着明显人为干涉的痕迹。虽然老胡又一次救了自己，但从另一个方面也证明这件事更加复杂了。

第十七章 撤离

周源想了一晚上，终于下定决心，一早就去找周院长。如果他不告诉自己第三方是谁，就不再接受这所谓的“治疗”。

可是事情再次出乎周源的意料，周院长一大早就主动找上门来了。

“周先生，实在是抱歉，这些天来我们虽然努力，但还是没能检查出周先生身体有什么异常。所以唯一的结论就是，你的身体情况良好。恭喜你，可以出院了！”周院长笑容满面，一副恭喜的表情。

周源愣了半天才回过味来，我靠，这是要赶自己走啊？！

见周源没有反应，周院长似乎也意识到自己有些过分，咳嗽了两声：“这个，如果周先生还是觉得不放心的话，我们也可以继续检查，只是中心医院最近急重病人比较多，所以只能请周先生转到普通病房了。请你体谅一下，我们也有难处啊。”

说完周院长丢下一句好好休息，就转身匆匆走了。周源从头到尾一句话都没来得及说，更不要说开口询问关于第三方的事情了。

这突如其来的变化让周源回不过神，坐在床上发愣，甚至不知道陆明是什么时候来的。

“看来那个第三方已经撤了。”陆明脸色也很难看，他也是才知道周院长的决定，就匆匆赶来。

周源也猜到了，可是心里还是很不爽：“你们周院长也太势利了吧，这算不算人走茶凉？”这个比喻用在这里不伦不类，可是周源想不出别的词来表达自己的窝火。

“我刚才和周院长吵了一架。他答应中心医院还可以对你进行免费治疗，但那些高规格的配置不会再有了。”

“那我的病，还能不能治？”周源越想越冒火，“搞了这么多天，一点儿进展都没有，成天提心吊胆的，这种日子我受够了。算了，我马上出院，也懒得治了，反正上次既然没死成，以后说不定也没事。就算有事我也认了！”

说着，他就准备脱掉身上的病服。

陆明拦住了他：“周源，你冷静一点！你现在虽然没事，但表现出来的症状说明随时可能会有危险。现在没有进展，只是因为你这病的病灶点，中心医院并不知道在哪里。”

“什么病灶，你说明白点。”

“病灶就是发病的根本点，这其实是西医的说法。中医对病的理解则跟西医不同，但殊途同归。西医讲究的是点对点治疗，它可以具体到一个细胞，实行针对性的治疗，从治疗手段上来说，西医很程序化，而你治疗的这两天，用的却全都是中医的治疗办法，膏药和理疗床，还有那个电磁笔。从中医理论来说，都属于大而全的宏观治疗手段。很明显，你的治疗方案是出自第三方的授意。周院长能够接受，是因为这些方案是无害的。

换个角度想，假设第三方真的只是把你当作未知病例的研究对象，那么首先应该选择的是做一些程式化的研究。比如真是刘三传染了你，那么在治疗初期就应该对你进行组织采样，针对性地做传染病方面的微生物培养研究。但医院却没有这样做。这说明那个第三方故意没有对医院给出真正有效的治疗方案，再加上昨晚的事情，可以得出结论，第三方是在利用你。

人在失望的时候，更容易朝坏的地方想，所以你一定要镇静。”陆明的语调还是那么冷静，“那个第三方是走了，但他给中心医院带来的那些设备都还在。现代医学这么发达，只要时间足够，我们就可以找到医治它的办法。你要记住，你跟小青不一样，所以别老想小青怎么样，那样只会让你更加的颓废和绝望。”

周源被说中了心里所想，问道：“那你说，我该怎么办？”

“先留在这里。既然常规检查没有用，我们就自己来。反正到其他医院还是得从头来过，这么一来一去，会耽误时间，对你的病并没有好处。”

周源默不出声，陆明说得对，至少中心医院里还有自己的哥们儿在，可以想办法努力找原因。如果去其他医院，哪怕是省级大医院，常规检查结果也只能证明自己身体情况良好，就算自己说出小青的前例，别人也会觉得自己是妄想症吧？

在周源的印象里，这应该是第三次被陆明说服了，每次当自己产生这种负面情绪的时候，陆明都会有办法把自己的心态扭转过来。周源想到这里，感激地朝陆明笑了笑。

住了好几天VIP病房，搬到普通病房区后，周源有一点儿很不习惯。那就是太吵了，整个病房区不停地有人在过道里走动，病房里其他病人的家属也络绎不绝。专职护士陪护的待遇也取消了，医生来病房里巡查了好几遍，也没怎么搭理周源。

还好老胡心细，中午给周源送饭来，要不然周源还傻傻地在床上等着护士送餐来呢——他这才知道周院长说的继续免费治疗，可不包括三餐。

饭还没吃两口，走廊上传来一阵叽叽喳喳的议论声，接着病房的门被打开，一个警察径直朝周源走了过来。同病房的其他人都用异样的眼神打量着周源。

周源认出来，这个人就是当时在小巷里碰到过的那位中年警察，不知他忽然找到自己有什么事儿，心里有些忐忑。

中年警察看着周源笑了笑："你怎么还在医院待着呢。"

"老宋，找他啥事儿啊？"老胡坐在旁边正捧着盒饭吃着，看见老宋进来就打了个招呼。

老宋这才看到老胡也在，看了看屋里其他病床上的病人，招了招手："没什么大事，走吧，咱们出去说。"

周源也没多问，默默地下了床。三个人走到住院大楼一楼的侧门外，老宋掏出烟来，扔给老胡一根，然后自己点上，乐呵呵地对周源说："你是病人，就不给你发烟了啊。"

"您找我什么事儿啊？"见他态度和蔼，周源也不那么紧张了。

"是这样，你的嫌疑解除了。特意来通知你一下。"

周源不太明白："什么嫌疑解除了？是林河的案子完结了？"

老宋像是熬了夜，一脸倦容地说道："废话。自燃那位，现场又没别人，死了一个人，你不是嫌疑人谁是？"

果然是这样。周源不由得庆幸自己这段时间没有离开这里，不然说不定还会变成畏罪潜逃。这都是什么事儿啊！

"可你不说那是第六起事故吗？"周源心里一块石头落地，不由想知道得更多一点。

“哦，来就是跟你说这个事。那些其实都是林河一个人干的，他有精神病史。之前的六起火灾都跟林河有关，其中有三起都有目击人看到他在现场，这家伙的特征很明显，总穿那么一件衣服，从第一起火灾事故到你那一起，都是那么一件短袖上衣，倒很符合他精神病人的身份。”

“那他的自燃又怎么解释？”这个疑惑一直折磨着周源，他必须要问清楚。

“他没疯前，是个化学老师，你看到的可能是某种化学药品加上他自己所产生出的烛芯效应，也就是说，他把自己当蜡烛点了。就这么简单。”老宋深吸了一口，把烟头扔在地上踩灭，“他让你把他拉到十八里岗，就是以这种方式自杀。这家伙倒还有点良心。要在北阳市里弄那么一家伙，烧上几口子，我们今年可有得忙了。”

看着老宋轻描淡写地说着，周源忽然有一种不真实的感觉。这么诡异的事儿，就这样说结束就结束了？可警察的话总不会是乱说的，他们也不可能专门过来给自己开这个玩笑。

“你也知道，精神病病人在我们国家是不需要承担法律责任的，因此你那事，就算完了。所以也用不着保密了。”老宋说着从公文包里掏出一份文件，递过来，“在这上面签个字。”

周源看了下那文件，是一份案件结论说明，上面有他之前的口供记录。在那份记录下面签了名，老宋合上文件，也舒了一口气，朝周源和老胡点了点头：“行。那我就先走了。”

“等等。”一直没说话的老胡忽然开口。

第十八章 化验

“我怀疑小青的死和林河有关系。”老胡目光炯炯，毫不退缩地看着老宋。他对这件案子就这样结束十分的不满，之前他答应过老宋不再管闲事，但随后围绕周源发生的那些事情，让他意识到事情不应该就这样简单地结束。

老宋无奈叹了口气：“胡东东，我们知道这件事。昨天我们就是去沸腾夜调查了。”他太了解老胡了，既然他轴脾气上来了，只好耐心解释起来，“我们利用DNA技术，查到了林河的籍贯。他的家乡那边的派出所给我们传来了他的精神病鉴定证书。我们也跟精神病院联系过，那鉴定书就是他们出具的，林河确实曾在他们那里住过一段时间，那份精神病鉴定证书是真的。”

老宋说到这里搓了把脸，感觉很疲惫的样子，才接着说道：“最初我们也以为这事是你说的那种怪案，但证据就是证据。人体绝对不可能自己烧起来，因为这不符合科学常识。老胡，你也做了十来年的警察，狗屁倒灶的事见得不少吧？调查结果只认证据，这个道理你不明白吗！这事从一开始就不是什么病症引起的。”

他看了一眼周源，继续说道：“周源，你在医院这些天不也没检查出什么问题吗？你们想得太多了，让自己去相信一些不可能存在的事。那个死了的小姐，她在那种环境，会传染上什么病，不用我说了吧。不能因为忽然急病暴亡，就说她是被林河传染的嘛！否则她为什么不像林河那样烧起来？”

老胡嘴角动了动，没有再说话。周源心里觉得警察说得其实挺对，如果是传染病，那个小青为什么没烧起来？这确实是个无法解释的问题。

老宋苦笑了一下拍了拍老胡的肩膀，用两人才能听见的声音轻声说道：“否则你说我的报告应该怎么写？”摇了摇头，提着公文包走了。

老胡呆呆地站了半天，忽然冒了一句：“没理由。”

“什么没理由？”

“你还记得小青临死前说的什么吗？”

周源怎么会不记得，这也是他一直觉得诡异的地方：“她说，‘我被骗了，你也被骗了’。”不知为什么，只是重复了一遍这句话，周源依然觉得心里发毛，那个场面给他留下的印象太深刻了。

“你觉得林河像是精神病人吗？”老胡又问道。

周源想了想，摇了摇头，又点点头。他本来不觉得，但警察这么一说，他又觉得林河的举止的确很不正常。

“一个精神病人，会给一个小姐承诺了什么，以至于让她临死前都念念不忘呢？”老胡自言自语地说道。

周源心想，我也想知道。这时他的手机忽然震动起来，是陆明的短信。

“你怎么不在病房？”

“警察找我有事，马上回来。”周源赶紧回了消息，然后对老胡说：“我先回病房了。”

老胡却没有动，而是若有所思道：“事情的关键还是在那个第三方身上……我要去查一查。”说完他也没多交代，就转身急匆匆地走了。

周源还没回到病房，就被等在门口的陆明直接给拉到他的办公室。

办公室里有一个小的隔间，里面有一张小床，平常用来给病人做检查。陆明让周源在床上躺下，再进来的时候，端着一个托盘，上面放满了药瓶。然后陆明迅速戴上了胶皮手套和口罩。周源这才发现他手中多了一把手术刀，被吓了一跳，坐了起来：“你这是干什么？”他觉得陆明这个架势像是要给自己做手术，可如果真是做手术，准备工作也不可能这么潦草啊。

“躺下。”隔着口罩，陆明的声音听起来有些低沉，配合严肃的眼神和这身白大褂，显得很有气场。周源也不敢问，老老实实重新躺好。

“那里面可能有东西。”陆明抬手掀开周源身上的衣服，拿起一团蘸了酒精的棉花仔细擦拭他肚子上的皮肤，“别乱动。”

周源只觉得肚皮上凉凉的，刚想说什么，忽然感觉皮肤上有什么东西擦过，接着那块皮肤一凉，仿佛瞬间被放上了一小块冰之后又被迅速拿走。他忍不住半仰起头，看到那块已经扩展到肚皮上的红色皮疹中央，出现了一道细细的痕迹。

接着一滴血珠从那道痕迹上渗出来，周源这才感觉到了疼痛。

周源有些惊慌，那道血痕很快就开始向外冒出一层大小不一的血珠，先是一滴一滴，逐渐地越来越多，聚集在那条刀痕处，形成了一条血线。

“妈的，这是要给我开膛吗？”周源有些生气，却反而身体僵硬，不敢随便乱得，也不敢用手去碰伤口。他不知道陆明这刀划得有多深，万一下刀狠，弄不好肠子就流出来了。

不过陆明根本不理他，轻轻挤压着伤口，让血液流出更多一些，然后拿出一个吸液器收集起来装在几根空的试管里。最后他从托盘里拿出一团消毒棉摁在了周源的肚皮上消毒，消毒棉上的酒精和伤口接触的时候，又让周源倒吸了一口凉气。

做完这一切，陆明才淡定地开口：“你鬼叫什么？我只是把皮疹的表层给切破，早就该动刀了。这些皮疹红肿现象严重，说明皮下组织里有东西，现在看似乎是血液凝聚。”

“那也不能就这样给我做手术啊！”周源抗议道，他坐了起来，自己按住了伤口的酒精棉。陆明说得没错，只是一道极浅的小口子，疼痛的感觉都没有多少。只是他刚才的确被吓得不轻。

“这可不是手术。”陆明拨开周源的手，拿走挡住伤口的酒精棉，指着伤口说道，“你自己看，那层疹子现在颜色已经淡了很多。之前医院给你的检查虽然全面，但都太保守了。既然周院长之前搞那么多毫无用处，现在又直接放弃对你的治疗，那只好我给你做。本来准备化验一下皮疹里的组织液，没想到有这么多瘀血，得仔细分析一下。”说着，又在伤口附近按了几下，仔细观察了伤口创面。

“行了行了，看够了没有？你就不怕我的血流光了。”伤口处陆续有血珠渗出，有些顺着皮肤滑落在了床单上，看着白床单上的点点血迹，周源本能地有些害怕，“赶紧给我止血。”

陆明又观察了一两分钟，这才用纱布给周源简单地包了一下：“我拿去化验室化验。”

“等等，我也去。”周源从床上跳了下来。他虽然不懂医学，而且觉得陆明的方式有些简单粗暴，但有一点至少陆明说得挺对，之前医院的检查都流于表面，似乎怕出现任何意外。既然病症体现在体温和皮疹两个方面，那么直接就此入手，说不定真的会有什么发现，他自然希望第一时间知道结果。

化验室在三楼，里面的医生看到陆明进来，只打了个招呼就忙活自己的事去了。陆明示意周源把袖子卷起来，在他胳膊上抽了一些静脉血。周源抱怨道：“怎么还要抽血啊？刚才你收集那么多还不够？”

陆明对此的回答只有三个字：“少废话。”

又抽了一试管血之后，陆明把它跟之前从伤口处流出来的血分开做成了几个实验玻璃片，其中一些放在一个血型检测的仪器里，开动后就开始嗡嗡响动。剩下的样品则被他放在一架显微镜下分别观察起来。

不愧是中心医院的业务骨干，陆明的一系列操作利落干脆，井井有条，显得很专业，周源看不懂，只好老实地坐在一旁等着。

半个钟头后，陆明才抬起头，有些疑惑。他看向周源：“初步检测显示，你的血液活性很大。”

“什么意思？”

“就是你的血液功能很正常。”

“是好事吧？”周源小心翼翼地猜测，从陆明的表情上可看不出是好事。

“不能简单来判断。检测结果确实是没问题，但从你皮疹下采出的血跟你静脉里的血，它们两个的检测数据都一样。这就是问题。”陆明看周源一脸茫然，只好给他简单解释血液检测的常识。

“血液是人体的运送工厂，它分为血浆和血细胞，血细胞有活性，而血浆没有生物活性，它们都靠心脏的运动来产生压力在人体内活动。”

“噢……然后呢？”周源倒是听明白了，但还是不懂和检查结果的关系在哪儿。

陆明忽然问道：“你身上的皮疹最开始出现的时候，在什么部位？”

最开始发现他身上皮疹的是老胡，周源回忆了一下当时的情景，肯定地说道：“是在背上和肩膀。”

“可它后来自己转移了。对吧？”

周源低头看了看自己的肚子，点了点头。

“普通的急发性皮疹，比如丘疹、荨麻疹，也会有快速扩散转移的症状表现，但你身上的不是皮疹，只是看起来有些像。因为普通的炎症，一定会有某种程度的组织病变。可你皮疹之下并没发现其他的组织液，分析成分和静脉血没有任何差别。”

周源算是明白了一点：“就是说，还是不知道原因？”他有些沮丧，陆明说了那么一大段听起来专业的东西，结果还是然并卵。

“既然你的‘皮疹’不是病理性的扩散，那么就是其他的原因。比如过敏和体温升高都会造成血液压力的变化，会让血液产生异常聚集和流动，导致皮肤附近的毛细血管破裂。总之这需要进一步检查。不过有了现象，检查的范围就可以缩小了。总比之前莫名其妙地乱查一通要好一些。”陆明继续把头埋在显微镜下研究起来。

周源看了一眼屋角的血液分析仪，还在嗡嗡地响着，陆明说的进一步检查，估计得等仪器分析好了才能继续了。

化验室里很安静，又是一个小时过去，陆明倒是一直在忙碌不停。周源有些坐不住了，刚想站起来，一阵刺耳的铃声却突然在楼道里响了起来。

铃声很大，化验室里的人都被吓了一跳，陆明也抬起了头看向外边。周源听那声音有些似曾相识，有些像是上学时的下课铃，但一时却又想不起究竟是什么意思。正诧异着，门从外边被打开，一个年轻人伸头进来，大声说道：“各位，都快出去，楼下着火了。”

第十九章　电话

这句话让所有人都愣了一下，周源立刻冲到门外，发现这一层的楼道里已经站了不少人，都是一副茫然的表情在四处张望。周源没看到火光，也没闻到烟味，就问那个年轻人到底哪里着火了，那位却也只是摇头，看样子也不清楚。

敲门的年轻人已经回身去敲隔壁的门了，这一层是医技区，属于医院里的技术部门，化验和医学检测仪器都在这里，因此人不算太多。看来着火的并不是这一层，大家脸上表现出的也只有惊讶，不算太惊慌。

火灾在北阳市这种小城平时很少遇到，更别说这种火警铃声了，突然响起来，大多数人的反应还是有些迟钝。

血液检测还没有做完，机器还在转动，陆明站在机器前没动，显然很不想走，但火灾这种事不是闹着玩的，必须按照规定撤离。门外的人已经开始陆续地朝消防楼梯那里跑，屋内的其他医生也都放下手里的东西开始朝外走。陆明没办法，只得把几份做好但没有用掉的血样拿在手里，关了机器和周源一起走了出来。

门外的人群聚集在消防楼梯那里，人一多氛围立即就不一样了，人们开始争先恐后地下楼，喧闹声让人心里开始发慌，尽管没有看见火和烟，但鼻子里似乎已经闻到了着火的味道。随着人流来到楼下，一楼的大厅里聚集的人更多，病人和医生聚集在一处，一时人声鼎沸。询问的，抱怨的，甚至一些正在接受治疗被火灾打断不得不撤出来的病人开始高声骂街，场面非常乱。

这时周源看到周院长从后院的办公大楼里出来，正在指挥着人从楼里朝外撤退，随着他的手势可以看到，刚才所待的门诊大楼一楼东侧的某间屋子，正在冒出火光和浓烟。

“那是什么地方？”周源问陆明。

“好像是洗衣房，是医院处理病人脏了的铺盖和病号服的地方。”

“洗衣房不是有水吗，那也能烧起来？”周源嘲笑道，“你们医院也太不靠谱了吧。”现在能明显闻到那个方向传来一股焦煳味儿。

陆明没有说话，只看着手里的血样一脸的不爽。周源知道他是为刚才那些快要出来的检测结果可惜，突如其来的火灾让这两个小时算是白忙活了。

“血样还在，这火应该很快就能扑灭，大不了明天再搞。我不着急。”周源安慰他。

陆明苦笑着点头，这时候人群开始骚动，大家在几个医生的指挥下开始朝着医院外撤离。周源扭头看去，那间着火的屋子正在朝外翻滚着黑乎乎的浓烟。

“那里都是衣服，易燃得很，这么烧下去，楼上的房间会不会被烧坏？”周源嘀咕着，“救火车怎么还不来？”刚说完，就听到一阵消防车“着了着了”地响着铃开了进来。人群都很识相地散开，现场被消防队的人清出了一片空地，水管和人员也很快到位。消防队员拿着消防斧的把头把那间屋子的窗户给敲烂，里面进了空气，火头立即就窜了出来，足有七八米高。围观的人群都没有见过这个，纷纷爆发出一阵惊呼。

“烧这一家伙，你们医院今年的安全奖怕是要黄了。这下周院长该睡不着觉了。”既然没有人员伤亡，周源想到周院长这个势利老头此刻的表情，反倒忽然觉得有些开心。

火势很突然，却并不大。消防队的小伙子们忙活了不到二十分钟，火就被扑灭了，不过那么大一车水冲进洗衣房，里面成堆的衣服和被子这么连烧带泡的，铁定完蛋。直接损失都还好，最重要的是医院出这种事，引起的影响肯定不小，唯一万幸的就是这场突如其来的火灾没有人受伤。

消防员开始朝外回收灭火管。热闹完了，围观的人群也逐渐散去，被撤离出来的医生和病人都纷纷回楼里了。陆明着急拿到实验结果，就拿着血样也上了楼。周源知道他是要去继续刚才没做完的检验，但这样干等下去实在没有什么意思，想着这几天一直在医院，家也没回，反正一时半会儿也检查不出什么异常，干脆和陆明说了一声，决定回家一趟，这几天虽然每天都给父母发短信，但再不回家他们也该急了。

到了家却发现父母又不在，估计是打麻将去了。倒是老胡打来一个电话，得知周源在家后，老胡只扔下一句："等我过来找你，先别回医院！"

见到周源，老胡的第一句话就让他差点儿跳了起来："周源，你知道吗，你现在的身价是五十万。"

什么状况？周源第一反应是老胡在开玩笑，可认真打量了一下，就发现不对。两人半天没见而已，但此时老胡神情严肃，样子却有些狼狈，脸上多了一道不大的口子，嘴角也有点瘀青，明显是打过架。

周源觉得奇怪，从阿龙到那个小偷，他能看出来老胡虽然现在不是警察，但在北阳市的混混中间威望还是挺高的，谁敢对他动手？更何况，老胡的身手周源是见识过的，即便动手，怎么会吃亏呢？

好几个疑问同时涌起，周源下意识先问了自己最关心的问题："老胡，你和谁动手了？发生什么事儿了？"

老胡随手拿起桌上的杯子，喝了一大口水，才开始解释。

原来虽然警方已经结案，但老胡并没有放弃，决定自己调查。他第一个想到的线索，就是那个小偷，既然能断定他是被第三方指使的，那么也许能从他身上顺着挖出些什么。问了警局的同事，得知他果然因为盗窃未遂，情节轻微，所以只是被训诫一番，关了几个小时，一大早就放出来了。

老胡直接找到他家里，却从他的家人和邻居处得知，这小子回来了一趟立刻就出门了，而且明确说自己是出远门，要过一阵子才回来。明显是早有准备，跑路躲风头去了。

这条线索断了，老胡却没有过于失望。他想到，既然那个第三方会用这种方式，借助旁门左道的手段想带走周源，那么这次没成功，肯定还会有第二次。于是老胡试着去联系北阳市其他有着地下背景的人，往日的人脉起到了作用，果然有人告诉他，还有某个老大级的人物也接到了这个活儿。

接下来的事情就简单了，老胡找到那个人，可让他失算的是，这次对方并没有买他的账，嚣张地声称这是五十万的买卖，要老胡不要挡道，更不要提从他们口中得知那个第三方的什么信息了。老胡一怒之下，把对方四五个人收拾了一顿，但自己也挂了些彩。

"我已经给老宋他们说了，你的安全暂时没有问题。"老胡忧心忡忡地说道，"但明枪易躲暗箭难防，肯定会有人受不住这笔钱的诱惑，所以我让你暂时不要回医院。"

周源听得目瞪口呆，他记得古龙的小说里有一句话：每个人都有自己的标价，只是体现的方式不同。周源从来不知道自己居然会那么值钱，可他却没想到居然是以这种方式。

看着老胡脸上的伤痕，周源心里涌起一股暖意："老胡，谢谢你。"

老胡不耐烦地挥挥手："把我当朋友就别说这些，肉麻。"

周源收拾了下心情，说到正题："老胡，那个第三方，到底想干什么？"

老胡还没说话，忽然门外有人敲门。周源紧张地站了起来，老胡也皱起眉头："我就不信这帮孙子真有那么大胆子，天还没黑就想上门劫人?"说着，大步走到门口，一把将大门拉开。

门外站着的是陆明。他的脸色看上去有些苍白，只是看到他的神情，周源顿时就明白，肯定带来的是坏消息。

"化验出结果了？"

陆明的脸色很冷，没有立刻回答，就那么站在那里，盯着周源看，眼神里是一种从未有过的冷峻。周源被他这样看着，顿时感觉到巨大的压力，仿佛自己犯了什么大错一样。老胡也觉得有些不对道："陆明，发生什么了？"

陆明朝后走了两步，站得离周源远了一些，这才开口问道："从医院回来之后，你肚子上有什么感觉？"

周源掀开衣服，一把将纱布给扯掉。肚皮上的皮疹因为被放过血，现在颜色变得很淡了几乎看不出来什么。伤口只剩下一道淡淡的痕迹，血也早就止住了。

"事情有些失去控制。你知道，那些血……"陆明没有把这话说完，似乎很烦躁地摆了摆手，然后拿出手机拨了一个号，接通后对着说了句："我找到他了。"

手机那头有人在说话，但因为陆明把手机放在耳朵边，周源听不太清楚，而陆明的脸色却变了变，看了看周源，直接把手机递过去："他……要跟你说话。"

"谁啊？神神秘秘的。"周源疑惑地接过手机，放在耳朵边，立即听到里面传来一个男人的声音："是周源先生吗？"听声音不像是个年轻人，语气淡漠。

"我是，你是哪位？"

"昨天的不辞而别，希望周先生别介意。"对方说。

周源听得一头雾水，心说这谁啊，还挺客气？不由看向陆明。陆明摆摆手，示意他继续听，然后转身把门给关上了。

"刚才已经跟陆医生有了初步的沟通，你的病情，似乎有了变化。"那人道。

"你是谁？"周源声音不由自主地大了起来。这时陆明朝他伸出三根手指，嘴里轻轻地说道："那个第三方。"

周源吃惊地张大嘴巴，老胡也下意识往前走了一步。那个第三方一直很小心，老胡一路调查，尽管发现线索却还是没有所得。周源不敢相信地看着陆明，不明白他是怎么找到这个人，并联系上的。

“周先生，我接下来要说的话，是属于你我之间的秘密。记得不要告诉其他无关的人，可以吗？”那人说的话带着商量的意思，但却是那种不容置疑的命令口气。

周源一边答应下来，一边心想老胡和陆明不算无关的人吧。他心里有些发紧，有一种马上要接触到某种巨大秘密的感觉。

“你说。”

“你身上的皮疹，是不是已经开始转移了？”对方问。

“你怎么知道？”周源惊讶极了，不由再次看向陆明。这事他是怎么知道的？

“那就是了。”对方冷冷地说道，“你的时间已经不多了。”

“你什么意思？你到底是谁？凭什么这么说？”周源有些生气，这什么人，打电话来报丧还是怎么着？

“周院长那么对我，是不是你的意思？还有，半夜潜入我病房的人，是不是你安排的？”周源火气起来了，追问道，“你为什么那么做？”

“周先生，浪费你的时间来问这些跟你的病无关的事，我觉得对你没什么意义。”对方的声音依然很冷静，等了一会儿见周源不再说话，他又说道，“看来你还是不相信我，好吧，把电话给陆医生，他会让你看一个真相。”

周源把电话给了陆明，陆明接过去听了一下，脸色就变了，很不敢相信地问：“什么？在这里？”

对方好像又说了什么，陆明才很不情愿地把电话放下，然后问周源：“去找张卫生纸来。”

老胡立刻从桌上的纸盒里抽出一张面巾纸递给他。

陆明叹了口气，把那张纸拿起来，沉声说道：“周源，不管下面你看到什么，都不要惊慌。而且，最好别惊动你父母。”

第二十章　自燃

陆明的表情让周源明白过来，他不是在说笑话。陆明和胡东东是两种完全不同的性格，老胡在涉及案子的时候思维缜密，行动果决，但平时大大咧咧，不拘小节。陆明则不同，不管任何时候做事都一板一眼，待人接物显得很正经，但严肃和正经到这种程度，却也是非常罕见。

自从见到林河在眼前燃烧起来之后，周源第一次真正感觉到了恐惧。因为他看到陆明拿着那张纸的手明显在颤抖，这不是一个年轻有为的医生应该有的表现。唯一的解释就是陆明很紧张。

可紧张什么呢？那张纸，只是老胡刚刚顺手从桌上的纸盒中抽出的一张普通面巾纸。周源可以肯定这盒纸没有什么问题，是父母超市打折的时候买的，此时已经用过一大半了。为什么陆明会这样谨慎，甚至是有些畏惧？

如临大敌？周源脑袋里突然冒出这么一个词语，立即觉得很真切，陆明此时给他的感觉，确实就是这样。

屋里的气氛因为陆明的严肃，开始变得沉默起来。

周源和老胡都不说话，明白答案就在陆明接下来的动作里。但周源还是想错了，他以为是那张纸有什么问题，但陆明却把那张纸随便揉了一下就朝烟灰缸里一扔。

接着，陆明从自己的包里掏出一个东西。

周源一眼就认出来，这东西他很熟悉，是装血液样本的试管。之前在医院里陆明就是用这个来装他的血样。而此时陆明拿出来的这个半透明的玻璃管，里面还有半管血样。

“这是谁的？”周源问道，虽然明知道这管血有百分之八十的可能是自己的。

陆明果然说道：“还能有谁的。”

周源压下心里的疑惑，不再说话，看着陆明很小心地把试管里的血倾斜了一下，动作极为谨慎和缓慢，仿佛在做什么危险的事情，仔细控制试管朝着地面上烟灰缸的位置倒了下去。陆明控制得很好，试管里只有一滴血顺着管口滴落了下来，然后就被他迅速地收平回去，接着摁紧了试管口的盖子。

“你到底在干什么？”周源有些受不了这种凝重的气氛。他看到那滴血从半空中滴落在烟灰缸里蜷缩的卫生纸上，很快就浸出了一片红色的痕迹，不知为什么，这一切突然让他有种恐慌不安的感觉。

陆明把试管收到口袋里，然后看着他说道：“自己看。”

说完这句话，陆明嘴唇就紧抿着，看来还是很紧张，但眼神里却又多了些期待。几分钟过去了，纸和血都没有变化，周源眼睛都盯酸了，抬起头看向陆明，他还是一脸紧张地死盯着那个位置，眼皮都不眨一下，而老胡更是有耐心，就蹲在烟灰缸的旁边，他个头很高，这么身体前倾蹲着是个很难受的姿势，可老胡身体却也是一动不动。

周源又是恐慌又是烦躁，几种情绪交织下心情很复杂，但看见他们都如此有耐心，只得继续看着。

也许又过了几分钟，或者十几分钟？周源已经记不清具体是多久，忽然，真的出现了变化！

烟灰缸内的纸动了一下。

“哎？”老胡立即叫出了声，但马上又闭上嘴。因为他很快发现，纸在动只是因为陆明把它扔在烟灰缸里时皱得太紧，产生了伸缩效果。周源心里稍微松了一下，刚想对老胡的大惊小怪调侃一句，但马上心神就全部集中在眼前发生的一幕上：烟灰缸里，居然冒出了一缕烟雾。

老胡猛地往后退了一步，却忘了自己正蹲着，一下坐倒在地，但他的眼睛却一刻也没有离开。就在三个人六只眼睛一刻不停地注视下，烟灰缸里的卫生纸上，烟雾忽然变浓，紧接着突然蹿起一团亮亮的火苗，跟着是一声不大的噼啪声响起，那团纸就在他们眼前燃烧成了一团翻滚的火苗。

一张面巾纸是很薄的，燃烧时间很短，十几秒的时间火光就完全熄灭。看着烟灰缸里变成一堆蜷缩的灰黑色物质，三个人都不由自主地加重了呼吸，这堆纸灰在呼吸的气流下轻轻滚动着。

谁都没说话，因为不知道可以说什么，过了好一会儿，他们都保持着姿势原地没动。

“我不相信。”终于还是周源先开口。他无法相信，血能让一张面巾纸燃烧起来，尽管这事确实就在眼前发生了，但他还是无法相信。

周源看着陆明，感觉浑身发冷。陆明的形象此刻在眼中似乎都有些变形，周源有种在做噩梦的不真实感。

“陆明，你动了什么手脚？”老胡忽然一把从陆明的包里把刚才的试管抢了出来，顺手就拔开了塞子。

陆明立即大叫道：“小心，你别碰到那些血！”

“放心。”胡东东转身就躲了过去，速度很快地重新从纸盒里抽了一张面巾纸摁进烟灰缸，跟着几滴血就被他从试管里滴了下去。

血滴在纸上，像刚才一样很快浸出了一片痕迹，红红的在纸上扩散着。也许是因为血液的量很大，这次起火起的速度比刚才要快，最多十几分钟，那张纸上就有火苗蹿了起来，比第一次要迅猛。

面巾纸燃烧的味道并不纯粹，而不知道是否是心理作用，燃烧产生出来的味道里有一种腥味夹杂在里面，周源突然有些想吐。

此情此景，他不得不相信眼前这一切，相信陆明。

这绝不是玩笑。

周源看着陆明，嘴唇颤抖着，却问不出一句话。他心里知道这和陆明无关，可此刻却怨恨起陆明，因为他展示的一切，已经彻底把周源心里那点侥幸击垮。

眼前浮现出林河死时的情景，他烧成了一团火，在不停地哀号翻滚，就像这张纸一样。绝望和恐惧让周源浑身发抖。

“周源，我也不相信，但事实就是事实。那血和纸，都是真的。”陆明站在那里说道，不知是不是错觉，周源觉得这么一瞬间他的眼中有什么光芒。

“电话里到底他给你说了什么。”老胡脸色铁青。虽然听周源讲过林河自燃时的情景，但亲眼看到那种震撼让他也受到很大冲击，虽然这燃烧的只是一张纸。他相信陆明，试管里只是血液，而不是什么把戏。

“是那个第三方。”陆明抹了把脸，“我不知道他是怎么找到我的。他直接打电话给我，让我带上血样找到你。然后刚才让我做这个燃烧实验。这个结果我也是和你们一样，第一次看到。我……我……不知道该说什么。”

陆明说不下去了。他跟周源一样，同样被眼前的事实击倒了。这一刻，一个受过高等教育的医生，一辈子所推崇的科学和理性的世界观在一瞬间就被事实所颠覆。而之前所有的猜测，也终于有了一个活证！

电话又响了起来，周源浑身一颤，绝望中突然多出了一丝期待，这个人既然知道这么多，是不是代表他可以治好我？

周源几乎是抢着抓过了陆明的手机，喂了一声。

“看到了吗？周先生。”那个声音问道。不等周源回答，他立即声音严厉地接着说道，“这件事，不能让其他的人知道！不然，你会有数不清的麻烦。你懂我的意思吗？”

周源当然懂，确实，血液能让纸燃烧这事如果被公众知道，一定会把他当成一个怪物。与其说他的话是警告，更像是忠告，因为这是赤裸裸的现实。

“我不会说的，但请告诉我你这么做的理由。我……”周源想问他怎么找到陆明的，又想问他到底知道多少，还想问清楚自己身上到底发生了什么。问题太多，心情混乱下反而一时语塞。

“今天你们医院发生了一场火灾，你觉得那火是怎么烧起来的？”对方突然这么说道。

“你……什么意思？”

“那火就是你引起的。”

“怎么可能？”周源下意识地大声否定。老胡和陆明看着他对着电话大喊，却帮不上忙，对视一眼，都面露疑惑。

“你的身体出现了变化。陆明给你做了放血治疗，这办法很对，但他太不小心，被单上沾染了你的血。”

“你怎么知道……”周源惊讶极了，这事似乎他是现场看到了一样。

“你们在医院所做的一切，我都很清楚。事实就在眼前，你还要怀疑吗？你是个成年人，应该知道纵火和身染这种怪病被公众知晓后的后果。”对方的话语里有些不耐烦。

他说得没错。

周源立即想通了火灾的细节：被单上沾染了周源的血，而他们离开后，被单就被洗衣房的人收去，然后血液燃烧，点燃了被单因此引发了火灾。这么一想，居然是如此的符合逻辑。

“来找我，我会告诉你想要知道的一切，并为你治疗。”电话里的人说道，“不来的话，你会跟林河一样，怎么选择，你做决定，我只会等你两天。”

“找你？为我治疗？”周源心头一阵狂跳，这几个字对他的诱惑力非同小可，不过周源并没有完全昏了头，没有马上答应，他想问更多的问题，至少要搞清楚他是谁，目的是什么。

不过对方却不给这个机会，直接把电话挂了。

周源立即回拨过去，却一直是忙音，怎么也打不通这个号码。放下电话后，他只觉得浑身瘫软，这一连串的事情让他的思维和身体仿佛被某种东西抽走了，疲惫至极。

一分钟后，手机又响了一下。那个电话号码发来一条短信。

第二十一章　见面

最终还是老胡最先从震惊中回过神来。他拿过手机，发现短信打开是一个地址。老胡把手机举起，给周源和陆明看："这个地址在四川。离我们有两千公里。"

说完，他却把手机放在一边："先不考虑这个第三方。陆明，我很严肃地问你——"说着他指着还有三分之一血液的试管，"这到底是怎么回事？"

老胡的语气不客气，眼神更是凌厉，直直地盯着陆明。毕竟是做过十年刑警的人，此刻老胡的思路又像当年查案时那样迅速运转起来。人们往往容易被蒙蔽，要达到一个结果，有很多不同的方式。如果试管里是其他液体，比如磷溶液，那么很容易能够达到刚才的效果。虽然陆明没有动机做这种事，但老胡还是本能地开始怀疑每一个环节。

陆明脸色苍白，声音有些虚弱，但在老胡的注视下没有任何退缩，回答得很确定："这就是今天从周源体内抽出的血。绝对没有其他人接触过，一直在我的视线之内。"

"医院的火灾？"周源本来低着头坐在一边，这时忽然抬起头，"也许是那个人趁机调包，然后来吓我们。"

陆明摇了摇头，打消了他的侥幸心理："这个试管是我下楼的时候随身携带着的。"见老胡神情依然有些怀疑，他摊开手，"如果不信的话，可以跟我回医院再对试管里的血液做个检查。其实，有个更简单的办法……"

陆明看向周源："周源就在这里，我们可以现在再重复一次刚才的事。"

"不要！"周源站起来，后退两步。陆明说得没错，现在从周源身上重新取一点儿血样是最合理的做法，这样得出的结果是那个人绝对不可能干扰的。可是周源本能地拒绝了，因为他很害怕。现在他没有崩溃，是因为觉得很可能是那个人做了某种手脚。可如果自己体内流出的血真的会燃烧，那么连逃避都不可能，只有接受自己是一个人体炸弹，随时会变成一个炸弹的可怕事实了！

老胡和陆明没有坚持，他们能够理解周源此刻的心情。老胡目光中的凌厉逐渐退去，变得温和起来。他声音低沉地说道：“我们只有假设，那个人说的是事实。他对周源身上的变化非常了解，也许真的有办法。”

说着老胡重新拿过手机，看着上面的地址：“那么，该不该去？”

周源看了看老胡，又看了看陆明，低下头没有说话。对方的情况他一无所知，更何况还坦然承认曾想绑走他。这通电话不像是邀请，而更像是无可奈何之下的威逼利诱。不管从什么角度来看，这一趟都是凶吉未知的冒险。

可是他发现自己没有别的选择，做不到当作自己身体没有问题，也无法把这个电话看作是一个恶作剧。尽管事有蹊跷，但他肯定是要去这一趟。

所以他内心希望能有人陪自己，可是却没办法开口。

“我陪你去。”老胡开口说道。

老胡主动开口，周源心里反而觉得有些不好意思，下意识拒绝道：“不用……”

刚说了两个字，陆明忽然也说道：“我也去。”

周源后半截话顿时说不出来，又是意外又是感动。自己身上的情况完全不明，甚至是否会传染给他人都说不好，往坏处想就是一颗定时炸弹，可陆明和老胡没有丝毫犹豫就做出了这样的决定。但周源很快冷静下来，觉得不能这样，便反过来劝说他们。

“你们先听我说。我知道对方肯定不会平白无故地好心给我治疗，但他对这种病十分了解，那么至少去一趟比待在这里有用。就算我遇到什么危险，至少你们知道我去哪儿了，更何况对方既然这么干脆就给了地址，跑得了和尚，你们也可以把庙找到。”

周源虽然是半开玩笑地说这些话，但心里已经下定决心，既然他们把自己当朋友，那么就更没必要把他们也给拉进来了。

“我必须得去。”老胡挥手阻止了想要继续开口劝阻的周源，简单直接地说道，“不光是为了你的事，在我这里，这件案子还没结。得找到真相。”

老胡的语气很坚定，周源被他的气势压制，觉得自己没法说服他，于是转头看向陆明。

陆明揉了揉太阳穴，满脸疲色，显然刚才血液凭空燃烧对他的震撼是最大的。他语气还是很平淡，但脸色有些发红，透露了他内心情绪的波动：“北阳市医院虽然只是个小医院，但我不相信正规医院检查不出来任何异常的病症，能够像他说的那样被人为左右。我一定要见识一下。”陆明说完这句话，就在一边坐下，显然心意已决。

周源有些无语，两个人的理由都理直气壮，而且表面上都和自己没有太大的关系。不过无论如何两个朋友在这种时候冒着风险，最终做出这样的决定，周源也就不再继续推辞。事实上，本来他心里忐忑不安，但得知三个人会一起去，他顿时安全感成倍增长。有老胡在，对方想要什么花样恐怕就困难很多，而陆明更是专业的医生，接触后应该就能很快判断出对方的真实目的。

事不宜迟，三人的四川行就这么定了下来。虽然有些仓促，但实在没什么时间去仔细思考了。

因为第三方给的时间只有两天。

在地图上扒拉了好一会儿，才算找到那个短信中提到的大巴镇，单看地图上的直线距离，用比例尺计算，那个镇离北阳市这儿不会低于一千五百公里。再看那个镇的位置，在地图上显示的全是绿黄的山地颜色，就是四川境内一个普通的偏僻小镇，根本不通飞机。他们计算了一下，发现这么远的距离，最快的办法就是坐火车，今天夜里就有一趟。至于家里，周源只好拜托陆明给父母打了个电话，说医院有事要包周源的车去外地出差一段时间，虽然借口很拙劣，但因为陆明从小就是父母眼中“别人家的好孩子”，压根没有怀疑有什么不对的。

火车票顺利订好，周源却反而心里不安起来。从这个第三方之前做的事来看，无论他是个人还是组织，都很有钱。可为什么让他去这个偏僻得有些夸张的地方呢？

老胡和陆明也对此感到不解，但也只有去了才有机会找到答案。

“老胡，真是辛苦你们了。”见胡东东一分钟内伸了第三个懒腰，周源有些歉意。他这么大的个子，蜷在硬座上坐了将近二十个小时，周源看着都替他觉得难受。陆明更是早就趴在小桌上睡着了，三个人都是一脸倦容。

“小意思。”老胡打了个哈欠，不以为意地说道，“当年我从甘肃押犯人回去，在火车上待了三十多个小时，还没座位，那时候才叫辛苦。”

这是去成都方向的火车。他们要去的大巴镇属于四川境内，镇上并不通火车，最近的火车站叫百源，但离成都还有几百公里，已经临近陕西，交通很不便利。临时买票也只买到三张硬座票，一路上很不舒服。

不过这都是小事，周源一路上心中忐忑，满脑袋想的都是这一次去的后果究竟会怎么样。

对于那个第三方的身份和目的，他们在路上也一直在猜测，胡东东还是对那人的身份保持着很大怀疑，他觉得所有的事情可能都是一个阴谋，但对方具体图谋什么，他打量着周源半天却也说不上来。

周源同样也有这种感觉，不过事情发展到现在，阴谋也好，意外也罢，总归得有一个答案。陆明则从上车后就很少说话，从他的脸上看不出在想什么。也不知算不算信仰被颠覆的原因。人的血可以燃烧这种事，对他这种极为笃信现代医学的人来说，受到的打击肯定比自己这种无知无畏的家伙要大得多。

有老胡在，硬座火车也没想象中那么无聊，一路上他和周围的人几乎都认识了个遍。不管是回乡的民工，还是大学生，什么身份阶层的人他都能一路聊下去。周源在旁边听他和人家闲扯，觉得挺有意思，很羡慕老胡这种开朗自来熟的性格。他尽量克制流露出自己心里的烦躁，但唯一可以做的就是每隔几个小时测量体温，祈望在到达大巴镇之前不要出什么问题。

所幸没什么事，体温虽然依然稳定上升，但没有别的异常。到达大巴镇的时候是晚上十点多，周源发现自己身体的温度已经快要接近三十九度了，可要是不看温度计的话，他自己完全没有感觉。

在火车站询问了工作人员，得知从百源市去大巴镇还有几十公里，需要坐长途汽车，但每天只有两趟，最后一趟车下午六点已经出发了，想走的话只能明天赶早。周源他们商量了一下，还是不敢耽误，因为单坐火车过来已经有快二十个小时，距离那个第三方给他们的时间只剩下一天了。

三个人出了站，就找出租车想连夜赶过去。但一问才发现，那个地址，并不是在大巴镇上，而是位于那个小镇的郊区，那地方偏僻得连本地的出租车司机也不太清楚，问了好几辆都不愿意拉。周源也是开出租出身，明白那些司机的想法，换个角度想，自己也不会贸然在这种时候拉三个来历不明的年轻人跑这种小长途。

出租车不肯拉，没办法只好去找黑出租，这让自己就是开黑出租的周源觉得有点哭笑不得。还好火车站周围扎堆聚着好几辆小车，只是四川话很不好听懂，谈价的时候还差点儿产生误会，幸好老胡走南闯北，一番交涉终于有辆面包车司机愿意接这活儿，不过价钱却比正规出租车要贵一倍。

为了不耽误时间，他们也只好吃了这明眼亏。那位“同行”倒也痛快，拿了一百块定金，打了个电话然后在街上接了一个押车的男人，撒开油门就朝大巴镇开去。

周源没来过四川，对这里的概念只是简单的天府之国、熊猫、火锅。等车子出了城，他才明白那帮司机不愿意晚上接这个活儿的真正原因。四川多江多山，属于高海拔地区。成都虽然是著名的平原城市，但大巴镇距离成都还是有很长的一段距离，何况这里还是典型的山区。出了市区半个小时后就上了一座叫不出名字的山。山虽然不高，但不是宽敞的高速路，而是那种老旧的转山路，黑漆漆的山路上，这边看着是悬崖，那边就是峭壁，遇到两头不占的时候，车轱辘几乎都是悬空的。周源自己是老司机，坐着都有些提心吊胆，真正见识到了什么叫“川路难于上青天”，对那司机的技术只有佩服的份了。

在山上颠簸了一个小时，也不知道到哪里了，才算是看到了前边的山路下有了灯光，看到亮光的那一瞬，感觉总算松了一口气。

司机这时候把车停在一处山头路边，回头说道：“朋友，我只能把你们拉到前面的镇上，你们要找的那个具体位置我实在不晓得，需要去问本地老乡，你们现在在这里先把钱给了，我赶回去还要两个小时呢。”

看着司机戒备的眼神，周源也挺理解，只好提前给了钱。黑车司机拉着他们走了一段，不一会儿就看到了大巴镇的路牌，司机开到镇子边上，让他们下了车，就调头开回原路。

看着汽车灯在高处的山路上消失，老胡拍了周源一下：“你们开黑车的是不是都这么小心谨慎啊？”

周源只能苦笑：“我们一路上都没怎么说话，加上又是外地口音。司机虽然带了个押车的，肯定还是心里犯嘀咕。这镇子又这么偏僻，他们肯定没把我们当好人，能拉我们过来已经算是胆子挺大的了。算了，我们反正要找人问地址，走吧。”

此时已经是半夜，这种依山而建的偏僻镇子不比大城市热闹，居民早就睡下了，街上居然看不到行人。一片寂静中，周源他们只能沿着大街，去找可能开门或者没有睡觉的店铺或者人家问一问。

整个镇子的四周，全是高大的石山，黑夜里看上去，半空里仿佛覆盖了一层朦胧的东西，周源最开始以为那是树林，等天亮后才知道，那些全都是开采石头所产生的粉尘。这些东西把那些依山而建的房子都裹在了里面，而平地上的房屋数量却不太多。

他不由再次暗叹，明明那个人那么有钱，竟然会窝在这么一个地方？

三个人摸索着走了几条街，总算看到一家开着门的饭店，店铺门口摆着桌子，有群人在吃火锅，走近了看是一帮工人，浑身都是白灰，估计是刚下夜班。

那帮人刚看到几个陌生人走近还有些戒备，但一看给的地址就都笑了，说有这么个地方，但不在这里，而是对面的山冈上，离这里还有段路，用脚走过去并不近。问他们那是什么地方，他们只说是一户独门独院的人家，具体住着谁他们并不清楚，因为他们只是来这里打工的。不过工人里有去过那小院附近的，热心地在周源他们带的地图上帮着画出了路线。

接下来的半个小时，他们按照那个工人给出的路线走。因为小镇路边没有路灯，还好带着电筒，只好打着电筒边找路边走。眼看离终点越来越近，周源拿出手机，又试着拨了一下那人的号码。

这个电话号码自从发完地址短信后就一直处在关机状态。在上火车之前老胡也调查过，那是个全球通的号，开户地就是四川，但并不是这个镇，人名是一个外国名字，叫什么PT的，似乎是个外国人。除此之外就再也查不出可用的信息。

所以周源并不抱任何希望，没想到的是，这次随意地这么一拨，电话竟然通了。

周源一听到听筒里传来的嘟声，疲劳立即甩到了脑后，对老胡他们做了个手势，心脏狂跳起来。几声过后，电话被人接了起来。

“看上面。”周源还没说话，电话那头的人就说了这么一句。周源立即抬头，发现高处的某个位置，黑蒙蒙中忽然闪起一处亮光。

“是你们的话，就把电筒晃几下。”电话里的人说。

“有点意思。”胡东东看着对面山腰上的亮光，“看来他也挺着急，一直在等着咱们。”

“管他呢。不过既然都到这儿了，龙潭虎穴也得去。”周源对着那点亮光挥了挥电筒，那边没有说话，直接挂掉了电话。

一片黑暗里，有了光亮，就有了指引。顺着那个方向走了不远，很快发现了一处靠山的路。再抬头看时，那点亮光此时看来就在头顶上方。那帮工友说得没错，这上面确实是个山冈。顺着山路走了十来分钟，就来到了一处位于半山腰的平地，一栋有些古怪的房子也呈现在眼前。

说它古怪，是因为半山腰处就这么一片空地。房子不大，是个三层的小楼，背面靠着明显是人工开凿出来的山壁，对面俯瞰着山冈下的小镇，一些树木零散地种在四周，显得很自然，但因为旁边没有别的建筑，这个小楼显得有些孤立。

走到跟前，才发现那道远远看到的亮光是小楼大门上的一盏照灯。四川夏天的天气很闷热，照灯下飞舞着一些扑光的小虫子。大门是朱红色的防盗门，很厚重，但没关严实，门里透出一丝亮光。没等他们敲门，门就从里面开了，一个声音从里面传出来：“进来吧。”

第二十二章　输血

那声音很熟悉，就是电话里的人声。周源按捺住内心复杂翻涌的情绪，深深吸了一口气，压抑住心里的激动，看了看身边的两个哥们儿，打头率先走了过去。

推开门，眼前突然就是一亮。这是间很宽敞的客厅，顶上居然是一盏看起来颇为气派的大吊灯。吊灯的正下方站着一个老头。他一头白发，梳理得很顺畅，穿着一身白色的医生大褂，两只手背在身后，一副等候多时的样子。

“你们三个，谁是周源？”老者见他们进来，直接开口问道。

周源有些吃惊，之前他想过很多种结果，但完全没想到会看到这么一个老头，虽然头发花白，但是眼神却很明亮。

“我是。”周源朝前走了一步。

老者点了点头，脸上没有一点儿表情，朝他一招手：“过来。”

老胡对这老者的倨傲态度看不过眼，哎了一声想要说话，周源朝他摆摆手。都到这一步了，他反而镇定下来，三个人还怕一个老头吗？这小楼里没有一点儿动静，似乎没有其他人。这大半夜的，既然他一个老年人孤身迎客，周源也不愿怯场。

老者等周源走到跟前，直接把他的衣服掀开，看了周源肚皮上的皮疹一眼，说了一句：“跟我来。”就转身朝里屋走去。

那间屋子的门是开着的，但门口挂着一个布帘子，里面给完全遮盖住。

周源跨前两步，在门口挡住了那个老者：“这位老先生，我们应你的邀请来了，有些事得先说清楚吧。”

虽然不怕这个老头，但也不能任由这个老头摆布，许多问题都要先问清楚才行。“比如，老先生你贵姓？你对我们似乎挺熟啊，可我们还不知道你是谁呢。”

“我叫严毅。”老头回答得很干脆。

老胡上前一步，似笑非笑地问道：“你在北阳市悬赏五十万，让人‘请’周源过来。现在人来了，严老，这赏金可以给了吧？”说着，捏了捏周源的胳膊，示意他先不要说话。

周源明白老胡的意思，因为没有证据，并不能肯定医院里发生的那件事是严毅做的。所以老胡这么说，是想旁敲侧击，让严毅以为他们已经查出真相。

但没想到严毅没有推脱，很干脆地承认下来：“这件事的确是我太冒昧了，在这里我给周源先生道个歉。”

老胡愣了一下，他反应很快，马上又大声问道：“你和林河到底是什么关系！”老胡一见到严毅时，马上就联想到了房东讲的那个奇怪的老头。

这次严毅没有马上回答，而是看了一眼周源才说道：“我知道你们有很多疑问，等会儿我会全部告诉你们。现在我需要先请周先生帮一个忙，这件事比较急。”

说完，他往前走了一步，周源心想反正也不怕他跑了，就侧身退开。见严毅掀开布帘走了进去，也跟着进了屋。

里屋跟外边的客厅差不多，也很宽敞，但没有什么家具。屋子里特别显眼的是一张大床，放在靠窗户的地方。床上躺着一个人，身上盖着一床粉色的被子。头朝里，因为离得有点远，也看不出面貌，但应该是个女的，因为她的头发很长，顺着枕头散在床边。

床头有个小柜子，放着一个盘子，里面有些深颜色的瓶子，旁边用白布盖着，也不知道是什么，但屋子里明显有股消毒水的味道。

猛然看到床上一动不动躺着个人，周源吃了一惊，但随即看到那床粉色被子正在随着她的胸口一上一下地起伏，这才松了口气，这人是活的。

刚要走上前，一直没有说话的陆明拉住了他：“别过去，地上有很多血！”

这间屋里铺的是那种老式的木地板，也是暗红色的。周源顺着陆明的手指看过去，发现那老者所站的位置下确实有一片痕迹，虽然不太明显，但有很大的一片，在灯下反着光，看上去和周围地板的颜色有些区别。

老者听到陆明的话，回头淡然看了他们一眼，说道：“大惊小怪什么。”

“那是血吗？”陆明追问道。

“是。”老者没有否认。

“这是怎么回事？为什么会有血？”周源有点紧张。来到这里的最直接原因，就是因为严毅的那个电话，他们亲眼见到周源的血液燃烧起来，才下决心来大巴镇。此刻见地上的这摊血痕，都敏感地防备起来，屋里的气氛变得怪异起来。

从痕迹判断，这些血的面积不小，虽然已经擦干了，但还是有不少渗入地板缝隙中，才留下这样的痕迹。

“你们三个人，还怕我一个孤老头？”严毅似乎冷笑了一下，并没有继续这个话题，而是转身把那个盖着白布的金属盘子掀开，他从盘子里拿起一根很粗的针筒，对周源说道：“周先生，请过来一下。”

“你找周源来，到底要做什么？”陆明开口问道。这是用来抽血的东西，他对严毅这样的举动很敏感。

“输血。”严毅的回答很简单。

“给她？”陆明皱了皱眉头，“你知不知道这样做意味着什么？在解释清楚之前，我绝不同意你这样做。”说完陆明退后一步站到了周源身边，双手抱胸。

周源知道一些基本的常识，输血最重要的问题就是血型是否匹配。严毅穿着白大褂，看起来像个医生，这种事应该不会弄错，自己的事情他似乎也了解得很多，看样子这个女人的血型怕是跟自己的一样。不过陆明为什么要纠结这个？尽管周源不明白，但知道他一定有这样做的道理，也就不说话，看严毅怎么回答。

“正常情况下，A型人输A型血，B型血的人输B型血，紧急情况下，AB血型的人可以接受任何血型，而O型血则可以输给任何血型。周源，是A型血。但他的血却不是随便什么人都可以接受的，不然就会产生免疫性溶血性输血不良反应。所以，输血之前，应该先进行交叉配血实验，把献血者的红细胞与受血者的血清进行血型配合实验，还要把受血者的红细胞和献血者的血清进行血型配合实验，只有在两种血型配合都没有凝集反应的情况下，才可以进行输血。陆医生，是这样的吧？”

“对。”陆明点点头，脸色缓和了一些。他知道对方绝对是内行人。

严毅反问道：“那么，血型不一样的人，如果输了血，会怎么样？”

陆明不动声色地回答道：“血型不同的血，在输入人体后，不同血液里的凝集原和凝集素会相互作用，使红细胞产生凝集，从而堵塞小血管，引起血液循环发生障碍。随后这些红细胞会破裂溶血，放出大量的血红蛋白。当大量血红蛋白从肾脏排出时，又可以堵塞肾小管而损伤肾功能。这一连串的反应最后会造成受血者皮肤发青、四肢麻木、全身发抖、胸闷、腰疼、心跳加速、血压下降，严重时甚至死亡。”

“临床上确实如此，不过。”严毅盯着陆明道，“凡事都有例外。”

陆明摇摇头：“你这是拿病人的生命在开玩笑。”

严毅表情严肃：“时间比较紧迫，我事后会给你证明的。等会儿我会让你亲自来做交叉配血实验，你就明白了。”

说着，他再次举起那根针管。周源有点茫然，看了眼陆明征求他的意见。

陆明低头思索了两分钟，最终还是皱着眉头往旁边走了一步，默许了严毅的行为。

严毅的动作非常快，抬起周源的胳膊，顺手在上面抹了一下。周源觉得胳膊有些凉凉的，低头一看，严毅已经随手将手中的消毒棉扔掉，完成了皮肤消毒的程序。针头加消毒棉，这套程序周源已经非常熟悉了。

“别动。”严毅手一动，把针头插进了周源胳膊上的血管里，周源甚至没觉得疼痛，就看到随着针杆慢慢后退，很快就抽满了一管血。严毅利落地抽出针管后，直接走到床边，把那管血注射进了床边挂杆上的一个血袋里。周源这才看清楚，那血袋上的管子竟然是连接在这姑娘的胳膊上的，因为她的胳膊朝里弯着，刚才一时没看到。

尽管刚刚听了他和陆明在说关于输血的话题，但看着严毅如此简单粗暴的操作，周源即便不懂医学知识，也觉得这很是不妥。更何况自己的血液甚至能够燃烧……他不由有些担心起床上那姑娘了。

不过事已至此，只好静观其变。严毅做完这些事后，就转身盯住了那个输血的导管，脸色和眼神变得很严肃。陆明看着这一幕，似乎有些明白严毅在干什么，一副若有所思的表情。周源和老胡对视了一眼，都看到对方的不解，只好耐心在旁边等着，想看严毅葫芦里究竟卖什么药。

灯光下，躺在床上的姑娘脸色非常苍白，但很清秀，年纪应该不大。她头发上扎着一束粉红的头花，躺在被子里神情平淡，呼吸很轻，像是睡着了一样。严毅一直不停地摸着她的脉搏，观察她的脸色，陆明走过去想帮忙，但严毅却朝他摆摆手，表示不需要。

等了差不多半个小时，输血袋里的血下去了将近一半，严毅才把捏住那姑娘脉搏的手放下，然后翻看了一下她的眼皮，又听了听心脏，这才长出了口气。

比起刚才，那姑娘的脸色似乎红润了一些，呼吸也平顺起来，头上甚至有些冒汗。陆明低声说道：“没事了。”

周源点了点头，知道他说的是这么冒失的输血没有起什么不良反应。严毅做了个手势，把他们领到外屋，重新放下帘子，然后指了指屋里的几张椅子说道："坐吧。"

比起刚见面时，严毅的表情缓和了许多，他先对周源说道："谢谢你。明天可能还需要给她输一些。你不介意吧？"

"告诉我为什么，我就不介意。"抽点血是小事，周源要的是真相。

严毅笑了，脸色从最初的冷峻变得轻松，似乎那女孩的好转让他心情也变得不错。他想了想，说道："你遇到的那些事，有些确实是我设计的。但我错了，我以为可以控制，但最后才发现，演员不是我，也不是你们，而是它。"

"它是谁？"老胡插口道，"我们大老远来不是听你打哑谜的。"

"它指你的病。"老者停顿了一下，指着里屋说道，"她是我的养女，叫林静。"

既然之前老头已经承认自己就是那个神秘的第三方，周源也就没有什么顾忌直接问道："严先生，你把我的血输给这姑娘，是为了什么？"

"为了救她。"严毅叹了口气道，"她的事是一个意外，我完全没想到。最初一切都很好，很顺利，我用钱和关系让你在医院里接受治疗。你知道，钱在如今这个社会，是非常好的工具，它可以让一些人改变自己的行为，比如周院长。那些最新的医疗设备就是收买他的砝码。而对我来说，在你身上投入这么多，是必须的，因为你是林河之后，第一个跟他有相同病体特征的人。但很可惜，治疗刚开始，林静就出了事，我这才不得不离开。后面想用些手段请你过来，也是逼不得已，请恕我之前的得罪。"

"等等，为什么我的血可以救这姑娘？她怎么了？"严毅简单的几句话所带出的信息量有些大，周源不得不打断他，逐个问清楚。

"周源，这个叫林静的姑娘，可能跟那个自燃而死的林河，有什么关系，他们都姓林。"老胡忽然开口说道。

"对。她确实是林河的妹妹。"严毅点头道。

"原来是这样。"周源恍然大悟，"她怎么了？为什么要输血？"

严毅听到这话，神色有些不对起来，顿了一顿才轻声说道："自杀。"

周源有些吃惊，自杀？难道是因为这个病吗？这话隐含着一种可能，就是严毅并没有办法治好这个姑娘。

"严先生，你的意思是，她也有林河那种病吧。但即便是这样，周源的血输给她，不会让她恶化吗？"陆明关注的是另一个重点。

“林静自杀后失血过多，身体虚弱，而这世界上现在只有周先生的血，输给她才不会产生排异。”严毅叹了口气道。

“排异？”陆明问道。

“那个叫小青的小姐，她就是起了排异反应。”严毅黯然说道。

“你的意思，小青的死是因为血液排异？”这话一说出来，老胡立刻站起来。他对涉及人命的事敏感度极高。

“对！”严毅点头。

“可林河为什么要那么做？”三个人几乎同声询问。

严毅表情复杂，尽量说得很详细：“我不清楚林河为什么要这么做，又是怎么做到的。但我猜测，也许小青是被林河骗着喝了含有他血浆的东西。因为我在他租的屋里找到了一些血浆样品，他放进了红牛饮料里。”

周源听得心里一寒，他终于明白小青死前说的那句话是什么意思了，可即便知道了是什么，对于小青来说也是毫无意义的了。周源又回想起林河坐自己车的时候，手里是否拿着饮料？似乎没有啊，可自己是怎么被传染上的呢？

“严先生，为什么你在出事之后才出现在林河的出租屋？是不是有意指使林河这么做的？”老胡有种审问犯人的感觉。

严毅摇头，懊恼地说：“我是去晚了。他已经失踪了大半年，我一直在找他。”

周源想起当时从出租屋回来，自己还猜测林河是不是那个神秘老头的儿子。既然他妹妹是严毅的干女儿，那林河还真算是严毅的干儿子。果然事与事之间，总会有关联的。

“就算小青是被他骗了，喝下含有他血液的饮料，那我又怎么会被感染？”周源急需弄明白这件事。

陆明也提出了疑问：“还有，按照你的描述，身体出现症状的人，比如林河，血液就像毒药一样，被误食甚至接触，都有可能被传染。那么在林河恶意传播扩散之下，为什么现在病例依然只有周源这一个呢？”

严毅先安慰道：“我只知道你接触过林河，而且也出现了症状，所以才安排你在北阳中心医院检查和治疗，可惜还是找不出诱因。至于林河为什么要那么做，又是怎么做到的，除了他自己，我们无从知晓。不过你的体温暂时还在控制之中，这是好兆头。”

然后他才对陆明说道：“至于它的传染性，现在呈极度随机的状态。现在我还没有找到明确的传染途径。”

严毅的态度很配合，基本是有问必答，也很诚恳。但周源发现大家问了一堆问题，严毅最核心的问题还是没有说，只好主动问道：“严先生，我们来这里，你也知道是为了什么。我不想绕弯子，只想知道我身上到底发生了什么？还有，你费那么大劲把我喊来，到底是为什么？”

这话说得极为诚恳，因为两千公里这一路上，周源已经思考清楚，做好了最坏的打算。如果严毅摇头说没希望，自己立即转身就走。都说人死如灯灭，即使要熄火，也要熄在家里。

严毅看了他一眼，站起身来，给每人倒了一杯茶。重新坐下后，他才说道：“有关于这个病的事情，要从头说起。这需要一些时间，不过你不要急，病如人生，开头不好，未必结果就糟糕。”

第二十三章　往事

周源点了点头，心里虽然有些奇怪为什么说病还需要从头说起，但还是尽量让自己放松下来，准备听严毅究竟会说什么。

严毅讲述的是一个故事，时间跨度很长，据他说是亲身经历，那也是他第一次见到这种病症的发作。

那是一九六九年的秋天，当时的严毅只有十九岁。

出生在二十世纪五十年代的那一批人，经历大都很复杂曲折，在那种剧烈动荡的时代，人的身份和处境几乎是每天都不一样，按照正常的社会规律，两个各方面条件都差不多的年轻人，在三十年后混得可能有好有坏，这都是有原因的，比如一个勤奋上进，或者运气好一点儿，最后成为一个成功人士？另外一个则泯然众人，这种差距你稍微一想就能够接受。

但那个年代的人不同，在无法控制的时势下，个人的命运会被浪潮打到哪个角落去，完全是听天由命。

周源觉得严毅说的这些很有道理。他看得出来，严毅虽然年纪不小了，但身上那种沉稳和雍容的气质，一定是在某个领域里长期保持着自信，才能慢慢养成的。但他从那个年代过来，又这样说，看来他能有现在这种财力，除了个人能力之外，运气很好应该也是一个因素。

总之，从这个开头，周源根本猜测不出他年轻的时候到底遭遇了什么，所以开始好奇起来。

严毅的父亲是军人，新中国成立后在四川复员，进了工厂做工人，在他很小的时候就因为意外去世了，被授予了烈士称号。这本来是件不幸的事，但当几年后开始那场运动时，却让严毅避免了很多可能出现的麻烦。

讲到这里，严毅叹了一口气，眼神有些恍惚起来，声音很轻地说了一句话，不知道是对周源他们说，还是自言自语："这都是命。"

那场全国范围的运动开始时，严毅是出身良好的红卫兵，心里革命激情高涨，一九六六年更是扒着火车大串联去了北京。回来后他响应了号召，主动报名上山下乡。因为当时年纪很小，所以没有出省，不过毕竟从小是在城市里长大，下乡的地方非常偏僻，村子里的生活非常苦，正是长身体的年纪，口粮却都成问题，日子非常不好过。严毅的母亲很心疼他，一年多后终于想办法把他给弄回来了。虽然这些事严毅只是寥寥几句带过，没有细说，还是能从平淡的语言里大致体会这段经历给年轻的他心灵上带来的一定冲击，那是理想和现实的巨大反差带来的。

回到城里没有多久，他的运气不错，遇到了招工。那时候并不像现在自主择业投简历面试就行，所有的企业都是国有。没人敢自己做生意，那是"资本主义尾巴"，抓到直接打倒。因此能够有一份稳定的领工资的工作，就会被人羡慕地称为是"吃公家饭的"。而且当时强调"工农是领导阶级"，所以一个普通的工人身份都是很值得炫耀的。

除了工人之外，其次就是一些集体企业，如果是那种可以掌握一些实际权力的岗位，比如厨师、售货员等，也算是不错的。上山下乡回来的知青们很多，大部分只有闲在家里无所事事，能遇到招工这样的机会很难得。

之所以说是运气不错，是这次招的是工人，而且人数比较多，不管是不是最后能招上，这个消息还是让严毅很兴奋，至少是个出路。他的父亲去世得早，固然不会在历次运动中挨整，另一方面当年的人脉也逐渐凋零，所以对于能招上是不敢抱太多希望的。

招工的报名流程很复杂，首先就是政审。在那个政治敏感度空前紧张的岁月，不管是干什么，首先在意的就是身份，这没什么好说的。但让他觉得有些奇怪的是，这次的审查非常严格，几乎达到了参军的标准，不过身世清白恰好是严毅唯一的优势，所以当录取通知结果下来的时候，他和母亲在家里可以说是相拥而泣。

不到十八岁的严毅收拾好简单的行装，按照通知规定的日子，赶早到车站集合，发现和他一样的年轻人有好几十个，大家的眉宇间洋溢着一种朝气，毕竟对于他们来说，这已经是他们目前能想到的最好的前途了。在人群中他还发现了熟人，可聊起来才发现，他们和自己一样，除了压抑不住的兴奋之外，还有迷茫。因为他们只知道工厂的名称叫作华光机械厂，但具体做什么、地址在那里，全都一无所知。

如果在今天发生这样的事，当事人的第一反应肯定是：这是个骗局。但在那年月，严毅他们根本不可能会有这样的想法，当然这种事也不会发生。当他们充满激情地幻想着不久后就能走上工作岗位，为社会主义建设奉献力量的时候，一辆卡车开过来，下来一个穿着军装的中年人，正是他们当时的面试官，后来才知道他是厂里的军代表。这说明工厂是军工厂，所以军方会在工厂内派人作为全权代表，负责监控、协调等工作，权力很大。只是当时严毅他们并不知情。

军代表一改面试时的和气，看起来非常严肃，集合后没做什么解释，直接下了一个命令：把包裹放到卡车里，然后集体跑步前进。严毅他们也没法问为什么，就这样跟着军代表的小车跑步前进。因为队伍里有些女生，所以跑了没多久就吃不消，到后来干脆就是一路走着。想到之后必然也会是这种军事化的管理，在这个时候，严毅心中已经有些淡淡的后悔了。

更让他们没想到的是，这一走就是整整十一天。天不亮就起床，直到天黑才安排住宿，越走越偏僻。那个地方地处四川的大巴山，连绵数百里，他们经过最后一个小县城后，发现继续前进的方向是深山。这地区明显原来荒无人烟，但现在有了一条很简陋的道路。在走过那个县城之后的第三天晚上，他们终于来到了目的地，那里有几座非常大的厂房模样的建筑，墙上写着“我为祖国献青春”等口号，厂房的周围有很多帐篷，看来他们之前已经有很多人到了这里。

看着眼前的工地、周围的荒山、热血的口号，还有简陋的帐篷，十八岁的严毅心情很复杂。一切建筑都是从现在开始从无到有的建造，他们那一代的年轻人并不怕吃苦，可问题是要在这里待多久？是五年、十年，还是一辈子？这种潜意识的恐慌让他有些不知所措，不过与其他同伴一样，严毅并没有仔细深想下去，毕竟为国家奉献自己的一切这种理念，在他们的脑海里是毋庸置疑的真理。同时，未来的事对于十多岁的少年来说，毕竟还太遥远。

严毅就这样在这个深山沟里待了下来。整个山里方圆三十多公里散布着超过十个不同的车间，在经过前期的各种保密规则培训后，他知道这就是神秘的三线建设，而他们这个工厂则是和生产军事装备有关。在从一九六八年秋天，一直到一九六九年夏，将近一年的时间里，整个工厂的基建才算彻底建好。工程兵部分撤出后，各种机器设备不断地运进来，随之而来的还有很多新招的年轻工人，以及一些熟练的技术师傅来带他们。

这一年里，严毅没有回过家，只寄过两封信，信里根本没有提到这里的具体位置和真实情况，只是说自己已经成为一个钳工，并随信寄了攒下的两百块钱和一百斤粮票。母亲收到信和钱，见严毅过得不错，于是也放下心来。

虽然山里很孤寂，不过在待遇上的确不错，而且每天的工作非常充实，再加上还有几个熟人，大家经常在一起吃饭聊天儿，也不算太寂寞。如果就一直这样过下去，到了现在严毅应该和很多工厂里退休的老头一样，每天下棋钓鱼什么的。但这样的平静生活只持续了两年。

七十年代初的时候，运动已经到了最高潮，全国各地的冲突也发展到了一个疯狂的地步。处在大山里的华光机械厂也终于不可避免地被波及了。

周源正听得津津有味，忽然老胡打断了严毅的讲述："老爷子，我知道上了年纪的人都爱回顾往昔峥嵘岁月，但你这痛陈家史的兴致一开了头，我怎么觉得就刹不住车了呢？你倒是说点和周源这病有关的事啊。"

虽然老胡的话听起来有些失礼，但周源心里暗赞一声。对这种老故事他没什么抵抗力，一下就听得入神。现在想来说不定是这老头故意转移注意力，一边讲些有的没的，一边在想怎么糊弄呢。而且这种事老胡这种外表看起来莽撞的人做起来，才不显得突兀和尴尬。

严毅听了没什么反应，喝了一口茶，叹气道："人老了，说话是有点啰唆。不过这件事非常匪夷所思，所以我才从头讲起，包括当时的大环境，你们才能明白前因后果。"

老胡是典型的外粗里细，立刻反应过来："那个华光机械厂的地址，是不是就是在这个镇子附近？"

果然，严毅点了点头："你猜得没错，这个镇子就是因为这个厂才慢慢有的。现在这里的年轻人估计早就不知道历史了，因为华光机械厂早就不存在了。"

周源重新集中注意力听了下去，他隐隐感觉到，严毅讲的故事快要到重点了。

第二十四章　消失

三线建设是以战备为核心指导思想的大规模建设，所以建设地点都选得很偏僻，一些工厂甚至直接修建在山洞里，这种战略思路主要是要保证能够抵挡外部的袭击。但实际上，在那个年代，最大的威胁是从内部开始的。

能进入这种工程建设的人都经过严格的政审，所以开始时大山里的气氛还算平静，虽然学习中央的精神是每天必须的重头戏，但毕竟三线军工厂建设这种项目，本身也都带着很强的政治性，所以依然是以工作为主。但当整个大环境都逐渐失控后，山里的政治氛围也变得紧张起来，大家说话都小心翼翼。

而当领袖连续发表了几个出名的讲话后，形势剧烈恶化，首先是基地的很多领导，甚至军代表都被打倒，这里的年轻工人都根正苗红，很快就适应新的局面，开始组成各种造反团体。派别之争先是文斗，发展到最后，开始出现武力冲突，正常的生产完全停顿，上千工人成立了十几个不同的组织，打出旗号开始相互攻击。

严毅的年纪不大，但人很聪明，之前上山下乡的那一年经历让他在心智上很快成熟起来。所以他很不愿意参与到现在的疯狂之中，提心吊胆只想要自保。

但这种情况下明哲保身是不可能的，狂乱的造反派要打倒的是除自己之外的一切。想找个地方躲起来也不行，山里的基地是一个封闭的小社会，当时又是属于保密程度很高的军用工厂，可以算得上是机密基地，趁乱逃跑唯一的下场就是被当成反革命。

于是严毅加入了一个叫“红工联”的小派系，只有十几个人，属于造反派里比较温和的。选择这个弱小的派系，恰恰是因为人少，所以不会主动向其他组织挑衅。“红工联”的头头叫李爱华，属于那种很要强的泼辣女性，而且能言善辩，在整个基地里的论战中从来不落下风，更重要的是她的父亲当时是这个省的一个大佬，所以这个派系尽管小，但不那么容易受到其他派系的冲击。此外还有一个原因，却只能深藏在严毅心里，那就是他情窦初开，有些喜欢上李爱华的妹妹李红霞了。

严毅考虑得不可谓不周到，可惜他却不能预测到世道有多么诡谲。

春节过去没有多久，一个震惊的消息传来，李爱华的父亲被打倒关进牛棚，第二天就“畏罪自杀”。这件事虽然发生在遥远的省城，但直接后果，就是“红工联”变成了众矢之的，几个造反派联合起来，声称要踏平“红工联”，狠批这些隐藏在机械厂内部的坏分子。从天之骄子的红小将造反派，忽然变成了黑五类，这种巨大的落差让严毅很担心李爱华。

也许是当时那种革命的情绪已经让人有些入魔，李爱华得知这个消息没有消沉，反而极快地做出了反应，把剩下的人都召集起来，一起固守了起来。

因为不敢逃回厂区的宿舍，所以他们只能在厂区的范围内躲藏。还好之前为了赶工期，提倡的是“边建设、边施工、边生产。先生产后生活、先厂房后宿舍”，很多新的车间和住宿区都是同时上马，整个基地被运动席卷时，建设还没有完全结束，留下很多建了一半甚至刚开头的建筑物，散布在广阔的山区里。

严毅他们一共八个人，躲在离居民区十几公里外的一个仓库里。这个仓库本来是准备作为战备物资存储而建，结果物资没存储进来，运动却提前开始。这里位置临山，平时大门紧锁，除了一些工厂里的检修设备，其余场地都是空旷无人。仓库的旁边还有一个没完工的二层小楼，本来是用来作为仓库值班人员的宿舍，不过已经封了顶，可以住在里面。加上厚重的库门和干湿度合适的内部环境，是个适合躲藏的好地方，一帮人带着各种自制的武器和食物，固守在这里，倒也过了几天没有打扰的日子。

不过厂区再大，近十个人凭空消失，在那个斗争热火如潮的年代可不是小事，到了第五天的傍晚，仓库门外面忽然出现了喇叭喊话的声音。

透过仓库的透气窗，他们看到门外走来六个人，戴着猩红的袖章，喊着激昂的口号。竟然是当时厂里声势最强的“井冈山”造反派。这帮人都是不怕死的悍勇能打。被对方找上门包围后，“红工联”的人都慌了。

李爱华是最镇静的，看到来的人不多，思索一下就聚集了所有的男生，让他们拿上武器，准备抢先冲出去用人数优势打垮这几个人，严毅当时手里就拿着一根铁棍站在最后。

他们仗着人多，发了声喊就集体冲了出来，不过刚冲出仓库大门没有几步，忽然听到几声清脆的响声，严毅下意识地退回了屋子，再往门外看去，发现冲在最前面的两个同伴正在地上抽搐。

借着月光，那两个人身下，红色的血液像是小溪流一样洇了一地，恐怖的号叫让他意识到，对方居然有枪！

当时的基地是有驻军的，有一个连左右的士兵负责安全防卫工作，运动开始的时候，因为军队有命令不参与运动，也就没人敢去惹。但如今看来，要么就是“井冈山”的人从那里抢来了武器，要么就是军队内部也有人加入了进来。无论哪种情况，对于本来就人少势孤的“红工联”是绝对的噩耗。

情况紧急，他顾不得外面正在厮杀，跑回楼上向大家说了这件事。其实从听到枪声，他们就已经知道今天是凶多吉少了，一向镇定的李爱华脸色也变了。这时楼下继续传来了喇叭的喊话，让他们交出匪首，赶紧投降。剩下的几个男生一咬牙，都拿着棍棒冲了出去，但片刻后又是两声枪响，他们的喊声戛然而止。跟着楼下传来混乱的脚步声，显然这些男生也凶多吉少，对方已经攻进楼里了。

这时候仓库角落的阁楼上只剩下三个人。李爱华，她妹妹李红霞，还有严毅。李爱华脸色苍白地看着他们，咬了咬嘴唇，突然走过去抱了抱自己的妹妹，然后整了整衣服，冷笑着对他们说道：“交出匪首？我让他们知道谁才是共产主义战士！”

严毅本来想说大家从窗户跳出去，也许能够逃掉，可李爱华的表情让他这句话说不出口。直到很久以后，他还能记得李爱华的眼神，狂热中带着解脱后的安静。他当时并不明白那意味着什么，只感觉李爱华已经心死。他当时心想，一会儿自己只好跳窗走掉，但是她妹妹李红霞怎么办？

李红霞年纪比严毅还小，遇到这样的事一直在无助地哭着。在复杂的心情中，李爱华像是赶赴刑场的烈士，高昂着头拉开破旧的门，严毅这时心里怕得厉害，腿开始哆嗦起来。李爱华看他的样子忽然笑了一下，停下脚步走过来摸了摸他的脸，说道：“放心，没事的，不过你要答应我，以后要照顾好我妹妹。”

她的手特别烫，犹如高烧一般，严毅当时心里就一愣。

周源听到这里，同样也不由自主地愣了一下。虽然知道严毅讲这个故事，一定和自己身上的病症有联系，但当这种联系就这样忽然出现在故事里，还是让他有些意外。不过没有人说话，大家都被故事给吸引住了。

严毅的反应很正常，第一个念头就是李爱华发烧了。可她的脸色如常，这几天也都很正常，一点儿不像生病的样子。不过这个疑问马上就被略过了，因为李爱华本来在门边，是侧转过身子到自己身边的，衣服摆动时严毅发现她左侧的腰后方衣服里有一个硬硬的东西。受过枪械训练的严毅立刻明白过来，那是颗手榴弹，厂保卫科里有几个这东西。

虽然不知道她是什么时候弄到的，但这时候也无关紧要了，因为严毅知道她准备做什么了。李爱华在严毅惊愕的目光中点了点头，示意他猜得没错，然后她看了正在哭泣的妹妹一眼，高喊了一句口号，就冲了出去。

严毅听着她脚步很快地往楼下而去，心情很慌乱。这时候的最佳选择应该是马上从窗户跳下去，如果运气好没有摔伤，可以逃往附近的丛林。但严毅已经是六神无主，又不愿意丢下小姑娘独自在这里，一时间一筹莫展。他下意识地拉着李红霞的手，靠在窗户下，紧张地听着外面的动静。

片刻之后，就传来了“井冈山”的人的喊叫声，应该是看到了李爱华，但没有枪声，也许是他们觉得一个少女对他们没有什么威胁。接着听到李爱华大声喊着什么，应该是口号，严毅身体有些僵硬，猜到下一刻李爱华就会拉开手榴弹，又是恐惧又是担忧，不知道接下来自己又该怎么应付。

随着李爱华的大喊，楼下传来叫骂和惊呼声，但过去了半分钟，预料中的爆炸声并没有响起。严毅的心沉了下去，无论是臭弹，还是她在扔出去之前就被制伏，应该都没有机会了。他不敢想象自己这伙人将会遭到什么样的命运。

这时候又发生了变化，一声男人的惨叫声忽然想起，然后是惊恐的大叫，接着是嘈杂纷乱的脚步声，但只持续了几秒钟，就忽然停止。严毅不知道发生了什么，外边突然出现的安静有些不正常。他努力地听了听，却没有听到李爱华的声音，心里又怕又惊，一动都不敢动。

他想是不是李爱华被那帮人制伏了？可他又没胆子出去看，李红霞本来在小声抽泣，此时也安静下来，只是使劲握紧他的手。两个人提心吊胆地蹲在窗户下，总觉得下一刻仿佛就有人破门而入。

他们就这样紧张地盯着门，一直蹲到腿都麻木难忍，外面还是没有任何声音。天色早已经全黑了下来，也不知道过了多久，两个人终于忍不住，互相用眼神鼓励着站起来，舒缓了腿上的血脉，才鼓起勇气打开门。因为这栋楼没有通电，没有电灯，他们摸出手电筒缓缓朝楼下走去，当来到二楼的走廊上，电筒亮光照出去的景象让他们顿时呆住了。

整个一楼到处都是血。

平时说 “到处都是血”这句话的时候，一般都是形容词，指的是伤口旁的衣服，或者身体附近的地面溅了很多。但当电筒缓缓扫过去，他们发现眼前的天花板上、地板上、墙壁上，几乎像是用水管浇上去那样，全都是鲜血的痕迹，诡异无比。

他们的心提了起来，担心起李爱华来，因为这时候他们已经看到了地上躺着的尸体，那是一个“井冈山”的造反派，浑身都是黏稠的鲜血，脸色惨白，一副惊恐无比的表情，在这种环境里显得很狰狞阴森。为什么这些人会忽然死在这里？明明没听到手榴弹的爆炸声。这些人又是怎么死的，为什么死状如此的离奇？当然，眼前最重要的，是找到李爱华。但他们又很害怕真的看到李爱华的尸体。

在这种矛盾的心情下，他们只能努力克制住内心的惊恐害怕，一具一具翻看尸体，虽然没有检查得很仔细，可还是看出了异状：每具尸体上都没有发现什么明显的伤痕，这让严毅事后想起来非常困惑。

根据严毅的判断，当时的状况应该是李爱华扔出了手榴弹，却没响，那些人在惊吓之余，一起冲上来抓住了她，因为根据这些人死去的位置，可以看出是挤在一个不大的区域内。

但翻检完所有的尸体后，他们却发现，找不到李爱华了。

李红霞反而舒了一口气，说也许姐姐是跑出去了。但严毅心里觉得不太可能，只是没有说出口，因为即使出现什么意外，她没事后一定会回来找他们的。两人一起往楼下搜寻，在一楼和大门外不远，见到了“红工联”战友们的尸体，身上都带有枪伤和钝器伤痕，比起之前“井冈山”的人，死状看起来正常许多。

经历了这些事，这时严毅已经手脚发软，很想远离这个地方，但李红霞执意要再回楼里找姐姐，说可能是黑暗中两个人找漏了。两个人硬着头皮重新回到二楼，把尸体一具具地搬开，最后在一个角落里找到了那颗哑了的手榴弹，除此之外，没有李爱华的任何痕迹。

第二十五章　遗传

严毅讲到这里停了下来，端起茶杯慢慢喝了起来。

老胡看了他一眼，忍不住发问道："这个李爱华，就这样消失了？"

严毅缓缓点了点头："确实消失了，因为从那以后，再也没有人见过她，而且……"

说完这句话，他神色复杂地看了周源一眼："关键在血迹最重的那具尸体旁边，我们发现了地板上有一块很奇怪的东西。"

周源的心提了起来，听着严毅一字一句地说道："那是一块黑色的痕迹，就像是被灼烧过一样。"

周源还在想着这个故事里的场景，听到这句话以后，脑中的第一反应是冒出了个不相关的念头：这老头果然厉害。几乎同样的事情，自己在现场却差点儿被吓得崩溃。

同时周源心中有股如释重负的感觉，这个故事到了这里，至少终于明白它和自己身上奇怪的病有什么关系了，于是问出了心中的疑问："自燃？"

陆明也明白过来，他更冷静理性一些，忽然问了一个不相关的问题："林河的父母是谁？"

严毅露出一个苦笑："林静、林河的母亲，就是李红霞，李爱华的妹妹。"

周源心说怪不得，果然事出有因，林静和林河的病的根源原来在这里。看来这病很有可能是遗传。但李爱华并没有像林河那样自燃，而且她消失的地方留下那么多血又该怎么解释？不过故事还没说完，他也就忍住了发问的冲动，继续听下去。

从小楼逃生之后，严毅和李红霞暂时摆脱了危机。但严毅发现自己马上面对的是另一个棘手的问题：应该怎么处理这件事？

毕竟死了这么多人，而且最后是以那种诡异的方式结束。他和李红霞都吓坏了，所以他的处理方式很干脆，就是逃避这个问题，找一个僻静的地方躲起来。这个倒是不难，广阔的厂区他们两个人躲起来还是很容易的，而且在山里生存下来，食物也不是什么大问题。

可那个满是鲜血的噩梦般的场面几乎每天都会出现在他们的梦里。更糟糕的是，随着一天天过去，他们不得不正式面对这个问题：如何向其他人解释发生了什么？虽然现在已经没有社会秩序的存在了，可严毅的直觉判断，这种日子不会太久的。

一九六九年这种冲突到了最高潮，但几个月后，当政策发生变化，全国范围内的武力冲突很快就迅速平息下来。

接下来就是大规模的清查。严毅和李红霞被关起来连续审查了两个星期，因为他们之前的行为，勉强算是“逍遥派”，并没有做过什么过激的行为，这些都没有什么问题。

可关键是小楼的那一晚。

“井冈山”的人手里的枪支是他们冲击驻扎部队营地抢来的。抢夺枪支，无论在哪个年代，都是极其严重的恶性案件，这件事当时引起了很大的反响，上面专门下来一个专案组负责审问，如果解释不清楚，问题就会变得很严重。

在躲藏起来的那段时间里，严毅就一直在想这个问题。在这种现实的危机面前，李爱华的诡异消失反倒不那么重要了，最后他只能想到一个没有办法的办法：否认两人在场，一口咬定和这件事没有任何关系。

这样做是否有用，其实他心里一点儿底也没有，因为这样做说穿了其实就是抵死不认而已。因为实在没有办法掩盖现场的痕迹，而且李红霞和李爱华是姐妹关系，专案组的人又大多数是在运动中被打倒，现在临时提拔复起的那一批干部，对造反派深恶痛绝，所以不可能会轻信他们，很可能会以“抗拒从严”的理由从重审判他们。

但严毅知道，即使承认自己在场，还是根本解释不清后来发生的事，所以咬牙坚持自己那天就躲在另外的地方。这也是和李红霞商量好的，本来严毅是想说两个人那天一起去了别处，可李红霞提出了异议，在那种时间那种形势下，两个人忽然失踪同时出现在一个地方，本来就是有问题的。严毅明白她的意思，两个年轻男女在运动的前夜躲起来，只可能是谈恋爱。今天看来这根本不是什么问题，可在当时阶级斗争的主旋律下，这种事带来的后果是非常严重的。

而从专案组的角度来看，最重要的不是对整件事的具体过程进行详细侦破，而是如何定性。“井冈山”造反派无疑是罪魁祸首，毕竟他们干的恶行更多，包括从基地驻军连队手中抢夺枪支！而即便是在武力运动的最高潮时期，这样的事依然是不可能被容忍的。

这对严毅是件好事，因为在专案组眼中，严毅只是涉及其中无关紧要的一个小人物。两个星期后，案子迅速告一段落，“井冈山”剩余成员中有七个都被枪决，其余成员都被重判。严毅只是劳教一年，这个结果完全出乎他的预料，比他之前预计中最幸运的情况还要好一些。但判决书的另外一项让他十分意外：李红霞被判了三年有期徒刑。

聪明的严毅思索之后，马上就明白这是怎么回事了：李红霞并没有按照之前他们说好的那样去对口供，毕竟所有人都知道她和李爱华是姐妹关系，而且两人感情很好，总是形影不离。她几乎不可能从这件事里完全脱身，于是干脆地承认自己参与了。严毅的处罚结果相比要轻许多，肯定是李红霞在为他推脱。

案子最后定性为造反派之间的火并，也就是说李爱华和其他死去的同伙，死后的身份依然是犯罪分子。这让严毅很失落，但他根本无力改变这一切。唯一让他心里稍稍安定的，是关于那场奇怪的死亡，以及李爱华的“消失”，并没有人在意。

严毅说到这里，停了下来，脸色有些发白。周源看出来他是陷入回忆有些深，就没有再问话，直到他自己使劲喘了口气，才继续说道：“这事之后，我心里一直都在愧疚。而之后的事，更是让我一辈子良心不安。”

在宣判之后，严毅低落了很长一段时间。解除劳教后他也曾想过，去监狱看看李红霞，但内心的惊恐大过了他的愧疚，他怕被人发现自己的谎话重新变为阶下囚，每天都担心自己的家里忽然闯入陌生人。同时他的内心也对李爱华消失这件事，抱有一种敬畏的态度。

严毅目睹了一切，知道那个秘密，但却不明白它为什么会发生，他的疑惑越来越大，最后甚至大过了他的惊恐，于是他终于开始试着去寻找真相。只是以他当时的年纪，自然不可能查到什么。出事的那个仓库，被当地的政府封存了，政府对外的调查结果就是，群体斗殴导致多人死亡的恶性事件。他也曾偷着进到那个仓库里调查，但进去后才发现，当时的那些痕迹已经全都没有了。

这个结果其实是可以预料的，可他依然很沮丧。而两年后他才偶然得知，李红霞已经提前释放了，她出来后没有来找严毅，而是选择离开了家乡。他曾到处寻找她的下落，但并没有什么结果，李红霞像是消失了一样。

“也许，她是在故意躲我。”严毅苦笑着道。

周源他们没有接话。严毅和李红霞之间，究竟有没有爱情，多半连他们自己也说不清，混乱年代中人性都是复杂和敏感的，爱情在那时候自然更加缥缈虚幻。

又过了几年，国家的命运开始发生变化，“四人帮”垮台，运动结束。一切百废待兴，对严毅来说，最大的转机则是高考制度的恢复。

“后来我努力学习，考取了北京大学的医学专业。”严毅抹着脸说道，“再后来，作为国家的第一批交换生，我去了美国。”

“一步登天了啊，老先生。”周源由衷地夸赞道，虽然严毅只是一句话带过，但周源知道这有多不容易。

“如果按照经济学的角度，可以这么说。”严毅的脸上突然有了某种光华，显然那段经历对他来说是一种自豪。

“请问一下，严先生，您最初报考的是什么医学专业？”陆明突然问道。

“应用心理学。”

陆明问道：.“学这个，是想证明自己心理没问题吗？我知道那个年代，对一些年轻人的心理摧残很大，心理扭曲或者不正常的大有人在，我老家的一个亲戚就是。对社会和生活有种极端的憎恨，所以他现在在精神病院里。”

这个问题有些太尖锐，但严毅笑了笑，似乎对这问题并没有什么不舒服，而是坦然说道：“你说得对，我当时确实是这么想的。但通过后来的学习和人生阅历的丰富后，我确定那件事并不是我的幻想。”

接下来时间很快到了九十年代，严毅已经学业有成，并在美国的大医院入职，那是他人生的黄金阶段，说名利双收一点儿都不为过，而这时候的国内形势开始宽松起来，他也像大多数人一样，有了回国的打算。

对当年李爱华的失踪，他越来越觉得茫然，她消失的那种诡异场面深深地印在他的记忆里，成了一种无法抹去的痕迹。他也曾试着用现代医学来解释那种状况，但奈何资料太少，也没有实在的证据，所以一切还都停留在猜疑阶段。

这就让他一度很困惑。而他回国的一大半原因，也是来自这个。当然，他最大的愿望是去找一找当年的李红霞，毕竟他心里对这个女孩还有不少愧疚。对他来说，如果她还活着，他希望可以给她一些补偿。这时候的他，能力和出国前自然不可同日而语，因此这次的寻找，很快就有了结果。

可惜结果却并不是他所预料的，因为李红霞竟然已经死了。

“她怎么死的？”周源有些意外，因为按时间算，李红霞那时顶多四十岁。

“是肾衰竭，病根是在监狱里落下的。”严毅轻轻地叹了口气，“这都怪我，要是早点找她，也许就不会是这个样子。”

周源知道这就是严毅所说的对于李红霞的愧疚，不由也有些唏嘘命运对人的调侃。严毅因为自己的努力改变了命运，但对李红霞来说，她却连像严毅一样靠自己努力改变命运的机会都没有，在那个时代，犯人这个身份，已经彻底把她的路给封死了。

对于李红霞的死，严毅自然是愧疚万分，于是他就把这种愧疚转到了李红霞留下的两个孩子身上，也就是林河与林静。他决定帮助这两个孩子，让他们出国接受更好的教育。

从能力上来说，这事不难，金钱在这时候显现出了威力，过程虽然有些波折，结果还是如他所愿，他说服两人的父亲把这两个孩子的抚养权转给他，不过就在他一切手续都办得差不多的时候，林河却失踪了。

第二十六章　试验

“林河是一个非常固执的孩子。在这件事上，我确实疏忽了。以为给他们最好的生活，就是对他们的呵护，但却忽略了他们自己的内心感受。”严毅露出了痛苦的神情，“他不想走。”

周源倒是能够明白这种感受。这种事千人千面，换作自己，也未必会做出背井离乡的决定。之前如果不是因为出租车劫匪案让自己心灰意冷，肯定不会离开北阳，去外面混了两年。

出国手续很烦琐，严毅办好已经是九十年代中期，而那时候的林河已经十几岁，正是有了自己的主见，开始叛逆的时候。他对此抗拒的表现非常直接，就是离家出走。这样的反应让严毅很郁闷，不过林河的父亲还在，他也就没有再勉强。

后来他带着林静到了美国，风平浪静地生活了十几年。就在他以为一切都会这样继续下去的时候，却突然在某一天被林静追问她母亲在世时的情况，这让他非常吃惊，因为那件事除了他和林静的母亲李红霞外，连他们的父亲都不知情。

林静的突然追问让严毅觉得背后一定有隐情，他从侧面一查就发现，原来这么多年里，林静一直都跟林河保持着联系！而林静来问她母亲的事，也是林河授意的。这让严毅既意外又吃惊，最后不得不推心置腹地跟林静谈了那些往事，以此来换取林静对他的坦白。

这个时候他才知道，林河居然快要死了。

说到这里，即使没说出来，周源立刻明白林河出什么事了，他身上的病开始发作了。

“当年的我，第一次看到林静身上的皮疹时，并不知道那东西会跟李爱华扯上什么关系，但随着跟林静的交流，我发现林河最初的失踪，并不完全是因为生我的气，而是为了林静的安全。那时候，他的身上已经出现了部分病症。而我经过深入了解，才终于知道，他们的母亲，李红霞的死，也并不是我想象当中的那个样子，她肯定也是死于这种古怪的病症。”

家族遗传？听严毅讲到这里，周源突然想到了这个词。李爱华，李红霞，林河和林静，他们都属于一个家族体系，难不成这个病最初是在亲人间传播的？

不过似乎又有些不对，因为李爱华当年到底怎么样，并不是一个可以说清楚的状况，唯一跟自己身上病症有联系的，就是发热。但周源发现自己跟李爱华并没有交集啊！

之后的故事就很简单了，发烧和皮疹一样的症状林静其实也有，而且她的这种状态，其实已经持续了很多年，严毅也算真正明白，李爱华消失的影响延续到了现在。留给他们的，并不单单是一个诡异的故事，还有这个古怪的病症。

接下来的发展，就跟周源这边发生的事情接续上了。林河在北阳市自燃而亡，严毅虽然一直在找他，终究还是晚了一步。而林河的死，不但间接引起了林静的自杀，也是周源所有麻烦的源头。

故事终于讲完了。周源心里的感觉很奇怪。

一方面这个故事的曲折离奇程度让他有些意外；另一方面则刚好相反，作为解释一切的答案，这个故事又太简单了，以至于他心里升起了一股失望的情绪。

林河的自燃、小青的身死、不停上升的体温、中心医院的奇怪态度、神秘第三方在背后若有若无的身影……这些事每一件都是违背常理，难以解释的，它们最终促使周源决定从北阳市来到这个千里之外的陌生小镇，他想要得到一个答案，找到活下去的希望。

在他见到严毅之前，本能猜测这个第三方会是一个强大的神秘组织。这是很自然的推测，因为只有神秘才能对抗神秘。如果面对的是一个强大而严密的组织，即便充满了未知的风险，周源也能够说服自己，它们真的有实力能够解开这些疑惑。

可直到故事讲完，周源才真的确定，这个神秘的第三方，就只是严毅。虽然他是一个很有钱的医学教授，但这样的身份还不足以证明他可以解决这些问题。更何况，从严毅的话中可以看出，比起找不到头绪的周源等人，他在这个怪病的研究上也只是多了一些功课，远远还没达到可以解决的程度。

严毅无疑是个很厉害的老人，在这样跌宕起伏的人生里，依然能够抓住机会改变人生轨迹，不是普通人能够做到的。只是听完严毅坦诚地讲完往事，想到他的干女儿林静依然没有摆脱这个病的困扰，周源明白了现在自己的处境，摆脱这种怪病也许的确有希望，但这个希望就如黑夜里的手电光一样，微弱而模糊。

这太让人失望了。周源有些情绪低落，不想说话，老胡却开口了：“你都做到这个份上了，那姑娘怎么还自杀？”显然对严毅并没有完全相信。

严毅没有理老胡语气中的讽刺，表情有些落寞地说道：“也许就是因为我做得太多了，林静是个心思细腻的姑娘，她说过不想再给我带来更多的麻烦。她哥哥的死也让她极为伤心。可是我没想到她会想不开……”

说到这里，严毅仿佛一下老了好几岁。刚才讲到出国留学时的容光焕发不见了，整个人的精神状态突然萎靡了很多。

老胡没想到一句话就让严毅神态大变，连忙说：“哎哎，您先别就这么颓了啊。麻烦再说详细点。”

严毅抬起头，直了直身体说：“那次是林静发病，浑身发热很痛苦，我去给她拿药，可是回来的时候就看到她已经……这也是我急着要你们过来的原因。就是为了救活林静，你来得再晚点的话，可能就救不过来了。”

心中依然有很多疑问，周源却不知该问什么。他先看了看胡东东，老胡耸耸肩没说话。周源又看向沉默了好一会儿的陆明，陆明扶了扶眼镜，眼神依然冷静明亮，似乎并没有被这个曲折的故事怎么影响到。他思考了一下，开口问道：“病因到底是什么？你找到了吗？”

严毅叹了口气：“从病理学上来说，它只表现出结果，而没有原因。最初我以为是家族性的遗传，现在看来不是，它也能在其他人身上发作。我有一种猜测，它要么是一种潜伏时间长的新型病毒，要么就是老病毒所产生的变异。”

周源本能地很抗拒“变异”这个词，听到这里终于忍不住没好气地说道：“如果没理解错的话，老先生你说了那么多，最后还是没办法？那和我们待在北阳市有什么区别。还枉费你花那么多心思把我骗来！”

严毅没有否定：“我曾给林静做过详细的身体检查，包括细胞切片、血液深度检测，并且还把样本送到国外的好几个医学研究室分析，结果全都一样，没有任何问题。”

这句话周源倒不怀疑，因为自己的症状也是一样，无论什么检查结果，都显示自己身体是完全正常的。但他还是觉得严毅肯定有所保留。北阳市没能查出病因很正常，但严毅既然心思叵测把自己骗来，绝不可能手中的资料和北阳市中心医院一样。

这时严毅继续解释道：“难点就在于无法找出发病原因。艾滋病最初就是找不出发病的原因，所以很多年里都被人们认为不存在。”

周源有些无语，心想难道我这个病也需要等到几十上百年之后才能找到原因？可那时候自己早歇菜了，即使找到这病毒的祖宗八辈也没用了。

周源心里涌起愁云，胡东东继续问道：“严先生，我是个外行，不懂医学，但有一个疑问想弄明白。你很有钱我们都知道，给中心医院捐赠的设备都有一两百万。可我知道一个道理，想要治疗这种未曾见过的怪病，跟有钱没钱没什么关系。我想要解决它，最需要的应该是所有医学人士的努力。比如当年的非典，就是聚集了全世界的医学力量，最后才能很快被找出病因并彻底解决掉的。所以我很不明白，你让周源来这种鸟不生蛋的地方，会不会耽误了他。不说周源，你让自己的女儿也待在这里，恕我直言，这可不像是要努力治好他们的行为啊。”

周源重重点了点头表示认同。老胡的话也是他想说的，这里有多偏僻不用多说。虽然严毅把事情说得有鼻子有眼，可是实际的治疗还是需要人力和物力的支持才行。这种地方，恐怕连个正规的医院都没有，怎么保证治疗？而且既然他说一直在照顾得病的林静，这里怎么也不像是能得到治疗的地方啊。

这种问题陆明最有质问的资格，周源看向陆明，这时候他的意见尤为重要，直接影响到他们接下来应该以什么样的态度，来和严毅打交道。只是周源发现陆明紧皱着眉头，在思考着什么，也不知道有没有听到胡东东的话。

严毅听到老胡的质疑，却笑了起来：“你这个问题问得好。为什么在这里？首先因为它有传染的可能性，我需要把它控制在最小的范围。另外就像周源先生的目的只是能够治好它，我作为林静的义父，也只是想治好她，而不是把它作为一个医学课题公之于众。至于治疗的资格，我会让你们相信我的，不过为了安全起见，你们三个都必须在这里接受一段时间的隔离观察。”

“你怎么看，陆明？”见陆明还在埋头思索，周源只得主动开口问他。按照这个病的致死率，严毅的要求并不算过分。但对严毅，他还是保有一定的警惕，毕竟他“邀请”自己前来的手段可不怎么友善，总不能一个故事就完全放下戒心。

陆明终于开口了：“我要先做一下之前说的交叉配血实验。”

周源愣了一下，没想到陆明沉默半天就提这个要求。他看了看周围，这间客厅很宽敞，家具陈设什么也都很正常，就是一个正常的比较有品位的别墅大厅，却不像是能做医疗检测的地方啊。

“没问题。”严毅却一口答应下来，站起身往一侧的楼梯上走去。

陆明也不多问，似乎预料到了什么，紧跟着上了楼梯。周源也只好跟在老胡后面，一起跟了过去。

屋角的楼梯是旋转式的，不太高但是角度很大，周源拧着身子刚上到最高处，前面的老胡就突然惊讶地说道：“这是……”

周源有些好奇，赶忙紧赶两步把最后几级楼梯蹬完，来到二层站定。面前是一扇金属的防盗门半开着，老胡魁梧的身子站在门口，挡住了里面的情景，周源只得一把扯住他：“怎么了？”

“自己看。”老胡啧啧嘴，直接让开：“难怪他那么自信。”

周源第一眼就看到了一个大得几乎有些吓人的客厅，宽阔的空间让他以为自己是在做梦。因为刚才在外边看这小楼也就不到十米的长度，背靠着山体也就七八米的纵深，而眼前的空间，朝里延伸进去就不下二十多米，房间的宽度则已经完全超过了小楼本身的长度。

借着头顶一排并列朝里深入的照明灯，周源看到在这大房间的两侧，放置着一些让他十分眼熟的东西，那竟然都是一些医疗仪器，还有许多能在医院里看到的放置着医疗器械的柜子和箱子。这些东西数量很多，但都很有序，看起来井井有条。不过好多周源都叫不上名字，不过这一段时间他天天待在医院里，知道那些仪器的功能各不相同，最主要的是价值绝对不菲。

“这老头是下了血本啊，直接把小楼后边的山给开了！不是小工程。”胡东东低声说道。周源点点头，对严毅的怀疑消除了不少。单看这里的格局和那些数量惊人的仪器，比得上一个小型医院。而要把这些仪器运进这偏僻的小镇来，更不是件容易的事儿。还真是小看这老头的财力了，只知道他很有钱，没想到他这么有钱。

陆明正跟严毅站在一架机器前说着什么，见周源走过去，陆明直接要求道：“周源，我需要抽你一点儿血做实验。”

周源苦笑着主动挽起了袖子，等着抽血的时候问道：“你们说的那个交叉配血试验到底什么意思？”

严毅看了他一眼，指着周围的仪器说道：“这里的这些设备和这个交叉配血实验，都是给你们加一点儿相信我的砝码。不过我还是要先给你们提个醒，要有心理准备。”

“准备什么？”周源很讨厌严毅老是这么故弄玄虚。

“试验结果。”严毅说着，看了陆明一眼。接着他从一个类似冰柜一样的设备里拿出了两小支玻璃容器，放在了陆明眼前的桌子上，指着老胡说道：“这是林静的血样。为了让试验结果更信服，我推荐你先另外单独做两份血型测试，比如这位先生或者你的，这样到时候可以和试验结果有个对比。”

一向豪气勃发的胡东东却脸色大变，摆手坚决地拒绝：“别，我有点……晕针。”

第二十七章　血型

周源真没想到人高马大的老胡居然害怕扎针，不免觉得有些好笑。但他更在意的是严毅说这些话时的表情，一点儿不像是开玩笑，心里开始有些隐隐的担忧。

到了现在，他的心情变得极其复杂，已经说不上是好还是坏。

本以为到这里后可以得到一个答案，但现在才发现，虽然严毅说了很多，讲了一大堆故事，却并没有对“能不能治好这个病”这个最关键的问题做出确切回答。周源不太清楚是他的性格原因，不愿意在没把握的情况下承诺，还是故意隐瞒什么。但就算双方这种“和睦相处”的状况只是暂时的，也远比来之前设想的局面要好很多，所以周源他们默契地选择了静观其变。

最终陆明还是给胡东东和周源分别抽了血，然后就开始在工作台上摆弄起来，并且捎带着解释了一下，周源才大概明白他现在要做的实验有什么意义。

交叉配血实验在临床上是确定两个人之间能否输血的重要依据，是证实受血者和供血者之间不存在血型不合的抗原反应，保证受血者的输血安全的一种必要手段。大致程序就是将献血人的红细胞和血清分别与受血人的血清和红细胞混合，观察有无凝集反应。如果有，就代表血型不相合而不能输血。而严毅给那个姑娘输血，却是不做前期实验直接来，这明显不符合医学常理。

首先输血要根据病人情况来确定，像那姑娘是割腕自杀，虽然发现及时，失血不算多，但这种是属于紧急性的失血，未必适合用输全血。再者因为人类的血型系统非常的复杂，并不是普通人认为的A型、B型、AB型、O型那四种血型，细分出来其实有三十种之多，而医学界每隔几年时间还会发布一些新发现的人类血型，二〇〇二年初就又发布了两种新发现的血型。所以即使两个人的血型相同，为了安全，也必须要做前期的交叉配血实验。

所以，严毅之前所说，小青是死于什么排异反应的解释，对陆明这个内行医生来说根本就是扯淡。虽然陆明已经很多次被发生在眼前违反常识的事情震惊，但毕竟学了这么多年的现代医学知识，这是一个完整的科学体系，他还是要自己来亲自验证一下。

听了陆明的解释，周源才恍然大悟。专业的医生看问题的角度果然跟普通人不同，看来带陆明来是带对了。

陆明一边解释，手中丝毫没停。周源在旁边看着，大概明白他是在分离血液里的红细胞做成悬液，然后才能开始将不同人身上采到的血样结合起来做交叉混合。这种实验看起来挺复杂，也需要不少时间，最关键是之前赶了两天路，又在山路上颠簸了这么久。周源站了一阵就有些发困，看表已经快到早上了。只有陆明毫无疲色，专注地忙碌着，不愧是工作狂。

严毅看到周源和胡东东都面露疲倦之色，主动说房间已经准备好了，可以先休息一下。周源想了想，这楼里也就一个老头和一个姑娘，还是个病人，也不怕他做些什么，就点头同意了。

严毅把他们带到楼下，在客厅里简单交代了一下后，对周源说道："林静的身体还很虚弱，可能还需要几天时间才能恢复。你的治疗，还是等她醒了一起来得好。"

既然严毅主动提到关于治疗的事，周源正好也有很多疑问，就问道："严先生，病因既然都没找到，具体会用什么方法治疗？我在北阳医院的时候，可被你折腾得够呛啊。"

周源问得很直率，严毅脸色有些难看，正准备解释，忽然楼上传来陆明有些发颤的声音："这到底是怎么回事？"

"看来陆医生是有结果了。"严毅淡淡地对周源说道。

那声音明显是陆明，但周源实在是不知道什么情况，才会让一向冷静的他震惊到会发出这么大声的惊呼。而严毅这副意料之中的表情更让他觉得不爽，立即问道："什么结果？"

"上去看看就知道了！"老胡说着就转身上了楼。周源有些担心陆明是在做实验的时候发生什么意外，比如沾染上了自己的血之类，立即跟上。严毅也不多说什么，跟在了最后。

本来三十多个小时没怎么睡好，陆明就有些憔悴，但此时他脸色却更加难看，一副不知所措的惊慌模样。

周源见陆明手上很干净，身边试验台旁的机器看起来也很正常，看来不是出了什么意外。可看到陆明这样的脸色，还是有些不解，他走过去扶住陆明的肩膀问道：“你怎么了？”他这才发现陆明居然身体在微微颤抖。

“你脸色怎么这么差？”老胡也看出陆明不对劲，就朝跟上来的严毅道：“老爷子，您也是医生，给我这哥们儿看一眼啊。”

严毅没动，摇了摇头：“他没事，缓一阵就好了。”

“没事他会这个样子？”周源更加奇怪，陆明是个医生，心理承受能力是极强的，一般情况根本连眼皮都不眨的。这个样子只能说明出现了超出他理解力的问题。

他下意识地看向那个实验台，联想起刚才严毅的那些告诫，想多半问题就是出在这里。不过以周源的眼光，根本看不出来有什么不对。实验用的试管和显微镜，还有那些血样，都还在原来的位置。

严毅问道：“陆医生，你发现问题了吗？”

这话一说，陆明就像是被什么东西咬了一样，浑身一颤，瞬间就恢复了活动能力。陆明的反应出乎意外，没有回答严毅的问话，反而抓住周源问道：“你到底是什么血型？”

周源下意识回答道：“A型啊，你不是给我做过检测吗？”

“不可能！”陆明一把扯住他的胳膊，“我要再抽点血。”

周源彻底无语了，血又不是水，怎么感觉自己像是水龙头一样，说抽就抽。而且他觉得陆明的表现明显不对，他眼里有一种偏执的神色，这个样子周源太熟悉了，就是那种研究人员在研究到了关键时候的狂热阶段。可问题是，他这趟陪着过来明明主要任务是检查自己身上的不对，不是来进行学术研究的啊。

老胡也觉得有点不对，走过来搂住陆明的肩膀，拍了他两下。等陆明稍微冷静了一下，周源深呼吸两口，努力让自己的脸色看起来没那么紧张，这才郑重问道：“陆明，你告诉我，到底出了什么事？别担心，我挺得住。”

陆明被老胡抓住，再加上周源这么问，终于缓过了神。

但他看向周源的眼神很古怪，仿佛在看一个怪物，嘴唇动了好几下，似乎要说出的话十分艰难。他的嘴唇每抖一下，周源的心也就抽紧一下，不知他将要告诉自己的是什么样的坏消息。

最终，他艰难地说出了一句话。听完之后，周源立即就愣了。

真的就是单纯地愣住了，因为他一时间根本判断不出这句话代表着什么。陆明说的是：“你的血型，刚才变了。”

“不可能！”周源虽然不是医生，但也知道一个基本的常识，那就是人的血型跟DNA一样，是一个人的固定特征，一辈子也不可能会变化。

“陆明，你脑袋是不是坏了？”老胡也觉得不可思议，拍了拍陆明的头。

“别闹！我很清醒。”陆明打开胡东东的手。

“陆医生，我想你应该看到了那个事实。”严毅这时候插话道。

陆明不吭声，盯着严毅，眼神犀利得似乎要把他看透。周源觉得一阵寒意，陆明的表现，说明他刚才说的话十有八九是真的。他拉住陆明问道：“你说明白点，我的血型怎么变了？”

陆明叹了口气：“交叉配血实验是检验两个人的血型混合后会不会凝聚的必须手段，而在做这个实验之前，按程序需要先检测血型。检测结果显示周源你的血型是A型，胡东东是AB型，林静的则是B型。这其实就可以说明你们三个人的血型肯定不相融了。但因为严先生特意提醒在先，我还是继续把交叉配血实验做了下去，结果在实验中，你和胡东东的血样出现了凝集现象，和林静的却没有！”

“这不可能吧？”周源诧异道。两个人血型不同不能互相输血，这是人人皆知的道理。

“确实不可能，你跟林静的血型完全不一样，在交叉配血实验里却没有凝集反应。最初我以为是血液样本有问题，怕是它们受到了污染，就重新做了一次。这次为了保证准确，还加上了我的血样。”陆明抹了把脸，继续道，“我的血型跟林静的一样，也是B型，不过这一次检测，却发现你的血液跟我们两个人的血液都可以融合！更离谱的是，林静跟我的血液却又完全没法融合！”

这次周源听明白了，头一下就大了。陆明说的意思很清楚，不只是周源，林静的血也有问题！

“周源，你的血型，我检查过不止一次，肯定是A型，但现在出现了这种问题，我怀疑是之前的检查错了，就对你的血样又做了一次血型检查，结果发现，你的血型竟然……变成了O型！”陆明脸色难看极了，周源认识他这么久，第一次见到他如此的情绪失控，想必作为一个受过系统医学知识学习的医生，他受到的震惊极其强烈。

“什么？血型也会随便变的吗？”周源脱口而出。

“这话未必对，我好像听过接受了骨髓移植手术的人，血型是会变的。”胡东东忽然说道，他和周源一样不懂这些医学术语，但却保持着冷静，提出了一种可能。

周源沮丧地说道：“可我从没做骨髓移植手术啊，那是得白血病的人才需要的吧。”

“严先生，交叉配血实验是你让我做的，这种现象，您能解释一下吗？”陆明脸色还是很不好，但已经平复了情绪，转过脸看着严毅问道。

严毅点了点头：“特殊情况下，如果红细胞受到了细菌污染，是可以令红细胞抗原发生改变的。有这种例子，病人的血受到了细菌污染，结果O型血变成了B型。不过如果引起抗原发生该病的疾病一旦治愈，血型还是会恢复成原先的血型。另外还有其他的原因，有时病人的血浆蛋白紊乱或输注代血浆以后，也会使红细胞自发凝聚，检查血型时就会错定血型。这都有可能……”

陆明打断他：“那些我也知道，我刚才做实验时非常小心，周源的血型是经过好几次检查后证实的，所以你说的这几种可以造成血型变化的情况，并不成立。”

“但事实告诉你，它确实成立了。其实还有一个事实你没注意到，林静的血型，其实也会变化。或者这就是这种病的一个特征，只是不知道是什么引起的血液变化。”严毅说道。

陆明有些结巴地说道：“她的……也会？”他本来只是猜测，可严毅却斩钉截铁地确认了这个事实。

“对。所以周源先生和林静的血，可以互相输送，而不会发生凝集。因为他们的血，属于同一种身体状况下产生的。”严毅摊开手道，“现在你知道，咱们要面对的是一种什么样的症状了。”

“这就是你要我做交叉配血实验的真正目的？”陆明脸色沉重地问道。

严毅没有再说话，只是点了点头。

周源站在那里，听着他们的对话，后背开始渗出冷汗，感觉被一种巨大的恐惧包裹住了，渐渐地他们的人和声音都有些模糊和远去，只剩下自己的心跳在耳朵里咚咚作响。

“你脸色很差，没事吧？”老胡发现了他的不对，推了周源一把。

周源感觉头晕目眩，无力地说道：“严先生，我这病，到底是身体哪部分的问题？”

“现在不能肯定。每一种疾病或者病毒的发作，都是一种破坏人体正常功能的过程。血液出现异常，它只可能是一种病理上的映射，我们现在要做的，就是顺着血液这条线索去找寻病灶点。对现在的你来说，这不是坏事，至少它开始有迹可循了。”

周源终于明白，为什么严毅要故意让陆明先来做这个什么血型配对测试。之前严毅讲的那个故事如果只是让他们半信半疑的话，那么现在让陆明亲自证实这个违反常理的测试结果，无疑让他的话显得更加有说服力。至少周源现在对这个病的诡异程度有了一个更直观的感受，甚至觉得严毅之前的过分行为也许真的有一些道理。

周源苦笑，自己只能尽量接受这个事实：来到大巴镇，不但自己的问题没有得到解决，事情好像变得更加复杂起来。

不过他至少很清楚一点，那就是别人的安慰再怎么有力，也不如自己的意志坚强来得有用。陆明和严毅都是专业人士，医学问题就留给他们来解决，但自己得先挺住，不然即使有再好的医生和设备，都是白搭。

第二十八章　美味

周源给自己做的心理建设还是有用的，虽然心情还是有些沮丧，但不再像来之前那样随时处在心理崩溃的边缘。这时天已经蒙蒙亮了，一直被压抑住的困意也爆发出来。

严毅把他们带到一楼的客房，让他们先休息。虽然这里很偏僻，可客房里的设施居然很齐备，像宾馆一样。屋子分内外两间，一共有四张床，浴室和电视一应俱全，布置并不奢华，但给人很舒服的感觉。看这里不像是有外人会来的样子，也不知是不是严毅专门提前为周源他们准备的。不过能看得出来，即使在这里，严毅的生活品质还是保持了一定的水准。

安顿好后，严毅就去外面那屋陪林静。周源征得严毅的同意，也跟过去看了一眼，他很想见见这个和自己有着同样怪病的不幸女孩。

林静还没有醒，看着她清秀但惨白的脸庞，周源很好奇她都经历了什么。

自杀的人内心都有一道自己过不去的坎，但往往被救过来后就不会再有轻生的念头。林静在昏睡中却还紧闭着眉头。是因为病，还是因为林河的死？周源不得而知。

不过看着她安静沉睡的样子，周源却有一种莫名的亲切感觉。毕竟有这么一个活的病友，让他觉得没有那么孤独。等醒过来后，也许可以和她聊一下，那种处于恐惧和绝望之下的心情，只有他们这种当事人才能完全体会对方吧。周源想也许这样聊聊，她就不至于再会绝望地选择自杀了。

严毅在林静的床边坐下，握着她睡梦中的手，怜惜地看着这个可怜的女孩。周源不愿意继续打扰，在旁边站了一两分钟就悄悄退了出来。到房间后躺在床上，虽然身体很疲惫，却难以入睡。

到大巴镇不过几个小时，但接收到的信息量实在太大，还没法完全消化，脑袋里乱成一团糨糊。周源干脆坐起身，朝睡在外间的陆明和胡东东问道：“严毅说的那些，怎么看？”

“你问谁呢？”老胡果然也没睡着，马上接话道。

“谁都一样。给点意见。”

“有问题。”胡东东索性走了进来，坐在周源的床头说道。

“哪里有问题？”

“我以前审讯的时候，发现那些想骗你的人，最喜欢给你讲故事。说得一套一套的，有时候简直是声泪俱下。其实就是用大量的无关信息让你迷糊，注意力被分散后，就容易忽略他话中的破绽，这样才好在关键问题上忽悠你。所以我们审讯的时候遇到这种人，就会用上技巧，反复盘问无关的细节。如果是谎话，那么他就必须把这个谎话编得越来越大。哪怕当时他的谎话编得没有破绽，但过一段时间再问，自然就能发现问题。”

老胡叼着烟冷笑道：“严毅这老头给我的感觉也是这样。现在哪里有问题说不上来，毕竟信息太少了。”

周源从老胡身上掏出烟盒，给自己也点了一根，瘫倒在床上，有些无奈：“老胡，你这和没说一样。”

“周源，胡东东的感觉没错，严毅确实有问题。”陆明走了进来，他看到周源正在点烟，有些不满，“你是病人，最好不要抽烟。”

“唉，病因都不知道，算什么病人。”周源说是这样说，还是把刚点着的烟给掐了。陆明他们千里迢迢陪着自己来，自己不能破罐破摔。不过显然三个人的想法都一致，认为严毅有问题。

陆明接着说道：“其实，血液会变型，在临床上还有一个例子。”

“什么例子，你怎么不早说。”周源吃了一惊。

“是辐射。”陆明做了个手势，示意他小声点，“我刚才和严毅探讨时其实是故意漏掉这一项的。他一个留学归来的医学教授，居然会不知道？这就有些问题了。”

“辐射？你的意思，我这病跟辐射有关？”周源摸不着头脑。

“不是那个意思。”陆明翻了个白眼，显然对周源的智商很无语，“大剂量的放射线辐射，可能会导致基因突变和红细胞表面的抗原产生变化，从而造成血型改变。不过这种血型改变仅属表现型的改变，不是基因型的变异。也就是说，它只是暂时的，过一段时间就会恢复。周源，你的血型改变肯定跟这个无关，因为你这段时间都跟我们在一起，肯定没有接触过辐射源。我说这个，是告诉你，严毅并没有想和我认真讨论。我跟胡东东的看法一样。”陆明在旁边那张空床上躺了下去，“他看起来很直爽，一开始就像倒豆子一样说了那么多事情，但在你的治疗上，却遮遮掩掩，什么都没提。这就是问题所在。”

陆明说到这里停了一下，声音更低了：“关于这个病的信息，他知道的肯定不止这些，却不愿意主动告诉我们。他找你来的动机不纯。”

“他当然不纯。”周源非常赞同，“忽悠我过来，其实是给那姑娘输血。”

“没你想得那么简单。”陆明眼睛闭上，似乎疲倦极了，“那姑娘自杀的事和你过来没有太大关系。即使缺了你这点血，她也没有生命危险，只是现在会恢复得快一些而已。”

“噢……”周源有点郁闷，自己的血如果能救林静，还是有一点儿成就感的，结果原来是无关紧要。

陆明眼睛也不睁开，打了个哈欠摆摆手道：“胡东东说得对，所有的猜测都先放一放。也许过几天，他自己就会告诉我们。”

陆明的性格就是这样，他的动作表示讨论暂时告一段落。胡东东抽完烟也回去睡了，不一会儿鼾声就响了起来。周源努力让脑子放空，心里依旧是乱糟糟的，只好起身在包里翻出随身带着的两粒安眠药吃下去，好一会儿才算是睡着了。

一觉醒来，周源发现已经快到中午了。

陆明早已醒了，在楼上忙碌地摆弄着那些仪器，周源知道他是想要继续昨天的实验，找出血型变化的原因。

严毅按照昨天的约定，又抽了周源二百毫升的血液给林静输上，然后就上去和陆明待在一起。两个医生都在忙，病人却暂时没有什么事儿了。

看周源心神不宁的样子，老胡干脆拉着他去了镇上。

“你就别愁眉苦脸的了。”去往镇上的小路上，老胡这样安慰周源，“我们现在只能见机行事，等陆明做出结论之后再做打算。既然现在什么也做不了，不如去镇上转转。既然来了四川，咱们先去尝尝川菜。”老胡语气轻松，倒像是来这儿旅游的。不过周源觉得他说得没错，这才是正常生活的状态。打从遇上这破事儿以后整个人一直处在纠结崩溃的非常态下，这种压抑的情绪让周源自己也觉得很有必要调整一下心态，反正事已至此，身体状况暂时还稳定，就暂且当作是来度假好了。

大巴镇不大，街上都是些老建筑，饭店倒是有几家，不过店面看起来都破破烂烂的。两人转了一圈，干脆随便挑了一家招牌写着“李豆花”的小饭馆，不抱什么希望地点了几个家常菜。

等菜上桌，卖相却出乎意外地诱人。水煮鱼是用一个不锈钢盆直接端上来的，雪白的鱼片浸在厚厚一层红油里，上面是密密麻麻的干辣椒和花椒。回锅肉一片足有巴掌大小，却片得像纸一样薄，在油锅里爆炒过后微微卷起，呈现金黄透亮的颜色，肥肉和瘦肉的比例大概是三比一，看起来却丝毫不觉得油腻。

北阳市属于中原地带，饮食口味偏清淡。川菜却是无辣不欢，就连回锅肉里都是青椒红椒一大堆。两人对视一眼，硬着头皮举起筷子，没想到第一口下去就大为赞叹。这些菜都是川菜里最常见的，可以说几乎大江南北所有城市的饭馆里都有，但真的来到四川本地吃到这几样菜，周源才不得不承认，之前自己吃过的所有川菜味道都差这个小店十万八千里。

小饭馆的店铺门口支着两口大锅，一口上面堆着十几层高高的蒸笼，另外一口大铁锅里盛的是雪白的豆花。老胡吃得意犹未尽，想着既然饭馆以豆花为名，肯定是招牌菜，于是又点了一个蒸肥肠和两碗豆花，本来还想点一份毛血旺，却被周源给制止了——他听到原料是血做的菜本能地有种排斥。

川菜麻辣，两个人吃了片刻就嘴里发麻，嗓子冒火。豆花却是原汁原味，直接从锅里舀起来就端上桌，绵软香甜，刚好舒缓麻辣带来的不适感。两人一顿饭吃完，都是满头大汗，畅快无比。

“周源，你说我找两个四川厨子，干脆回去开个川菜馆怎么样？”这顿饭吃得很爽，两个人从饭馆出来心情都是极好，在镇上闲逛时老胡忽然问道。

周源也不知他是认真还是开玩笑，随口答道：“成啊。如果能有这味道，肯定比你开烧烤店赚钱。”说完他才忽然意识到，老胡和陆明都有着自己的生活，却都二话不说放下所有事陪自己跑到这里，心里又是愧疚又是感动。

北阳市虽然是二三线城市，还是比大巴镇要繁华许多。大巴镇也就几平方公里的样子，而且镇上人也不多，大多数都是小孩儿和老人，看样子年轻人都外出打工上学去了。周源一路走着，觉得有些唏嘘。这个镇子真是太偏僻了，当年这里肯定比现在的人还少，说不定只是个小村子。能让它发展成今天这样，靠的肯定就是严毅所说的那个华光机械厂了。只是如今物是人非，那个在山里的工厂已经不在，而依靠着这个厂子发展出来的小镇，倒是保留了下来，但也在渐渐衰败了。也不知道这里还有没有当年工厂工人的子弟后裔。

老胡兴致很高，一路走走停停，不管什么店铺都溜进去看看，和店家聊聊天。周源见他连中药铺都要进去逛逛，实在受不了，就在门口等着。

老胡正和中药铺柜台后的老大爷闲聊，周源忽然进来，惊讶地说道：“哎，你看，那姑娘是不是林静？”

老胡顺着他的目光转头，发现在街对面走过一个姑娘。他皱着眉：“你是不是认错人了？她不是应该躺着休养吗？”

周源昨天仔细打量过那姑娘，此时留意观察了一下，发现那姑娘手上还包着绷带，但衣服显然已经换过，肯定就是林静。她穿着一件淡青色的无袖上衣，配着一条齐膝的白色褶裙，披肩的长头发，从肩膀两侧垂下来，软软地躺在胸前。远远看着，在破旧的街道衬托下，整个人显得非常显眼。而且眼神清亮，跟之前在病床上的状态简直一个天一个地。

“挺漂亮的姑娘啊。”胡东东看了一眼周源，“你对美女倒是挺敏感的。”

周源没来得及说话，林静已经朝他们走了过来，离他们还有几步的时候站住。大街上也没什么人，她分别打量了两人几眼，最后把眼光落在周源脸上，神色似笑非笑，说道：“你们偷跑出来吃东西怎么不叫上我？”

这姑娘态度挺开朗，但又不像老胡那种和谁都自来熟，总之周源觉得面对她时，没有那种陌生人的拘谨感，也许是同为病友的天然亲近感吧。看来林静不但知道他们来过，说不定昨晚就是醒着的，偷偷打量过他们。于是周源就顺口问：“你的手……没事了？”

“没事了。”林静主动伸出手，“周源，谢谢你的血。”

“那是我应该做的。你知道我的名字？”周源被林静的手握着，有些受宠若惊。

“其实我昨天就醒了，一直听着呢。”林静俏皮地挤了挤眼。

“小丫头挺狡猾啊，那你怎么不和我们打招呼？”胡东东调侃道。

“你失血一次试试，脑袋清醒，可身上没劲嘛。”林静白了老胡一眼，模样很是俏皮。

老胡大笑起来：“我们可不是偷偷跑出来的。倒是你偷跑出来，不怕严毅担心？”

林静忽闪着大眼睛，却反问周源：“你们都不怕，我怕啥子？”

周源有些无语，忽然觉得眼下的场景，有点像是几个分别逃课的中学生，在外面碰见后又担心被班主任抓住。林静的性格火辣热情，几句话下来，就没有才见面的那种陌生客套的感觉了。她又走上来一步，直接搀住周源的胳膊：“去吃饭吧，我饿了。”

周源刚想说我们才吃过，胡东东使劲拍了他一下，豪气地说道：“走起！”周源嘴边的话被拍回去，想想林静这几天都躺在床上，一定也没怎么好好吃过东西。再说他也挺愿意陪这个有意思的小姑娘多待一会儿，也就不再说什么。

第二十九章　独处

“你们真的不吃？这家的串串真的很好吃。”

三个人坐在一家小店里，林静一边看着他们，一边把许多串穿着肉和菜的竹签放进冒着红油热气的火锅里。

周源和胡东东不约而同地摇摇头。他们没想到四川人对火锅如此热爱，大中午的，林静居然直接把他们带来吃串串。这玩意儿好像和火锅也没什么区别，锅中浮着的厚厚一层花椒和辣椒，看起来就很吓人。两个人现在嗓子里还在冒火，周源郁闷地看着逐渐沸腾起来的锅底，心想再吃下去估计不等怪病发作，这辣椒就能直接让自己烧起来了。

“来一串撒，来四川不吃这个，真是白来喽。”林静拿起一串牛肉递到周源面前，周源没敢接，摆手拒绝了。她转手又递给胡东东：“你们是不是男人啊。”

胡东东被林静这么一激，不愿丢面子，把衬衫扣子解开两颗，接过就塞进嘴里：“笑话！这东西也就是个开胃的零食。”

“还是你爽快。”林静赞了一声，又对周源飞了个白眼。

气氛活跃起来，周源也拿了一串。但这可比水煮鱼的味道重多了，他咬了一口，觉得简直是一团火进了口腔里，舌头立即失去了知觉。

林静笑着拿过一杯冰啤酒递过来：“第一次都是这个样子，喝点这个，解辣！”

周源忙不迭喝了一大口啤酒，抬头发现老胡正抱着杯子已经把一杯都喝完，还不停吸着气，对比林静一串接一串却面不改色，更显得无比狼狈，不由也大笑起来。气氛也随之热闹起来。

周源毕竟刚吃过饭，只是喝着冰啤酒，不时吃上一串。看着林静满面带笑，开心地专注于眼前的美食，不由觉得有些感慨，眼前这么开朗爱笑的女孩，谁知道她不久前居然会试图自杀。

“你有没有感觉？”正吃着，林静突然停下来问道。

周源一愣：“什么感觉？”

林静说道：“咱们俩得了同一种病，你看到我，就没啥子感觉？”

周源有些尴尬，挠挠头道：“呃……都是病友嘛，有一些安慰，算不算？”

“我说的是特别的，不是撒子见到病友。”林静白了他一眼，好像这姑娘特别喜欢翻白眼，但偏偏她做这个动作的时候显得很可爱。

“你这么问，难道你有感觉？”周源反问道。都说川妹子火辣直接，不会对自己一见钟情了吧。

“你看到自己的血会燃烧起来，不觉得害怕吗？”林静撇了撇嘴，露出一个狡猾的笑容，看似随意地问起了这个问题。

周源被她捉弄得有些难以招架，却不知如何回答，说实在的他并不想谈论这个。因为这再次提醒他，自己并不是一个悠闲的游客，而是命在旦夕的“绝症”患者。想了好一会儿，他还是老实回答道：“我很害怕。因为不知将会遭遇什么，会不会像那个林河一样。他当时就在我面前……”

说到这里，周源才忽然想起林河就是林静的哥哥，连忙住嘴：“对了，林河是你哥哥吧？很抱歉，没能救下他。”

“都过去了。”林静听到林河的名字，笑容也消失了，她轻轻摇摇头，“应该是我对你说声对不起。如果不是他，也许你也不会被牵扯进来，还被迫跑来这里。”

周源喝了口酒，没有继续问下去。这个话题太沉重了，再说下去气氛只会越来越压抑，而且以自己现在跟她的关系，应该还不到可以随意讨论生死的地步。虽然她之前看起来像没有事一样，但表面的开朗之下，应该也压制着很多负面情绪吧。

这时老胡忽然用脚踢了周源一下，周源顺着他的目光看去，看到饭店门外街上走过一个人，正是严毅。

周源有种逃课果然被班主任抓住的尴尬，林静却似乎没意识到严毅的脸色不善，反而抢先大声招呼起来：“干爹，你来了？一起吃点！”

这下躲也没法躲，周源有些尴尬地看着严毅冷着脸走进店里。

“林静，你怎么这么不听话。还喝酒？”严毅没看他们，而是看着林静，话虽然是训斥，可声音却很柔和，一看就知对林静充满溺爱。

“对不起干爹，这几天嘴巴太淡。我实在是太想这个了。”林静低下了头，一脸可怜兮兮的样子。但周源敏锐地发现，她桌下的双脚在不停地轻松点着地面。这鬼丫头，明显是在严毅面前故意装可怜。

“你刚恢复，吃这些对你没好处。走吧，回去。”严毅看着冒着热气的火锅，皱着眉头道。

“嗯。”林静很听话地答应着，站起身走到了严毅身边，一副乖巧懂事的好孩子模样。

周源在一旁看得有些想笑，这姑娘真像小孩子，在大人面前也是典型的两面派啊。

严毅听林静说完，眼珠都没动，仿佛没看到周源他们似的，拉着林静转身就走。老胡和周源对视一眼：“这老头肯定以为林静是被我们拐出来的了。”

周源也有点无奈，严毅明显是在生气。若是因为这个，他要是治疗的时候给自己用点手段，那可真是冤枉死了。想到这里，他也没心情继续吃了，结了账就拉着老胡回小楼，想跟严毅解释一下。

可回到那小楼里，周源才发现事情并不是他想的那样。

严毅的确是在生气，但不是因为周源和老胡带林静出去吃火锅，而是因为陆明。

周源有点蒙，早上他们在楼上的时候，还挺正常的，不知发生了什么事，现在两人脸上都带着薄怒，像是发生过争吵。

“怎么搞的？”周源偷偷拉过陆明问。

“在一些事上有分歧。”陆明不太愿意细说，脸色阴沉着，看得出气得挺厉害。

出现这种意料之外的情况，周源有点着急。

不过陆明见周源焦虑的表情，过了一会儿还是告诉了他事情的原委。

陆明和严毅的分歧主要在两个方面。第一是实验做完后的交流。再次确定血型变化这个事实后，陆明找严毅索要更多的研究资料。毕竟严毅对这种病的研究早就开始，但严毅却始终绕圈子不愿意交出来。也就是说，陆明想要取得进一步的进展，只有从头做起，这让他对严毅的诚意产生了极大的怀疑。

而另外一个原因也和此有关系，陆明对这样的治疗环境很不满意，拒绝在自己不知情的情况下对周源开始任何治疗。并且他担心周源和林静会随时出现像小青那样的问题，毕竟周源在中心医院时就出现过这种情况，只是在病危状态中却奇迹般的转好了。而且周源的血液可以燃烧，这也是陆明亲眼所见，这里虽然医疗设备齐全，但毕竟太过偏僻，如果两个人再出现什么问题，后果十分严重。

但让陆明气愤的是，严毅对他的质疑不以为然。严毅对此充满难以理解的自信，再三保证绝对不会再出现危险。他的这种态度，让陆明十分愤怒，认为他是完全不在意周源的生死。

只是另一方面，陆明可以确认林静身上的症状和周源一样，相信严毅不会拿自己的义女生命开玩笑，所以才没有选择立刻离去。

但无论如何，严毅的这种自信毫无道理，所以陆明又愤怒又不得其解。

周源明白了他们矛盾的根源，却有些无奈。从他个人角度来说，也不喜欢在这个偏僻的小镇上接受治疗。但严毅的意思很明显，他表示出是唯一知道怎么治疗这个毛病的人。说句难听的，等于是被严毅捏住了脖子，不听他的都不行。想来这也是陆明上火发怒的最根本原因。

老胡听了后，倒没有发表任何意见，只是一根接一根地抽烟。

而林静一回来就被严毅关在了她自己的屋里休息，晚上吃饭时也没出来，这让周源有点失望。不过严毅和陆明又恢复了交谈，看来关系缓和了许多，也不知是不是严毅最终做了什么让步。

第二天一早，天微微亮，一阵敲门声把周源从梦里拽醒。迷糊着抬头一看，林静的半张脸从门后闪了进来。

“醒了？”

“你干什么？这大清早的。”周源吓了一跳。

“穿上衣服，跟我走！”林静扔过一样东西到周源床上。

“去哪儿？这是干吗？”周源侧了侧身子，发现是一双劳保线手套，有些茫然。

“出去玩撒。”林静笑道。

一听这个，周源头上顿时出现几条黑线。昨天才被严毅当街揪回来，今天又来？

“你干爹会杀了我的！”周源摇头拒绝道。

林静切了一声，笑着解释：“是不是男人啊，我请你去帮忙的。去找点药草，为明天的治疗做准备。人家一个女生，干爹怕出问题，才让你们陪着。要不哪个稀罕哦。”

“真的？”周源有些半信半疑。昨天严毅晚饭时几乎和他们没有说话，周源都在想是不是应该早点离开比较好，如果真是严毅吩咐的，说明他有意缓和关系。

“假的！”林静再次白了他一眼。

周源看着她，想从她脸上看出什么端倪，可这姑娘鬼灵精怪的，也不知她哪句话是真，哪句话是假，简直拿她没办法。想了想他扯起嗓子喊道："老胡，老胡！"他想让老胡陪着一起去，林静却说道："他一早就出门了，我在客厅里见到他起来了才过来找你。就你最懒。"说着忽然扑哧一笑，"这么一个大汉，居然叫胡东东，太有意思了。"

快速穿好衣服，洗漱完毕，周源跟着林静出了门。

因为是山里，清晨的小镇还笼罩在一片青色的雾气中，显得十分安静，再过一两个小时，才会重新热闹起来。在林静的指引下，周源跟着她朝山上走去。

路上林静大概解释了一下，原来她说要找的草药，是一种当地特有的植物，叫角儿根。可以用来做主料，混合其他药物制成膏药，对降低身体体温有一定的效果。

周源听了顿时想起，自己在中心医院时，也曾接受了奇怪的膏药治疗，后来以为是被糊弄了，也就没放在心上。没想到听林静的意思，居然这个东西真有一定作用。周源有点疑惑，就问林静，为什么那种药膏治疗的时候要把全身都贴满。林静显得很惊讶："不用啊！干爹只是在我身上有皮疹的部位贴上啊。"

周源知道自己被严毅给坑了，顿时心里一群草泥马奔腾而过。当时陆明也对此提出过疑问，想必严毅这样做是为了掩盖自己的身份和治疗手段吧。

"那东西只长在一处山壁下。据说这山里的野兽受了伤，去那个山壁上蹭蹭，伤口就会长好。"林静解释为什么要爬山。听她的话，显然不是第一次上山采药。

"这么神奇，那山有山神保佑还是怎么的？"

"当然不是了，山里人不明白，就说是鬼神之力。其实就是这种长在山体上的植物在起作用。当然，山岩体里的矿物质也可以起到一定的止血作用，但那个就可以用其他药物替代，我们只需要那个角儿根而已。干爹分析过，说它止血和皮肤创伤恢复的效果特别好，不过我们用它制成膏药，不是因为这个。它能够抑制皮疹扩散，不过干爹也没分析出具体的原因。"

周源一听她描述的功能，倒有点像是云南白药，于是随口说道："不错不错，都说山里宝贝多，我弄点上网去卖，说不定还能发财呢。"

"别想了，这种东西只有早上才有，中午就干了。如果不炮制的话，摘下来没多久药性就散了。"

"哎呀，那更要看看了，物以稀为贵。人参果你知道吧，落地就化，和这个是一样的道理。"周源一本正经地和她胡扯，他很少走这种山路，走了一会儿就觉得双腿发沉，还好一路和美女有说有笑，可以忽略身体的疲惫。

进了大山后不久，太阳就升起来，一路的景色开始美不胜收。周源从小生活在平原，此时站在山上看着远方的群山巍峨不绝，云浪镶嵌翻滚在大山之间，那种悠远缥缈的感受很震撼，是平时难有的体验。清新的空气和山中的宁静，让他心情舒畅了许多。

这样走了一个多小时后，来到了一处山峰的下面。

这座山很奇怪，朝上看去像是一道巨大的阶梯，几十米为一层，犹如铺在头顶的山水画，在绿黑黄白的掩映中逐渐延伸到云雾之上，让第一次看到这种山景的周源仰头赞叹不止。

“那些黑色的就是。”林静指着山壁上说道。周源早就看到了，只是以为那些黑色的痕迹是山壁自然氧化的结果，没想那就是她口中神奇的角儿根。

周源好奇三步并两步蹿过去，伸手使劲抓了一把下来闻了闻，却表情扭曲地呸了一声：“怎么有股怪味？”

“谁让你手欠！”林静没好气地走了过去。周源仔细打量这手中的植物，发现这东西其实很像苔藓，但又要细腻很多，摸上去很光滑，但闻着有股腥气，不过不冲鼻子，是那种泥土的腥味儿。

周源用手搓了搓这东西：“这算是老偏方？也不知道《本草纲目》上有这种东西的记载没有。”

“哪里会有？这些属于偏方里的偏方。”林静从背包里掏出白线手套戴上，“赶紧摘吧，这些角儿根回去还要炙干，所以要多弄。”

周源听林静说等到中午太阳一晒，这东西就会干枯脱落，所以马上就开始忙活。临近中午时摘了两大背包，用塑料袋子包裹严实了，上面撒上一些纯净水保持水分，总算大功告成。

忙活完这个，他们才坐下来休息吃东西。山里的阳光比镇上的要温柔很多，偶尔刮起一阵小风，即便是夏天还是能感觉到凉飕飕的。林静拿出一些腌萝卜条和豆腐干，当然都是辣的，但味道却是极好，配合着带的白米饭，好吃得让人停不了嘴。

“四川人做辣腌菜真是一绝啊。”周源虽然被辣得不停喝水，还是由衷地学着用刚学会的四川话赞叹，“看不出你年纪不大，厨艺还硬是要得。”

林静捂着嘴笑道：“我可不会，这是我在镇上买的，马屁拍错了吧？不过四川人喜欢吃辣是天生的。可惜，我在国外那几年吃不着，真是馋坏了。”

周源听她这么说，就让她讲一讲在国外的事。林静也不推辞，说了一些在美国的所见所闻，听来很新鲜，后来聊着聊着不知道怎么就聊到了她母亲身上，语气开始变得平淡和沉稳。

第三十章　交谈

从她的讲述里，周源能听出来，林静对她的母亲有种极为虔诚的崇拜，她说母亲很勇敢，在人生的最后时间并没有自暴自弃，反倒不停地安慰他们兄妹。当时的林静并不大，但她母亲死亡的这段记忆却非常清晰，一直不忘。

“母亲死的时候，让我哥哥好好照顾我。”林静苦笑道，“可没想到，他……”

“这种事，超过了人力所能及，你要学你母亲那样，坚强和勇敢。”周源一边劝，一边看林静的脸色，发现她并不抗拒谈论这个话题，就接着问，“那你姨妈呢？你母亲有和你聊过吗？”

虽然在严毅的讲述中，李爱华当年神秘消失时，林静还没出生呢。但周源还抱有一点儿希望，万一李红霞曾给她女儿讲过，说不定能从林静的嘴里问出点什么。

林静有些疑惑：“什么姨妈？”

“李爱华啊，你母亲的姐姐。”

林静摇了摇头：“我母亲从来没提过她有个姐姐啊。”

她的表情并不像不愿意提及，脸上就是单纯的困惑，周源心里却咯噔一下，林静并没有必要骗自己，那么这件事多半有什么蹊跷。他想起了老胡说的话，看来果然，谎言即便看起来再真实，久了自然会露出一些破绽。

心中念头不停闪过，但周源脸上却没有显露出来，只是不在意地说道：“哦，没什么。我也是听严老说你有个姨妈，但是在你母亲很年轻的时候就过世了。”

林静笑笑，不是很在意地说：“我不知道，母亲从没提过，可能是不想提起这些伤心事吧。”

周源点头表示理解。这也是一种可能，毕竟李爱华消失得那么诡异，活不见人死不见尸的，现场又那么惨烈，而当时林静和林河还没出生呢，李红霞没有对儿女说起这件事也算合理。只希望是自己过于敏感，想多了。

林静不知周源在想什么，依然乐呵呵地说道："过来，我给你变个魔术。"

"好啊。"周源把手里的饭盒放下，双手举了起来，"只要表演得好，绝对不吝惜掌声！"

林静从背包里拿出一个亮亮的体温计，说了声："你看好啊。"然后就把体温计的金属探头捏在了手里。

周源不明白她要做什么，但下一刻他就看到体温计上的红色刻度线直线上升，在几秒钟内就顶到了头，然后就是"砰"一声，温度计竟然炸了！

温度计爆裂的声音并不大，只是"噗"的一声破碎掉。周源的反应却很大，一下从地上弹起来："这怎么回事？"

体温计竟然能被林静手上的体温热爆，那她的体温该有多高？至少不低于五十度！

"好玩吧。"林静对周源的反应很满意，微笑着说道，"一个温度上的小把戏。这东西其实是低温测量计，刻度上是零下温度。这个是我干爹的收藏，我也是无意间才发现的。"

原来是个恶作剧，周源擦了擦冷汗，有些无语。这姑娘居然拿自己的体温开这种玩笑，性格还真是乐天，不知是否因为在国外长大的原因。周源本能地觉得她这样做不好，但有些羡慕这种没心没肺的洒脱劲儿，最后只是轻声说道："下次别这样玩了。水银有毒，溅到手上了怎么办？"

"放心吧。那不是水银，是低压下的水蒸气而已。"林静拍了拍溅在身上的玻璃碴，笑嘻嘻地说道。

周源正想说什么，忽然听到似乎有人在喊自己。

"周源！"山上很安静，这次他听清楚了，的确是有人在叫自己。回过头，便看到对面的山坡上站了一个人。

"陆明？你怎么来了。"周源觉得奇怪，回喊道。

陆明从坡上很快绕了下来，扬了扬手里的一张纸："严老画了张地图给我。"

周源恍然大悟，他们来的路是一条绕山的路，树林虽然密，但并不难找。有严毅给画好的路线图，难怪他能找来。

"找我有什么急事吗？"周源有点莫名其妙，"我们正准备下山，一会儿就回去了。”林静站在一边没有说话。陆明她见过，不过这两天都没怎么说过话，并不熟。

陆明却看向林静：“我是来找你的。”

“你……找我？”林静显然有些吃惊。

陆明显得有些无奈，对周源解释：“我找她，是想问一些问题，因为我明天要走了。”

“怎么这么快？”周源很意外。

“医院那边打来电话，最近事情多，我得回去处理一下，过几天再请假过来。”陆明也没办法。

周源有些失落。其实他早就该想到，陆明有自己的工作，自然不可能一直待在这里，这次来也是临时请了几天假，回去也是情理之中，只是没想到这么快。

“你想问我什么，陆医生？”林静眨着眼睛问道。

陆明看了看他们，然后朝林静一摆手：“借一步说话。”说完自己就先走到了一边。林静犹豫了一下，想了想还是跟了过去。

周源看着他们两个一前一后走到树林里，觉得陆明的举动有点反常。有什么事情是要单独问林静的呢？这个念头起来之后就挥之不去，他想了片刻，想到了一个主意，既可以偷听到他们的谈话，又不会被发现。

过了差不多二十分钟，陆明和林静才从树林后走出来。周源发现林静的眼睛红红的，好像刚哭过。

周源有些奇怪：“这是怎么了？”

“要你管！”林静眉毛一竖，白了他一眼。心情看来不怎么好。

陆明跟在林静身后，他脸色阴晴不定的，也不是太好，看见周源只简单说了三个字：“下山吧。”

“等我几分钟，肚子有点疼。”周源说完，就冲进树林，过了五六分钟才出来，“走吧。”

下山的时候，林静没有理周源和陆明，一个人闷着头走在前面。周源在后面悄声问陆明：“你们到底聊了些什么？她上山的时候还高高兴兴的。”

“周源，我在找一些证据。”陆明很严肃，“你先别问了，因为还不清楚那些东西对我想知道的事有没有帮助，只是猜测，这时候说出来，对你的心情和接下来的治疗都会有影响。等真有了结果，我自然会告诉你。”

周源心想你不告诉我，才对我有影响呢。不过陆明就是这样，他既然这样说，肯定问也没用。不过周源知道他肯定不会害自己，再加上刚才自己偷偷使了个小计，等回去就能知道他们到底说了什么，所以也就闭口不再问了。

回到小楼，林静就径直回屋了。胡东东也还没有回来，严毅给周源交代了一下炮制那些草药的方法就又回到了二楼的实验室里。

炮制的过程并不复杂，只是有点烦琐。周源先把那些角儿根分散晾在空地上，晒了一个小时，等水分干了一些后一起放在一个大铁锅里反复翻炒。翻炒的过程中那股腥味渐渐淡了下来，反而有一种清甜的香味散发出来。周源认真地摆弄着，忽然想到早上和林静讨论这东西时说的话，脑子里冒出个念头，既然严毅都说这个东西效果不错，倒是可以试着看能不能作为土方特产卖出去。虽然它干枯后药性就会挥发，但如果先炮制好，说不定真的可行。

反正在这里闲着也是闲着，如果搞成了，总比回去继续开黑出租要好吧？周源本来对生活没有多大的追求，只是最近遇见这些事后，才明白看似平常的生活有多么幸福，对生活反而积极了许多。这样想着，他干得更起劲了，一丝不苟地按照程序操作了起来，直到傍晚才按照严毅的要求处理好所有的角儿根。

吃完晚饭后，陆明和严毅继续回到二楼忙碌。胡东东过了好一会儿才回来。周源拉着他回了房，把今天的事情讲了一遍。

“你不会吃醋了吧？别想了，反正他们都不说，你猜也没用。”老胡对陆明的举动也有点好奇，但并没太放在心上。调侃了周源一句后，老胡继续说道：“我今天去镇上倒是有一些收获。”

周源嘿嘿一笑，拿出手机：“先听听我的收获。我有顺风耳。”说着按了一下按钮，手机里立时传出一阵播放录音的声音。

“你小子可以啊！”老胡愣了一下，似笑非笑地说道，“你还说不是在吃醋！”

周源有点不好意思，解释道：“我现在哪有心思想这些。就是好奇他们说了什么，所以把手机开了录音功能，扔在了他们的附近。”

老胡也不再打趣他，做了个手势，示意别说话。

手机里面先传来一阵哗哗声，然后是一声杂乱的风声，接着是咚一声手机落地的声音。很快，陆明和林静的谈话就开始响了起来。

“自杀的心态，其实也是可以遗传的。”陆明的声音有点低，但还是听得挺清楚。

“我母亲不是自杀。”林静声音也不大，语气很坚定。

“那你当时自杀的原因呢？”陆明说。

周源也是第一次听这段录音。要不是能听到空气流动的声音，几乎是怀疑手机坏了，还好过了一分钟左右，林静的声音又响了起来。

“哥哥已经不在了，干爹为了我太辛苦了。吃不好睡不好，有时候看着他劳累，我真的觉得自己是个累赘。再加上那次发病太痛苦了，所有的坏想法突然就那么涌出来，所以……才会那样。”

“那现在呢？”陆明问道。

林静语气挺轻松：“陆医生，我觉得自己当时好傻。现在你们来了，看到周源，我知道自己不能再做这种傻事。我的病是来自遗传，可是周源不是，他是无辜的，我不知道我哥哥……为什么那么做，我会尽力帮助你们，让周源尽早恢复，去过正常人的生活。”

林静的这句话让周源感动得差点儿没流下眼泪，老胡也拍了拍他的肩膀，啧啧赞道：“这姑娘心地不错。”

“你能这么说，我就放心了。以后的治疗，可能还会有痛苦，希望你能坚持下来。”陆明似乎有意地停顿了一下，才慢慢说道，“我之前对你说的那个事，你考虑得怎么样？”

林静声音突然变大了：“陆医生，我是干爹养大的，他跟我父亲一样，虽然脾气是有些古怪，但他是我见过的最好的人。”

陆明似乎在移动，录音机里传来一阵脚步声，然后才听他道：“林静，我不勉强你，只是希望你再考虑一下。”

“不用考虑了。”林静似乎很坚决。

陆明叹了一声：“好吧，谈话到此为止。不过我希望，以后你不管发生什么，一定要撑住，千万别跟你哥哥一样自暴自弃！”

林静不太高兴地“哼”了一声，然后陆明似乎不死心地又说了一句：“你如果考虑好了，随时来找我。”

紧接着就是越走越远的脚步声，直到整段音频播完，也再没有其他对话了。

老胡眉头皱了起来：“陆明这小子搞什么鬼？怎么听起来他还暗中找过林静呢？他是不是看上林静了？”

“别开玩笑了。”周源分析道，“陆明说他有个想法，但没有得到证实，所以现在不能告诉我。可这样反而搞得我心情紧张，陆明每次这样，最后带来的都是坏消息……”而且自己这是偷听，更不好当面再去问了。总之还是那句话，陆明没理由骗自己什么，知道这一点就行了。

“对了，你今天有什么发现？”周源转移了话题。难怪老胡今天一早就跑去镇上了，想必昨天老胡拉他上街吃饭，那时候就打算好要去镇上打听调查了吧。

老胡神色正经起来：“严毅讲的当年厂子里那件事儿，你觉得是真的吗？”

第三十一章　谎言

周源不知老胡为什么会专门提到当年这件事，想了一下才说："这都是严毅自己说的，不过听上去很符合逻辑。"

老胡冷笑道："符合逻辑个屁！都是他的一家之言，反正是编故事。前因后果都由他说，说什么都是成立的。"

听他的口气，周源知道他是真的有什么发现，催促道："赶紧说，别卖关子。"

胡东东得意地笑了笑："我要去镇上逛，把心思放在那些上了年纪的老头老太太身上。专找那些街边聊天儿下棋的老头们，老年人都喜欢回忆过去的事儿。本来我也不知该从何入手，毕竟过了那么多年，没人认识严毅是谁，可没想到真有人知道关于当年这场冲突的具体情况。"

周源不禁有些佩服老胡，自己昨天在街上也想到镇子和华光机械厂的关系，却怎么没想到找人问问过去的事？老胡的思路听起来简单直接，没什么特别，但一般人还真没这么快想到。

"当然年代久远，不一定准确。但是有些话传了下来，必定是有道理的。我就问到了一个老头，是当年工厂员工的亲戚，他曾帮助参与过最初的仓库事件的善后。据他说，那些人死得确实诡异，但是那种诡异，跟严毅说的完全颠倒了个个儿。"

老胡说到这里，故意顿了一下，"那栋楼里，根本就没有什么满地鲜血！相反，一滴血都没有！他们后来就传，是山里出了吸人血的妖怪把这帮人祸害死了。当年为这事，镇上的人还搞过驱邪仪式，闹得沸沸扬扬，人心惶惶的。"

老胡的话让周源有些吃惊，但还是将信将疑："既然是传言，不一定就是真的吧。严毅干吗在这种无关紧要的细节上对我们撒谎？"

老胡点点头："这个还不是最奇怪的。你说的我也想到了，毕竟故事都是口口相传，传过几个人就会有偏差。这件事先不说，但是另外一件事就更有意思了。"胡东东指了指楼上，"当时严老头不是告诉我们，李爱华失踪了吗？活不见人死不见尸的对吧？但是我问了好几个老人，人家都说没听说有人失踪，后期处理清点尸体的时候并不少。出现在仓库的两帮人，有名有姓的，都在死人堆里，清点起来也不费事，除了那没血的细节。"

周源还是觉得不太有说服力："这也太……当年那么乱，这山又这么大，会不会是没死透，然后掉进悬崖之类，他们没找到？"

"啊哈，我就知道你会这么说。"胡东东笑起来，"你换个角度想，当年的人做事，跟现在不一样。这不是什么工伤事故，可能会有临时工大家都不认识。机械厂是个封闭的小社会，那些可都是战友、同事！战友和同事的尸体会数错？如果有人消失了，会没有一点儿风声传出来吗？我开始也是像你那样质疑的，但老头堆里有给厂区里做统计工作的，也是个老红卫兵。他说得很对，如果真的凭空少了个人，那么这个人是不是叛逃了？这就涉及定性问题，无论是消失还是死亡，组织一定会给一个明确的结论。虽然那个年月，在运动中死了不少人，但他拍胸脯保证绝对没有发生过这样的情况。"

"不过，"老胡话锋一转，"这只是初步调查，不一定对。但严毅隐瞒了不少细节，这一点是百分之百的。我们万事小心。"

也只能这样。严毅所讲的整个故事逻辑上是通顺的，可跟胡东东听来的故事一对比，这些具体细节上的矛盾，立即就显现出故事中有超出现实的不合理。有血和没血、人数上的误差，都不是时间久了记错了可以简单解释过去的。

甚至有些细节当时没觉得有什么不对，现在想想发现有很大的问题。比如严毅曾说，当时李爱华整理了衣服就冲下楼，那种感觉好像是她完全有把握把所有人都留在那里，只要牺牲了自己就可以。

可是周源开车拉过林河，和他接触了几个小时。林河那时明显也并不知道他自己什么时候自燃，只是知道他快死了，具体的死亡时间却是掐不准的。怎么就会那么巧，李爱华想要自爆的时候，就正好自爆了？

周源又开始纠结起来。胡东东调查到的这些信息，跟严毅的故事出入实在太大。周源肯定是相信胡东东的，但毕竟消息源单一，光靠镇上老头们的聊天儿就完全否定严毅这个人，似乎也有些不够。

“老胡，还有其他的吗？”

“当然有。既然有了线索，我怎么可能就这么善罢甘休。继续打听后才知道，这镇子上有一个老人居然是当年厂里的工人，参加过好几起斗争运动。当年他虽然没去那个仓库，但是也算是间接参与者。哦，那老头姓赵，当地都叫他老赵头，住在镇子最南边。我本来想去老赵头家再问点细节，结果那老赵头没在家，害得我等了半天。”

“哥们儿，多谢。得亏有你在，才能这么快梳理出这么多线索。”周源感激地说道，“那现在怎么办？”

老胡摇摇头：“明天我去找老赵头。另外我准备从林河那条线再查查。至于严毅，他要对你做什么治疗，先不要答应，一定要等陆明回来再说。”

周源也是这样想的。种种迹象都说明，严毅一定还掌握着一些他们不知道的秘密。不过也没必要闹僵。

第二天一早，周源和胡东东两个人送陆明到镇上，然后陆明坐早班车去百源市，不过是直接去成都，再坐下午的飞机回北阳市，这样虽然行程比较绕，但比来时要快很多，当天晚上就能到家了。送到车站后，周源交给陆明一个装着些炮制好的角儿根的真空袋，给他说了自己的想法，请他回去帮忙分析一下，如果真的像当地偏方说的那样止血收创的效果不错，自己真可以考虑做做这个生意。

陆明答应下来，只说了句：“这个总比开黑车好。”

送走陆明后，老胡带着周源先去镇上买了两瓶酒，然后找到了那个老赵头家。老胡告诉老头自己两人是记者，要来采访当年三线建设的一些事情。老赵头丝毫没有怀疑，和老胡聊得很是投机，硬把他们留下来在家吃午饭。

于是在酒桌上，有关当年这件事的细节，周源和老胡从老赵头这里听到了另外一个版本。

老赵头当年也是招工来到这荒山野岭的，只是当时招工范围是在整个四川境内，他和严毅不是一个地方的人，所以相互并不认识。原来老赵头当年来到这里，和一个姑娘互有好感，那姑娘也是厂子里的工人，只是刚刚情愫朦胧的时候，运动就开始了。老赵头凭着一腔热血加入了一个叫“农工会”的派别，这“农工会”人数不多，但是一直和“井冈山”的关系不错。虽然是两个不同派别，但也算是盟友，行动起来也都听从“井冈山”的领导。到这里，他说的和严毅大致上差不多。

最后一次“井冈山”和“红工联”火并的事，老赵头差一点儿就参与了。但那一次要去的时候，却被那姑娘给拦下了。

那姑娘不知道从哪儿得到的消息，知道这些人冲击了部队营地，拿到了枪，于是特地赶来劝了老赵头很久。那姑娘属于那年代没有被冲昏头脑的少部分人，她的想法很简单，即便武力冲突是不可避免的，抛开大家敌对的立场不谈，互相攻击的行为终究是内部争斗。当她知道“井冈山”的枪是从部队抢来的，开始觉得恐惧，事情已经远远超出了正常的冲突范畴。所以她也希望老赵头冷静下来，考虑清楚事情的严重性。可是当时的老赵头哪里听得进去？年少轻狂满腔热血，心里又觉得自己站在了正义的一方，所以老赵头痛斥那姑娘觉悟低，对于坏分子就要全力打击，否则就是背叛革命。

两个人就着各自的立场争论了很久，依旧僵持不下。后来老赵头越发言辞激烈，甚至指责那姑娘就是为了明哲保身，是自私，是背叛革命，这种思想要不得。

姑娘被他这样指责，最后失望地哭着离开了。老赵头当时也有点犹豫追不追上去，可是一想到“井冈山”和“农工会”的兄弟们还在为了革命而奋斗，自己却在这里风花雪月，最终还是做出了选择。不过当老赵头赶到那间仓库所在的地点时，一切已经结束了。

在那里，他看到了那些人的尸体，全都萎缩在地面上，大张着嘴，用老赵头的话形容，就像是死前看到了什么了不得的东西，给活活吓死了。更夸张的是，这帮人的身体，已经彻底变形，完全没有了活人的样子。

“没有活人样子是什么意思？”周源听到这里，紧张地问道。

从老赵头的表情可以看出，时隔多年这件事依然让他印象深刻。他告诉周源，那帮人，像是被人吸掉了血一样干瘪。但是地面上，却根本没有一点儿血。

周源在桌下用脚踢了踢老胡，扔给他一个眼神，意思是这老头怎么比严毅还能胡扯？老胡像是没看到周源的眼色，依然不停地给老赵头敬酒，反复盘问细节。不过老赵头翻来覆去，也没说出什么新的信息了。

从老赵头家出来，老胡就对周源说：“我明白你的意思。他们两个人讲的故事都很诡异。对于这种年代久远的事情，判断哪个是真的是没有必要的。今天这趟，只是对昨天的信息做一个确定，严毅的确骗了我们，至于是哪些地方撒了谎，我们总会查出来的。但他之所以要撒谎，目的明显是针对你的。有一个问题，严毅始终没有正面回答，那就是他如此迫切地想要你来到这里，是为什么？我猜接下来的正式治疗一定会有问题。周源，你自己也要好好想想，严毅到底想从你身上得到什么？”老胡最后说了这么一句，就继续回镇上，说要打听关于当年机械厂的一些消息。

老赵头的家在镇南边，到严毅那栋小楼距离不算近，周源一边慢慢走着，一边想着老胡说的话。他最后一句话也是自己非常疑惑的地方。严毅千方百计把自己骗到大巴镇来，却一直没有主动提过治疗方面的事，他到底想做什么呢？

周源想到了昨天在山上采的那些角儿根，因为还要添加其他的药物，配置成膏药还需要两天的时间。来大巴镇这些日子，即便陆明和他发生争执，严毅依然没有透露过他的具体治疗手段，只是说可以先用膏药缓解皮疹的症状。

难道他的试探会从这些膏药开始？

现在一切都很正常，除此之外，周源实在想不出别的可能了。

当在山下已经能看着半山腰的小楼时，周源的电话响了，是陆明打来的。

“我发现了一些问题。”陆明开门见山，“你的病历不见了。”

“你在中心医院时的病例检查报告，有关你病的一切资料。”陆明解释道，“它应该在医院有存档。可是我回来以后发现你的病历没有了。”

“没有就没有了吧。应该问题不大吧？”周源不太在意。

陆明冷哼了一声，似乎对周源的态度很不满意，问道：“你有多久没跟你父母打电话了？”

周源愣了下，有些惭愧地说道：“这两天都忘记打电话，你问这个干吗？”

“病历丢了无所谓，可你父母丢了，你还觉得无所谓吗？”

第三十二章　误会

“什么意思？”周源真的吃惊了，追问道，“我爸妈不见了？”

“我去了你们家一趟，你父母没在家。问了邻居，说是被人接走了，具体去哪里她也不知道。”

“什么时候的事情？”

“发现病历不见以后，我问了管档案的同事，得知是院长让人拿走的。周院长这么做的唯一理由，就是这是严毅要求的。”

周源并不在意这个，他最关心的还是父母：“等一下，我的病历和我爸妈，这两件事有什么关系？”

陆明只说了一句话：“病历上有你的家庭住址和家人电话。”

周源直接挂了电话，先给老爸手机打过去，结果是关机。老妈的手机虽然开机，可话筒里传来的声音却是不在服务区。

周源心里一股怒火蹭地就升了起来。之前严毅曾试图把周源从医院劫走，但没有成功，所以周源也并没过多计较。但现在很明显严毅把主意打到了父母身上，这下突破了周源的底线，虽然不知他到底图谋什么，可周源不能再忍了。

严毅的卧室在林静的房间隔壁。周源铁青着脸一把推开严毅卧室的门，回手使劲一甩，门“哐”的一声重重关上了。

这是他第一次进严毅的房间，里面一张硕大的书柜摆满了几乎整面墙壁，在书柜前面是一张写字台，写字台对面是一张单人床，旁边放着一个造型简单的落地床头灯。除此之外，这里没有什么别的东西了，简单得让人不敢相信，还没有客房的环境看着舒服。

屋里窗帘是拉着的，严毅正半倚在床边戴着眼镜看书，在这样昏黄的落地灯光下，他整个人不像之前给人感觉那么精神硬朗，有一种疲惫憔悴的感觉。周源注意到他在看的书的封面，书名是《药物基因组学——在患者医疗中的应用》。

他看见周源忽然闯进来，皱了皱眉头，脸上恢复了不苟言笑的表情，不解地看着怒意勃发的周源。

周源从书桌边搬了把椅子，正对着严毅的床坐下："我们得好好谈谈。你到底什么居心？"虽然现在还不是摊牌的时候，但周源还是克制不住内心的愤怒，大声吼道，"从头到尾都在骗我，我都忍了。但今天你得给我说清楚，你把我父母给怎么了？！"

"周源？你干什么？！"门被推开了，隔壁的林静听到动静，进来却见周源凶狠的模样，愣在门口。

"严毅找人把我的父母给劫走了，我问一下都不行吗？"周源转身对林静吼道，"今天他必须要给我说清楚！"

林静没想到周源会对自己吼了这么一嗓子，呆了片刻，眼圈一下红了。她忽然指着周源的鼻子叫道："周源，你这个缺心眼的浑蛋，你不识好歹！"然后转过头看着严毅，"干爹，你看他这样，还亏你那么替他着想……"

严毅打断了她的话："林静，你先出去。这里没你的事，你……"

严毅话还没说完，林静的眼泪就落下来了，一张俏脸变得通红。周源见她急成这样，心里有些愧疚，但想到父母现在下落不明，还是绷着脸狠狠道："我倒要知道，你干爹到底是怎么替我着想的。不光惦记着我，还惦记上我父母了是吧？"

林静听到周源的话，气得浑身直发抖，带着哭腔说道："好，你不是要知道吗？那我就让你知道。"

说完，她直奔着严毅的书桌就跑了过去，严毅想要喝住她，可是林静完全没有理会，猛地拉开了抽屉，翻出一个盒子，砸在地上。

盒子直接掉在地上，撒落了满地的纸张。

周源低头看着那些杂七杂八的纸片，内容很杂，但都是和自己有关的。第一眼看到的是好几张体检单子，还有两张是在中心医院的病历复印件。但他的注意力很快就放在最小的一张单子上，那是一张汇款单的付款回单。

汇款单上收款人的名字是周源父亲的名字，上面附言的一栏清晰地写着：

"跟朋友去外地做了点生意，暂时不回去，勿念。"在汇款额度的最前面是一个"2"，后面好几个零，周源一数，正好两万块。

周源慢慢从地上捡起这张单子，整个脑袋嗡嗡作响，他直觉在父母失踪这件事上，十有八九是自己弄错了。林静哭着大声道："看到了吧？现在你们满意了吗？干爹事事为你着想，把你的后顾之忧都解决了。怕你知道了心里不舒服，还特意不让我告诉你。但你！你……太过分了！"说完，哭着跑了出去。

"这个……那我父母到底是怎么回事？我联系不上他们，一时有点着急。"

严毅拿过手边的书签放进书里，这才把书合上，慢慢说道："我告诉他们，你最近在外做生意比较忙，短期内不会回来，用你的名义建议他们出国旅游。他们应该十来天就回来了。"

原来是这样……周源不知该说什么好，又是尴尬又是后悔。都怪自己太冲动了，不但冤枉了严毅，还把林静给气跑了。

"说说吧，你们天天在镇上转悠，是不是打听到了什么？这镇子不大，我想你们迟早会知道的。"严毅表情平静，"你要是真想知道，就问我吧。"

周源看着严毅平静的眼神，犹豫了一下，还是问道："关于当年那件事，你是不是在骗我们？我听说，当时在发生冲突的现场，那间仓库地上根本就没有血迹，而且清点尸体的时候，人数也对得上。但你当时和我们说的却是李爱华失踪了。"

严毅的表情有所变化，平静变成了痛苦的神色，长叹一口气。周源看到他的样子，再笨也知道这事果然还有内情。

"这件事我的确骗了你们，李爱华其实并没有失踪，她死了。而且是被轮奸后虐杀的。"

轮奸！虐杀！这几个字让周源的心一下就沉到底了。

严毅深呼吸一口气说："其实每次想到那个画面，我都宁可她失踪了，哪怕她是自燃了都好。那段记忆在我心里就是一片血红色的画面，我说过，李爱华是那种很要强的泼辣女性，而且能言善辩，我是打从心里敬佩她、崇敬她。包括最后，'井冈山'的人对着楼上喊'交出匪首'的时候，李爱华那种大义凛然的表情，还有摸我的脸的动作、深情不舍的眼神都深深地印在我的心里，这些年我无数次梦到过她，她到死还在想要保护身边的人。如今她早已经死了，我不希望在别人眼中，她是以那样一个屈辱的方式离开这个世界。"

说到这里，严毅脸上满是内疚和回忆的痛苦，眼圈也是微微泛红。周源忽然很后悔，觉得自己很过分，用这样的方式去逼迫一个老人翻出他最不堪回首的往事，这太残忍了。

李爱华竟然是这么死的，严毅在这一段事情上隐瞒，于情于理都没有任何问题，换作自己也不会对外人讲。

周源知道不该再问了，可是一想既然都已经彻底得罪严毅，干脆问到底，也好解开其他的疑惑。于是他小声说道："那些死得很诡异的人，干尸还有那些……"

严毅打断周源的话："你还记得那个小青吧？她是怎么被林河传染的？"

周源恍然大悟。这个病的诱因，如今唯一被证实的就是性传播，而那帮人残酷地对待李爱华，自然不会逃脱被感染的厄运。虽然不知为什么他们会当场就发病而死，可终究算是自作自受，而李爱华也因此以一种她自己都意想不到的方式救了严毅和她的妹妹。只是真相会如此残酷！

啪！

周源重重打了自己一巴掌："严先生，对不起，我错怪你了，我道歉！"

说完他深深鞠了一躬。严毅看了他一眼，疲惫地挥挥手道："走吧，我不怪你。"

周源失魂落魄地回到房间，先给陆明打了个电话说了一下其中的原委，然后就呆呆地躺在床上发呆。这不怪陆明，毕竟陆明是因为担心他父母出事，才提出质疑。

但周源无法原谅自己的是，为什么会那么冲动，以至于把事情搞得这么糟糕。

他觉得自己应该给林静道歉，却不知道她会不会接受。

这时门口传来轻轻的开门声，周源抬头看去，看见一身淡蓝色长裙的林静站在门外，对他招了招手。

周源没想到她会主动来找自己，赶紧起身走到门口，低声说道："那个……刚才，对不起。"

林静脸上已经看不出不久之前才哭过的痕迹，只是板着脸哼了一声。打量了周源半天，林静才说道："走，我带你去看点东西。"

她越是不提刚才的事，周源就越觉得刚才自己实在太失态，也没心情多问是去哪儿，乖乖地跟在林静的后面走出了门。这个时候周源才注意到，她身后还背了一个小包，不过却没有出楼。本来这栋小楼就是掏空了山腹建造的，林静带着他来到二楼的一个空房间，然后塞给周源一个手电筒，让他往上照。周源照做，才看到那个房间的天花板上面有一个方形的盖板，不知道通向哪里。

林静踩着旁边的梯子爬到了上面，掀开了盖板，露出一个洞口，然后对着周源招手。周源刚有些犹豫，林静又哼了一声，不满地说："上来撒，怕撒子嘛。"

周源悻悻地爬了上去，上面是黑黑的石壁，爬起来有点难度。看林静身手灵活的熟练样子，也不知道来过多少次了。

周源爬到洞口后两手支撑起来一用力，整个人半个身子就出了洞外。他往后顺势一仰，躺在石头上面开始喘气。旁边的林静"咯咯"笑了起来："你真该好好锻炼锻炼身体了。"

周源看她笑得轻松，顺口说道："谁知道还能活几天？哪有心情锻炼什么身体。"

话刚出口就觉得有些失言。还好林静也没有在意，指着远方问道："这里美吗？"

周源这才发现此时所处的位置比小楼还要高出一截，应该是在小楼后面的半山腰上，身下是一块大约四米多宽的岩壁，像是一块天然的屋顶。自己在屋里待了几个小时，这才发现夜色早已经降临。

在柔和的月光的映衬下，脚下不远处就是小楼前面的小路，在小楼下面又是一片安静祥和的小镇，极目远眺所有的风景尽收眼底，月光洒落下来，小镇星星点点的微光让人感觉自己身处一幅漂亮的画中。

"真美！"周源由衷回答。

林静从包里拿出两个东西，递过来一个说："尝尝这个。"

周源接过来，是一个血袋，里面是红红的液体，便有些不知所措，不知这丫头又在搞什么鬼。

林静幽幽说道："我知道你也是担心你爸妈，只是你对干爹和我那么凶，让我挺难过的。"

周源低低地"嗯"了一声，又说了一声对不起。

"算了，不说这个了，来，干杯！"林静说着松开血袋上的软管，大吸了一口。看周源拿着血袋却不敢动的样子，她又笑了起来："胆小鬼哦，里面是我自己做的石榴汁，因为没有东西装，就用这个啦。"

周源这才放心，看林静喝得津津有味，于是也学着她的样子尝了一口，果然一股果香瞬间涌了出来，口感不错。

两人就这样坐在房顶石壁上，偶尔有山风吹过来，这感觉舒服得没法说。周源就问林静：“你是怎么想到要爬这里来的？这儿还挺高的。”

林静语气也平静下来，对着周源笑了一下说道：“我喜欢这里，因为可以看得很远。很小的时候，我一不开心，哥哥就喜欢带我到山上看星星，只可惜后来……”

周源脑海里立即浮现出一个人来，林河。就是他包了自己的车，然后发生了一连串的事，最后导致自己出现在这里。想想命运还真是奇妙。

林静看他半天没说话，似乎也想到了什么，就问：“你和我哥哥……是怎么认识的？我今天想知道。”

之前在吃串串时，两人也提过这个话题，那时两人都没有继续就这个话题聊下去。她现在主动再次问起，周源明白林静已经决定面对这件事，于是也没有隐瞒，就把从遇到林河，到林河自燃，这病症传染给自己的事从头到尾说了一遍。

林静沉默着听完，安静了好一会儿才说：“我替哥哥跟你道歉，希望你不要怪我哥哥。他原来不是这样的。他是个很好的人，如果不是因为他女朋友的事，他也不会变成那样。还有，那个叫小青的姑娘也很无辜，唉……”

“你哥哥，是个什么样的人？”周源有些好奇，他见到的林河可不像林静说得那么好。

林静仰头看着天上的星星：“小的时候我和哥哥过得很惨，一直都是哥哥保护我，那种流浪和被人欺负的日子真的不好过。

后来就遇到了干爹，干爹收养了我和哥哥，让我俩开始真正有一个家。说实话，那种衣食无忧的日子我以前做梦都不敢想。”

周源暗暗皱眉。严毅的讲述中，他是从李红霞的丈夫手中领养的林河与林静，但内情究竟如何，也不好多去过问，毕竟是她的家事，于是只能问道：“那你们的父亲呢？”

林静双手抱膝：“在母亲死后没几年，父亲就跟着去了。再后来我和哥哥过了一段特别开心的日子，干爹一直照顾我俩好几年，哥哥在十九岁那年交了一个女朋友，他特别珍惜现在来之不易的幸福，和女朋友也很相爱，可是老天爷就像是故意捉弄我们，没过多久哥哥就发现他身染怪病，那时候也是干爹一直在为他治疗，并且鼓励他。

只是从那时候开始，我见哥哥的时间就变得特别少了，哥哥多数时间都在治疗，干爹也和他在一起。哥哥曾经和我说过，为了我，也为了他爱的女孩儿，他会积极治病，可是再后来，也许是病情的治疗太过痛苦，哥哥选择了逃开。你能想到哥哥绝望的心情吗？也是从那个时候开始，哥哥性情也变化了，最后干脆就离家出走了。干爹就带着我去美国生活，在美国待了三年，然而干爹不知道的是，其实哥哥一直和我都有联系。再后来，哥哥的女朋友意外身亡了，哥哥要我好好的生活，我劝他回来，哥哥却说，一切都回不去了。”

听完了林静的话以后，周源更加疑惑了。

在严毅的口中，明明是说林静和林河的父亲当时还在世，而且他收养的时候林河就跑了，只留下林静。现在看来并不是这样，林河还有林静当时是孤儿，一起被严毅收养，直到几年以后林河发病，才离开了严毅离家出走。

不过有前车之鉴，周源对这事虽然疑惑，却没有继续问。难保不是林静自己不想说呢？

林静忽然拉了拉周源，小声让他趴下。见周源不明所以，她伸手指了指一个方向，周源顺着一看，发现山坡下方，那条必经的上坡小路上，正走着一个人影，借助月光能看出这人影矮着腰，正慢慢地朝小路的另外一个方向走，穿着和走路姿势应该是严毅。

“你趴下来点，别被看见了，干爹不太喜欢我老跑上来，说上面危险。”林静嘟着嘴抱怨道。

“你干爹这么晚还出去？”

“可能是去采月见草吧。那草药的花大概在晚上八点多才吐蕊，天快亮的时候就凋谢。我听干爹说过，这种花可以降低凝血反应，是一种很好的中药。对咱们的毛病有好处。”

周源噢了一声，说道：“要不明天你给我讲一下还有哪些需要用到的草药，我进山去帮着采一些。来了这么几天，我怎么感觉自己像个吃闲饭的。”

林静听他这么说，脸上绽开了笑，比了个OK的手势：“哼，算你有点良心。”

第三十三章　变异

周源提出要帮着进山采药，除了是真心想要帮上忙，还有一个想法，就是能和林静单独相处。

但几个小时之后，一场变故打乱了他的计划。

不光是周源，陆明和老胡对严毅的态度也一样，都看不透他到底想干什么。按理说，最直接的办法就是三人一走了之。但周源的身体就像一颗定时炸弹，不知什么时候病情就会忽然爆发。而严毅显然对病症的了解远远比陆明他们更多。

严毅和周源的接触，最开始是他通过隐藏在中心医院背后开始的，并想要周源签订治疗协议。从他的这个举动推断，最有可能的，就是治疗中有着什么凶险。所以自从来到大巴镇后，两方一直处于相互僵持的状态，周源他们除了听到一个故事，并没有从严毅那里得到更多对病情的具体信息，而严毅的图谋显然也没什么进展。

这种情况下，周源不可能接受严毅的任何治疗举措。

但林静并不存在这个问题，她的身体很早就出现异常，一直在严毅的看护下。每天严毅都会熬制中药给她喝，周源光是闻着味道都觉得很苦，林静却能面不改色地一口气喝下去，看得周源心生怜惜，也不知她喝了多久的中药，才能如此习以为常。

除了每天两次的一大碗中药外，林静还会吃很多西药，因为陆明不在，所以周源也不懂这些药能够起到什么作用。总之，比起无所事事待着的周源，每天按时吃药的林静更像一个病人。偶尔周源也会想，既然林静的治疗看起来挺有用的，那自己如此抗拒，是否是多虑了？可没想到，身体先出问题的却是林静。

胡东东回来得比较晚。他在镇上耗了一天，却没有太大的收获，不过傍晚的时候却接到一个来自北阳市的电话，意外得到了一个线索。

等他回到小楼的时候，已经晚上九点多了。刚开门进到客厅，忽然听到楼上传来一声尖锐的喊声，那是林静的声音。

这声突如其来的喊叫声明显带着惊恐，周源很快就从房间里出来，看见老胡后两人眼神对视，不约而同奔向楼梯。二楼算是治疗区，看样子林静好像出了什么问题。

推开实验室的门，周源发现林静躺在里面的床上，浑身剧烈抖动着。严毅站在床边，脸色铁青。周源的心再次抑制不住地开始狂蹦。这几天在大巴镇的生活有些平静，让他有一种错觉，似乎他和林静身上的病也没什么大不了的。

很明显，这种平静已经被打破，出现了变化。只是周源不知道，这种变化究竟会有多糟糕。

老胡跟在周源身后冲进来，往前刚走了两步，看清床上的林静后，不由发出低低的惊诧叫声。周源的喉咙也发出一阵不受控制的哼声，手开始发抖，只能使劲拉住胡东东的胳膊，这样才能让自己不至于抖得太厉害。

因为此时林静的脸颊上，有一半的部位竟然布满了红色的突起，像一层水疱，衬得她本来那张精致漂亮的脸看上去极为恐怖。

那层水疱一样的东西，周源都不陌生。因为他肚子上也有，只是没有这么严重，这些天一直保持原样，并没什么变化。

林静还穿着那件淡蓝色的裙子。周源记得不久前，自己还在天台上夸她这件衣服很漂亮，不过人更漂亮。想到这些，周源心中无比痛苦。同样是这件裙子，可此时衣服下的林静却看上去如此恐怖，只要是裸露在外的肢体，几乎都布满了红色的痕迹。

“怎么会这样？”周源又是震惊又是愤怒。他一直以为严毅对病情有着一定的了解，只是害怕他对自己做手脚，所以没有接受治疗。可他从来没有想过，居然是林静会出问题。这说明严毅对这种病的了解和控制根本没有他说得那么深入！

胡东东也意识到这一点：“早上她不是还好好的吗？严毅，你做了什么？”

“……”严毅没有说话。他脸上的表情说不清是绝望还是漠然，显得有些可怕。周源觉得他有些可怜，但更多的是可恨。他口口声声说事情在掌握中，在这里治疗是安全的，可眼前的事实狠狠地打了他的脸。只是这个代价太沉重了。

林静的身体内部似乎在发生着某种变化，红疹以肉眼可见的速度迅速扩张着。林静已经不能说话，但她看到周源，居然笑了一下，眼睛里的神色不再惊慌，变得平静起来。周源没有察觉到自己的眼泪悄然滑落，他看着林静的眼睛，走上前想要拉住她的手，因为林静的平静给他一种极为不祥的预感。

老胡拉住了周源。他咬着牙道："送医院，送医院。快点儿救她。"

周源回过神来，马上掏出手机准备打电话。严毅却忽然开口，他摇头道："没用的。"

"没用？你是她干爹吗？林静都这样了，有你这样的吗！"

周源怒气上头，一顿狂骂后却意识到了什么。大巴镇这么偏僻，医疗条件也极差，镇上那个医院充其量只能算是一个医务所。条件跟北阳中心医院都差了十万八千里，肯定不会有这里好。

但周源还是不死心，转头对老胡说："老胡，去弄辆车，我们先去百源市——哦不，直接去成都。大医院肯定有办法。"

严毅像是没有听到周源的喊叫，紧皱着眉头站在床边看着痛苦的林静。老胡看着他，有种奇怪的感觉，一直以来严毅都好像掌握了一切主动，但这个时候似乎比周源还要手足无措。不过不是细想这个的时候，事情完全失控，他也是见过小青死前状况的，最重要的是如周源所说，连夜把林静送到成都也许还有希望。

胡东东刚想和周源一起抬林静，想把她搀扶起来，可躺在床上的林静却突然开始全身抽搐，动作非常猛烈。他伸出的手又缩了回来，不知该如何处置这种情况。

严毅终于有了反应，说道："按住她，我给她打一针镇静剂。"

周源心里一阵绝望。林静此时的状态，像极了小青死前的模样。虽然不知打镇静剂有没有用，可林静这样的状态不要说到成都，怕是半个小时都坚持不过去。

他和老胡按住林静，可林静开始了更加疯狂的抖动，病床都跟着她的摇晃发出一阵承受不住的咯吱声。林静脖子下的那种红色水疱，开始朝她另外的半边脸上蔓延，眼看着嫩白的皮肤上像用喷绘笔喷涂上颜色一样，迅速蔓延起一片又一片的红色水疱，很快就完全看不出本来秀丽的模样。

这种犹如恐怖片场景让周源慌乱起来，忍不住朝严毅大叫："快想点办法，她不行了。"

老胡发出一声惊叫："怎么这么热！"

周源一愣，立即感觉手下林静的肩膀处也开始发热，很快就有些烫人。他明白这是因为自己的体温本来就比普通人偏高，所以老胡发现得更早一点儿。不过既然自己都感觉到烫手，说明林静现在的体温已经高到可怕。

周源心沉了下去，他发现林静呼出的气息都是滚烫的，整个人变成一个不停散发热量的火炉。而这样的场景周源曾遇到过一次。

“林河就是这样！她接下来可能会……自燃！”

严毅似乎回过了神，果断说道：“你们走，我留下救她。”说着话不由分说就把周源他们拉过，想把他们推出门。但严毅毕竟是个老年人，怎么能推得动两个大男人呢？一时间三个人僵持在了原地。

这时候周源忽然松开手，顺手把老胡一把拉住，和严毅一起把他给推了出去。老胡还没反应过来，就被推出门外，接着实验室的门被重重关上了。那一瞬间，他看到周源的眼神，是无比的坚定，顿时明白他已经下了决心。

老胡没有再说什么，他站在门外开始冷静思考。如果真如周源所说，林静处在身体失控即将自燃，那么自己在里面也没有意义。

门内隐约听到床脚和地板的撞击声，应该是林静的抽搐还在继续。老胡只能焦急地等待着，备受煎熬。

忽然，屋内传来一阵剧烈的撞击声，然后是严毅和周源两人同时发出的惊恐叫声。屋子里死一般的寂静，再没有发出任何声音。老胡不知里面发生了什么情况，心里无比郁闷，重重一拳打在地上，却无法纾解内心的烦闷。

不知过了多久，“咔嗒”一声，实验室的门重新在面前缓缓打开，露出了周源的身影。

老胡马上站了起来，他立刻发现周源脸上的表情比哭还难受，目光黯淡无光，整个人失魂落魄。

“什么情况？”

“林静，她、她……”周源说了两个字，却忽然再也说不下去，“哇”的一声哭了出来。老胡扶住他，发现周源浑身没有力气，在激烈的情绪下暂时失去了语言能力，只是指着屋内，像个小孩儿一样不停地流着眼泪。

老胡心里有一种不好的预感，顾不上安慰他，推开门走了进去。

第一眼去看林静的床，发现她的床上竟然什么都没有。林静居然不见了，本来盖着的被子也掉在地上。老胡脑中一阵眩晕，看到窗户边站着一个黑黑的逆光人影，那是严毅。

“林静呢？”

严毅没回答，只是神色木然地看着对面。老胡顺着他的眼神转过身，看到了林静，头皮却一阵发麻。

那应该的确是林静。

可那还是她吗？

严毅的办公桌旁边是个小书柜，书柜下面是一处不大的空间，平时都空着，此时那里却有一团红色的物体。老胡强制自己镇定，再仔细看，分辨出那是一个人形。

“林静？”老胡轻声地叫了句，没有回答。书桌下有点暗，他从口袋里掏出手机点开手电筒功能，咬牙朝那物体照了过去。

这下看清了。老胡却被眼前所见惊得站立不稳，差点儿摔倒。

一个满是红色丝状物质的“人体”出现在他视线里，像是抱着双腿蜷缩起来的姿势。

那些像是蛛蛛网一样的红色物质反射着猩亮的光，呈现出一种互相交叠状，从林静的腿上一直朝着身体上方延伸。林静身上所穿着的那身蓝色的裙子此时已经看不到了，几乎全都被这些东西裹在了里面，偶尔从关节扭曲处露出一些，点缀在这些暗红色丝状物质中，诡异之极。

那些红色物质如此之多，几乎已经把她的身体包裹得像是一个“茧”，从手到脚，仿佛穿了一身厚厚的衣服。不过林静的头部露了出来，老胡也是据此才判断出这就是林静。她的胸前还在微微起伏，这是唯一的好消息，她至少还没有死。老胡猜测应该是因为林静脸上并没有被那些东西包裹住，鼻子还在外边露着，否则恐怕就直接窒息了。

老胡猜想事情的经过，应该是林静在挣扎中滚下床来，然后躲在柜子下面，而这时变化发生，严毅和周源亲眼看到了林静变成这样。难怪会如此失魂落魄。面对这种恐怖的变化，任何一个正常人都会大脑当机。

周源走了过来，他嘴唇颤抖，不知所措地跪在林静旁边。

老胡咬咬牙，正准备先把林静从柜子下拉出来的时候，严毅突然说道：“先别动她。”老胡看了他一眼，发现严毅脸上不再是那种极度惊恐的神色，虽然脸色依然铁青，但至少看起来比较正常了。

老胡有些犹豫：“总不能让她就这样待在这里吧?”

严毅走过来用手电照着林静的头部位置，用手在林静脖子部位按了按，又探了探鼻子的位置，这才说道：“她暂时应该没什么问题！”

“没什么问题？”周源激动起来，“都这样了，这叫没什么问题？”

老胡打断了激动的周渊，现在不是说这些的时候，有些事情要先搞清楚。只是老胡的话也不客气起来："严毅，你做了什么，林静为什么会忽然这样？"

"我像平时一样，用高烧药给她注射降温。她身上的皮疹忽然开始迅速蔓延……"严毅停了停，指着林静身上的那些物质，继续道，"这是从来没发生过的，我也不知道怎么回事……这些东西就好像是植物一样，从她身上长了出来。"

"长出来？什么意思？"

"我只能这么形容。"严毅用手电筒照着林静，用手轻轻地碰了碰那些红色的物质，"这些东西的尾部，是从皮肤里出来的。"

"为什么会这样？"周源带着哭腔问道。

严毅摇摇头道："过来帮忙。"

陆明不在，这里只有严毅是医生。老胡只得跟他一起把几台检测身体功能的仪器挪过去，接到了林静的身上。看了一阵，严毅才道："脉搏和心率都没问题，看来没有继续恶化，可以把她先抬到床上来。先把手套戴上，千万不要沾到皮肤上。"

做完这些，严毅叹了口气："我需要分析一下她身上这些物质到底是什么。我怀疑这种身体变异是某种病毒，也许它含有病原体。"

"我去找个车，连夜去成都吧。都这样了，必须得去医院。"老胡再次提议。

严毅没有回答，面无表情地从林静身上弄下一些那种奇怪的物质，打开了一些机器，看样子是准备立刻开始研究，用沉默拒绝了老胡的提议。

胡东东比周源要冷静一些。林静已经成了这样，严毅心里想必也很不好受，他叹了口气也不再指责严毅。严毅的错就在太自信，只是到现在他还依然相信自己能够解决问题，这真是个绝大的讽刺。

看着被红色物质牢牢包裹住的林静，老胡的心情很复杂。他对这个姑娘的印象很好，聪明可爱，性格又活泼开朗，变成这样让他心里也很难过。另一方面，他很担心这也许是周源的未来。如果再没有进展，说不定什么时候周源身上也许会发生同样的事。

对那东西的分析研究，老胡帮不上什么忙，只好扶着已经崩溃的周源下了楼。

在出门之前，他又看了一眼林静，悲哀地想，现在这种状态用生不如死来形容，一点儿都不为过。

第三十四章　林场

周源被老胡拖回房间里后，躺在床上不发一言，不知是发呆还是在想什么。老胡只得先给陆明打电话，给他讲了林静身上出现的意外。

陆明听到忽然出现这样的变故，也极为惊讶，他详细询问了当时林静症状发生的具体状况后，沉默了很久，才问老胡有什么打算。

老胡在北阳市开的那个烧烤店生意不错，请了人打理，平时自己只是管管账，陪熟悉的客人喝喝酒。这种收现金的餐饮小店全交给别人管，如果老胡长时间不在，难免下面的人会有些想法，收入上肯定会有些下降。不过老胡并不在意这个，而且他是单身，所以就算长期在大巴镇上待着也没太大的问题。周源也是一样，不像陆明这种职业每天很忙，留在这里一段时间也没什么太大影响。

可问题是，现在还有没有必要继续留在这里？

来大巴镇，是因为周源身体状况很不稳定，那时严毅给了他们唯一的希望。可来这里以后发生的一系列事出乎他们意料，而林静的病情忽然爆发更让老胡对严毅失望。虽然还不知严毅要周源来是为什么，但从目前看来，严毅似乎真的没有隐瞒什么，只是单纯的束手无措。从这个角度来说，继续待下去也没什么意义，还不如尽早去省级大医院检查，总比让周源待在这样的穷乡僻壤等死强。

可另一方面，以周源现在的表现，他肯定不会丢下林静就这样一走了之。毕竟他才是病人，最后决定怎么做还是要看他怎么想。而且老胡感觉，也许别的地方可以得到一些线索，可以追查到一些关于这种病的其他信息。

听了老胡的分析后，陆明思索了一会儿，最后还是决定先待下来。他会尽快再请假赶过来。他的一个重要理由是，这种病的所有症状都无法找到先例，即使去了大医院，也有极大的可能会像在北阳中心医院那样，检查不出任何问题，最后只能不了了之。而严毅的话虽然不尽不实，可有一点儿是确定的，那就是这个病的源头从林家兄妹身上而来。

“林静出现这样的异状，意味着病变的速度加快了。不过从某种角度来说并不完全是坏事。因为林静身上出现的那些红色物质是典型的病变特征，这是一条寻找病灶的路径。如果能检验出它是什么，再去寻根治疗，那这个病就有治疗下去的希望。我在这边还要做一些准备，等我过来，即便不靠严毅，说不定也能找出这病的关键。”

陆明的分析颇有道理，老胡最终认可了他的建议。

挂了电话，见周源依然目光空洞地躺着发呆，老胡一把将他拽了起来。

“周源，想不想救林静？”老胡很严肃地说道。

听见林静的名字，周源终于有了反应：“当然想！只是……”

老胡直接打断他：“那好。那就拿出行动来，明天跟我出去一趟。”

“去哪儿？”周源以为老胡只是想安慰自己，给自己找点事情做，有些心不在焉。

“今天老宋给我打了个电话。”老胡补充道，“是原来我在警局的同事，你应该还有印象吧？”

周源坐了起来，点了点头。老宋他当然记得，林河自燃的那天夜里，就是老宋带着另外一个警察在网吧里找到他，后来在医院也是老宋来通知自己嫌疑解除的。

“老宋虽然不赞同我追查下去，但还是一直在帮我。今天他告诉我了一些调查结果。之前我们忽视了这条线索，但我直觉继续查下去也许会找到一些有用的信息，也许会对解开你和林静身上的怪病有帮助。”

“什么线索？”周源彻底打起精神来，老胡的话听起来不像是简单的安慰自己。

“林河。”老胡说出这个名字，顿了一下才继续说道，“虽然他已经死了，但许多事情都和他有着密切的关系。你还记得他曾在出租屋的墙上留下过痕迹吗？虽然已经无法得知做了什么，但我觉得他的行为有些奇怪，一方面是自暴自弃，一方面又有着倾诉的表现，只是强行压抑着。”

周源想了想，好像确实是这样。他记起网吧里的那件事，林河曾在人民币上发泄一般写了句脏话，这个细节老胡应该并不知道，但很符合老胡刚才的推测。

“所以，我想如果查清楚林河死前都做过什么，也许会有发现。”

周源觉得老胡说得很有道理，可觉得这件事很有难度：“林河死在北阳市，离这里一千多公里。他去北阳看来也没有什么明确目的，更像是随机的。谁知道他死前还去过哪些地方？”

老胡点点头：“的确是这样。但今天老宋告诉我了一个地方，林河在去北阳之前，曾在一个林场的招待所待过一个月。我们明天就去那里一趟。”

“好，这个地方在哪里？东北吗？”周源立刻答应下来，提到“林场”这个词，他第一反应就是在东北。

“不。那个林场就在附近，离大巴镇并不远。”老胡的回答却让周源有些意外。

周源反应过来，这里就是大巴山地区，有林场也不足为奇，只是还有点疑问：“对了，他不是有精神病史吗？一个人跑到深山里待一段时间，倒的确像是疯子会干出来的事儿。”

“他到底是不是精神病都不好说，不过是一个证明而已。”老胡冷笑道，“周源，你也见过林河，他并不是一个彻底疯癫的人。即使他真的有精神方面的疾病，也不能说明他做的所有事情都是没有逻辑的。那林场招待所附近全是原始森林，那么偏僻的地方，林河居然独自待了一个月，肯定不是为了陶冶情操。”

林河在临死前特意选择了十八里岗那种荒无人烟的地方，说明他确实不是故意报复社会的人。可这无法解释他为什么会骗小青，并把她害死。周源现在想起来，越发觉得林河的举止矛盾重重，似乎隐藏着什么。

“现在林静状态这么糟糕，我们必须得去这一趟，最好能找到一些关于这种病的线索。这样等陆明过来的时候，即使严毅不给我们帮助，我们也可以自己研究。”老胡总结完毕，叹了一口气，“林静这样，也不知能拖多久。”

周源默然无语，沉默地点点头：“我们明天一早就出发。”

老胡正准备去洗漱，忽然想到了什么：“差点儿忘了，陆明在电话里还有件事让我给你说。你上次给他的那个角儿根，他做过分析了。药效确实不错，而且没有什么副作用。他说你上次给他说的想法应该可行，药效的保持问题很好解决，直接做成成品就行，不一定是膏药，他建议可以做成外用涂抹的形式。至于定位，肯定不能做成药品，可以是外用保健品之类。”

这应该算是个好消息，不过周源现在哪有心情考虑这个，只是点点头。他之前临时起意，是想着等身上的病解决了，可以尝试新的生活方式，可是没想到自己还是太乐观了。至于这个角儿根的事，等一切好转了再说吧。

那个林场距离大巴镇直线距离其实不算远，只是山路崎岖，坐小巴车过去还是用了一个多小时。两人一路很顺利，很快找到了那个红星林场。

这个林场的招待所比他们想象中要大一些，两层楼，加起来有十来个房间。他们和招待所的经理聊了聊，才知道这个林场原本是国有的，招待所本身只是方便林业人员来往住宿。十来年前，这个招待所被承包下来，这里也算是被开发成了旅游景点，虽然普通游客不多，但林场营收近年来主要是一些爱好打猎的顾客，进山打些兔子山鸡什么的小动物。这个群体都是不在乎花钱的，不少人都是专程从成都甚至重庆赶来。除了住宿，招待所还顺带销售一些本地特产，所以虽然在山里，但每年的收入倒也还不错。

胡东东发挥了自己的交际能力，用一顿酒和两条烟跟负责人迅速混成了朋友。这哥们儿倒也很豪爽，一顿酒喝下来和两人颇为投机，听他们问起林河的事，直接在酒桌上就当场打电话把他老婆，也就是管理大堂的领班叫过来问情况。

一查之下，周源他们惊喜地发现林河在这里停留过的记录果然都在，他果然在这里，不过他所在的房间已经被重新装修了，住的那个屋子，不可能有什么东西剩下。这结果在意料中，毕竟隔了好几个月。

不过既然来了，他们也没有马上放弃。在继续追问下，招待所老板给出的一条信息引起了周源和老胡的注意。

林河虽然在这里住了一个月，却经常早出晚归，有时候甚至两三天都没有回来，好在他的房钱给得足够，而且这附近的林场虽然有人打猎，但没有什么猛兽，都是些没什么威胁的兔子野鸡之类，所以虽然他行踪奇怪，招待所的人也没怎么在意，不曾打听他去了哪里。不过招待所老板倒是很肯定地说，他每次出去的方向，都是往林场旁边的山上。

饭后，在老胡的要求下，招待所老板亲自带他们去看了一下林河当时所住的房间，指着窗外说道："喏，每次他都是往那边走。"

窗外没有任何特别的地方，是一片原始森林，更远的背后则是连绵的群山。

周源看着那些绿森森的巍峨群山有些发愣，老胡突然在背后说道："那个方向，是不是就是严毅说的那个华光机械厂？"

周源心里咯噔一下，心里暗骂自己反应迟钝，还是老胡有经验，一下就联想到这个，看来多半就是林河住在这里的关键所在。

招待所老板有些意外："哟，你们也知道那里？"

老胡不动声色，递过去根烟，那人吸了一口有些感慨地说道："那个地方早就荒废了，你们找的那个人是不是疯了，去那种鬼地方。"

“鬼地方？看来你们这儿的人都很少去啊。”老胡看似随意地问道。

“唉，你们外地人可能不知道，那地方以前是个三线工厂，还有个很大的军备仓库，只是那时候因为闹运动，死了不少人。后来整个厂子都废弃了，就连原来的林场都荒废了。现在我们这个招待所是在原来地址的外围建造的，距离那边还有一段路。这儿的人都叫那个地方老林场。那种地方阴气很重，基本没人会去。”

周源见有了线索，有些按捺不住，赶忙让他说详细点。招待所老板却摇了摇头，看出他们可能有想去那里的意图，就正色告诫说那儿最近暴发了山洪，去那个老林场的路断了，根本过不去。还善意地劝他们打消这个念头，因为那可不是什么好地方。

胡东东也不着急，只是呵呵一笑：“看来挺不凑巧啊。”

“有一条山路，虽然绕得远些……”老板的老婆忽然插嘴道。

“去个球啊？你个老娘们胡扯个啥蛋，现在山雨多，路险道滑，出了事你负责？”招待所老板本来就喝得有点多，一着急就开口骂了起来。他虽然有些醉，却是一番好意。老胡对周源使了个眼色，不再提这件事。

当晚他们就在招待所里住下。山里手机信号很差，好容易才打通了电话，两人把情况给陆明讲了一下，陆明也赞同他们去机械厂的遗址看一下，只是要注意保证安全。

吃过晚饭后，胡东东就私下找到老板的老婆，说了一番好话，然后又买了点招待所的腌兔子之类的山货。那女人见老胡这么客气，开始有些推脱，最后还是禁不住老胡软磨硬泡，给他们找来招待所里的厨师，是个三十多岁的本地男人。因为经常去山里采摘野菜、蘑菇什么的，那条路就是他发现的。

大厨听说让他带路，第一反应就是开口拒绝。最后老胡塞了两百块钱过去，这才松了口。虽然无论他是否答应，周源和老胡都打定主意要走这一趟，但有人做向导无疑省了很多事。

第三十五章　遗址

第二天一早天还没亮，厨师就带他们进了山。

因为刚下过雨，山里的路都湿滑无比。老胡还好一些，身体素质摆在那里，周源就走得极其狼狈，一个多小时山路走下来，差点儿没累趴下。那厨师看起来倒是轻松得很，一路上走走停停地采了不少的野蘑菇。一下完雨后，山里的这种野生玩意儿就疯长，大厨说他一天能摘上好几十斤，给招待所留点，剩下的晒干拿去卖，是个不错的外快渠道。

只有老胡还能时不时跟他搭上两句腔，周源累得气喘吁吁，忍不住问他到底还有多远。

“望山跑死马，如果不是发山洪，咱们本不用这么辛苦。还有一个山头，下去就是断掉的那段山路的对面，然后再走一段三里路的山坡路就到了。”厨师有些幸灾乐祸地说道，在他眼中，这些城里人简直是自讨苦吃。

不一会儿看到那条断头路。果然很吓人，洪水不知道是从哪里冲下来，居然斜着把那条路给冲出了一个七八米纵深的大坑，坑下一条昏黄浑浊的洪水河，雨已经停了好几天了水势还是不小，不知道是不是附近几座山的雨水都汇集到了这里。

看着只有不到十米距离的对面山路，周源只能和胡东东对视苦笑。如果是按原来的路，其实用不了多长时间，只能说他们运气不好。

三个人转身继续朝山上走，剩下的路果然如大厨所说，是个斜坡。但这里就不再是纯粹山里人长年累月踩出的山间小路，而是当初机械厂修建时候新修的战备路，比起刚才的山路要好走很多。只是厨师提醒他们注意山顶的落雨和碎石。毕竟这里刚发生过泥石流。看着嶙峋的山石高耸在头顶上，好似一个个带着绿毛的怪兽随时扑下来，那种感觉着实惊心动魄。

唯一能给人安慰的是一路上的风景非常好。绿林茂草，蓝天白云，犹如水墨画一样的山峰巍峨连绵，从半山腰看下去，白色的云雾像是有黏性一样附着在山体上，在阳光的蒸发下逐渐地消散飞腾，显得如梦似幻。而且刚下过雨的空气极为清爽，喉咙里都是润的，大厨不时扔过来两个在路边随手摘的野山果，咬一口酸甜爽滑。

被这种纯天然的美丽环境感染，周源心里突然有种空灵的感觉，心想果然万物有联，接触一下大自然对人的情绪真是有好处。甚至想到如果毛病真没得治的话，能死在这种山清水秀的地方，也算给自己找个好归宿。

这么胡思乱想地又走了半个小时，眼前突然一亮，就看到眼前的道路开始朝下倾斜，再走没多远，战备路就到头了，一片茂密的树林斜插乱立地出现在了那些路的尽头。更远的地方，从树林间隐隐地透出一片黑色，仔细一看，那是一片平平的、稍微带点倾斜角度的人工建筑。

“到了。”大厨看了看天，说道，“我不往前走了，我去那边的小溪里洗洗蘑菇，你们自己进去吧。”

“你进去过没有？”看着眼前那些若隐若现的建筑，周源问道。

“这地方谁敢进去？都不知道荒弃多少年头了，连个人影都没有，大概八年前倒是有人来过这里想买林场，但是进去以后吓得够呛，说这里闹鬼，走了就再也没来过，这两年镇上的人都弄石头做古风园艺和雕塑，比倒腾木头挣钱多了，这里就慢慢地荒了。”

厨师点了一支烟抽着：“我说，你们想看就快点。这地方死过不少人，不是什么好地方。看完赶紧走，晚上还能赶回去。”

周源不怎么信鬼神，不过倒是相信这里过夜肯定不行，这种地方潮得长蘑菇，他们也没带什么野外住宿的行头。

胡东东直接扔了一盒烟给大厨：“那就辛苦你了，麻烦在这里等我们吧。”

厨师接过烟，看了看表：“我最多等你们到三点，要是三点你们不出来，我就得回去了，不然天黑之前回不去。山里的路不好走，晚上很容易出事的。”

他们知道厨师说的是实在话，道了谢就往里进。绕过了一些树木以后，迎面是一片破败的围墙，围墙上依稀还有油漆涂着的“我为祖国献青春”的残留字迹。

看到这几个模糊不清的字，他们确定，这里果然就是华光机械厂的遗址。

周源走到门前看了看：“这地儿还真荒凉，大门锁上了，怎么办？”锁头已经不知道多少年没打开过了，上面全都是锈。他拽了拽那锁头和链子，又看了看锁眼，摇摇头跟胡东东说，“没用了，有钥匙也打不开，已经锈死了。我们是翻门还是翻围墙？”

“都不用。”胡东东走到门前，仔细观察了一遍，对准门右下角的一根铁栏杆使劲一脚，那根栏杆的接头位置已经被这些年的风雨严重侵蚀，一脚就被踹断，门上顿时多出一个四十厘米左右的空当。

老胡一低身子，直接钻了过去。既然老胡都没问题，周源也顺利从空当中挤了过去。

这里因为太久没有人住了，里面的草长得比人还高，有黄有绿，一片荒芜破败的残相，大门内侧左手边有一个门房，应该是值班的哨岗，外面的水泥和墙漆早已经剥落，斑驳地露出里面的红色墙砖。

继续往里走，没多久就看到一个很破烂的二层筒子楼，铁楼梯在楼的外面，楼下还有晾衣铁丝，上面挂着看不出颜色的破布单。周源说道：“这里应该是员工宿舍吧？简直可以算是一个小镇了。”

老胡观察了一下那栋房子，有些不同意：“我倒是觉得没你想得那么好，以前没结婚的哪来单独的屋子住？那房子看起来像是单身宿舍。严毅他们当时招工进来年纪应该不大，估计只有很少的人是结了婚的。”

两人既然找到了华光机械厂，就没那么着急，一路慢慢走着，不时讨论两句。就算今天没找到线索，明天接着来就是了。

两人越走越是吃惊，这个地方比他们之前想的要大许多。接下来是一排平顶的四层小楼，久不住人已经极为萧瑟破败，望过去能看到窗框都歪了，窗户玻璃自然早就不见了，墙上的大红标语也因为风化变得残缺，露出了里面的红砖，像是一块一块的伤疤。只能隐约地看出一两个字，那时候的标语不外乎就是那些“大干、坚持”之类的话，他们也懒得花时间去认真分辨。

一路上的建筑都大同小异，毕竟那个年代比较穷，集体观念，所以建筑风格也都是这种苏联式的，样式都不怎么美观，但看得出来很结实，比如这些废弃的房子，虽然是几十年前修的，但墙上露出来的红砖竟然都没怎么变颜色，虽然破旧，但是看起来依然很结实。所以即便是一幅残破景象，他们也能大概想象到当年那个时代，这里肯定是一翻热火朝天的盛景。

只是现在这里安静得仿若一片死城。越往里走，路反而越好走。他们讨论了一下，明白了当时建设的思路，是出于战略角度，所以厂房都是分散建设，整个厂区的范围非常广，分成若干区域。所以每片厂区之间都是水泥路连接，虽然几十年过去路已经破朽不堪，但总还是比山路好走多了。

在后面走了一段，是一小块平地，有一栋独栋的二层小楼。楼房的前面有一块水泥空地，上面居然放着跷跷板、旋转木马、座椅之类。这些玩具上面的颜色已经剥落了，水泥地上还扔着小孩儿的旧棉鞋，不知道多少年了，破损处露出里面黑乎乎的棉花。总之看着竟然有一种说不出来的诡异。

“这里应该就是当时的幼儿园吧？”周源眯着眼睛猜测，小楼外面的墙壁上有好多煤灰画的画，都是很简单的单线条勾勒的，应该是当年幼儿园的孩子们随手涂鸦。猛然看到这些东西，他觉得有些瘆得慌，感觉像是什么恐怖片的场景。

再往里面走，陆续出现的就都是一些大型的建筑，应该是厂房，看来应该到了工业区了。厂房的红色的砖墙上标语也和之前不太一样，大多写着：“抓革命，促生产，促工作，促战备”这样的口号。

厂房的规模还都不小，都是十来米高，光是大门都有两三米高。一路走来本来周围寂静得很，但忽然旁边一个厂房里面传出了一个沉闷的“咯噔”声，周源吓了一跳，胡东东也皱起眉头：“周源，你听见了吗？”

周源有些犹豫：“要不要进去看看？”

老胡点点头：“大白天的怕什么？我就不信当真有什么牛鬼蛇神。”

厂房的大门是敞开着的，因为常年没有人住，一些废弃的设备已经完全生锈，四周也是钢筋毕露，锈迹斑斑。一些墙壁甚至已经坍塌。

两人走进去看了看，胡东东指着前面说道：“看那里。”

周源连忙抬头去看，只见那里有一个不知道是做什么的机器，吊起的一条粗大的铁链还在微微晃动，不久以前应该就是它搞出来的声响。胡东东叹出了一口气道：“虽然不知道这是什么玩意儿，但是大概有点谱了，这个机器原理应该就是那种报警设备。每隔半个月或者一个月发动一次，有点类似生产警报。”

周源不解道：“这地方已经过去这么多年了，还能有电吗？”

胡东东摇摇头：“这个就没准了。严毅说过，这个地方是属于生产军事用品的工厂。一般这种单位为了保证安全都会有一些备用措施，例如战备的发电机组，一旦这地方断电了，那些战备发电机组就会自己启动。”

两人顺着那大铁链子一路往下走，果然下面有一个铁梯，不知道多少年没人用过了，吹一下就灰土飘扬的。不过踩了踩还算结实，于是顺着铁梯走了下去，果然在地下室就看到了一台像是坦克一样的钢铁机器，上面的绿色指示灯已经蒙上不少的灰尘，但是依旧在亮着。

老胡咂咂嘴：“三四十年还能工作，这质量比起现在的发动机不知道强出多少倍。”

“你觉得好就抱回家去。”周源有点着急了，这厂区这么大，也不知道什么时候能找到林河来过的痕迹，“咱们快一点儿去其他地方看看。”

老胡倒不是很着急：“如果我推测得没错，林河来这里，十有七八是去了当年发生惨案的那个仓库。我们时间还够，难得来这里一次，我们到处看看，这里的一切都是历史的痕迹，你不觉得很感慨吗？”

见老胡这么有把握，周源也就不再说什么。顺着梯子重新上去以后，胡东东忽然说：“你看前面那个大池子是什么玩意儿？”

周源跟着老胡走过去，看到一个四方形的大池子，有三四米深。池子旁边立了一个牌子：“硫酸危险，勿近！”里面的硫酸早就没了，只有一副森白的骨架在里面，从头骨可以看出明显是人的遗体。

正在两人探头往下看时，忽然头骨动了一下，周源吓得一把抓住了胡东东。只见那头骨黑洞洞的眼窝里爬出一只小耗子，顺着池子的地漏钻了进去。

周源这才松了一口气，那尸骨已经被腐蚀得很严重了，看样子很惨烈。周源说道：“这应该是当年运动中的受害者吧？死得可真惨，往硫酸池子里扔。”那个动荡不安的年月，什么都有可能发生。

胡东东指着尸体上的腐朽衣服碎片说：“应该不是，看来更像是这里荒废之后，被抛尸到这里的。如果是硫酸浸泡的话，衣服应该不会还留有碎片。”

不管是哪种情况，都是很久之前的事情了。只不过这副人骨的出现让人的心情有些不舒服，也没了继续在厂区到处逛的兴致。

从这栋厂房走出去以后，两人抽了根烟，研究了一下方位，就继续向更深处走去。

又走了大概有二十多分钟，出现了一座几十米高的小山。靠着山壁，是两间看上去像是镶嵌进山里去的半圆形建筑。不用说，这个应该就是严毅故事里不止一次提到过的引起两方冲突的那个仓库了。

只是这个仓库旁边那栋小楼已经不在了。准确地说，是变成了一堆废墟，应该是事发之后就被拆掉了吧。

想象跟现实总会有些差距，第一眼实际看到这个仓库，发现这里比严毅故事里所形容的要大得多。单单仓库大门就有六七米高，两个人站在它面前，有些不成比例。也不知道这仓库以前是储存什么的。

走近了，发现荒废的仓库大门上乱草庞杂，一片斑驳，多年氧化下来的油漆龟裂得像是一个沧桑老人的脸，已经看不到一点儿当年人们在这里活动的痕迹，只有门上模糊的“战备”二字还留存着旧时的气息。大门顶上已经因为时光侵蚀而烂出了几个大洞，从外面看进去，里面黑乎乎的，散发出一股霉味，这种破败让周源想起了严毅所说的那些惨烈：奋不顾身的红卫兵少女、诡异的死亡现场。终于找到这里，他却紧张了起来。

这里的大门依旧紧锁。看着足有手臂粗细的大锁头，周源只好在周围找大点的石头，试试看能不能砸开，这门估计得有二十厘米厚，这次总不可能直接一脚踢开了吧。没想到老胡看了看那把锁，笑了起来：“别找石头了，进去吧。”

说着他居然直接就这样把那锁头给随手取了下来，肩膀顶在门上使劲一推，那扇厚重的木头门吱吱呀呀地响了几声，缓缓被推开了一条缝。

周源佩服地走过来：“你怎么做到的？”说着捡起那个很沉重的U形挂锁，这才发现已经被锯断了，和锈迹斑斑的锁身相比，断口处看起来要新很多。

“这是林河干的？”周源恍然大悟，林河既然来过这里，肯定会想办法进去。不由得更加佩服老胡了。

门渐渐被推开，门外的阳光在漆黑的仓库内照出一片亮光，老胡忽然开口：“你看，这是什么？”

第三十六章　收获

仓库的大门沉重，两人只推开了一人宽的缝隙，阳光只在门内形成了一道狭长的光亮。即使这样，周源也同时看到了门口的那堆东西，是一些方便面的包装袋，有统一的，还有康师傅的。

老胡在门后找了找，踢出一个军绿色的背包。背包虽然脏得厉害，但并没有很破烂，用脚掀开书包，顿时一股霉味伴着灰尘飘了出来。老胡看了看里面的东西，摇摇头："只是几本烂书。"

周源蹲下仔细看了看，发现果然就是几本普通的言情小说，看起来很破旧，上面还贴着不干胶，上面写着编号，像是从租书屋里租来的。除此之外，还有几袋没吃完的方便面。那些霉味就是来自这几袋长了黑毛的东西。

"这些应该就是林河留下的东西。之前我还担心这里没他来过的痕迹，进来没意义，没想到这小子还真来这里了。"

这种地方，除了林河，应该也不可能会有其他人来，不过也说不清楚。毕竟之前厂房里发现的白骨，说明也有其他人来过这里。

"对了，老胡，你为什么觉得林河会来这里？"

"我们追查犯人的时候，会做心理侧写。就是从对方的性格、爱好、行为逻辑入手，代入他的思路，猜测他可能会做出的行为。从林静的描述，以及我们搜集的资料，林河的反常行为可以基本判断是从得病之后开始的。他其实应该是个性格内向、心思颇重的人。按照他的性格，有很大的可能来这里，因为这里是这种怪病第一次被人所知的地方。既然他在林场待了一个月，那么唯一的可能就是来这里，也许他和我们一样，想要找到一些关于这个病的线索。"

周源觉得希望不大，如果林河真的发现什么，也不会最后那个样子。不过既然来了，还是打起精神准备好好找一下。

不知是年久失修，还是仓库大门本身设计时有什么暗锁，两人本想把大门完全推开，可推开了不到半米就再也推不动。再看仓库里面，深处黝黑阴森得根本看不出到底有多大。

周源起身在门后找了一圈，很快找到了电灯开关，但摁了根本没反应。老胡有些无语：“你傻了吧。都荒废这么多年了，哪里还有电？这里是库房，战备发电机组应该只会放在特别重要的生产线上。”

周源有些尴尬，转移话题：“反正我们带了手电，黑点就黑点。走，进去看看。”

说着，亮起手电走在前面。老胡跟在后面，两人一起小心地朝黑暗里摸索过去。

两道手电光照向仓库的深处，两人朝里走了没多久就看到了一面两人高的墙面，把仓库的空间分成了两份。这道墙并没有接触到房顶，墙头处遮盖着一片大大的军绿色帆布，下面鼓鼓囊囊的，似乎有些什么东西。周源用手电照了照，是几个阶梯状的东西，像是能从这里上去，但有些高，再者，那些东西的表面黑不黑白不白的，也不知道是油还是灰，总之，脏得厉害。

那面突然出现的墙把这儿分成了两个空间，两边的空间都很大，周源跟胡东东商量了一下，决定一人一边分开搜索，但是约定有发现要立即大叫。周源试着喊了一嗓子，声音嗡嗡的，很响，回声很闷，说明这仓库里面挺深的。

这种环境下，两人其实不应该分开，但时间紧迫，不这么搞，怕晚上回不去。越往里越黑，周源走了十几秒，几乎就剩下手电光了，真是实打实地伸手不见五指。这里虽然是用山洞改建出来的，但是空气并不潮湿，反倒很干燥。周源每走一步，脚步都腾起不少灰尘，在手电光的映照下，泛着奇怪的影子，衬得环境更是压抑和诡异。

说实话，周源一开始就觉得很难从这里找到什么当年留下的痕迹，只是觉得还是有必要来这么一趟，所以也没什么失望的情绪。

四周极为安静，他晃动着手电，顺着那堵墙的方向往里走，头顶渐渐出现坑洼不平的山石，有些粗粗的四方管子吊在上面，这仓库是靠山修建，看来也是挖空了山腹。周源继续走着，但这次走了没几步，突然觉得有些不对。

他立即站住了身子，那种感觉又没了，再朝前移动了两步，那种古怪的感觉又出现了。他想了想，这才发现问题出在自己的脚下。

确切地说，是脚步声有问题。

周源把手电朝脚下照去，又下意识地抬起了脚，因为他也感觉到，自己似乎是踩到了什么，所以没有灰尘腾起，脚下也有一种微微的黏涩感，抬脚的时候，有点费力。

在手电光映照下，他立刻发现鞋子的底部确实有东西，暗暗红红的，并不明显，不过反光点很多，似乎有些潮湿。再看地面，竟然出现了很多这种痕迹，一片一片的，犹如暗红色的油渍。

周源放下脚，试着在地面上踩了踩，那种怪怪的声音立即又出现了，脚上的触觉则像是踩到了一片浸了水的海绵。这让他很奇怪，十几秒前，这里还干燥得起灰尘，这些湿湿的东西是从哪儿来的？把手电朝前照去，看到越往前，地面上的暗红色物质越多，而更远的地方，石头墙上和仓库顶上竟然也开始出现了那些东西。他有些吃惊，蹲下身体想用手抠一些放到眼前看，但一摸下去，才发现那些东西又腻又滑，将手指放在鼻子前闻了闻，就觉得一股腥气入鼻，让他有些反胃。

周源站起身，一边把手电朝前照过去，一边喊着胡东东。不过连续喊了两声，老胡居然没有回应。

周源有点担心，就拿出手机想给他拨过去，但摁了号放到耳朵边却听到忙音。他这才想起来，自从进到山里后，手机就一直没有信号。他不敢继续前进，没办法，只好原地站着继续大叫，这次回声比刚才还大。可墙那边就是没一点儿声音，这墙并没有到顶，上面是通气的，而整个仓库是封闭的，这么大的声音，他怎么可能听不到？

难道老胡那边出了什么事？

这个念头生起来，周源一下子觉得有些慌乱，这时头上忽然有一道亮光照过来，在眼前晃了几下后，停在自己身上。

“老胡，你在干吗？”既然那是电筒光，只能是老胡。能用电筒，说明老胡没事，可不知他为什么不回答。周源眯着眼，看了一下光线射来的方向，似乎老胡是爬到了那道分割仓库的墙上去了。

“胡东东，说话！别吓我。”那道光继续晃动了两下，依旧没声音传过来。周源也把手电抬起，也朝那道光晃了晃，这下他看得清楚，的确是胡东东。

只是老胡表情有些不对，他脸上裹着一块布，却就是不开口，挤眉弄眼地似乎想表达什么。周源松了口气，朝前走了两步：“你在演‘墙头记’吗？快下来。”

见周源还在继续往里走，胡东东显得有些着急，挥舞着手电光，对着他的脸急速地抖动起来。周源被晃得眼花，看到胡东东的手电光圈在自己身上停住，然后缓缓向一边移动过去，这才反应过来，他是在用手电光引导自己。

抬头顺着亮光看过去，这一看不要紧，周源的鸡皮疙瘩顿时起了一身。

刚才只顾着看脚下，这会儿被胡东东的手电光引导着，周源才终于看清，在他身前和四周不到十米的地方，竟然满是犹如蜘蛛网一样扯丝拉线般的红色物质。那些东西一层叠一层，覆盖了周源眼前所能看到的空间，地面、墙壁、屋顶全部都是。

抬起脚，看到那些东西似乎有着一定的黏性，脚抬起就拉扯出了像丝一样的东西，红红的，犹如血管里的经络。

周源心中涌出一股极度的惊愕，甚至压倒了巨大的恐惧。

因为这些东西是如此熟悉，两天之前，它曾出现在林静的身上！

“啪”的一声，一样东西掉在周源身旁，落在地上依然闪着亮光。

那是胡东东的手机，亮着的屏幕上是短信界面，上面打了一段话：“我不说话也不敢过来，是因为我怕被感染。弄点样品回去化验，记得包好。”

周源这才明白胡东东的奇怪举止是怎么回事。眼前这些鬼东西不知道是什么，腥气扑鼻，而且不知林静身上出现的东西和这个有什么联系，总之，无比邪门，老胡的做法没错，是应该稳妥一点儿。

想到这里，他就朝墙头上的胡东东挥了挥手，表示自己明白他的意思。老胡见状点了点头，关掉手电，就从另一边跳了下去。周源没听到什么声音，估计老胡是从墙边堆着的货物爬上去的。

听到胡东东脚步声朝仓库外走去，周源却没有马上转身离开。他把手电光朝里面照过去，发现还有二十多米就是仓库的底部了。在仓库的墙壁上，有一大片红色的网状物质，呈现一种平行状态，在空旷的空间里，这种密集的红色物质被手电光照得有些梦幻，周源觉得自己像是在看一幅抽象主义的油画。

他心里很想马上转身离开这个东西，但直觉告诉他，这种红色的物质也许隐藏着什么秘密。老胡不敢往里走，是怕被传染，可自己已经染上这种奇怪的病，没什么好怕的了，前面只有二十多米，也许真的会有什么发现。

想到这里，周源硬着头皮继续向仓库深处走去。在墙角果然发现了地上有一些生活用品，只不过不是食品袋，而是两个挺大的塑料瓶，就是那种一升半的矿泉水瓶子。心里暗骂一句，林河看来真的在这里待过，果然是个疯子，竟然能待在这种地方生活，也真够变态的。

地上的东西大都是生活垃圾，周源仔细用手电照着翻看，终于发现了一个布包一样的物件。他小心地拽出来，腾起一层灰，接着发现在布包的旁边还有个东西，这是一款样式很老的手机，如果没记错的话，型号是诺基亚6111。这种手机不是智能机，也没有内存卡，在七八年前应该算是比较新潮的高档货，可以拍照和录像。

周源顺手摁了摁手机的开机键，发现没反应，就顺手放在包里。翻布包的时候，他却意外发现居然有个日记本！

这里太暗，周源照着手电大致翻了翻。笔记本不是空白的，上面写了一些东西，一时也分辨不出来是什么，字很少，也没有主人的名字。周源先把笔记本放进背包，晃动着手电光，又扫了几圈，确定没有什么其他东西，这才忍住扑鼻的腥气，朝前走了两步，从背包里掏出自己的保温杯，倒出里面的水，小心地走到眼前最密集的一处红色物质前，把保温杯的杯口朝那东西摁了过去。那些东西很软，很顺利地就接满了一杯。

从口袋里掏出面巾纸，周源仔细擦掉杯口的残留，盖紧后又用手机的拍照功能给这个诡异的仓库拍了几张照片。做完这一切，周源才退了出来。

刚到仓库门口，就听到胡东东在门外大叫："把鞋子脱了，身上的衣服也脱下来，别留一点儿那种东西。"

第三十七章　线索

周源非常理解胡东东如临大敌的谨慎态度。这种病实在是太恐怖，仓库里面的情形也颇为可疑，那些红色物质出现得太蹊跷了。他甚至有些后悔，这次来机械厂遗址没想那么多，根本没想到会出现这样的风险。如果因为自己的缘故，老胡也染上这种奇怪的病症，周源一定不会原谅自己。

周源先把鞋子脱掉，上面沾了不少东西，肯定不能要了。为了保险起见，衣服和外裤也脱掉扔在仓库里，这才走出来。看到老胡穿得好好的。

“你最好也换了。”周源有点担心。

老胡摇摇头：“我没事，远远看到那东西我就停下来了。倒是你，我都提醒你了，怎么还往里面走？对了，你弄了那东西的样品没？”

两人这次出来没想到这么快就能有所发现，预计要三天左右，所以带了替换的衣服，没想到派上了用场。周源换了件T恤穿上，却发现自己只带了一条沙滩短裤和一双拖鞋，只好凑合穿上。周源拿出保温杯晃了晃：“搞定了。另外我在里面有些发现。”他想起什么，从包里翻出一个东西，“你的手机我也扔在里面了，不过帮你把电话卡取出来了。”反正老胡的手机是个杂牌货，也不值钱，手机落在那东西上，最好不要带出来。

老胡对周源的处理挺满意：“有什么发现？”

周源说了自己在背包里找到手机和日记本的事，老胡仔细检查了一下，发现这两样东西都没有沾染那红色物质，才松了口气：“时间不早了，等回去再研究。”周源看了一下时间，那厨师说等他们到三点，现在已经快两点半了。

出厂区的路上，两人简单交流了一下刚才的发现。两人是分别从那堵墙的两边进入仓库深处，不过老胡那一边的情况要简单得多。他比周源的警惕性高许多，但直到快走到仓库另一端时，才在靠墙的那面房顶上出现了一些东西，在手电光下闪着红色的光，他立即认出了那些痕迹。

但和周源看到的景象不同，墙的另一侧，这种红色痕迹非常少，更像是从周源那边蔓延过来的。老胡就返回去爬上墙。但他立刻看到，在周源的前方，那些红色物质密密麻麻，像是异形巢穴一般，在微弱的光亮下，那种感觉实在太震撼了。还好，老胡心理强大，稳定心神后，立即把口罩戴上，毕竟那玩意儿有股腥气，害怕通过空气感染。接着看见周源已经误入其中，因为担心取下口罩说话会有感染的风险，于是先用手电吸引周源的注意力；然后想用手机给他发短信，却发现没信号；最后才灵机一动把那短信存在屏幕上，扔到周源的面前。

而两人接下来的重点，是猜测这东西到底是什么。

它显然和林静的身体变异有着某种联系。但周源在周围查探过，除了找到的那个背包之外，没有其他人，所以到底如何，还得回去研究了才能有结论。

到了厂区门口已经三点过十分了。那厨师正在厂区门口一边抽烟一边焦躁地来回走动着，看到他们急匆匆跑过来，总算松了一口气。不过看到周源穿着一双拖鞋和沙滩裤的样子，脸上表情变得有点奇怪。周源只好解释，掉进一个水坑，只好换了衣服。毕竟仓库里发生的事，他们不准备让其他人知道。

回程的路上，周源才明白为什么厨师之前看到自己穿着短裤、拖鞋，会露出那种奇怪的表情。他亲身体会后才知道没穿裤子在山林里走有多痛苦。来的时候还不觉得，现在才知道路边那些杂草有多厉害，一路刮擦得整条腿上的皮肤一片通红，又疼又痒。更不要说穿拖鞋走山路有多艰难，几乎是三步一跤。好不容易回到招待所，周源感觉自己的两条腿都麻木了，上面无数道红红的划痕。

眼看着天快黑了，回大巴镇的小巴早就停了。因为惦记着那笔记本和手机里的东西，他们和招待所老板商量了一下，老板也挺仗义，亲自开车送他们回了大巴镇。

回到镇上后，周源第一时间先随便买了条裤子和运动鞋穿上。然后找了半天，总算找到了镇上唯一可以修手机的地方——林河留下的那个手机里面也许会有什么线索，至少可以通过它了解他还接触过哪些人。但死活开不了机，不知是因为没电还是坏了。

这家店铺其实算是个电器店，里面卖些热水壶、收音机、电动熨斗之类的小电器。只是柜台前贴着一张A4纸，上面打印着“手机维修”四个字。店主是个小伙子，对周源递过来的那部诺基亚6111挺感兴趣。手机在那个仓库里也不知放了多久，按键里全是厚厚的泥垢，外壳磨损严重，屏幕也是花的，只能模糊地看出是个诺基亚的标记。小伙子好奇地问他们是从哪里找到这种老古董的。得知他们想让这手机重新开机，小伙子走进里屋好一阵，才拿着一个小砖头一样厚重的充电器出来。

“这手机早就停产了，这种插口的充电器肯定找不到了。不过你们还算幸运，我这儿刚好有个坏的，可以把它的接口拆下来，和其他的充电器焊在一起，凑合能用，但是不保证质量，你们要不要？”

周源拿过来插在柜台上的插座上，把接口插进手机：“没问题，只要能用。”

“行。七十。”

老胡走过来：“兄弟，你够黑啊，一个全新的充电器也才二三十。”

小伙子也不着急：“我这个充电器是全新的，切了线就没价值了。还要给你焊上，这可有点麻烦。”

周源直接掏出一百元放在柜台上：“那你赶紧弄，能充上电就行。”

小伙子答应下来，看了一眼那部破旧的手机又补充道：“行，那你们稍等。不过我只能保证充电器没问题，手机要是坏了我也没办法。”

事实证明，充电器确实没问题，但插上后手机却没有丝毫反应。看来是手机本身的问题了。周源有些失望，虽然可以把电话卡取出来，可大部分信息应该是储存在手机上的，现在开不了机等于一切白费。

小伙子见他失望的样子，说道：“要不放在这儿，我给你看看，能不能修好。”

周源有些犹豫，老胡却一把从小伙子手上拿回了手机：“算了，我们不修了。”他拉着周源出了门，才低声说：“这小伙子一看也是二把刀，而且如果手机里真有什么，被别人看到也不好，保不准又搞个什么艳照门出来。”

“那怎么办？明天专门去百源市一趟？”

“不用。我们先回去看看那个日记本，手机的事交给陆明。”老胡说完，带着周源去隔壁街找到一家快递。周源从来没注意大巴镇上居然还有个快递点，也不知老胡是什么时候看到就记下来的。还好，快递点还没关门，把手机包裹严实，就给陆明寄了过去。快递点的人看了地址，说最多两天就能到。

赶回小楼后，周源先去二楼看望林静。

林静依然保持着稳定的状态。稳定只是指她的生命体征，也只是暂时没有生命危险。看起来还是很吓人，保持着被红色物质包裹的状态。她躺在床上仍然处在失去意识的状态，不过这样也好，如果眼睁睁地看着自己变成这副模样，也许会更痛苦。

严毅像没看见周源一样，也没有问他这两天去哪里了，在仪器台前观察着几份样本，不时专注地记录着什么。

周源打断了他，从背包里拿出保温杯："严老，我们去了一趟华光机械厂的遗址。"

严毅放下手里的笔，终于抬起头来看着周源，目光平静地等着周源继续说下去。

"我们找到了当年惨案发生的那个仓库，在里面发现了一些奇怪的东西。"周源言简意赅地讲了一遍，准备把保温杯打开，"这种东西，和林静身上的东西极其相似，我觉得很有必要做一个分析。"

严毅忽然伸出手，阻止了周源的动作："先不要打开。这些东西来历不明，不知是否有传染性。我会做详细化验的，你先出去吧。"

周源没马上出去，而是问道："严老，我们在回来的路上有一种猜测。既然它出现在当年现场的附近，如果这种病是某种细菌引起的，会不会就是当年李爱华的血液感染到了周围的动物或者植物上，然后才引发出这种变异的？"

严毅不耐烦地摆摆手："没有结果前，一切猜测都没用。你先回去休息，我会好好检查的。"

周源有些不爽，本以为找到如此重要的线索应该会对林静的病情有些帮助，可严毅的态度却有些敷衍。不过林静这样是因为他之前对病情的判断出了问题，想必这几天他心情肯定很糟糕，周源也就不好再说什么，默默地回到楼下房间，和老胡先研究那个本子。

笔记本的样子比手机还要糟糕，不但封皮有些发霉，而且内里的纸张都粘连了，不过翻开看到扉页上写着的"林河"两个字，还是让他们为之一振。这些东西果然是林河留下的。

小心地翻开，第一页就是一行大字："失控了！我必须走得远远的。"

周源看到失控两个字，第一反应就想到了林河的自燃。不过这句话没有任何解释。又翻开后面一页，周源却发现是空白的，看来这个本子的记录并没有什么规律。果然一路翻下来，大多是些很杂乱的只言片语，都是一些心情的描述，基本没有什么具体有用的信息。关键是没有时间的记录，从中看不出这是林河什么时候写的，无法判断这些描述只是记录普通心情，还是那时候他已经知道自己的病情。

继续往后看，有些纸上只有一两个字，有些则是很随意地乱画。但后面则慢慢趋于正常，有一些很明显是写给女性朋友的，带着追忆性质的句子，读起来很通顺，还有点那种淡淡悲哀的文艺范儿感觉。

周源想到林静曾给自己说过的林河的一些事情，猜测这可能是林河写给他女朋友的，根据这些句子的语气，这个时候他女朋友多半已经去世了。

后面的几页，开始明显出现一些痛苦和疾病有关的字眼，能感觉写下这些东西的时候他处于痛苦之中，但依然没有什么明确的信息。周源迅速地翻看，到了快完结的时候，发现在本子的最后几页，反复记载着一句话。

“太可怕了？这都是什么？”

最后三四页纸上，这句话被反复写了无数次，一次比一次下笔更用力，最后一行只剩下“为什么”三个字。

显然是经过无数次地回描，字的边已经毛糙成了黑色，烦乱无序，粗粗壮壮，看起来完全不像三个字，连起来看倒像是一个怪异的符号。

“这一定是他病情的后期。”老胡下了结论。

这本笔记本，从头翻到结尾，可以明显看出字迹的变化。从前面几页的工整到最后几页的潦草，想必也是林河情绪变化过程的写照，能看出写字的人心态的一路变化。周源甚至可以想象这样的场景——机械厂废墟之中，一栋阴森的废旧仓库里，在那种阴暗的环境里，微弱的灯光下，四周布满诡异的红色物质，一个近乎崩溃的男人，疯狂又绝望地在笔记本上重复描画着。

“他到底干了什么呢？”老胡双手抱膝，这个姿势表示他心里正处于极大的困惑，“前后他在林场招待所待了一个月，肯定不止一次去那个仓库。总不会就是找个地方写这些看不懂的日记吧？”

周源本来也是同样摸不着头脑，但此时却忽然灵光一闪，喊道：“我知道了！”

在老胡不解的目光下，周源兴奋地解释道：“林河在那种状态下，情绪明显一直处在压抑之中，又无法和人倾诉，于是他选择了通过这种方式来发泄。你还记得北阳市他租的那间屋子里，墙上曾写过字迹，后来被严毅给漆掉了吗？

“其实那些字到底写的是什么内容，并不重要。但它可以从侧面证明，当林河焦虑到一定程度时，会选择用文字来发泄情绪。对了，不光是出租屋，他还在钞票上也写过类似没头没尾的话语。”周源想到自己当时在网吧，因为那张沾满血迹的钞票差点和网管起了争执，当时还奇怪为什么他会这么做，直到现在才想明白原因。

“有点道理。”老胡点头认可周源的分析，“虽然没有什么新的线索，但这些事至少能够证实林河的状态一直很不对劲。我们只知道他生了病，最后自燃而亡，但中间发生了什么？比如他是否知道自己的血液能够燃烧？如果能搞清楚这些，我相信对咱们现在的状况一定会有所帮助。”

周源听了老胡的话，又想起一件事，有些拿不准地说道：“我想起一件奇怪的事情。当时林河从我车上下去之前，胳膊上流了血，我告诉他后，他显得很紧张，也许他是知道血液燃烧的？”

“不对不对。”周源刚说完，就皱着眉头否定了自己的说法，“我之前以为钱上的血迹是当时他在车上流的血给染上的，但现在想来，应该不是，那上面的痕迹绝对是之前就有的。那么为什么没有燃烧呢？”

“还有个问题。”老胡看着周源，幽幽地说道，“他到底是怎么传染给你的？我感觉这是问题的关键。”

这个问题他们现在无法回答，面面相觑之余，又拿起笔记本从后朝前再翻看起来，期待能有什么发现。可看了两三遍，终究还是没能发现其他的有用内容，只得暂时收起来。

毕竟这算是林河的遗物，周源还是希望林静好起来之后，亲手还给她。想到林静现在生不如死的状况，周源不由得一阵黯然。这一趟机械厂之行虽然有些收获，却远低于预期。只希望陆明能从那个手机里发现什么，否则周源真不知道接下来该怎么办了。

第三十八章　视频

直到第三天晚上，周源终于接到了陆明的电话：“我在火车站，后天就能赶到大巴镇。”

得知陆明这么快就再次请到假，很快能赶回来，周源松了口气。

这两天林静的状态还是没有什么改变，靠着输入营养液维持，也不知这么下去能撑多久。严毅却没有一点儿要把她送医院的意思。周源急得要死，每天都去问几次，想知道严毅是否从那些带回来的红色物质里检测出了什么，却总得不到回答。之前因为旅游事件对严毅建立起来的一些好感，在他明显的搪塞之下再次变淡。

“在我过来的这段时间，我需要你们去做一个调查。”陆明紧接着说道。

“什么调查？”

“你们寄过来的那个手机，已经无法修复开机了。不过我找人把手机里的内容给导出来了，发现里面有三段视频。我已经把视频发到你的邮箱里，你和老胡现在先看一下，过一会儿我再打过来。”

视频？周源挂掉电话，马上去手机邮箱里查看，果然发现几分钟前陆明发来了三段视频，他立即下载到手机里，和老胡一起打开第一段视频。

视频非常模糊，画质分辨率很低，明显看得出一颗颗的像素点，时不时地还有类似干扰的波纹。不过想到那毕竟是个诺基亚老款手机，能有录视频的功能在当时就已经算挺先进的了。

视频一开始黑乎乎一片，看不出是在哪里，不过听声音周围应该在下着大雨。画面很剧烈地晃动了几秒，再稳定下来时，能从四周的杂草和树木看出应该是在比较偏僻的野外。

接着画面朝下移动，本来暗淡的画面也越来越亮，清晰度提升了不少。直到镜头对准了地上的一个土坑，才停止不动。

周源这才明白为什么画面会忽然变亮：那个土坑里面正在燃烧着什么，火苗在雨中依然显得很旺盛，想来是加了汽油之类的东西。

大雨、火苗、土坑，加上视频的低像素，整个画面给人一种怪异阴郁的感觉。雨声和燃烧声中，还隐隐听到似乎有一个人的喘息呻吟声，也可能是在低声说着什么，只是因为雨声太大，具体在说什么实在是听不清楚。

视频很快结束，时间只有四十多秒，周源觉得有些莫名其妙。这段视频应该也是林河录的，只是不知他有何用意。

老胡把手机拿过来，点了重播键，这次把声音开到最大，连听了两三遍，还是摇摇头放弃了，视频里的声音实在是太嘈杂了，一个字都听不清楚。

第二个视频的画面比上一段更模糊，不过画面一直固定不动，看样子手机应该是放在什么地方拍摄的。从画面和声音判断，和第一段视频是在同一个地方，而且顺序也是在其后，因为可以依稀看到那个土坑，但已经快被填平了，只能看到里面还有燃烧过的痕迹，至于火苗什么的则完全没有了。

接着，画面里出现了一个人影。

“你看看，是不是林河？”老胡马上问道。

周源睁大眼，仔细分辨。视频质量不高，而且那个人影离手机有十来步的样子，脸有些模糊。不过周源还是点了点头，的确就是林河。

胡东东不再发问，两人聚精会神地接着看下去。

视频里，林河正用力把燃烧过后的土坑填平，很快堆高成一个小土堆后，在旁边的地上拿起了很简易的类似木头的牌子，走回去使劲把牌子插在土坑外围，踩了几脚才走回来。

这时候，他的脸逐渐接近摄像头。三十万像素的画面里，林河的脸终于逐渐清晰起来。这是林河自燃后周源再次见到这张脸，心情非常复杂。

接着画面开始旋转起来，应该是林河拿回手机想要继续拍什么，但画面忽然黑了下来。老胡看了看时间，视频的长度正好两分钟整：“看来这是手机的问题，这种老款手机拍摄的时间是有限制的。每段视频最长只有两分钟。”

比起第一段视频的莫名其妙，第二段视频虽然模糊不堪，但首先可以确定手机确实是林河的，这些视频也都是他自己录的。自然也证明了林河确实是在仓库里住过。而视频里的信息只能猜测出，林河是在某个地方挖了一个坑，然后在坑里烧了什么东西，最后埋了起来。

那么，他在烧什么呢？

老胡点开第三段视频：“还有一段，全都看完再说。”

第三个视频和前两个视频的画风完全不搭调。画面一跳出来，就能明显看出周围的环境有了变化，肯定不是在同一个地方。

这次先出现的是林河的脸，占据了屏幕的大半，然后再逐渐变小。看样子是他拿着手机在对着自己拍。

随着镜头拉远，可以看到林河的大半个身子。他坐在很脏的水泥地上，旁边是两个矿泉水的大瓶子。手机应该是开着补光灯，林河的样子比前两段视频显得清楚很多，他的表情有些狰狞，抓起一个矿泉水瓶猛喝了两口，似乎觉得很难喝，又吐出大半在地上。

接着林河拿出打火机，点了一根烟，心烦意乱地抽了两口。镜头转了一个很大的角度，对着地上的一摊水渍，然后林河直接把烟头往上面一扔。烟头一落地，那一小块“水”竟然直接燃烧起来。

周源有些不解，要说是汽油，可明明林河喝下去了很多：“这什么状况？”

“矿泉水瓶里装的肯定是酒，高度酒。”老胡沉声道，“这种一点就着的白酒，度数都是六七十度。”

紧接着视频里传来林河的笑声，毫无顾忌，很大声的那种笑，疯狂里带着一点儿悲怆。然后画面开始抖动，应该是他站起来在走动，不过就在画面转动的一瞬间，周源突然觉得哪里不对劲，这种感觉很强烈，伴随着说不出的莫名的恐惧，就好像潜意识猛然发现了什么，但理性的思考还没来得及给出分析过程。

他连忙按下停止键说：“往回倒一点儿。”

老胡看了他一眼：“怎么？这个地方你也看着眼熟吗？”

周源立即点头道：“是的，很眼熟。我想起来了，这应该就是那个仓库，你看周围帆布盖着的那些货物，还有那两个矿泉水瓶，咱们都看到过。地上也是这种水泥地面，灰很大……不对！”

周源摁着回放键，画面随着进度条的拖动也在变化。此时正好回到林河拿着手机站起来时的画面，镜头方向有所移动，刚好可以看到他背后的墙壁。

周源立即明白自己心中强烈的不对劲来自哪里了，登时一股凉意从后脊梁一直蹿到脑瓜顶。

“那面墙！仓库是干净的！这是怎么回事？”周源有些激动。

老胡也同时意识到了："那些红色的鬼东西呢？"

周源终于知道刚才那种不好的直觉是什么了。

这段视频里，显示的是林河在机械厂那个仓库里的自拍。可从画面上明显可以看出，仓库这时候并没有任何异常，并不像他们去时，到处都是那些红色黏稠怪异的东西。在林河拍下视频的时候，这些东西并不存在。

那就只有一种可能，这些东西是在林河来之后才出现的。联想到林静身上长出这些东西时的情景，按照逻辑推测下来的结论就很恐怖了：仓库里那些奇怪的红色东西，恐怕根本不是周源和老胡猜测的那样——是被细菌感染的植物之类！恐怕是林河在仓库里，遇到了和林静同样的情况，身体忽然出现异化，然后从他身上长出来的！

可这个推论也太让人震惊了。林河一个人身上怎么能长出覆盖了小半个仓库的红色物质？当时周源可是亲眼看到，仓库另外一段的大半面墙上都长满了这玩意儿啊！

虽然陆明说过一会儿就打电话过来，但周源还是马上回拨过去。接通电话后，陆明直接就问："看明白了吗？"

"前面两段不知是怎么回事，但第三段视频，我们从中推测出一件事……"

陆明打断了他："时间紧迫，我直接给你们解释吧。那三段视频，拍摄时间上有前后顺序。仓库里的其实是第一段。其他的两段其实是一个事情，就是林河像在弄一座坟。"

"你确定？"

"是那个木头牌子。你们用手机可能看不清楚。在电脑上放大视频就能看到，牌子上最后两个字是'之墓'，坟主名字看不清楚，但肯定是谁的坟墓。"陆明解释道。

"谁的坟？难道是林河杀了人，毁尸灭迹？"

陆明说道："这就是我要你们去做的事：去找到那个坟，看看是谁的，如果可能，还要挖开它，看看林河当时烧的是什么。"

"啥？"通话一直开的是免提，陆明的语气像在说一件微不足道的小事，老胡听了都是一愣。他这个要求实在出乎周源他们的想象。

"偷坟掘墓是违法的吧？况且我们怎么知道这坟在哪儿啊？"周源马上提出疑问。

胡东东倒是认真想了想："如果视频中有明显的地理标志，并且知道大概范围，也许真能找到这个地方。但是陆明，你得告诉我们，为什么要这么做？"

陆明语速很快地解释道："我有一个猜测，但还需要最后的证实，现在不能告诉你们。不过让你们做的这件事是很重要的——这三段视频，尤其是第三段的视频里，清楚地告诉了我们一个事实，你们都没发现吗？"

周源马上说道："你是指仓库里的那些红色物质吗？正准备给你说。我们猜测它是林河去了之后才出现的。而且林静恶化后也出现了类似的物质。有很大的可能，这些东西都是林河留下的。"

老胡接口道："但无法解释为什么会出现那么多，难道那些东西会像苔藓一样自我繁衍？"

陆明"嗯"了两声，对他们的推测没有表示出过多的兴趣："这个现象确实无法理解，不过现在我们先不要去管它。我说的事实虽然很重要，但也很简单，你们只要顺着刚才的思路继续往下，就能得出一个很有价值的信息。"

周源仔细思索陆明的话，却不得要领。

可老胡却忽然激动起来，尽管手机开着免提，但还是拿起手机，嘴对着话筒缓慢而郑重地说道："林河和林静一样，身体里长出了那些鬼东西，但是后来……但是后来他遇见周源时，却是好好的！"

胡东东的话像一道闪电，劈开了周源脑中的层层迷雾，他想到了事情的关键。

林河在北阳市遇见周源的时候，外表看上去是非常正常的。而这段视屏，显然是在周源见到他之前拍摄的，因为就在两人遇见的当晚，林河就自燃而死。

这说明什么？这说明林河尽管身体上曾经出现过那些怪异的红色物质，但这并不代表无药可救，而是可以好起来的！

同样，这说明林静也很有好起来的希望！

周源兴奋起来："陆明，你说得对。我们明天一早就去找那个坟，一定要找到！也许里面藏着林河复原的原因。对了，你研究过那个视频，能不能判断出具体位置在什么地方？"

陆明冷静理智的分析，让周源情绪高涨起来。但陆明却没有被周源的情绪影响，声音依然很冷静："具体位置不能确定，不过我觉得不会太远。因为他回仓库在前，焚烧东西在后，之后就去了北阳市。这期间他也没有去别的地方，而且这里是一切事情的起因地。所以坟墓不是在这个镇子附近，就应该在那个机械厂遗址附近的山上。"

第三十九章　建筑

陆明的推断很有说服力，想到林静很有希望能够摆脱如今的状态，周源又有了动力。不过挂掉电话后，他才发现陆明交代的这件事说起来简单，但做起来非常困难。

首先并不知道视频拍摄的具体地点在哪里。其次这里周边都是连绵的大山，树高林密，杂草都快赶上半人高。毫无头绪之下，哪里去找那个疑似坟墓的土坑呢？这毕竟是几个月前的事情。

老胡不像周源那么着急，想了好一会儿，才忽然问道："你觉得那个坟墓是谁的？"

周源愣了一下，觉得可能性挺多："李爱华？她是李红霞的姐姐，那就是林河的姨母，他去祭拜姨母也正常。不对，视频里他是新挖的坑，不可能时隔这么多年，忽然给李爱华立个空坟吧？"

周源否定了这个想法，又冒出新的猜测："说不定真是空坟，他给自己准备的？好像也不对，要是他真想自杀，就没后来的事了。"

"算了，真猜不出来。"周源干脆不去想这个问题，他觉得并不重要。

客房里有电脑，周源把手机里的视频导入电脑中，果然看起来比手机清楚多了。视频里的内容都很简单，看不出有什么明显的地理标志，不过老胡果然厉害，几乎是一帧一帧地又看了一遍，发现了一个细节。

不像现在的智能手机，拍摄视频的老式手机只有后置摄像头。第二段视频临近结束的时候，有一个镜头是林河过来拿起手机，照到他的脸，然后他又把手机翻转过去。这个动作虽然很短，但是在反转镜头之间也许会无意中拍到其他的东西。

类似的画面一共有三四个，老胡的耐心非常好，就这样不停地反复观看。不知播了多少遍，他按下暂停键，把画面放到最大，对周源说："你看看这里是不是有东西？"

这个画面里并没有拍到人，只是对着雨雾蒙蒙的天空背景。周源把画面再放大了一倍，才发现在灰色天空之下，果然有一个淡淡的轮廓。

那轮廓的边缘很规则，似乎是长方形旁边有一个半圆形，只是那东西和雨雾一样，都是灰色的，不仔细看，绝对什么都看不出来。

周源一边感叹老胡的眼神之锐利，一边眯着眼睛猜道："这是什么？山吗？"

老胡摇头："不像，看轮廓应该是人工建筑。只要能找到这个地方，就能反推回去，确定林河当时的具体位置了。我把这个截图下来，明天去镇上问问，应该能找到点线索。"

第二天，大早，两人就到了镇上，先找了个复印店，把截图打印出来。在纸上，那个建筑物的轮廓反而比在电脑上更清楚了一些。

"小兄弟，你见过这个建筑没？"老胡一边付钱，一边顺口问复印店的小伙儿。复印店的小伙儿摇摇头，好奇地问他们是要干什么。

老胡本来也没抱什么希望，他认为最有可能知道线索的应该是街上那些上了年纪的人。不过在走出复印店的时候，他忽然想到什么，转头问道："小兄弟，问你个事。咱们镇上的人，如果要选墓地，一般都去哪个位置？"

那小伙儿是镇上长大的，听他这么问，吓了一跳："现在都是火葬。你问这个干吗？"周源见小伙儿看他们两人的眼神都不对了，怕他以为是要干什么坏事，赶紧解释说："是这样的，我们是想找一座坟。一个朋友的长辈，以前对我们都挺好的，所以想去祭拜一下。但朋友现在也不在这里，所以想自己去找找看。"

小伙儿这才松了口气，解释起来："这里是山区，不像城里有固定的墓地。都是各家在山里自己找位置的，只要没人阻拦，找个高地，依山靠水，挖个坑就行了。没有具体位置，跟大海捞针差不多。"

果然难度比想象的要大啊。老胡想了想，干脆一口气打印了二十份，直接去镇中心的小广场。那是老头儿老太太下棋喝茶聊天的地儿，这段时间，老胡已经在这里混得比较熟了。他来到大巴镇，就没少在镇上转悠打听，之前那个老赵头对于仓库冲突的另一种讲述，就是老胡和这群老头儿老太太聊天时找到的线索。

"来来，各位大爷大妈，眼不好的戴上眼镜，都来看看。谁认识这是哪儿？”胡东东招呼着，把那些图片发给几个老人。

这么一吆喝，平时就闲得冒烟的老年人都围了过来。他们大部分都认不出来，还有些觉得眼熟，但就是说不出来是哪儿，一群人七嘴八舌讨论半天，却没什么有价值的信息。

老胡也觉得这样不太靠谱，对周源说：“要不这样，你去找老赵头问问。他在机械厂待过，说不定知道。我去做点其他准备。”

周源兴冲冲地赶到老赵家，可让他失望的是老赵却对这个东西完全没印象。也不知是图片太模糊了，还是老赵记忆力衰退，总之，周源帮他回忆了半天机械厂的往事，甚至自己见到的那些建筑布局，希望能让他有些启发，可是聊了两个小时，还是没有一点儿有用的信息。

失望地从赵老头家出来，如果说昨晚周源的心里全是兴奋，那么现在有一半都变成了焦虑。看来还是想得太简单了，好不容易有了线索，却第一步就卡住，让他又是无奈又是着急。

正想给老胡说一声，没想到老胡先打了电话过来：“你快过来，我们马上出发。”

周源有些蒙圈，不知老胡是怎么搞定的。更让他意外的是，回镇上找到老胡时，老胡已经坐在一辆金杯面包车上。周源上了车才发现后排的位子上放着两个大背包，旁边还有两把小型工兵铲、一箱矿泉水和方便面，不由得惊叹老胡行动力之强，效率之高，想必昨晚就已经有了详细的计划，才能这么快买好装备，并且租好车。

“关门，路上说。”见周源满脸震惊，老胡简单解释了一句，就踩下油门。

“这是去哪儿？”周源见老胡直接把金杯开出了镇子，忍不住问道。

“去林场。林场招待所的老板说他们那边有人知道这个建筑在哪里。”

周源恍然大悟：“你把图片也发给了他一份？”

“对啊。”

镇上通往林场是一条山间土路，既窄又颠簸，平常跑这趟路的小巴都是当地的老司机。不过老胡一只手握着方向盘，另一只手叼着烟卷，却开得又快又稳：“昨晚我就在想这个问题。发现这个地方无外乎两个范围，要么是在镇子附近，要么就是机械厂遗址，也就是林场那里。所以在镇上询问的同时，我也把图片发给林场老板，让他帮忙问一下。不过这么快就有消息，也挺让我意外。”

“那是个隧道的配建库房。距离厂区并不远，具体位置在厂区东边的山下。”老胡没有卖关子，把从林场老板那儿得到的信息详细讲了讲。

认出图片上建筑的，是林场的一个职员，一个从小在当地长大的大妈，今年四十多岁。她的父母当年就是机械厂里的职工，小时候还是在厂区里面上的幼儿园。

华光机械厂是个军备厂，修在大山深处是从战略考虑，为了安全。但毕竟生产出来的军备是要往外面运的，于是就在山里专门打了一条隧道。隧道是连着防空洞的，原本打算是要修一条铁道，作为专门的运输专线，把生产的军品运出去。

可是铁道只修到了隧道口的位置，还没等继续修，运动就爆发了，所以那个地方就废弃掉了。旁边的那个四方形建筑可以算是个库房，当时设计的目的就是把要运出去的军备留在那里，等外面的军队过来交接，然后顺着铁道再拉到山外的百源市去。据说以前最早的时候，那个地方都是有警卫站岗的。

“有鼻子有眼啊，听起来挺靠谱的。”周源总算松了口气。

老胡心情也不错：“只有去了才知道，不过我感觉也是真的。”

一路快马加鞭地到了林场。可能是上次喝酒聊得开心，林场老板再次看见他们俩也显得很高兴，只是一直不明白他们为何对机械厂遗址那么感兴趣。

看到老胡和周源从面包车上拿下的大背包和工兵铲，他有些怀疑地说道：“哥们儿，你们不会是想去盗墓吧？那里面可没什么大墓，山里住的都是穷人。”

周源有些无语，这哥们儿是《盗墓笔记》看多了吧。可别说，他猜得还挺准，他们两人的确是来挖坟的……

最后还是老胡轻松地以“进山考察”的理由搪塞过去。为了不出意外，两人又找到那个大妈，当面听她讲述了一遍，具体细节跟电话里说的差不多。位置就在林场仓库的后边，顺着那里东边的山坡走一段路就能找到。

给了那大妈两百元劳务费，又在林场老板的推辞下坚决塞了一些钱给他，毕竟这种事知道的人越少越好。两人简单休息了一下，背着背包就直接进了山。

由于有了上次的经验，这次一路过去并没有什么困难。只是时间有点晚，两人选择在靠近林场的山坡上露宿了一夜。这次是有备而来，胡东东的准备很充分，简易帐篷和睡袋都有。

一大早，天光刚发亮就继续赶路，上午就赶到了厂区遗址附近。毕竟找到那个配件库房只是第一步，它只是一个坐标，确定大概的方向。要找到林河当时所在的地方，还需要更细致地搜索。

因为那个大妈明确地给出了方向，两人用了一个比较笨的办法，看到厂区以后没有进去，而是直接顺着厂区的围墙边缘向东边走。这样边走边找，足足两个钟头之后，他们终于找到了那条隧道，还有旁边的那座四角库房。

第四十章　遗骨

站在库房门口，老胡不由得感叹道："想必那大妈那时候年纪不大。看来小孩子看东西的角度，和大人就是不一样。估计就算咱问个当年在这里待过的人，也未必对这建筑有这么直观的印象。小孩个子矮，看东西第一印象就是轮廓，你看咱们站在这里看，和看视频，完全就是两个地方嘛。"

周源点头表示认同。眼前的建筑已经完全破败，是几座连着地基的三层小楼，旁边是一个半残的建筑，应该就是视频里的半圆形。在视频上看只是个轮廓，可是真到了这里，视觉里就是个立体图。前面的位置已经都塌方了，看起来就是一种残破不堪的感觉，后面还能勉强看出弧度，地上还有生着锈的铁道，在中断的位置，风吹雨打得早都变形起翘了，周围杂草丛生。如果他们不是提前了解了大概位置，自己找到这里怕是也认不出就是视频里的那地方。

想到来之前听那个大妈口中描述的"当年"，周源感叹道："这地方毕竟也算是一个时代的结束。"

老胡拿出手机说道："先别感叹了，这才完成一半。得赶紧拉开距离，用手机试试找找方向，先确定个差不多的位置，不知道还得折腾到什么时候？"

找到了标的物，接下来就是最终确定方位。现在这个建筑物找到，相当于成功了一大半，剩下的就是根据这个点，再反推视频拍摄的地点了。这个倒不是太难，用指北针定出东方后，直接从山上往下走。其实从山路绕下山会好走一些，不过这样可能会绕出范围之内，所以他们几乎是从一人多高的杂草丛中滚下山的。临近中午，天开始热起来，两人顺着山势一边往下一边不时地回头观望，看似简单的这最后一步却累得他们汗顺着下巴直往下淌。

到了山下后，两人又大概走了一个小时，不停地用照片和视频对照，对比着走到两三里地开外，才终于看出点照片上相同的背景轮廓。两人又按着视频的角度调整了一下方向，开始仔细地搜索。因为这一片太荒了，又没有手机信号，两人怕走散，发生类似之前仓库里那种事情，所以不敢太过分开，不说能在一人高的荒草里保持对方在自己的视线内，至少能够保证叫喊声对方能听得见，这才缓缓仔细查找这片区域。

找了十几分钟，老胡率先叫了起来。

周源扒开荒草循声过去，就看到老胡正弯着腰看着什么。

走近了，周源才看到一个圆圆的东西半埋在土里，上面都是泥土，周围杂草围绕。

胡东东用手拂掉那东西上的土，直起了身子："矿泉水桶，林河喝过的那种。"

这山里很偏僻，忽然出现个矿泉水桶，显得格格不入，难免会第一反应就联想到林河。

周源心里一喜："跟仓库里看到的一样啊。继续找，应该就在这附近。"

胡东东点点头，两人就以这个水桶为中心朝四周辐射搜索。果然，走了不到几十米，就一下子看到了那个木头牌子。

视频里看着那牌子长长的，跟石碑差不多，此时亲眼看到，周源才发现它有半人高，戳在一个不高的土堆上，上面也没有油漆，好像用东西磨过，表面挺光滑。"之墓"两个字最清楚，中间的字经过分辨，是一个"妻"字，右下角还有三个小字，则是"林河立"，其他的小字都因为日晒雨淋看不太清楚，不过也不重要了。

周源有些茫然地看着老胡："这里埋的，真是那家伙的老婆？"

这个状况有些出乎他们的意料。周源想起自己和林静曾在小楼顶上看星星，那时候林静曾说过林河有过一个女朋友，后来意外身亡了。

之前周源并没有对这个信息太在意。但此时回想起来，林河的女朋友也很可能是这附近的人。可是视频中林河烧的又是什么？如果是火葬，为什么林河不把她火葬后放在墓园，而是找这么荒僻的地方埋了呢？

周源苦思片刻，眼中忽然有光亮闪过："老胡，我知道了！"

他兴奋地指着这块牌子说道："这里面根本不是林河的女朋友，也没有埋任何人。林河立这个木碑是为了掩人耳目，他只是为了留下线索，才故意这样做的！"

"你就扯淡吧，这是典型的阴谋论。要不是我们阴差阳错去仓库找到那个手机，谁会知道他在这儿干了什么?”老胡扯下背包，拿出工兵铲，扔给周源一把，“赶紧挖！”

周源举起工兵铲，却有些犹豫起来。看来这真的是林河女朋友的坟，这样做总觉得不太好。

老胡着急起来，一把将那木牌拔起来丢在一旁：“你还犹豫个屁啊，你和林静现在这个样子，随时都可能烧起来。要是不敢挖，那过几天我就得挖个坑给你竖牌子了！”

周源见老胡发火，知道这是因为他心理压力也很大，毕竟干这种事有些不太好，老胡也不愿意第一个动手。周源牙一咬，心想，一切都是自己引起的，这位素不相识的姑娘，实在对不住了，挥手就下了第一铲子。

这一铲子主要是让两人克服了心理障碍。老胡低声说了句“这就对了”，也低头挖起来。山地土少，这坟最初挖的时候应该就不深，挖了十多分钟，下面很快露出黑色的土。

老胡停了手，挑出一块黑土在地上拍碎了：“这应该就是林河烧的，不然不会是黑的，继续挖。”

不到两分钟后，周源的铲子带出了一堆灰白色的物质。他弯下腰捡起来，看着有点像油漆半干不干刮下来后的样子，又有点像老建筑上风化腐朽后的木头砸成的碎块，好奇地问胡东东：“这是什么？建筑垃圾？”

胡东东让他放在地上，用铲头扒拉了一下，直起身，肯定地说道：“这是骨灰。”

虽然早有心理准备，但是周源还是被吓了一跳，下意识后退了两步，才敢再去看那堆东西。不过却发现跟自己印象中的骨灰完全不同：“不可能吧，骨灰不都是像石灰粉一样的？”

胡东东撇撇嘴：“你小子没生活阅历啊。你说的那些都是殡仪馆里烧的骨头碴儿，砸碎了才给家人的。这些是真的没砸过的，骨头碴儿都在。”

周源心想：我又没砸过骨灰，哪里会有这种生活阅历？不过老胡又说了句“继续”，只得又硬着头皮跟着一起朝下挖。

果然又发现了许多类似骨头的东西，不过再挖了一点儿就挖不动了，因为一铲子下去只听到碰撞山石之声，看来已经挖到山体部分了，林河挖的坑应该是到底了。

两人将挖出来的骨骼碎片都堆放在旁边的空地上，这些东西不少，但大部分都烧得焦黑。除此之外，没有什么其他特别的地方。

周源看着这些东西已经不太害怕，倒是好奇起来，一边用铲子扒拉着那些骨灰，一边抱怨：“林河那小子也真的变态。要火葬去火葬场就好了，干吗自己跑到这里来挖坑烧人。还要录个视频，搞得和变态杀人狂一样？哎，对了，老胡，你说他女朋友是不是被他杀的啊？毁尸灭迹，真像精神病人干出来的事！”

老胡坐在坑旁边不远处低头思索着什么，脸上都是汗，没理会周源的絮叨。

好不容易找到这里，却没能找到什么有用的线索，周源觉得很失望，继续嘀咕着：“老胡，你不是生活经历足吗？看看这骨灰是不是他女朋友的？”

没想到老胡听到这句话，突然一拍大腿：“我终于知道了！”

“还是老胡牛逼！”周源蹲在老胡面前，一边给他扇着风，一边狗腿子似的点烟，“快说说，发现什么了？”老胡摆摆手：“我们来理一理。你刚刚说的那句话是什么来着？”

“我在问，这骨灰是不是他女朋友的……”

老胡打断了他：“对，就先从这句话开始。我们一件一件事慢慢说。”

“现在坑已经挖完了，证明这儿的确是一个坟，却没有找到其他有用的线索，对吧？”

周源点点头。林河曾遭遇过林静现在的状况，但后来却神奇地复原。这是他们来这里的直接原因。但这个坑并没有什么直接的线索可以解释林河身上曾发生过什么。

“所以不如换一个角度。我们做一个推测，设想一下林河做这些事是为了什么？”老胡指着被扔在一旁的那个木牌，“首先，我们假设这个牌子是真的。也就是说，这具被焚烧过的尸体的确是林河的女朋友。”

“接下来我的问题是：这座坟是之前就存在，还是林河拍视频时才挖的？”老胡问道。

周源认真想了想，觉得都有可能，又都不能肯定：“应该是后者吧……不然他干吗要专门录下来？”

胡东东示意周源坐下来，喝了两大口水，抹了把汗，这才摇摇头说道：“应该是前者。林河女朋友的死不是最近才发生的事情。”

“这个理由不太充分吧？”周源有异议。

“你还记得陆明说过吗？手机里的第三段视频，就是在仓库里那段，其实是第一段，发生的时间在其他两段挖坑视频之前。”

“这说明什么？”

“说明林河没有任何动机和能力带着一具尸体曾在山里行走。我们在仓库的时候，也只看到林河丢下的生活垃圾。所以我们只能假设，尸体本来就埋在坟墓里，只是拍摄视频的时候，他才去挖开坟墓，又将尸体进行焚烧。”

周源还是很疑惑：“可是这又能说明什么呢？林河疑似精神病，做出这些没有逻辑的事也是有可能的啊！”

胡东东看着周源，一个字一个字说道：“不，这些事在逻辑上都是有联系的！”

他有些感慨地说道：“周源，你只不过拉了林河一趟，可能无意中沾上了他的血，就染上了这个病。对吧？”

“是……”在之前翻看林河的笔记本时，老胡就提出过这个问题。

他现在说的这种假设倒是按照常理最有可能的，虽然还没有得到验证。“他女朋友和林河也在一起好几年。那么我问你，她怎么可能不被传染？”老胡问。

“有很大的可能，她没有被传染。”周源摇头道，“严毅和陆明都说过，这种病的传染途径还不明确，如果真的传染性极强，那么林河在北阳市待了那么久，现在肯定不止我一个人被传染啊！而且林静当时说的是，林河的女朋友是意外死的，并不是病死的。”

周源的反驳有理有据，但胡东东反而笑得更自信了。他拍了拍手掌：“不错，你也能分析个一二三四了。你说得都很对。”接着话锋一转，“所以事情的真相已经呼之欲出了。我们不妨站在林河的角度，来给这些事做一个排序。

“林河的女朋友死后埋葬在这里。从笔记本上关于女友的留言，可以看出林河对她的感情很深，应该经常来这里祭拜。当林河发现自己身上的病状越来越严重后，他得知了当年的事，所以一个人去了那个曾发生过惨案的仓库。在那里，他的身体发生了像林静那样的变异，红色物质从他身体里长出来，那时他的心里一定充满恐惧。

“然后，再次发生了某种变化。不管这种变化是莫名其妙发生的，还是林河用了什么办法抑制住那些红色物质，总之，林河从那种状态中摆脱出来，红色物质依然还在，可他却恢复正常。

“周源，假如你面对这种状况，想到自己身上发生的这些匪夷所思的事情，你会怎么想？”

周源想了想当时看见林静身上的那些红色的“茧”，吞了吞口水，艰难地说道：“如果我是他，一定会觉得自己是个……怪物。”实际上他现在就觉得自己已经是半个怪物了，对老胡他们有一种愧疚感，觉得是自己把他们都给拖入到这种奇怪又危险的境地中。

胡东东使劲一拍大腿："对，亲眼看见自己身上发生这种匪夷所思的变异，产生这样的念头很正常。我们继续往下想，林河一直对女朋友的死耿耿于怀，所以他可能会觉得……"

"你是说，他会觉得是自己害死了女朋友？可他女朋友不是意外身亡的吗？"周源插嘴道。

老胡摇摇头，表情变得很奇怪："他挖开坟墓烧掉尸体，是因为他害怕女朋友也会变成那样的怪物。哪怕她已经死了。"

第四十一章　失望

老胡的猜测犹如夏日雨夜里的一道响雷，虽然早有暴雨和闪电作为铺垫，但真的在耳边猛然响起，还是让人一阵晕眩，难以接受。

林河从满是红色黏液的仓库里逃出来；他充满恐惧地挖开了死去女友的坟墓；发现没有异常之后，林河还是放火把尸体烧成灰烬……

这样的结论虽然匪夷所思，脑洞极大，可仔细一想，周源却不得不承认这个假设从逻辑上是完全没有问题的，而以他所知的林河性格，的确很有可能做出这样的事。

周源的情绪变得极其复杂，因为他很难想象林河在做这一切时，是一种什么样的心情。

“只是林河为什么要躲到仓库里去，难道……他知道自己要变异，所以才找个人烟稀少的地方藏身？”周源认真回想了一下，却不能肯定当时林河要求去十八里岗时，是否已经对此有所预感。

“这不重要。”老胡说道，“不管他是否预感到自己身上会发生什么，可以肯定的是，他和林静身上出现的那些红色物质，应该是这种病变的某一个阶段。”

“等这个阶段过去了，那些红色物质就会脱离身体，就像你在北阳市遇见的林河，外表变得很正常。”老胡接着说下去，“正是按照这样的推论，陆明猜测林静也会有很大的可能安全度过这个阶段。但这并不是最终的结果，按照这个思路继续推导下去……”

周源脸色变了：“假如林静的病状完全和林河一样……”

如果病变阶段的规律真的如此，那么林静就必然会恢复正常。可是这种正常只会持续一段时间，之后就会跟她哥哥一样，进入不可挽回的死亡之路——自燃。而这条路，也必然会是周源的未来。

逻辑没有问题，很通顺。可这结论真够残酷啊！

不光周源心头震撼，就连分析出这个结论的胡东东也是神情无比凝重。

两人都从对方眼中看到了明显的失望神色。

来这里的目的，是希望能从视频中找到林河奇迹般恢复正常的原因，可惜一番折腾后，不但更加迷雾重重，而且更加证明怪病的诡异无解。

周源和老胡相对无言，沉默地把那些骨灰都重新铲回坑里，又用新土填了填坟，重新插上那个木牌。老胡点了三支烟，用石块压在牌子上，很正经地说道："也不知道这位姑娘喜不喜欢抽烟，但是做了鬼，恐怕没那么多忌讳。死后还被我们惊扰，实在不该，这里给你赔罪了。"

两人对着坟头行礼致歉后，意兴阑珊地往山外走。

出了山，刚一有信号，周源的手机就接连响起短信的提示，陆明这段时间发了四五条短信。还没来得及点开短信，陆明的电话就到了，显然之前一直不停地在拨打电话。

"我已经到大巴镇了，你们尽快回来。"陆明还是一如既往的言简意赅。

"我们刚从山里出来，正准备往回走。"周源心情低落，陆明这么快就赶回来让他有些意外。要是在一天前，周源肯定会觉得很高兴，但现在他的心情十分低落，把之前的发现和推断都讲了一遍，最后问了一句："陆明，你说我和林静是不是真的没希望了？"

"不要灰心，有希望的。"

"那希望在哪里？"得出必然会走向自燃这个结论之后，周源的心情一直压抑，此时听见陆明安慰自己，忍不住喊了起来，"我知道你是想安慰我，可是林河活生生的例子就在眼前！就算暂时没事，最后也会……"

"周源！"陆明大声打断了周源的发泄。电话那头安静了片刻，陆明的声音才再次响起来，"希望就在严毅身上。他有问题。你们回想一下林静病变时他的态度。"

仔细一想，当时严毅的反应确实有些奇怪，虽然看上去也惊慌失措，却笃定林静不会有生命危险，那种奇怪的自信不知是从哪里来的，唯一的可能就是他早就知道林静这种状态只是暂时的。

周源稍微冷静了一些，犹豫了一下问道："你的意思是，他早就化验出了那红色物质是林河身上的，也知道了林静变异只是病变的一个阶段，却没有告诉我？”

“我说过，我有一个猜测。这次回来，就是要验证这个猜测。你们先回来再说。”陆明挂掉电话之前，再次嘱咐道，“周源，不要放弃。”

陆明的电话并没有让周源的心情好转起来，却让周源有所警醒。他意识到自己刚才的情绪太负面了，如果不加以控制，这样破罐破摔下去，也许真的会变成林河那样的疯子。

想到这里，周源给父母打了个电话。父母已经回到北阳市了，这次旅游显然让他们很开心，在电话里说了很久，周源这才发现自己好像很久都没有和父母这样交流过，也许是男孩子的关系，也许是家庭环境影响，对父母的态度一直都很疏离，成年之后更是如此。听着他们在电话那头对自己的想念，周源本来纠结到底要不要给他们说自己现在的状况，最终还是放弃了。

一直等到手机没电，周源才放下手机，心情平静了不少。无论如何，还有人在挂念着自己，就算为了他们，也应该努力好好活下去。

从林场赶回大巴镇依然是老胡开车，和去的时候有说有笑不同，回去的路上，金杯车上的两人都没有说话的兴致。

山里的晚上天黑得早，周源感受着窗外的风吹在脸上，抬头看向天空。今夜无风无云，无数星星高悬夜空，闪亮异常。可看着天空久了，周源却感觉到一种失重的错觉，仿佛整个人都在朝着黑夜中坠落下去，那种虚空感让他有些感触。

人生如天色，明亮暗淡，交错起落，没有尽头，可是这个突如其来的怪病，却让周源提前看到了自己的人生尽头。如果懵懂不知，任其随波逐流，肯定会跟林河一样崩溃赴死。第一次来到这扇门前时，心中带着希望，而此时，那本来就不多的希望已经如风中残焰一般几欲熄灭。

不过该面对的总是要面对。周源调整好心情，深呼吸一口气，希望陆明真的能够从这条死路中找到那一线希望。

在镇上把租的金杯车还了后，刚走了几步，就有人喊住了他们。“陆明！”周源有些意外，“这么巧？你不是早到了吗？”

陆明摇摇头：“我是专门来等你们的。先去吃点东西。”

周源这才看到陆明两手空空，应该是先回小楼放过行李，只是不知道他为什么要专门跑这一趟。

随便找了一家小饭馆，刚一坐下，陆明就从衣兜里拿出一张纸：“严毅告诉了我他得出的结论。我又亲自做了一遍分析，证明了这一点。这是林静身上那些红色丝状物的化验结果。”

周源拿过来看了看，皱皱眉头，递给老胡。老胡也看不懂上面的那些数字和符号代表什么含义，把那张纸放在桌子上：“直接说结论吧。”

“基本可以确定，这些物质就是她的血液。只是不知道是什么原因，这些血液被挤出了体外，形成了那样诡异的东西。”

老胡的眉头皱得更紧了：“血液血液，那就是说明血是液体，这是小孩子都知道的常识。而且血离开人体，很快就会凝固，怎么会变成那种半凝固的胶状物呢？”

陆明摇摇头：“一般所有的常规病症都可以引发血液的变化，这也是验血的由来。可现在就是不知道是什么东西，让他们身体里的血液凝成了那样的状态。”

胡东东抓住陆明话里的关键词，问道：“他们？是不是证明我们上次在仓库废墟里带回来的那种红色物质，其实也是血液？可严毅为什么没有告诉我们？”

“也许他觉得没有必要告诉你们，也许他另有目的……不过这个回头再说。”陆明目光闪动，“严毅说得没错，那的确是血液。可是还有一个问题让我很费解。

“我想你们可能没法相信。平时我们都是把这两种物质单独研究的，可是我取了一块林静身上已成熟脱落的红色物质，连同你们带回来的红色物质共同化验。对比结果显示，你们在仓库里发现的那些物质里，跟林静身上脱落下来的物质，DNA的检测数据一样。”

“一样？你什么意思？”周源紧张起来。

“各种检测数据都表明，那些东西跟林静身上的东西，是来自同一个地方，也就是她的身体。如果按照分析结果进行推断，那只有一种结果……林静，才是去过仓库的人。”陆明一字一句地说道。

“怎么可能？严毅呢？他怎么说？”陆明的话让周源觉得头皮发麻。去仓库的不是林河，而是林静？这个太扯淡了，她为什么要去？这姑娘到底还有什么事瞒着我们？周源知道自己没什么想象力，但这种结论，再有想象力也猜不到啊！

老胡提出疑问：“那还有没有什么可能证明那种血液是林河的？或者其他可能？”

陆明点点头说：“有，干细胞移植后的血型改变，目前来看，最有可能的情况就是，移植了骨髓干细胞后的变型。人如果患了血液病，如白血病、再生障碍性贫血，需要移植他人的骨髓造血干细胞，移植后，患者的血型就可能改变。原因是受者与供者血型不合也可以移植。移植骨髓后，患者自身的造血干细胞功能逐渐退化以致完全丧失功能，就由移植进的供者的干细胞担当起了造血功能，于是患者的血型慢慢变为供者的血型。”

胡东东挥挥手说：“你别说得那么专业。我大概明白你的意思，就是说他俩如果互相移植过骨髓，也有可能产生这样的结果？”

陆明肯定地说：“但这种可能性是不存在的，林静没有做过骨髓移植。”

这时，饭馆老板端着饭菜过来了，三个人都暂时不再说话，直到老板离开了好一会儿，周源才闷声闷气地说道：“你专门来镇上等我们，是要告诉我们，问题出在林静身上？”

陆明没有一点儿迟疑，坚决地说道：“不。我相信那些东西是来自于林河身上，和林静并没有关系。所以，问题其实出在严毅身上。”

老胡刚夹起一块回锅肉，筷子停留在半空，问道：“你的这句话没有逻辑啊，刚刚你说分析结果是林静的问题，现在又说是严毅的问题。陆明，你今天是第二次说这句话了。到底怎么回事？”

“我在镇上等你们，是有两件事。”陆明看向周源，“第一，是要告诉你，从现在起，你要拒绝严毅提出的一切要求。”

周源不知所以然，但还是点了点头，比起严毅，他肯定更相信陆明。“第二件事，是要告诉你们，林静已经恢复正常了。”

这明明是个好消息，陆明却一脸凝重。

第四十二章　质问

林静的恢复过程充满了玄幻色彩，即便陆明只是很简短客观地描述，听起来也十分的不可思议。

变化是从下午开始的。毫无征兆之下，林静身上的那些红色丝线开始变粗，犹如加速生长的植物。林静在昏迷中死死咬着嘴唇，脸色惨白，显得非常痛苦。

陆明表面很镇定，但这时心跳也加快起来，如果之前的猜测没有错的话，这个变化应该是良性的，可是他不知应该做什么，只好站在原地，观察严毅的表情。

严毅也没有动，他满头是汗，眼睛死死地盯着林静的身体变化，身体微微发抖。

在两人的注视之下，紧缠着林静的红色丝线以肉眼可见的速度变粗，犹如风吹水面的浮萍，朝四周扩散，最后竟然像成熟的果子一样，慢慢脱离了身体，落在地上，又逐渐包住床。整个过程持续了一个小时左右，当红色物质全部脱落之后，林静颤抖的身体逐渐平静下来，正常的皮肤露了出来。

周源想象着这诡异的画面，却想到了林河。他一个人在那个阴暗荒废的仓库里，也有着同样的经历吧？

林静身体的好转是件好事，只是他们已经知道在短暂的好转之后，还会有更大的凶险，不但没有轻松多少，反而气氛更加沉闷。周源不知该说什么好，老胡则是低头沉思着什么，过了一会儿，他忽然问了另外一个问题："你到底发现严毅的什么问题了？"

"先吃饭。回去你们就知道了。"陆明却不再多说，拿起筷子开始吃饭。

陆明很少这么故弄玄虚，但周源明白他不会无缘无故说这样的话，虽然毫无胃口，但也勉强自己吃了半碗饭。

回到小楼后，陆明径直带着两人去了二楼。

才过了几个小时，林静的脸色就恢复到了平日的颜色，虽然还有些虚弱地躺在床上，可外表看上去和普通人没什么两样。

“林静的恢复，让我的假设得到了证明，她的病到了一个新的阶段。这也说明严毅先生之前对她的治疗是有问题的。所以我建议，接下来要采用新的治疗方式。”陆明毫不客气地说道。

“噢？”严毅有些意外，看了陆明一眼，“那你觉得应该怎么做？”

“说是治疗，其实也是实验。我没有太大的把握。总之，肯定有一定的危险性。所以需要征得病人的同意，毕竟我们都不想再有突发情况。”

严毅像没听见这句话一样，转向周源：“周源先生，林静今天刚刚恢复，体内失血过多，请你输一些血给她。”

严毅的请求倒是合理，毕竟如果那些红色物质都是体内血液变异而成，林静等于大量失血，的确需要输血。只是他忽然提出这个要求，像是故意无视陆明，这让周源有些尴尬。

犹豫了一下，周源还是卷起了袖子，但老胡忽然在旁边悄悄地拉了他一下，头朝陆明的方向轻轻地摆了摆。周源顿时想起之前陆明告诉自己的那句话：“现在起，你要拒绝严毅提出的一切要求。”

周源看了一眼躺在床上的林静，最终对陆明的信任还是占了上风，把手放了下来。

“我同意。”病床上的林静忽然柔声说道，“我已经犯过一次病了，也不怕多犯一次。”林静的声音很轻，但是听得出里面的坚决。

周源有些明白陆明的意思了，既然接下来的治疗会很危险，陆明肯定不愿意在周源身上做实验。他当众这样说，是想逼林静自己同意。可周源怎么忍心这样做，他脱口而出：“不行，林静受的折磨够多了，我来！”

陆明冷笑一声，却没有理会周源和林静，而是看向严毅：“严老，你觉得该怎么办？”

严毅脸色变得有些难看：“你到底什么意思？”

周源这才觉得气氛有些微妙，事情似乎并不像自己想的那么简单。陆明看了严毅足足有两分钟，终于开口说话：“其实，未必没有别的方法。”

屋里所有人的目光同时聚集到他的脸上。

陆明表情淡定，语气也很平常，但接下来说的话，却犹如在屋里炸响了一道惊雷："因为这屋里除了周源和林静，还有第三个患者。而他的状态，对于周源和林静的病况来说，似乎更适合做实验性的治疗。"

周源听了一愣，没反应过来。

而林静则是"啊"了一声，捂着嘴看向胡东东。老胡也是一愣："我被感染了？"陆明淡淡地说道："有个简单的办法，可以立即知道答案。"说着，他从口袋里掏出了几支温度计，给胡东东和自己各分了一支，最后一支递给了严毅，说道："我说得对吗，严老？"

严毅的身体明显晃动了一下，愕然地看着陆明："你开什么玩笑？我又没有病，测什么体温？"

"那你怕什么？"老胡似乎明白了什么，把温度计含在舌头底下，"我先来。"

"胡闹！"严毅突然发飙，将体温计摔到地面上，一声轻响，玻璃碴溅得到处都是。

周源看他如此失态，立即明白了陆明下午的意思，心下骇然：严毅难道被传染了？什么时候发生的？又为什么这么紧张？

陆明嘴角翘了一下，不知是冷笑还是什么，反正表情冷漠地看着严毅。

林静也紧张起来，从床上坐了起来："干爹？没事的话测一下也好，你别让我担心啊！"

陆明缓缓地又从口袋里掏出一支温度计来："严先生，有些事情搞清楚了对所有人都好。"

严毅下意识地后退一步。林静则一脸惊疑不定，看看陆明，又看看严毅，也发现这件事似乎不对头。

在大家的注视下，严毅忽然泄了气。他没有接体温计，而是后退两步，颓然坐在椅子上。

陆明呼出一口气，看着他："严老，你瞒得我们好苦。"

林静突然情绪激动地从床上跳下来，抱住严毅："干爹，你什么时候染上病的？为什么不告诉我？"

陆明接话道："林静，你难道没有发觉，他从来都在避免和你身体接触吗？"

林静猛地抬起头，说道："你什么意思？"

陆明看着她道："他的体温在当你的干爹前，就没有低过39度。我说得没错吧，严老先生？"

“你说什么？怎么可能？”林静叫道。

陆明又跟了一句：“严老师，您现在是不是应该带我们去看看李爱华的坟了？有的时候，死人说的话，要比活人更可信。”

听到这句话，严毅越发萎靡。林静抱着他大哭起来。周源虽然知道陆明会对严毅做点什么，但是没想到结果会是这样。

林静哭得悲伤，严毅却一动不动。陆明示意胡东东去搀扶林静起来，林静不理会，抬起头，泪眼婆娑地对严毅说：“干爹，我不治了，我陪着你，你带我回美国，我不想待在这里。”

陆明摇摇头，叹道：“林静，你太善良了。你问问你干爹，为什么骗我们，说是从你们父亲手里把你们领养过来的，却从没说过你是孤儿？还有，他早就知道你身上的变化是怎么回事，又为什么都不告诉你？他到底有什么样的目的？另外，我们早就在仓库里发现了那种红色血丝，可是严老爷子明明化验出来了那是什么，却不告诉我们。林静，他要是真的为了你好，为什么这么多事情，没有一件事他是主动告诉你的？”

每说一句，林静的脸就白了一点，最后甚至捂住了耳朵，叫道：“够了，我不听，我不听，我干爹不会骗我，你骗人。”

陆明提高了声音说道：“骗没骗人，等见到了李爱华的坟墓就有分晓。”

林静转过头看着严毅：“干爹，你倒是说句话啊，告诉他们，这些都是他们瞎猜的，其实根本不是那么回事。”

严毅终于抬起头，眼神复杂地打量着陆明，然后看了看老胡，最后落在周源身上。

周源低下了头，不愿意和他的视线接触。他没有想到事情会演变成这样，刚才陆明说的那些不光击穿了严毅的防线，还让周源大为震惊。他虽然一直想要知道真相，可是陆明这样直接地揭露真相，这么做对林静来说未免太不近人情，所以他不知该用什么样的表情来面对这个欺骗了自己，现在却看上去可怜的老人。

严毅缓缓站起了身：“我领你们去。”

出乎意料，严毅出了门却没有下山，而是带着他们来到屋后的那条山路上。

这条路周源有印象，他和林静在楼顶看星星，严毅就是走的这条路去采月见草，上次怕被严毅发现没有跟上来，哪里想得到李爱华的坟竟然在这里？

大概走了十几分钟，就到了上次看到严毅采摘月见草的地方。严毅又向东边走了一段路，路越走越是荒凉，四周的杂草越来越高，可以看到杂草丛生的地上有一条踩出来的小路，草向西面和两侧倾塌着。沿着小路又走了一段距离，严毅忽然站住了，指了指前面说道："那里就是了。"

三五米远的地方，有一个石头做的墓碑，已经有些残破风化，下面是一蓬高出地面的青草，大致能看出坟墓的形状，木牌下的地上，有个石台，放着一些水果和一瓶酒，水果没有腐烂，酒也是满的，没开瓶，应该是不久前放的。周源恍然大悟，那天晚上他应该不是采什么草药，而是来这里拜祭吧。

老胡第一个走了过去，蹲下看着那块墓碑，忽然"咦"了一声："这墓碑上的名字？"

墓碑因为风化，上面的字迹有些模糊，不过仔细看，还是能分辨出写的是"胞姐严爱华之墓"，上款是"英年早逝，不胜悲痛"，下款为"愚弟严毅携弟媳李红霞叩立"。

周源一时转不过弯："怎么回事？"

"果然是这样。其实根本没有什么李爱华，所谓的李爱华，其实就是严毅的亲生姐姐——严爱华。"陆明并不吃惊，一副果然如此的表情说道。

严毅看着墓碑，走上前抚摸着那块墓碑，长叹了一口气："没错，严爱华是我姐姐。"

老胡喝道："那你骗我们是为什么？"

严毅皱着眉头不说话，陆明淡淡地说道："还是我来解释吧。"

"他在讲给我们的故事中，把严爱华改成了李爱华。这样他照顾李红霞就成了李红霞姐姐的嘱托，不用暴露他和李红霞的私情，起到误导我们的作用，以免我们知道林静与林河的真实身份，也可以维护他光明正义的形象。没错吧，严老？"

最为吃惊的显然是林静，她霍然转头看向严毅。

严毅的脸皮开始抽搐，良久之后，他伸手摸了摸林静的头："没错，我是你和林河的亲生父亲。"

林静浑身颤抖，不敢置信地重复了一遍："父亲？"

严毅下了决心，使劲点了点头："是的，林静，我是你的父亲。"

林静瞪大了眼睛："你……这么多年，为什么不说？"

严毅老泪纵痕，扶着林静的身体慢慢萎靡在地："对不起，林静，我是个懦夫，不论是你，还是对这个病。我真的错了！"

林静一脸崩溃的表情看向陆明："他在说什么？我听不懂！"

陆明摇摇头，有些事情还是严毅主动说比较好。

严毅抬起头："对不起，林静。我在你们的母亲最需要我的时候，抛弃了她，也抛弃了你们。我不配当你们的父亲。"

林静的眼泪终于流了下来："可你为什么要回来？我哥哥，又是怎么回事？"

严毅的嘴唇哆嗦着，不做回答，林静尖叫了一声："我不信，我不信，你们都在骗我。"

陆明扶住林静："林静，严先生回国来，是因为这个病。"

"够了，我来说。"严毅像是突然有了勇气，抬起头道，"林静，我回来确实是因为这个病，但是我不能用我自己的身体来做实验，因为那样，你们可能就会永远地成为孤儿。"

"所以你就让林河成为试验品是吗？然后是我，之后又是周源？"林静明白过来，声音开始逐渐地冰冷。

严毅有些慌乱，抓住林静的胳膊摇晃："不，林河是自己跑的，我不知道他为什么会那样。他的死是个意外，我很后悔……"

"啊——"林静终于崩溃了，猛地一把推开严毅，在原地摇晃了几下，似乎要晕过去。周源赶紧上前抱住林静，林静一把抱住周源，号啕大哭起来。

周源也明白过来是怎么回事。

严毅给他们讲的故事，大体上是真的，但几个关键的地方却是假的。

首先，李爱华，哦不，应该是严爱华，和严毅才是姐弟。

其次，严毅和李红霞，也就是林静和林河的母亲，一直是处于交往状态。只是他们隐藏得很好，别人都不知道。甚至当严毅去北京读大学时，他们还是在一起的。李红霞作为一个年轻女子，在别人眼里是未婚先孕，甚至生下了两个孩子，在那个年代肯定是受尽苦楚。不过周源猜想她应该是自愿做出这样的牺牲，只是为了不耽误严毅的前途。

只是没想到，严毅出国后就因为个人前途抛弃了留在国内的李红霞母子三人。

当严毅发现导致姐姐自燃的症状也出现在自己身上时，他暗中全力研究，却始终没有什么进展。然后他想到了林静兄妹，产生了一个自私的想法，回国后，以故友的身份收养了林河、林静兄妹，并开始悄悄地在林河身上做实验。林河的愤然出走，多半是发现了一些事实，想要脱离严毅的控制，却最终导致他的死亡。

感受到怀中的林静不停地抽泣着，明白了前因后果的周源心里全是愤怒。一切起因，原来都是因为严毅的自私和懦弱。

“林静，我不配做你的父亲，但是我愿意用所有的一切来补偿你。”严毅凄声道。

林静没有看他，从周源怀里挣扎起来，转过身，对着严爱华的坟墓磕了几个头，然后对周源说：“你带我下山，我不想再看到他。”

周源看了看陆明，陆明叹了口气，点点头。周源扶起林静，两个人慢慢走下了山。等到他们消失在视线里后，陆明才回头看着严毅：“严老先生，你也是医生，这种病症的可怕你很清楚，我怀疑严爱华的尸体已经变异了。”

第四十三章　透析

严毅猛然站起了身，眼中满是愤怒，发疯了一样地喊道："你想做什么？她深埋在土里，也不会传染给别人，她这辈子受的苦已经够多了！"

陆明的意思很明显想要检查严爱华的尸体，老胡也没料到陆明会忽然提出这样的要求，连忙对陆明道："林河女友的尸体我们检查过了，并没有什么异常。"他委婉地阻止了陆明这个想法，毕竟严毅现在处于情绪激动中，再严重刺激他，也许会出什么意外。

陆明也不坚持，依然语气冷漠地问道："那好，严老先生，您来说，这个病到底是什么？"

严毅瞪着陆明，愣了一阵咬着牙道："好！年轻人！你很厉害，我甘拜下风，全告诉你好了。"

"是血液里的问题吗？"陆明接口道。

严毅有些不解："你既然猜到了，还问我做什么？"

"我也是猜测。验血作为一种查找病灶点的手段，可是我们这么久以来一直都没有找到是哪里出了问题，于是我怀疑，那些所谓的血常规检查，反映不出来病灶点，是因为，根本就是血液出了问题。而你一直不让我们知道这一点儿，就是担心血样对比，最后会发现你和林静的DNA有相同之处。进而发现林静和林河是你的子女。"

"不用再说了，陆医生。"严毅哑着嗓子说道，"我确实在一些地方利用了你们，也利用了林河和林静，但是我的最终目的也是为了终结这个病症。我会把这些年的研究成果都拿给你。你年轻，理论很扎实，心理稳定性也很好。这个病本来就不是普通的问题，我老了，思维终究没有你活跃，以后你来主导治疗，我只求姐姐这里，不要再来打扰她。”

“好，我答应你。”听到陆明不再坚持，严毅长叹一声，慢慢地颓然跪倒在坟墓前。

“严老。”老胡虽然不想现在打扰他，但有个问题必须问清楚，“你为什么一定要把周源弄到这里来？”

“这个问题我来回答吧。”陆明的语气变得冷淡起来，“这种病的传染性很低，只有在极其特别的情况下才会传染给他人，比如小青。但我相信，小青绝不是唯一的例子。

“体温升高可以看作是染病的第一阶段。像小青发病时那样浑身快速衰竭应该是第二阶段，普通的感染者在这一阶段就会死亡。林河和林静身上的血茧是第三阶段，第四阶段就是自燃。

“但所有的被动传染者中，应该只有周源是唯一进入第二阶段后，却奇迹般地自我恢复正常。所以严毅认为能从周源身上找出原因，这也许就是彻底治愈这种怪病的希望。”

严毅木然地跪在坟墓前，对陆明的话没有什么反应。老胡知道陆明应该猜得八九不离十，不过还是有些不解：“可周源来了之后，严老并没有对他做什么。”

这个问题陆明解答不了，他看向严毅。

“因为我害怕失败。”严毅开口解开了老胡的疑惑，他没有回头，声音有些沙哑，“林河的死对我打击很大，我不愿意同样的悲剧再次重演。”

陆明嘴角扯动了一下，显然不相信严毅的解释，不过他最终还是什么也没说，转头下山。

老胡若有所思地看着陆明离去的背影，点了根烟，抽了一口后，轻轻放在严爱华的坟墓前，然后鞠了一躬，做完这些，这才快步追着陆明而去。离去的时候，他没有和严毅说话，这个老人此时想必最需要的就是独处吧。

谁都没想到，陆明对严毅的质问会以这样的方式结束。真相以及背后巨大的信息量让每个人都需要消化一番。

林静无疑是最伤心的，几乎是哭到虚脱才沉沉睡去，即便在梦里，也不时轻轻抽泣，周源看着就觉得心疼，却没什么办法。他觉得陆明的处理有些粗暴，可转念一想，以严毅的城府，不这么做他未必会承认，现在的结果也不算最差。林静的伤心大部分是来自于被严毅欺骗的失望，这种情绪发泄之后就会好一些，应该不会像才见到她时那样，因为绝望而崩溃导致做出自杀这样的过激行为。

陆明说接下来的治疗会有很大的危险性，周源直觉认为这也许是真的，并不完全是用来威胁严毅。可真的要让严毅做试验品，周源又觉得有些难以接受。接下来该怎么办，周源心里也是一团乱麻。

本来以为这又会是一个不眠之夜，可这些恼人的问题让周源想要逃避，大脑很快放空，反而极快就入睡了。

这一觉无梦，却很不稳，就像是睡在航船上，即便入睡，也能感觉到海浪的摇晃。周源醒来的时候，天才刚刚亮。

老胡还在沉睡，但陆明的床上却空无一人。他昨天从山后回来后就直接上了二楼，周源猜测他多半整个通宵都在实验室。

果然，陆明正在二楼忙碌着，桌子上摆着足有半米高的资料，他正埋着头从纸堆中翻找着什么，然后不时停下来拿笔记录。

意外的是，严毅也在这里。他坐在电脑旁，戴着老花镜，不时敲打着键盘，身旁同样是厚厚的一沓纸。从脸上流露出的疲惫，看得出他也是通宵未睡。

周源的出现让严毅从工作状态中首先恢复过来，他看了看窗外，揉了揉眼睛，站起身来，边揉着腰边对陆明说道："人老了，身体吃不消，我先去休息了。"说完，径直走向门口。

路过周源身边的时候，严毅停了一下，轻轻地说了一句："对不起。"

周源没有回答。他现在还不能原谅严毅，不是因为他骗了自己，而是因为他连自己的儿女也蒙在鼓里。

严毅是医学专家，并在自己研究的领域内名气不小，这样的人自然是心志坚定，以往周源见到的严毅，也总是仪容整齐，目光坚定，举手投足自有风度。可现在他脚步虚浮，眉眼耷拉，一夜之间就显露出老态。

这是一个自私的人，但也是个可怜的人。想必他做出那些事，内心也有着挣扎，此时他的状态是难以伪装出来的。所以从这个角度，周源也恨他恨不起来。

"你也去睡会儿吧？"周源看见陆明的眼里都是血丝："严老都去休息了。"

陆明放下了手里的笔，活动了一下脖子："他是知道我要和你单独说话，所以为了避嫌先出去了。"

周源无语。看来经过昨天晚上之后，陆明真的取得了绝对的主动权。这是之前他们一直想要做到的，可不知为什么，周源现在却没什么感觉。

“这些是什么？”周源随手拿起桌上那沓纸最上方的一张，是一张表格，密密麻麻地记录着许多数据。

陆明的声音有些疲惫，却掩盖不住兴奋之情：“严毅把这些年所有的研究资料都整理交给我了。我粗略整理了一遍，再把方案细化一下，大概三天之后就可以正式开始治疗。”

“严毅同意了？”周源问道。

“周源，你相信我吗？”陆明忽然盯着周源说道。

周源被他看着，有些发慌：“当然相信了——怎么这么问？”

陆明说道：“计划有些变动，我准备直接从你身上开始。”

“为什么？”周源倒不是怕有危险，这个份上了，也没什么好怕的。

他纯粹是好奇，陆明之前当众揭穿严毅的一个重要目的，不就是说服让严毅心甘情愿成为试验品吗？怎么忽然又改变主意了？

“你们三个人中间，严毅发病的状况最早，状态却一直最稳定。我看过他留下的资料，严毅在早期对自己使用了一些手段，显然是有效果的，才能让他的状态一直保持到现在。你如今的情况，跟严毅早期的状态基本一致，都是处于病症的初级阶段，所以我想尽快先把你的状态给稳定下来。”

周源摸了摸下巴：“他既然找到办法，可以让自己的病情暂时保持稳定，为什么一开始不对林河、林静用呢？”

“因为目的不同。”陆明往后靠在椅背上，双手交叉，冷冷地说道，“严毅要的并不是暂时把病情稳固在第一阶段，他想要根除它。虽然姐姐的死让严毅知道这种病最终暴发的可怕，但医学史上并没有类似的病例可以参考，他并不敢在自己身上做极端的实验。当回国看到林河兄妹，知道竟然有同类病患存在，所以就昧着良心用林河来做实验，但是他还是太急于求成。”

陆明说得有些婉转，但周源明白他的意思。严毅肯定不想害林河，可林河的死可以说是严毅间接造成的，也难怪林静会如此伤心。

这件事周源不愿意再提，于是问道：“我们接下来该怎么做？”

“透析。”陆明安慰他道，“这一步应该是很安全的。”

血液透析说白了就是血液疾病的体外治疗方式。工作原理是，可以把血液从身体内引导出来，在透析机内给药，在外部的空间去除血液内的有害物质，然后再传送回去。这种东西平时是给尿毒症患者使用的，周源没想到竟然有一天自己也会用上。他的体内倒是没有什么有害物质，陆明选择透析的方式，是因为判断出病灶出现在血液内，用这种方式可以对血液质量进行调节，使之近于生理状态。

接下来的两天，陆明是最忙的，整理病例资料、调试机器、设置方案等等。严毅从那夜之后，苍老了许多，似乎他也不知怎么面对林静，所以几乎和陆明一直待在二楼的实验室里，对于陆明的方案没有提出任何意见，只是沉默地在一旁协助。

林静的情绪稳定了许多，她还是无法原谅严毅，但好在没有什么极端的举动，只是很少说话，每天都要去屋顶天台上坐着，看着远处的大山发呆。周源这两天都在陪着她，经过这件事之后，林静对于周源有些依赖，即使两人不说话，只是安静地坐在房顶发呆，也有一种平静的温馨感觉。

老胡则一直在镇上忙着。周源反复思考后，提议老胡和自己一起尝试做角儿根生意。毕竟老胡陪着自己耗在这里是出于义气，现在陆明回来了，治疗也可以开始，一切都走上正轨。本来周源劝老胡可以先回北阳，但老胡放心不下，说反正回去也是当甩手掌柜，等周源好转了再说。

周源想到了之前就有过的这个想法，既然陆明都说这东西止血去疤的效果不错，他就准备做成外用涂抹的膏药试着在网上销售。老胡琢磨了一下，也觉得挺有意思，反正闲着没事，投入也不大，就雷厉风行地在镇上租了一间屋子，雇了两个小伙子，每天大量采摘角儿根，然后炮制。

真的开始透析时，周源还是有些紧张。虽然陆明给他详细解释过其中的原理，但周源还是本能地把它和尿毒症之类的绝症联系在一起，尽管自己身上的病比普通绝症更可怕。

陆明熟练地把动静脉内外篓穿刺到了他的两条胳膊上，周源倒没觉得疼，只感觉到针头很凉。病床旁的柜子上整齐地摆着为透析做准备的一大堆药。除了生理盐水、肝素，还有像糖一样甜的高渗葡萄糖注射液、比例合适的葡萄糖酸钙、地塞米松及透析液，像检阅部队一样，整齐地排列在一个大桌子上。陆明和严毅看起来也很轻松，周源也渐渐放下心来。毕竟透析操作并不复杂，又有两个专业的医生在旁边，还是很有安全感的。再说这一次只是实验，是一种最基本的净化效能，并不会往血液里注入药物。

最初的半个小时里，一切稳步进行。透析机的各项指标达到了稳定的程度，陆明摁下透析功能的启动开关。立即，周源感觉到胳膊上的血管里一紧，仿佛血管里有什么东西开始在里面游走。他不由自主地抽搐了一下，陆明立即说道：“别怕，这很正常。”

周源看不到血液透析机里的情况，但明白自己的血液此时正在朝透析机中的透析器中移动，而那里面的“人工肾”，会借助半透膜接触和浓度梯度进行物质交换，使血液中的代谢废物和过多的电解质向透析液移动，透析液中的钙离子、碱基等接着会向血液中移动，再次回到体内。

因为采用的是慢性透析，所以这次透析时间会很长，周源自然也做好了准备，让老胡给他在MP3里拷了不少郭德纲的相声，就当催眠。

闭着眼听着相声，周源不一会儿就昏昏欲睡，忽然听到陆明似乎有些惊讶地“嗯”了一声，接着透析机发出两声“嘀嘀”的声音。

接着陆明说道：“凝血问题。”

严毅在一旁回答道：“不是加入抗凝剂了吗？”

陆明回答：“肯定加了的。所以有点奇怪。”

凝血状况是血液在仪器里净化的时候产生了凝固，这种问题在透析里很常见，因为有抗凝血剂，比例分配好的话，把血液凝固稀释掉就成了。

出现凝血的可能性就是陆明告诉他的，所以周源并不是很担心，相信陆明肯定会有预案。

但很快周源就觉得有些不对，因为过了一会儿，听见陆明有些慌乱地喊了起来：“快停下！”

第四十四章　意识

“怎么回事？”周源睁开眼。

“透析机不工作了。”老胡安慰他，“估计是机器问题。”

“应该不是。”周源比老胡要懂一些，猜测：难道是自己血液里的凝血功能太强，导致在人工肾里跟那些净化药物融合得不太好，产生了凝固状态？这是血液的特性，因此在透析机的人工肾里都会按适当比例加入抗凝血剂。这些都有很严格，很科学的操作程序和配比，难道自己运气这么差？

“不是机器问题。”陆明的脸色很难看，“血液已经凝固在血管的开口，仪器的循环功能失效。如果再晚一点儿关机器的话，凝固的血液不仅会堵塞在仪器口，更可怕的是进入到你的血管里，那样是致命的。”

“这是什么状况？”周源不解地看向严毅。严毅也曾对自己做过透析，可他此时也是一脸的不解，显然也没有遇见过这种情况。

“如果非要形容不可的话，你身体内流的不是血，而是水泥。”陆明脸色阴沉地说道。他制订的方案一开始就差点出现事故，让他也没法保持镇定。

“水泥？”周源现在完全没法做一个判断，不知这种情况是属于正常医疗事故的范畴内，还是又一次只发生在自己身上的特殊情况。

严毅说道：“陆明的比喻很形象。抗凝血剂对你的血液好像不起作用，离开体内后就慢慢凝固，我们已经加到了人体血液可以承受的最大量，依然没有稀释。再加大剂量就会破坏你的血液浓度，那也会很危险。”

他指了指透析机：“只有等会儿化验那些凝固的血液。”

陆明眉头几乎拧在了一起，问严毅：“严老，你出现过这种情况没？”

严毅摇摇头："我给自己做过不下十次透析，只有一次出现了极其轻微的血凝现象，周源的情况我没有遇见过。"

陆明罕见地露出了疲态："只有先暂停治疗了。我要再想想。"

自己身上一次又一次地出现无法解释的现象，周源已经对所谓的治疗不抱什么希望了。但即便如此，接下来发生的事还是再次让他震惊。

周源和老胡是半夜被陆明叫醒的。

"出什么事了？"看见陆明戴着口罩和胶皮手套，脸色铁青，老胡首先意识到不妙。

"你们跟我来。"

二楼的正中间，孤零零地摆着一张小方桌，此时桌面上同样孤零零地放着一个玻璃皿。

周源一看到玻璃皿里面的东西，睡意全无，嘴唇颤抖着说道："……这是……？"此时他除了想骂脏话，已经不知道该说什么了。

玻璃皿中有一小片纷乱的红色藤蔓，赫然正是曾在林静身上出现过的红色物质。

严毅也戴着口罩和手套站在屋中，示意胡东东不要靠近，并给了他一个口罩。

"这是白天留在透析机中的残留凝固血液，你的。"陆明声音发冷。

那些红色丝线分成许多缕，远看像是植物的根苗，对周源来说却像是噩梦一般。

"你发现什么问题了吗？"陆明问周源。

周源摇摇头。他现在脑子里一片混乱。

严毅解释道："它有个趋势，全都朝着一个方向。"

他指的是那些痕迹的整个状态。周源强迫自己加强注意力，看出那些红色丝线果然是集体朝着一个方向，就像逐光的向日葵一样。

老胡首先明白过来："那个方向有什么？"

"氨基酸。"陆明一边走向那张小方桌，一边说道，"说实话，我希望它不是我想的那样。"

周源这才注意到，陆明手里拿着一根针管，他小心地将氨基酸注射到玻璃皿的一侧。几秒钟后，令人震惊的事情发生了，那些静止的红色物质像被过了电一样，同时猛然膨胀一样，变长了，像有生命一样，"扑向"那几滴氨基酸！

“看见了吗？周源，你的血是活的！它在吃那些氨基酸！”

“这是什么意思？”周源耳朵嗡嗡作响，自己的声音听起来都有些陌生，嘶哑低沉得可怕。

陆明脸色很难看，语气却很平静：“我笃信科学，相信一切都要靠证据说话。我也不愿意相信这个结论。但目前所有这些已经发生的事情，恰恰是科学和医学理论无法解释的。我之前还以为是自己的能力有限，但现在发现，那些事如果用你的血是活的这道理来解释，完全可以解释得通。”

陆明说到这里，停了停，似乎是等周源消化他的话。

可周源已经完全无法思考了，这讨论的是一个怎样荒诞的话题啊：

血液是活的？

即便只是想一想，也觉得这实在是既荒谬又恐怖的事情。

老胡在这种情况下依然思路敏捷：“如果真是这样，我们是不是可以用氨基酸把周源体内的……那东西引出来？”

陆明摇了摇头：“没用的。”

他走到旁边的一张长台前，老胡和周源顺着看过去，才发现那张台子上放着五六个玻璃皿，里面无一例外，都是装着血液变异后的红色丝状物。他把针筒里剩余的氨基酸滴入其中两个玻璃皿，但这次里面的东西没有任何反应。

“这个现象很奇怪。一两次之后，氨基酸不再对它们有吸引力。这个猜测很疯狂，却是唯一的解释。”

陆明深呼吸了一口气，才艰难地说道：“这些血液不但是活的，而且有意识，它们感觉到了危险。”

“这些东西，跟我预想的一样。仓库里的物质、林静身上的，还有你胳膊上的血液这些，都是同一种东西。但唯一不同的是，你体内血液的细胞活性比它们强上百上千倍！”

“够了。”周源心乱如麻，打断了陆明。

一直以来，他活在随时可能死去的阴影里，经过这么多事情后，不能说是适应，但至少已经对恐惧很麻木了。本以为见过了林静身上的变异和猜测到林河的遭遇后，已经没有什么好畏惧的，但现在周源才明白自己是多么天真。此刻他从头到脚，陡然生出一种从来没有过的巨大恐怖感。

血液是活的，还有自己的意识！这怎么可能？一个人的身体里，怎么能存在两种会思考的生命？

人类到底是什么？难道所有人体内流淌的血液其实是另一种生命？周源打了一个寒战。

“周源，之前我和陆明做了一些讨论，也有了一些共识。”严毅忽然开口，“生命的形式，人类一直都在研究，从生物学到哲学，甚至物理学，都对生命这一现象有着不同的解读。最基础的结论，生命是一个具有与环境进行物质和能量交换，也就是新陈代谢，生长繁殖、遗传变异和对刺激做出反应的特性物质系统。从这个解释上来看，人的血液其实就可以被认为是一种生命，因为它至少符合其中的三条。

“不过后来随着科学的发展，愈来愈觉得这种定义有很大的局限性。因为那几条特征，现代社会的计算机都能做到。因此最新的结论，在这一条理论之上，又覆盖了一个除了生物体之外的物体都不能具有的特征，也就是意识。

“也就是说，有自己独立的意识，才可以称之为生命。”

陆明接着说道：“意识是什么？它其实是一个心理学名词。简单点说，意识其实就是你我与生俱来的。你可以说它是灵魂，说它是上帝赋予世间万物的，但你不能否认，它最基本的，所有人都无法反驳的，就是感知能力。

“任何生物都有感知能力，而最基本的感知就是吸收营养。小孩子吃奶，马儿吃草，狮子吃肉，这些都是与生俱来的本能，这就是意识。说到这里，你的血液，对氨基酸那种东西有兴趣，我和严老猜测，因为氨基酸是组成生命体最基本的物质。

“但是有意识的血液为什么可以跟你共存？我知道你也很奇怪。不过这个用共生理论就可以解释，它跟你本来就是一体的。血液平时的工作是跟你的身体共享资源，咱们现在疑惑的只不过是它到底有没有意识。

“从它离了你的身体就枯竭这点来看，它没法在外界存活，但可以通过吸收营养，类似氨基酸或者蛋白质之类的来延长自己的活性。我们刚才对它做了营养物质的组合实验。很明显，在显微镜下可以看到，你的血液对组成生命的基本物质氨基酸，有极为惊人的融合性。”

周源忽然觉得他们两个人的长篇大论有些很可笑，似乎这样解释一通，就能让自己接收这种荒谬的结论？可是周源不但笑不出来，而且声音还有些颤抖：“所以，我的血其实是寄生在我体内的生物？”

“可以这么说，但要说寄生的话，你的大脑才是真正的寄生虫。从功能上来说，大脑并不会自己产生养分，平时是血液养着大脑。脑供血不足，说的其实就是这个道理，大脑需要的不是血液，而是血液里所带的养分和氧气。”陆明一本正经地点点头。

周源这次真的笑了起来，极度的荒谬感反而让恐惧消失了：“好吧，要是这么说，我很惭愧。活这么大，没想到我只是个被自己的血养活的寄生虫啊。那你们呢？是不是也和我一样，随时准备被自己的血液给赶出来？”

严毅叹了口气：“周源，陆医生的意思是，你的血液对氨基酸有某种特殊的感知能力，而一旦它离开你的身体，虽然活性依然奇迹般地保持下来，但是能感受到危险，这是一种生命的本能，它的反应更像是在自卫。”“自卫？它差点弄死我。”周源说了这句后，才吃惊地发现，自己潜意识里竟然真的已经把血液当成活的了，他无奈地摆了摆手，“算了，反正都是猜测，关键是现在应该怎么办？”

“沟通。”陆明认真地说道，“如果它真的有独立意识，就有办法沟通。毕竟我们的推论都是被逼的。侦探小说经常说到这样一句话，当一件事，所有的解释都是无效的，那么剩下的无论多么匪夷所思，都可能是真的。我们现在只有这一个选择。”

周源觉得陆明的话有些道理，不管这个假设是否太过于脑洞大开，在强有力的证据出现之前，都只是假设，只是他实在不知道怎么和自己身上的血液沟通，这也太天方夜谭了：“好吧，那怎么沟通？”

陆明说道：“你先放松心情，这两天什么也不要想。”

“然后呢？”

“哪有这么急的？你要知道，咱们面对的或许是一种新物种和新生命，它的意识究竟是怎么样的，没人知道。就像你突然看到一只蚂蚁，即使你知道它是活的，你可以立即跟它沟通吗？肯定不能，这需要研究和试探。首先建立一个基础性质的连接，氨基酸其实算是一个。然后得到它的回应，这样才能进行下一步的沟通。现在最好的办法就是让它明白，你是没恶意的。”

“我靠！”周源大声说道，“这个我恐怕办不到。我现在想到和血液有关的词，就不由自主地觉得恶心！”

“放心，我会帮你。你知道在心理学里，人的行为会经常受到潜意识的影响。你现在的所有烦躁都是因为知道自己可能要死，所以精神和身体会时刻处在一种焦虑中。假设你的血液真有意识，也许就会通过你的身体，或者是你的大脑感受到你的焦虑。或者我可以这么说，你的发烧，就是血液对你焦虑的一种镜像表现。它也在焦虑。”

看着陆明一本正经，周源觉得有些好笑：“它怎么办到的？”

“大脑里也有无数的毛细血管，思维上的焦虑会影响到新陈代谢，血液是你制造和携带养分的工厂，跟你的身体息息相关，它如果有意识，怎么可能感受不到？所以放松心情是第一步，看你的血液会有什么变化。当然，我会每天抽一点儿出来，做一个检测图谱，观察它。这是我的沟通办法。”

“好吧。我尽量试试。”周源看了一眼陆明，忽然又说道，“说实话，我都怀疑你们其实胡扯这么多，是在安慰我。不过我现在的确不害怕了，就是觉得这一切都太扯淡了。”

疑问还有很多，比如周源这种情况是否曾在林河和严爱华身上发生过？血液如果是活的，又属于哪种生命范畴？它对其他人为什么也能产生影响？是通过传染还是其他的什么方式？

特别是最后一个问题，只有搞清楚它，才能以此为突破口，反推之前所有的事。

这些疑惑像无数条小溪汇聚在一处，却淤积起来，等着寻找到一个突破口，才能通顺。

周源突然很庆幸在身边的是这些人。如果换作别人，也许自己会被直接送到医学研究所里，浑身插满导管，每天被人脱光了检查身体，甚至直接就被当成怪物干掉。这并不是危言耸听，人都有畏惧之心，新的物种，带来的往往不是新的生机，可能是新的威胁。

老胡从头到尾一直保持沉默，听着他们谈论这个疯狂的话题，只是在最后异常简单地用两个字评价了陆明提出的这个推测：

“疯子。”

讨论暂时告一段落，陆明和严毅继续在实验室里忙碌。

老胡还要赶回镇上，第一批角儿根膏剂快要做好了，需要盯着。周源反正暂时也没什么事，就主动提出也去帮忙。

此时天色已经大亮，夏日早晨的阳光照在身上并不炎热，反而有些暖意。出了门后，周源远远看着山下的小镇。今天似乎正值赶集日，人动声杂，一片喧嚣热闹，间或有做午饭早的人家，房顶上炊烟袅袅。周围的山上，绿树植被混杂着镇边石料厂的粉尘，白绿纷乱，很是难看，但是这些景象综合在一起，有一番浓烈的人间烟火气息。

下面村镇里，那些人身上的血，会不会也跟自己一样有问题？如果所有人身体内的血液都会生出意识，眼前这个小镇会变成什么样子？

看着平日里觉得再正常不过的小镇景象，想着这些科幻电影里才会有的问题，周源有一种极为怪异的感觉。

“周源，你怎么想的？”正在这时，老胡忽然开口说道。

周源知道他是指“血液是活的”这件事，摇了摇头：“我觉得像做梦一样。但陆明说得似乎有些道理，只有这样，才能解释那些发生在我身上的事情。”

老胡走了几步，忽然停下：“你有没有想过，其实现在最正确的选择是去医院？”

“陆明和严毅都是医生，可他们都束手无策……”

老胡打断他：“正因为他们是医生，这种反应不是很奇怪吗？宁愿相信这样诡异的猜测也不去医院。我有种不好的感觉，这样下去，你和林静也许会有危险。”

周源知道老胡是在担心自己，但还是摇了摇头：“我不想被别人当成怪物研究。”这种担心是很有可能发生的。

老胡忽然问了一个无关的问题：“陆明是北医大毕业的对吧？”周源愣了一下才点头：“对啊，怎么了？”

第四十五章　暗流

“那他怎么会选择回北阳市这种小地方来？”老胡像是自言自语，“你也看到他在研究时的那股狂热，这种人应该留在大城市，才能更好地发挥自己的能力，实现自己的价值才对啊。”

老胡的话听起来似乎有些道理，可周源总觉得哪里不对，似乎在怀疑陆明一样，于是不知如何回答，只是敷衍道：“人各有志吧。”

听他这么说，老胡叹了口气，最终没有再说什么。

接下来的几天，陆明开始按照他的办法来给周源做血液检测的图谱。因为这个检验的性质和最后的目的，周源自嘲地把它称作“逗猫行动”。

事实确实如此。

整个检验过程非常烦琐。首先需要在实验室里把组成人体的各种营养物质：蛋白质、核酸、脂质、糖、维生素，依次提取后制造成液体试剂；然后每天抽取周源五十毫升的血，用血液和这些液体试剂做接触性质的融合，看看它们互相之间在显微镜下会产生怎样的反应。

因为血液里的成分也极为复杂，为了得到准确的数据，这就需要极为细心的操作观察，然后把这些反应做成一个类似股票大盘一样的线形图表，最后才是依靠这个图表上的数据来找出最能对周源血液产生影响的营养物质。

陆明的想法很直接，就是逐渐加大营养物质的量，去吸引血液对它的依赖，最后直到完全离不开，这样就可以用这种营养物来吸引血液的注意力，让它不再对治疗产生敌意，再发生改变血型之类的怪事，也许就有机会换掉周源身上的血。

确实很像逗猫。不过周源有个更形象的感觉，觉得更像是在引诱自己的血液吸毒。

在这个过程中，周源感觉自己成为一个无关紧要的道具。因为每次具体治疗的时候，他都是躺在床上，抽血都是等睡着以后进行的。按陆明的说法，就是人睡着以后呼吸、心跳以及血液流速都趋于平缓，这时候血液状态是最自然的，便于更好地研究和实验。

每天抽取五十毫升的血液，对身体的影响不大，只是每次醒来之后看见胳膊上的新针眼，周源总觉得自己是个试验品。

不过这个试验目前还是失败的，和血液的“沟通”没有丝毫进展。林静那晚过后，整个人就变得郁郁寡欢，但不像之前那么自闭，有时候也会陪着周源治疗，只是她再也没有和严毅说过一句话。

老胡每天一早就去镇上，据他说，这种膏药在网上的销量不错，每天都能卖出去几十瓶，看样子销量还会持续上涨，虽然雇了两个人，但每天上山采药、炮制、发货，已经快要忙不过来了，有时就干脆睡在镇上。

严毅倒是不像原来那样也整天泡在实验室里，偶尔也和老胡一起早起去镇上，还带了几只活兔子回来，周源随口问了两句，严毅只是淡淡地说是用来做实验用的。

这对周源是个安慰，他也不指望这东西真的能挣大钱，但至少老胡有个事做，这样让他心里也好受一点儿。

人真的是适应能力很强的生物，不过几天工夫，周源已经再次习惯了这样平静的生活。但老胡某天晚上回到小楼，再次打破了这短暂的平静。

老胡大约是晚上九点回来的。

房间里只有周源一个人，陆明之前已经搬到另外一间单独的客房，他的理由是最近做实验总是很晚才睡，怕影响周源的睡眠。

老胡进了屋，打开手上拎着的塑料袋，里面有一包卤肉和几罐啤酒。他径直打开一罐啤酒，喝了几口才闷闷地说道：“等会儿和我出去一趟。”

周源有些茫然：“这么晚了，去哪儿？”

老胡也不解释，只是默默地吃肉喝酒，不时看一下手表。周源看他心情不好，问了半天，老胡也不说，他也不能喝酒，只好陪着他随便聊天。

就这样过了两个多小时，周源看了一下时间，已经快十二点了。之前开黑车时，他经常熬夜，不过最近生活很规律，所以此时已经觉得有点困了。

周源打了个哈欠：“还有五分钟就十二点了，还出不出去啊？不出去我可要睡觉了。”

老胡放下手中的啤酒："你别出声，我叫你再起来。"说着，起身把屋里的灯关掉，然后躺到对面的床上，不到一分钟，老胡的鼾声就响了起来。

周源被他的举动搞得莫名其妙，心中说：这闹的哪一出？但还是按照老胡嘱咐的，躺在床上没动。没过几分钟，就听到门外有一阵很轻的脚步声走过来，在门口停了十几秒，又转身离开了。过了片刻，周源听见大门的开启声，像是有人出去了。

周源猛然坐了起来。他的第一反应就是严毅又在背后暗中搞什么？不由得暗自佩服老胡，也不知他是怎么看出来的。

鼾声停了下来，老胡显然也是装睡，他敏捷地从床上起身，走到窗户前。

周源跟了上去，一眼就看到门外有个人正朝外走，这时那个人回头看了一眼，在门口的照明灯之下，周源看清了他的脸，让他讶异的是，这个人并不是严毅，而是陆明！

陆明的脸在灯光下一闪，之后他就没入黑暗。

"这到底是怎么回事？陆明这么晚去干什么？"周源忍不住低声问老胡。陆明半夜出门本身没什么，但看老胡的样子，陆明已经不是第一次这样做，背后似乎有着什么隐情。

老胡一点儿也不惊讶，显然都在意料之中，他拍了一下周源："我们跟上去看看就知道了。"

周源没意见，倒不是说有多怀疑陆明，只不过对他这种明显不想让别人知道的行为感到好奇。于是周源和胡东东两个人，悄无声息地也出了门，一路跟了上去。

陆明往镇上的方向走去。

大巴镇不是什么繁华的地方，到了晚上八九点，街上基本就没人了，这个点更是万籁俱寂，除了屈指可数的几盏路灯，其他地方都是黑乎乎的，看不到任何东西。

因为街上没人，所以两人怕被发现，只是远远地跟着。跟着跟着，周源忽然"咦"了一声："这条街怎么这么熟呢？不是我们租的店面那条街吗？"

因为租金便宜，所以胡东东把店面的位置租在了镇上比较偏的地段，略有点荒凉，都是一些老旧的平房，住的都是当地也算比较穷的人，大多数是上了岁数的老人，属于没事在巷子口大树底下棋的那拨老年人。周源本来以为陆明是来镇上吃夜宵或者买什么东西，但他径直走到这里，看来并不是要买什么东西。

不过陆明没有停下脚步，径直穿过这条街后，又走了一会儿，快要出镇子了才停了下来。

这条街就更偏僻，很多房屋都已经没人住了，原先的居民都已经搬到镇上，还有些已经搬迁走了，所以显得很荒凉。陆明在其中一户带着院子的屋子前面停住了脚步，左右看了看，才掏出钥匙开了锁头，走了进去。

陆明关上院子的大门后，周源和老胡也慢慢走过去。

周源低声道："陆明有钥匙，说明这房子是他租的。可他在这里悄悄租这么一套房子是什么意思？也不像是金屋藏娇啊。"

老胡蹲下身，仔细观察大门的门锁。这种老式院子的门，是双开的那种黑色大铁门，其实就是两块上了黑漆的铁板，没有一丝缝隙。宽度就得有两米，在锁鼻的右边，铁门的门上还有一个黑色的方块，也就比面巾纸小一圈，可以掀起来从里面往外看，也可以把手伸进去拉动里面的插闩。

胡东东先伸手试了试，看看能不能掀开那黑方块，拉了一下没反应。看来是锁上了。他退了两步，打量着这座小院，发现院墙竟然挺高，有两米多高。而院内一点儿动静都没有。

"我觉得有必要重新认识一下陆明了，这小子不会是变态杀手吧？"周源开了个玩笑，想要尽量驱散心中不舒服的感觉。他想，也许陆明是有什么隐私不想让别人知道，可如果不是老胡，自己现在还被蒙在鼓里。这种感觉让他觉得有些别扭。

胡东东撇了撇嘴："你觉得他能有什么隐私？"说着，从地上捡起一块小石头，轻轻扔过院墙。

石头落地的声音不大，咕噜两声，院里又恢复了平静。老胡自言自语道："看来里面没狗。"

说完，老胡往后退了几步，到了院墙前使劲一跃，双手攀住了墙头。他的身手极为干净利落，手攀在墙上使劲一撑，就爬上了墙头。

周源隐约觉得这样有些不好，但见老胡在墙头朝自己伸出了手，也只好使劲跳起。老胡抓住周源的手使劲一提，两个人很轻松地翻过了院墙。

这个院子明显已经荒废，院墙下原本应该是一块小菜圃，已经很久没人打理了，上面杂草已经比膝盖还高。右边还有一个棚子，不知道以前是猪圈还是驴圈。正中间是一条略微垫高的土路，直通向前面的一间破旧的平房。

周源和胡东东来到那房子前面，里面漆黑一片。透过窗户缝隙，借着天上的月光，能依稀看到屋里有一张木头桌子，旁边是两把歪倒的椅子，地上还扔着一件破旧的绿色棉质军大衣，还有废报纸什么的。再看了一眼门上的锁头，已经有些锈迹斑斑。

周源有些疑惑："不对啊，明明看到陆明来这里的，怎么这地方这么荒凉，完全不像有人待的样子？"

既然陆明到这里来，不管是做什么，总是需要一块干净的地方，可这里大门紧锁，里面杂乱不堪，地上都是垃圾杂物，完全不像是近期有人来过的模样。

胡东东走到窗户边，使劲一拉，随着一阵灰尘翻腾，木制的窗框差点被拉掉，看来没有从里面插上。老胡说道："进去看看。"

周源无奈下跟着从窗框里钻了进去，进了屋，一股灰尘和发霉的味道就涌了出来。地面积了厚厚一层灰尘，屋子的一角是灶台，屋子里黑乎乎的，加上潮湿和霉味，有一种说不出的阴冷。

老胡走过去掀起灶台上面的大铁锅盖，里面不知道曾煮过什么东西，已经生了黑毛，水早已经干了，分外恶心。

胡东东退到屋子中间，看着四周："太不正常了，我觉得一定有问题。"

周源也看出来有问题。陆明大半夜来这里是他们亲眼所见，可这屋子明明就是一间普通的农村旧屋，连墙角旮旯都顺着翻了一遍，没有任何异常。

"先出去再说吧，这屋的味道简直是太冲了。"周源提议。

两人从窗户依次跳了出来，正准备好好讨论一下到底有什么古怪。这时，一个冷冷的声音突然响起来："你们这样查是查不到线索的。"

"谁？"周源放在嘴里的烟还没来得及点，被吓得掉在地上。

转头看去，陆明正站在院子中间，表情漠然地看着他们。

胡东东的反应极快，对着陆明笑着说道："哟，哥们儿，你悄悄地在外面租房也不说一声。这里啥都没有，我们正想着给你帮忙收拾一下呢。"

周源没吭声，觉得场面有些尴尬。毕竟他们是偷偷跟着陆明，现在却被发现了，心里实在是不自在，这样做明显是不信任陆明，偏偏又被当场揭穿。

陆明面无表情地转身走了几步，走到院子角落一个地方，低身掀开一块四方木板说："既然来了，要不要下来看看？"

陆明掀开的地方是靠墙的位置，周源和老胡没想到这里居然有个地窖。

老胡倒是很坦然："啧啧，想不到别有洞天啊！"

周源实在受不了这种场面，忍不住直接问道："陆明，大家都是兄弟，虚头巴脑的就不说了。你瞒着我们，晚上一个人在这里做什么？”陆明抬头看着周源半晌，平静地说道：“你知道共生吗？”

周源一愣，想起最初陆明推断血液是活的那个时候，说过这个词，于是说道：“血液如果是活的，那么我们就属于共生状态。这个上次你提过。”

“没错，共生分几种：第一种，互利共生，就是共生的同时对双方都有利；第二种，竞争共生，双方都会受损；第三种偏利共生，是说只对其中一方有利，对另外一方没有影响；第四种偏害共生，只对一方有害，另一方无影响；最后一种则是双方都无益无损，这是无关共生。”

老胡挥挥手：“等会儿。这些跟这个院子和地窖有什么关系吗？”陆明看了他一眼道：“现在不能给血液定性，但是也许我们最初搞错了，这并不是什么共生，而是……寄生！”

周源纳闷地看着他：“寄生和共生有什么不同？”

“寄生就是对其中一方有益，而对另一方有害。当受益方成长到足够的阶段，就可以毁灭或者脱离被寄生体。我怀疑你就是被寄生体。”

胡东东悠悠说道：“陆明同学，你这不靠谱啊，咱们刚才聊的不是你为什么跑这里租房子吗？”

陆明继续说道：“我一直在这里做实验，实验的内容就是试着将血液剥离出来，看它能否单独存活。所以，才需要这么一个低温潮湿的环境。”

从决定跟踪陆明到现在，老胡第一次露出了愕然的表情。

陆明继续说道：“这个实验，需要单独来做。小楼里生活着三个病人，互相之间的血液活体生命也许会有影响。还有，我不觉得做什么事情都需要跟所有人报备，医学研究本就是我专业领域内的事情。你们是否想下去看看我的研究成果？”

陆明说完，伸手指了指地窖黑洞洞的木头门。老胡沉默着上前两步，低头看下去，里面乌漆麻黑的，但是应该很深。拿手电往下照，看到下面是一些玻璃瓶子和木头架子之类，上面放着一些试管和容器，有些像植物园里的花草房。

见老胡和周源都不再说话，陆明淡淡地说道：“没有别的事，我就要继续研究了。”

说完，不再理他们，顺着地窖里面的木梯就向下爬去。

周源和老胡对视一眼，不好意思再跟着下去，只好灰溜溜地离开了小院。

走在镇上空无一人的街上，周源有些懊恼地埋怨起来：“老胡，你看你搞的这是什么事啊！唉！”这事换位思考一下，就能理解陆明的心情，一心为好朋友的病情日夜不休地忙碌着，却被怀疑，心里肯定很不爽。

胡东东拿出一根烟点着，却没有什么愧疚的表情，他想了想说：“我还是觉得不对。”

周源有点生气：“老胡，你都对我没得说。可陆明也是为了我，这些天他每天只睡几个小时，剩下的时间都忙着在研究……”

“陆明这次过来，请了多久的假？”老胡打断周源，忽然问道。

周源愣了一下，回答不出来，因为陆明没有主动提过这件事。

老胡悠悠地吐出一个烟圈：“你不觉得他对研究太过投入吗？”

周源若有所思，也拿出一根香烟，点着了却没抽。他终于反应过来哪里不对了，陆明这样做虽然是为了自己的病，但从他刚才的反应来看，似乎并没有对被冤枉有什么反应，陆明的不满更多的像是因为研究被中断，所以才显得有些不高兴。

这明显是本末倒置啊！联想到那个毫无进展的“逗猫行动”，周源心里隐隐有一个念头，可是模模糊糊却抓不住。就在这时，周源的手机响了，是林静。他有些担心，林静半夜打来电话一定有什么重要的事。

周源直接摁开免提接听，里面传来林静的哭喊声。

第四十六章　暴毙

“你们在哪儿？我干爹出事了！”

周源赶紧回转身，叫上地窖里的陆明，三人以最快的速度一路跑回小楼，却目睹了严毅弥留时刻的惨状。

林静的房间就在严毅隔壁，她是半夜被严毅房间里传来的动静惊醒的，打开房门，却看见严毅面目扭曲地躺在地上，已经进入无意识的浑身抽搐状态。

老胡想要过去扶严毅，却被陆明伸手一把拦下了：“症状不明，别过去，也许会传染或者出问题。”

林静被周源死死抱在怀里，不让她上前。大家只能眼睁睁地看着严毅在地上痛苦地翻动身体，直到那诡异的一幕出现。

严毅的身体以肉眼可见的速度迅速地萎靡，好像一瞬间，身体里的液体被看不见的东西迅速吸干，面貌皮肤和身体，都很恐怖地塌陷下去，头发也是顷刻之间变得灰白，皮肤表面开始出现大片大片的褶皱。

他的身体由于剧烈地收缩开始变形，瞳孔也变得灰败浑浊，光芒也暗淡下去，最终彻底不再动，地面上出现了一团说不清楚的液体，不知是水还是血，淡淡的，腥气扑鼻。

严毅的身体变化，就像一部快进的电影，几分钟的情况下就放完了全程，这过程看得周源头皮发麻。他不是一直维持着第一阶段的病症十多年吗？怎么就这样没有任何征兆地忽然死了？

周源不愿接受这样的现实，却不得不接受。

“爸——”

林静撕心裂肺的一声呼叫让周源一震。这一瞬间，林静爆发出了巨大的力气，挣脱了周源，扑到了严毅身边，扯着他的胳膊叫：“你起来啊，我还没原谅你，你快起来啊！”

那种声音就好像是从肺腔里挣脱而出，十分凄惨心酸，周源忍不住也落下眼泪。他想起第一次见到严毅的时候，那会儿的严毅冷漠古怪，但是让自己见到了治愈的希望，后来发现他对自己有所隐瞒，还有他年轻时不光彩的自私作为，也曾一度对他很鄙视。不过他虽然自私，但不得不承认他终究还是为了这个病付出了很多，对林静的愧疚也能看出他本质上不是个坏人。

而对于林静，可以看出他的确是极力想回归父亲的角色。可现在这个人生经历复杂的老人，就这么突兀地，在所有人面前变成了一具尸体。

周源看着林静痛哭的样子、严毅萎缩的脸，心里涌出一种不真实感，仿佛自己在做梦，醒来睁开眼睛，严毅就会像平日里一样在实验室里忙碌，或者陪伴在林静的床前。林静喊出的那声爸，也代表了她的心结其实早就解开了，如果严毅没死，听到了林静这声呼唤，一定非常欣慰。

只可惜，他永远都听不到了。

意外来得猝不及防。周源看着严毅的尸体，心里逐渐冒出一股凉意。

严毅到底是怎么死的？

他是这几个人中得病时间最久的，直到陆明揭穿他之前，连林静都没有发现他是个病人，证明这些年他的病情一直控制得非常好。

周源问陆明：“到底怎么回事？严老他……”

“我不是跟你们在一起吗？我也不知道。”陆明摇头。

陆明的话听起来有些像是推卸责任，虽然周源知道不是，这是陆明一贯理性直接的说话风格，但这个时候听起来真的很刺耳。

严毅的暴亡似乎没有对陆明产生太大的影响，他冷静地先让胡东东戴好手套、口罩等防护装备，这才以命令的口吻对周源说道：“去把林静扶起来。”

此时林静像是失去了全部的力气，没有挣扎，任凭周源扶着她坐到了一边。她沉浸在巨大的痛苦里，整个人的眼神都是一种沉寂与绝望的黯淡，没有一丝色彩。

“老胡，跟我把严老抬到地下室。”陆明继续说，口气里不容置疑。

周源本来扶着林静准备先离开，听到这句话，停下了脚步。老胡也停下动作，看着陆明。

陆明不带感情色彩地说道：“严老师的死状和小青一样，应该是病情忽然发作。我需要对他的尸体做进一步的检查。”

周源一下就愣了，陆明是想要解剖严毅的尸体？小青死时的回忆冒出来，那个时候，陆明就曾说过类似的话，但是最终因为阿龙的阻挠，才没有实现，如今他依然确定这么做？

周源感到一阵说不出的难受，严毅刚刚才在眼前咽下最后一口气，在这个时候就说这样的话，是不是有点过分了？可又提不出任何反驳的意见，因为从病情上来说，这个时候解剖严毅，是最合适的时机。

老胡也对陆明表现出来的冷漠很吃惊，他张着嘴对陆明动了动，却忍住了没说话。林静依然是失魂落魄的样子，她可能根本就没听见陆明说的话。

周源知道小楼的地下室，那是用来存放药品和器材的，地方很宽敞，严毅建造这栋小楼的时候，肯定没想到自己死后会在那里被人解剖。这让周源觉得有些讽刺，又有些悲哀。

同时周源隐隐有种恐惧。他怕不知道什么时候，自己会像严毅那样，以一种离奇的死状忽然告别这个世界，想必陆明依然会冷漠地把自己的尸体摆上解剖台。

严毅的死让林静几乎彻底崩溃。接连的打击让这个曾经开朗的姑娘像朵枯萎的花。她在这世界上再没有亲人，那种突如其来的孤独和无依无靠，让她陷入一种极为低沉的情绪里，不吃不喝，以泪洗面。周源衣不解带地整天陪在她的身边。

很默契地，大家都没有对她说过严毅的尸体被陆明解剖的事。周源知道这样不对，甚至可以说残忍，却不敢再刺激她。

严毅死后，小楼里的气氛彻底变得压抑沉闷起来。陆明一直没出现，不是在解剖室，就是在实验室，不知在忙碌什么，几乎没有时间和周源他们交流。

周源有些受不了这种气氛，在第三天实在忍不住了，等林静睡着后，找到老胡。

老胡也没有睡，躺在床上不知在想什么，房间里满是烟味，床头的烟灰缸里堆满了烟头。

“老胡，你有没有感觉陆明不一样了，就好像完全变了一个人？”周源开门见山地说道。

自从上次的跟踪事件后，有关陆明的话题他们没有再讨论过，这是周源第一次重新提起。但老胡却没有说什么，只是冷笑了两声。

周源很少见到胡东东露出这样的表情。

老胡是个很有主见的人，也非常有行动力。周源知道他一旦开始怀疑一件事，反而就不愿意多讨论，之后就会开始自己的思索和行动，直到找到自己想要的答案。这是他的性格。

他露出这样的表情，显然也觉得陆明有些不对劲，只是他不愿意现在讨论这件事。

周源无奈地离开，回到林静的房间。看着躺在床上沉睡着的林静，有些茫然，忽然觉得自己来到这里似乎本身就是一个巨大的错误。陆明和老胡都是他最信任的朋友，可是不知为什么会变成这样。

接下来，他们四个人之间都陷入一种奇怪的隔膜状态，大家似乎都笼罩在严毅忽然暴毙的阴影之下，相互之间几乎没有什么交流。胡东东依然每天早上出门，很晚才回来。

这让周源有一种孤独感。

他突然有点想念林河了。虽然他和这个人其实并不熟，虽然一切都是因林河而起，可是周源现在却不恨他。

因为周源有种同病相怜的感觉：是不是林河在临死前，也是这样的孤独，找不到可以倾诉的人？

第四十七章　失踪

周源是在五天后，才愕然地发现一个事实：老胡失踪了。

这段日子，大家相互之间的联系降到了最低点，每个人都做着自己的事，很少交流。陆明每天至少还能看见，但老胡却好几天没有回来了。

前两天的时候，周源以为他在镇上住，并没有放在心上。但是打电话却打不通，老胡的手机打过去都是嘟嘟嘟的忙音，不是拔了SIM卡，就是没有信号。如果被拔掉SIM卡，那多半是手机丢了。如果是没有信号，也许是他进山了，大山里是没有手机信号的。

真正发现不对劲，是周源去镇上，在店铺伙计口中得知，老胡已经好几天没有来过了。他详细询问后，得知并不是因为生意上的事，比如去外地进货、原料不够需要进山采药之类的。

到了第五天，周源再次去镇上，依然得知老胡没有来过后，不得不正视一种可能：

老胡走了。

老胡不是那种不告而别的人，可周源实在想不到其他的理由。他心里的情绪十分复杂，胡东东能一直陪着自己，坚持到这个时候才离开，已经算是够兄弟了。

这个念头不停地盘旋在脑海里，直到远远看到小楼的轮廓，周源忽然意识到，自己的想法太消极负面了。

他稍稍振作了一下，让自己不再被这种负面情绪影响，理智地思考起来。首先，老胡是个极讲义气的人，从染病以来，都是他陪着自己的。如果说是怕惹麻烦，或者怕死，他有太多的机会找借口离开。

其次，以他的行事风格，这段时间一定是在调查什么，在有结果之前，他肯定不会告诉自己。

想到这里，周源不禁有些担心起老胡来，不知他最近在做什么，是不是遇到什么意外？

推开房间的门，周源却意外地看到床上坐着一个人，正在低着头抽着烟。

胡东东！

周源心里既有曾阴暗地猜测他的自责，也有恼怒他莫名消失的不爽，还有终于见到他的安慰。总之，诸多滋味一起涌上心头，不知说什么好，最后只是冲过去，激动地给了他一拳："这几天去哪儿了？也不说一声！"

老胡没有躲闪，肩头挨了一拳，顺势躺倒在床铺上。周源这才发现他眼神呆滞，一脸漠然。

他的反常表情让周源非常吃惊，不知他遇到了什么烦心的事。

不过，老胡既然没有主动说，周源也没有急着问他这两天去哪儿了，而是坐在床边，也点了一根烟。直到抽了一半，他才轻声说道："这几天你不在，我很担心。回来了就好。"

胡东东慢慢地坐起身子，没回答，而是又从床头拿了一根烟抽起来。

两人就这样默默地对坐着，抽着烟，但周源发现，胡东东眼中的呆滞逐渐退去，脸上的表情也不再是那么冰冷漠然。

"周源，我有问题要问你。"老胡的声音有点飘忽。

"嗯。"不知为什么，周源有点紧张。

"你自从得了病以后，有什么地方和正常人感觉不同？"

周源愣了一下，完全没想到他开口第一句话是这个。不过周源还是认真想了想，虽然这个病才几十天的时间，可是他觉得好像已经过了很久。

仔细回忆确认了一番，周源说："其实并没有什么感觉特别的。虽然体温一直很高，但自己不留意的话，和平常一样。我感染那天，你也在，除了肚子上会出现红疹，然后体温升高，有的时候会忽然晕倒，其他地方和正常人没有什么不同。"

想了想，周源又苦笑着补充了一句："最大的不同可能就是心理上的煎熬吧，正常人是不可能理解这种心情的。"

胡东东点了点头，脸庞笼罩在香烟的雾气中，看不清表情。他继续问道："你再说详细点，发现不对的时候，都有什么症状？"

周源仔细想了想："最明显的就是体温会升高。"

"是不是自己不觉得，不像发烧那样，呼出去的气都是热的？自己根本感觉不到，但是碰到自己皮肤的时候会觉得很热？"

周源连忙点头："没错，就是这样。"

刚说完这句话，猛然意识到不对劲：胡东东怎么突然对这个有兴趣？而且他怎么会对患病以后的状态说得那么清楚？

"周源，我染病了！"胡东东的话听上去很平静。

这句话仿佛一道晴天霹雳在周源脑海里轰然炸响，不敢相信地叫起来："兄弟，你……你……你……"可却不知能说什么，只能"你"个不停。

老胡表现得很淡定，似乎已经接受了这个事实。可周源却无法接受！

他只感到一阵阵的无力感袭来，语无伦次地说道："你不要多想……是不是这段时间太累，身体发热可能是感冒，我让陆明给你检查一下……"

"周源。"胡东东平静地打断了他："这些话，当时我们安慰你时，也说过。不用再说了，我已经确认了。"

说完，他掀起了衣服。周源看到，他的胸前和背后，有三四块巴掌大小的红色皮疹，颜色鲜红，看起来有些触目惊心。周源对这个印象实在是太深刻了，当时就是老胡发现他身上的红疹，到医院后才引发了接下来的事情。没想到如同命运重演一样，只是此刻双方的位置互换了一下。

周源颓然坐下。虽然不知道老胡莫名失踪的这几天都做了什么，为什么会忽然染病，但这些都不重要，老胡的样子绝对不是开玩笑。周源心里充满自责和愧疚，最好的兄弟却因为自己也染上了这种怪病，走上了死路。从没有一刻，他像此时这样厌恶自己。

"胡东东，对不起。"这句话周源自己都觉得很无力，可他不知该如何表达心中的歉意。

老胡摆摆手："周源，不要说这些。"

周源点点头，可头却不禁低了下去。他不敢再看老胡平静的面容，怕自己会忍不住痛哭出来。

"周源，我这两天想了很多。严老死了之后，我们是不是都忽略了一个本该最先思考的问题？"

"什么问题？"周源抬起头，有些茫然。

老胡直直地看着他："严毅真的是病症发作死亡的吗？"

“什么意思？他不是染病死的，难道是自杀的？”周源的心一沉。

其实他明白胡东东想说什么。虽然老胡没有直接说出口，但明显是在怀疑陆明啊！

他的这个想法有些偏激，可是周源也能理解。周源最初知道自己得了这种该死的病时，也会不自觉地往一些失控的方向上想问题。人在面对自己无力抗拒的结果时，通常的第一反应就是找个借口，把责任往其他人或事上推，这是一种本能的心理防御机制。

尽管造成胡东东染病的根本原因是因为周源，可他却没有对周源发火，看来这股气他是想发在陆明身上了。毕竟陆明一直理性甚至有些冷血的做法，很容易成为胡东东这股怨气的宣泄口。

周源拍了拍胡东东的肩膀说道：“你现在最重要的是调整好情绪，你这个阶段我也经历过，别想太多。还有，你毕竟不是专业医生，明天让陆明再给你检查一下，也许只是虚惊一场呢？毕竟你完全没有染病的理由啊，这病又不是那么简单就容易扩散的。”

“行。”胡东东不再提刚刚的话题，平静地答应下来。

陆明听到这个消息后，没有太过惊讶的表情，只是眉头挑了挑。

周源当初刚刚染病的时候，身体的症状除了发热，只有那个奇怪的皮疹，为了验证到底得了什么病，用了各种方法。直到最后一滴血在卫生纸上烧了起来，才终于确定这是一种从未见过的诡异症状。

这些日子过去了，虽然依然没有找到任何办法来治愈这种怪病，但陆明对它的研究还是有了许多进展。至少确定病情已经有了科学的办法，不用再像当初那样滴血燃纸。

一个小时后，陆明从实验室出来。

周源、林静和老胡都坐在楼下的大厅里，见陆明走了下来，周源马上站起来询问：“怎么样？”

陆明手里拿着一张检验表格，放在桌子上，平静地说道：“根据血样分析，确认已经被感染。”

周源忍不住吼道：“这么久都没有传染，怎么现在又开始传染了？治了半天却治成这样的结果？这到底是怎么回事？”

陆明面无表情。他一向如此，但此时这样的表现却显得很讨厌：“病毒是在不停地变异的，任何疾病都一样，更何况是这种……有生命的血液。”

周源被陆明的冷静激怒了，朝他吼道：“胡东东染病，你一点儿都不伤心？”

“伤心？”陆明冷笑一声，从怀里拿出另外一张表说，“我没有时间！”

看着那张跟胡东东几乎一样的检验表格，周源彻底呆滞了，嘴巴张得很大，却发不出任何声音。

表格的抬头，姓名一栏写的是：陆明。

陆明点点头说：“没错，我和胡东东一样。现在我们四个人，都染上了这种病。”

“什么？”胡东东和林静听到这话，也都震惊地叫起来。

“这血液病的发展，一天比一天快，感染速度也超出我们的预期，我哪里有时间伤心？你们难道想看着这个镇子因为咱们完蛋吗？”陆明丢下这句话，转身上楼去了。

周源瘫坐在椅子上，感到强烈的绝望。这就是最终的结局吗？太可笑了。周源，你太可笑了。他在心底对自己说，早知道这样，找个清静的地方自生自灭多好，可是现在呢？连累所有人一起染病，一起陪自己等死！

周源坐在地上，眼泪不停地流着。

过了好一会儿，他的手被握住了，是林静。她没有说话，但感受着她手上的温暖，周源稍微感觉到好了一些。

这时，陆明平静地说道：“从现在开始，大家最好尽量减少外出。这个小楼，从现在开始，最好跟外界隔离。”

没有人反对。事已至此，陆明的担忧是正确的，他们也不希望再出去传染别人。

这时，门口忽然传来一阵门铃声。

这里一般没有人造访，更何况陆明刚建议大家尽量不要和外人接触，所以一时间大家都没动。

铃声持续不断地响着，好在严毅建造这里的时候，装有视频和对话装置。老胡皱了皱眉头，走到门口，从监控里看到门口站着一个面色黝黑的年轻男子，正是店铺里雇用的其中一个伙计。

胡东东摁开对话器：“小王，什么事？”

那伙计身后还跟了两个人，手上拎着大包小罐的，不知道是些什么，听到老胡的声音很是激动，对着通话器说道：“老板啊，这不是到月初了吗？上一次你说要再雇几个伙计，我已经都给招齐了。前两天找不到你，想了想，还是到家里来，除了把上个月的账和钱拿过来，另外，这半个月挣的钱比我原来上山挖药挣的多多了，家里老人让我来给您送点吃的，这些东西千万要收下！”

胡东东说了感谢，又让那伙计把东西放在门口，钱就不要了，算是给他们发奖金了，然后又告诉他，自己要出远门，这一段时间不去店里，让他好好干，干得好了给他股份。

那伙计一听这个，“哎”了两声，高兴得对着监控鞠了一躬：“老板，你真是大好人啊！我走了，你保重，镇上最近烟尘大，也不怎么太平，你们也多小心。”

这伙计听老胡这样说，显得很高兴，也没多问，就把东西放在门口。等他们走远，老胡开门把那些东西拎了回去，打开一看，都是做好的饭菜。

一个陶瓷罐里装的是瓦罐鸡，另一个大铝盆里装着满满一盆热腾腾的水煮鱼，另外还有回锅肉和夫妻肺片，都是地道的川菜，最下面一个袋子里放的是十几个热腾腾的馒头，一看就是自己家才蒸出来的那种，香气四溢。

“正好该吃晚饭了。”胡东东呵呵一笑，“愁也没用。”

在林静的建议下，大家把食物都搬上了天台。陆明没有来，拿了点饭菜，自己在实验室吃。在他看来，这纯属浪费时间。

不管老胡的不以为意是不是装出来的，但他的洒脱让气氛摆脱了之前的压抑。如今三个人的关系用“同病相怜”这个词来形容实在是再恰当不过。吃完饭后，老胡和周源坐在天台边上抽着烟，林静掐了几朵房顶上的野花，安静地坐在周源身边。

天色已晚，头顶的银河星空映照着镇上散缀的灯光，一片宁静安详。

周源上一次坐在这里和林静看星星的时候，似乎是非常遥远的事情，这段时间其实没有太久，现在回想起来简直像一场漫长的梦。

“老胡，你警察当得好好的，为什么不干了？”这件事一直让周源很好奇，此时气氛难得轻松，大家聊着天，便随意问了起来。

“因为管了件闲事。”老胡平时很少提起这件事，今天也许是喝了酒，缓缓讲了起来。

事情其实很简单，两口子吵架，闹到了公安局。那男的长期家暴，他老婆被打得头破血流，逃到公安局里，那男的追进来后毫不收敛，当着警察的面依然对他老婆拳打脚踢，还扬言要杀了她。

老胡是刑警，本来这种民事纠纷不归他管，可老胡的脾气哪里见得了这个？当时就一脚把那男的踹晕过去。

“这是为民除害啊！”林静深深觉得老胡干得好，“然后呢？”

周源大概已经猜到八九分，苦笑道："然后那女的反而和她老公一起告你？"

事实果然和周源猜的差不多。老胡那一脚导致那男人的两根肋骨骨裂，那男的却在医院赖着躺了三个月不走。他老婆也不承认被家暴，天天堵在公安局门口，口口声声说警察无故打人。事情闹得很大，迫于压力，局里给了老胡一个严重警告处分，老胡想不通，干脆就辞职了。

"本来这件事后我发誓不再管闲事了。"老胡哈哈一笑，拍了拍周源的肩膀，"结果还是没忍住，还是搅和进来了。"

周源心头一热。虽然这是好几年前的事，但他还是替老胡惋惜。不过老胡就是这样豪迈义气的性格，不然他也不会因为帮助自己而陷入其中。

"周源，陆明到底是个什么样的人？"林静忽然问道。老胡也很好奇地看着周源，显然也挺感兴趣。

周源想了想说道："我们从中学起就是同学，他的成绩一直很好。不过性格特别冷，除了我，没有什么特别好的朋友。他特别理性，很少情绪特别激动，我一直觉得他这样的性格做医生是很合适的。"

犹豫了一下，周源接着说道："不过有时候我觉得他太冷漠了一点儿，尤其是最近，这种感觉更是强烈……"

林静和老胡都没说话，他们也有这样的感觉，只是毕竟陆明是周源的好朋友，不好背后做什么评价。

这时，老胡忽然用手肘碰了碰周源。

周源不解地抬起头，老胡朝下方努了努嘴，周源顺着他指的方向，看到下面有一个人影正顺着山坡朝下走，看方向就是从小楼出来的。

"这么晚了，陆明又去镇上啊？"这里就四个人，三个在天台，这个黑影肯定是陆明了。周源也没多在意，他应该是去镇上租的房子那个地窖里的临时实验室吧。

不过周源还是有些不爽："他不是让我们都别出去吗？自己倒跑出去。"说着，捡起身边的一颗小石子，扔过去，想吓吓陆明。

石块落在人影旁边好几米外的地方，他也没有任何反应，继续往前走着。

很快，他接近了下面的路灯。这时听到林静大声地"咦"了一声，紧接着浑身开始发抖，用手指着那个人影，嘴巴大张着，竟然说不出话。

顺着她手指的方向，周源看到那个黑色的人影，在路灯的照射下变得清晰起来，登时一股凉气从脚底直冲头顶。

那不是陆明，而是严毅！已经死去的严毅！

第四十八章　新坟

“干爹……爸!”林静情绪顿时激动起来，趴在天台上，语无伦次地自言自语起来。

“见鬼！”周源猛然站起身来，若不是亲眼所见，他肯定认为林静产生了幻觉。可那个人影，跟严毅实在太像了，他的衣服，还有那佝偻的背影。真是活见鬼!

林静见人影越走越远，连忙跑下天台想要追出去，老胡和周源也跟在后面。出了小楼后，跑在前面的林静像疯了似的，周源和胡东东竟然都追不上她，眼看着跑到了那个路灯的位置，周源才猛地想起没叫上陆明。

他掏出手机刚要给陆明打，身边的老胡却一把按住他的手：“人死了肯定不能复生，那人身份不明，你打什么电话？”

周源看着胡东东，立即明白了他的话。老胡认定刚才的黑影就是陆明，毕竟这山坡上小楼里的三个人刚才都在天台，剩下的只有陆明了。但是他为什么要穿严毅的衣服，假扮成一个已经死去的人?

还有一种可能，是外人。严毅修这小楼花了不少钱，当地人肯定都知道这家人有钱，说不定就有什么心动的家伙想跑来偷东西。只是这个猜测不太站得住脚，看他离开的样子，并不像小偷那样鬼鬼祟祟的。

那个人影很快就消失了，林静站在路灯下有些不知所措，急得眼泪都掉出来了。还是老胡拿了主意，判断那个人影应该是往镇上的方向。

果然，又走了几百米，发现前面一条拐弯路上，出现了那个蹒跚的黑影。

周源从路边捡了块砖头，把林静拉在身后：“走，过去看看。”

那黑影一直在不远处慢慢朝前挪动，镇上的路灯不多，只有偶尔从路边人家窗户露出来的灯光，黑影的身体在住户的灯光里出现又消失，看上去极为诡异。

周源怕跟丢了，一直死盯在那人身上，越看越震惊。

那人的走路姿势看起来略微有点机械，没有那么流畅自然，看上去就好像梦游一样。但无论是身形，还是背影的感觉，都神似严毅。他不得不告诉自己，严毅已经死了。否则想到正在跟踪一个已经死去的人，这种感觉简直让人汗毛直竖。

“赶上，不然就丢了。”眼看着那黑影走进一个岔道，胡东东低声招呼道。几个人加快速度，穿过大街，朝那黑影接近，眼看距离缩短到一百米左右，这时候一个声音突然在身后出现：“老板，你们怎么来了？”

周源吓了一跳，下意识地回过头，就看到给老胡送菜的那个面目黝黑的伙计，身后两个中年人正在距离不远的地方看着！

老胡没好气地说道：“我们出来有点事！其他事晚点再说！”被这么一打岔，等追到那条巷子，却发现那黑影不见了。四周都是紧闭的住户大门，也没有亮灯，更远的地方，是条泛着剧烈臭味的小河，用电筒照了照，也没有看到其他活动的东西。

“是不是跳河游泳跑了？”周源问胡东东。

“这条河是石料厂的排污河，有毒，水都是臭的。”胡东东摇头道。

“老板，你们也丢人了？”那个伙计跟了过来。

老胡有些郁闷，不耐烦地说：“丢个鬼，大半夜的，你怎么在这里？”

那伙计连忙说道：“老板，你不知道，这几天镇上不太平，好几户人家都有人失踪了，你看，那些开灯的几家，都是人没了的。我们在这里是巡逻呢，怕是山里出来什么野兽，把人给弄了呢。”

“什么？镇上有人失踪？”胡东东对失踪这个词有些敏感，马上问道。

伙计看了看四周，说道：“是这样的，大概是两天前，前巷的老刘丢了。老刘年龄大了，人也糊涂，以前就走丢过，还是门诊的人给送回来的，所以他丢了没人当回事。但是昨天晚上，又丢了三个人。这次不是老人了，一个女人带着孩子失踪的，说是带孩子去县城，然后回来前打了电话，结果路上就没影了。最后一个是咱家伙计的朋友，也算是光屁股娃娃。我们没办法，就组织了这个联防队，没想到碰到老板你们了！”

说完，他小心翼翼地问道：“老板，你们大半夜出来，是不是也丢了人？”

胡东东冷笑道：“是，丢人了，丢了个死人。”

那伙计一听就愣了，但是很快就笑道：“老板，您说笑了。”这时，那两个中年人有点不耐烦了，其中一个打着哈欠对他道：“既然都认识，莫得废话了，咱们还有三条街要寻，要耍白天再耍，赶紧搞完，老子还要回去跟婆娘睡觉。”那伙计赶紧跟他们打个招呼，就带人走了。

胡东东若有所思地看着三个人走远，好一阵都没有说话。

回去的路上，胡东东找了个借口，转头悄悄地对周源说：“等会儿回去你先把林静安抚好，咱们再去看看严毅的尸体。”

他不说，周源也都想到了，这事太诡异，不弄明白心里太不踏实了。林静还不知道严毅的尸体被解剖这件事，需要瞒着她。

回到小楼，周源先找了个借口去实验室，陆明依然在忙碌，根本没有外出过的痕迹。这件事太诡异了，没有确定之前，周源决定先不告诉陆明。

出来后，周源和胡东东直接走到了地下室，只有见到严毅的尸体才能确认。

周源心情有些复杂，来到这里后，总是不停地出意外，事情似乎在朝着更加诡异的方向发展。他很希望刚才那个人影，只是一个走错路又离去的普通人。

地下室的空间本身并不大，只在墙角堆了一些杂物，所以显得有些空。

严毅的尸体是老胡和陆明一起抬进来的，老胡直接走到屋子中间，拉起地下的一块铁板，对周源说：“下面是个药品贮藏室，是控温的，因为很多药品都需要冷藏，所以一直都放在下面。解剖应该也是在下面进行的。”

地下室的第二层更冷，老胡在墙边找到了灯绳，轻轻一拉，屋子顿时笼罩在一片暖黄色的灯光下。

这屋子的面积并不是特别大，大概有个八十平方米，不知道灯是不是有些老化，光线不是很强，不过整个房子四周的围墙都是用厚重的大理石和合金钢砌在一起，外面还有一层说不出来是什么的涂料，似乎是为了保温。最中间的是一个很大的合金台，明显就是解剖台了，不过上面只是放置了一些药品，药品上面有标签。周源走过去看了看，上面写着些人凝血因子、凝血酶冻干粉、冻干人纤维蛋白原、金双歧片、鲑降钙素注射液、酒石酸长春瑞滨注射液之类的药品名称，都是很专业的名字。

可屋子里却没有严毅的尸体。老胡仔细检查了那个台子，手上捻起几根灰白色的头发：“这应该是严毅的头发。”

周源心中疑惑，皱眉道：“那这样说，之前严老的尸体肯定是被放置在这里的，现在去哪儿了？”

这个问题只能问陆明。

他们回到实验室，陆明的回答也很干脆："解剖之后，我把严教授和他姐姐葬在一起了。"

"怎么也不告诉我们一声？挖坟埋人的事我们又不是没干过。"老胡显然不太相信陆明的说法。

陆明也不分辩，直接把他们带到了严爱华的坟墓旁边。

严爱华的坟墓旁果然多了一处新的坟包，上面还立了一块木头牌子，写着严毅的名字。

周源不知陆明是什么时候做的这一切，但心里顿时放松了不少。按照陆明的性格，应该是一种对严毅抱歉的行为吧。没有叫上他们帮忙，想必是体谅到周源他们面对残破的尸体，肯定心理会受影响。

见老胡怀疑地盯着墓碑，眼神闪动，陆明淡淡地说道："如果你觉得有什么疑问，可以自己检查。"

周源生怕老胡一激动真的把严毅的坟挖开检查，偷偷拽了一下他。老胡最终摇了摇头，和周源一起对着墓碑简单祭拜了一下就回去了。

本来都过了这些天，林静已经逐渐接受了严毅的死，但今天晚上忽然出现的这一幕又让她稳定下来的心理发生了剧烈波动，待在严毅的房间里不愿意走，她总觉得严毅下一刻就会回来。

周源不忍心打破她这种虚幻的希望，只好让她一个人待在房间里。又怕她想不开，只好和老胡在门口守着，隐约听到屋子里断断续续的哭声传来。

哭声很久才停下来，林静应该是哭累睡着了，周源这才松了口气。胡东东递给他一支烟，问道："周源，你觉得是怎么回事？"

周源疲惫地说道："应该是有人走错了地方吧。"

这个理由虽然站不住脚，但周源实在没力气去深想到底是怎么回事了。胡东东忽然说："今天那伙计说，镇上有人失踪。"

周源说道："这两件事没什么联系吧？说镇上的人失踪，那有可能是哪里的犯罪团伙。其实哪年没有失踪人口？"

胡东东沉默半天不说话，过了好久才抬起头："你知道我失踪那几天发生了什么事吗？"

他说到这里，周源才想起老胡之前一直没有说那几天他到底做了什么，为什么回来之后就确定自己染病了。听他的意思，镇上人的失踪似乎和老胡的失踪有某种联系？

胡东东语气有些飘忽：“我身上并没有你那种皮疹，你知道我为什么确定自己染病了吗？

“那天早上我去山上采药，忽然昏过去了，之后的相关记忆很模糊。我醒来的时候，是在山路边的草丛里，应该是昏迷过程中滚进去的，还好，没有掉下山崖，呵呵。

“醒来后，我发现身边全是那种红色的物质，而且已经脱落了。”老胡轻描淡写地说道。

周源骇然地看着他：“你说什么？红色物质？是林静和林河身上的那种血茧？”

胡东东深呼吸一口气，点点头：“没错，我的衣服上也全是这些东西。那些东西就是从我身上长出来的。”

周源有些不可置信：“第一阶段是皮疹发热，第二阶段是体温升高伴随昏倒，第三阶段才是血茧。你的意思是，你跳过了第一和第二阶段，直接进入了第三阶段？”

胡东东点头。

“这怎么可能？我染病这么久了，还是没有到第三阶段。而且不对啊！林静在第三阶段停留了好久，你怎么可能这么快就结束了？”

胡东东说道：“我哪儿知道？陆明研究了那么久，不也没个头绪吗？”

他的语气明显还是对陆明有所不满，周源想缓和一下，认真地说道：“老胡，我真的不希望你们之间有什么误会。”

顿了顿，周源继续说道：“本来想万一我哪天挂了，以后我的养父母得靠你们照应了。想不到大家都一头栽了进来……陆明也是为了我们大家，他每天都待在实验室里研究，你也看见了……”

老胡打断了周源，脸色有些古怪：“等等，你刚刚说‘养父母’是什么意思？”

周源解释道：“我出生不久就被遗弃了，被我爸妈给收养了。高中的时候，他们就告诉过我，不过我一直都当他们是亲生父母，也没给别人提起过这件事。”他叹了口气，“只是最近想着自己说不定哪天就死了，忽然有些想见见我的亲生父母，问一下他们为什么要遗弃我。”

老胡咬着嘴唇似乎在思考什么，过了一会儿，他脸色一正：“我要离开几天。”

“好！”既然老胡没有主动说要去干什么，周源就干脆没有问。“这几天，你要小心一些。”老胡神色郑重。小心什么？周源当然意识到他说的是陆明。

不久之前，陆明也对自己说过同样的话，那时候，陆明让自己小心严毅。现在老胡却对他说，要小心陆明。

这种朋友间的暗中相互防备让周源觉得很沮丧，他好一会儿才勉强点了点头，但心底还是认为老胡因为这一连串事件后有些太敏感了。

第四十九章　身世

老胡这一去就是十多天，回来时也没有提前打招呼。周源是在梦中被老胡叫醒的。

老胡的脸颊消瘦了不少，下巴上胡茬儿杂乱，一看就是熬了几天几夜。他神色复杂地看着周源，似乎在做什么决定。

周源被他看得有点发毛，直到几分钟后，老胡才一个字一个字地说道：“周源，现在你需要做一个选择！”

周源发现老胡的眼神变得和之前有些不一样，说不出具体有什么不同，但那种气势，很像几年前作为刑警的老胡审问自己时那种感觉。

老胡回来的第一句话就如此严肃，周源睡意全消，不自觉地坐直了身体：“什么选择？”

老胡认真地说道：“我决定离开这里。我认真地问你，要不要带着林静一起走？”

周源“啊”了一声，不知胡东东怎么会忽然说要走？

他想了想：“总得有一个走的理由吧？就算要走，也得好好商量一下。咱们身上的问题还没搞明白，这样出去不是给外面的人带来危险吗？”

老胡冷笑了一声，咧咧嘴角：“周源，你告诉我实话，你觉得我们的病真的能在这里治好吗？”

周源无法回答这个问题。

现在小楼里的四个人都已经确定染上了这种诡异的病。远的严爱华就不说了；林河和小青都是周源看着死在面前的；严毅这么牛的海归医学教授，拼命研究了这么些年，最终还是死在这毛病上。

陆明虽然聪明，钻研起来也有一股偏执的韧劲，但要说他的医学知识，比严毅还要厉害，其实周源也觉得是不可能的。严毅已经不在了，不知道下一秒四人中的谁又会忽然发生意外，现在只剩陆明一个人，真的能找到解决办法？

他们已经试过了各种方法，其实周源在心理上早就认同了这个病无解，留在这里，也只是对于生存的一种期望，幻想还有一线希望存在。

按理说，这种情况下，是否留在这里其实并不重要了。但老胡给出的选择还是让他难以选择：如果离开，那就是真的彻底放弃那缥缈的希望，主动面对死亡了。

见周源犹豫不决，老胡缓缓说道："如果我说，离开这里，我们是可以治好的呢？"

"是吗？"周源没有太大的反应。他虽然很钦佩老胡，但毕竟老胡对医学一窍不通，出去了几天，回来后忽然说能治好，周源丝毫不觉得有说服力。

"周源，有件事你可能不知道，即使你没有遇见林河，这两年也有很大的可能，会……死。"

"什么？"周源这才真的吃惊起来，老胡不可能是诅咒他，这么说必然有原因。

"你还记得严毅不惜请人绑架也要把你带到这里来吗？那时候我们就在猜测，你身上到底有什么特别之处值得他如此对待。"

"因为我和其他染病的人不同，发病后没有很快死去，而是莫名其妙好了起来。"周源怎么会不记得，"可事实证明，我身上没有什么特殊之处。"

"那只是我们没有找到原因。"老胡拿出一沓文件，"我回去查到了你亲生父母的资料。"

周源双手颤抖着接过，缓缓翻开。他早就知道自己是被领养的，并没有觉得这个身世有什么丢人的，养父母对他很好，所以周源从来没有想过去寻找自己的亲生父母。对于他来说，那两个未曾谋面的人和他没有任何关系。

老胡没有停，继续说道："你的亲生父亲是北阳市附近的一个农民，在你出生之前就去世了。他身体健康，却在一场风寒后开始呕血，极短的时间内病情恶化。这种病并不是偶然的，我调查后发现，你父亲的家族里，三代里有四人都是同样的死因。可以断定，这是一种家族遗传的隐形基因缺陷性疾病。我怀疑你也携带了这种基因缺陷，也就是说，很可能它会在你三十岁前暴发，导致身亡。

"你没有像小青、林河和严毅那样死于血液变异，也许就是因为你的家族遗传病。它虽然致命，但是抵挡住了血液变异的侵蚀，在体内达成了某种平衡，所以你才能活下来。这是唯一的解释。

“所以，现在最理性的做法，是去医院。也许从这方面入手，我们可以找到抵抗血液变异的办法。”

周源相信老胡说的，手中的资料虽然不多，但那几份简单的病例，还有户籍资料上的照片，那个陌生的年轻男人简直就是自己的翻版。

“我要说的就是这些。留在这里还是走，随你。”胡东东语气很平静。

周源放下资料，有些犹豫。林静那边应该没有问题。严毅已经不在了，想必她对这里也没有什么留恋的。

周源担心地问道：“那陆明呢？”如果就这样离去，周源觉得对于还在执着研究治疗的陆明，无疑是一种背叛。

胡东东目光闪动了一下：“他的性格，多半会坚持相信自己，留在这里继续研究。不过你可以去问问他。”

周源默然，胡东东把陆明看得很透，可陆明是为了自己来到这里，医院那边请了长假，没日没夜地忙碌着，并且自己也染上了病。要他现在放弃，等于是否定了之前他的所有努力啊！

周源本以为陆明会生气，可陆明听到他的决定后，脸上丝毫没有惊讶的表情，只是默默停下手里的工作，坐在一旁的椅子上，端起了一个水杯。

周源不知他是不是在努力压制心里的愤怒，心里很不安。老胡却一脸悠闲地看着窗外，好像眼前的尴尬场面和他毫无关系一样。

陆明喝了几口水，终于抬头问道：“你们三个，都决定走吗？”

周源注意到，陆明问话的时候看的人不是自己，而是望着胡东东。但是胡东东根本没有和陆明有视线上的交流，只是叼着烟看着窗外。周源看过去，发现窗外什么都没有，也不知道老胡在想什么。

看样子，两个人还有些相互置气啊，这种情况下，周源只好主动开口：“陆明，你和我们一起走吧。”

陆明微微一笑，把杯子放在桌子上，转身摆摆手道：“不用了，我留在这里。你们想去哪里是你们的选择。”

周源没想过陆明居然是这样毫不在意的态度，反而让他心里觉得很不踏实。他想了想说道：“那今晚大家好好吃顿饭，我们……我们明天就准备先去成都的医院。”

陆明点点头，干脆地说道："好。没别的事了？我要继续做实验了。"

周源看着陆明忙碌而有条不紊的动作，忽然感觉到一种从没有过的陌生。毕竟这一走，可能不会再见面。陆明在这里，他们三人在其他地方，都是前路未知，没准哪一天，其中某个人好好的，就会像根火柴一样燃烧起来，只留下一堆焦黑的痕迹。

甚至这一瞬间，周源想到了许多不同的结局。或许陆明活得长一些，他在自己死后，研究出了解决办法；或者，哪天再重新回到这里，却发现这个小楼已经荒废，里面却有一具焦黑的尸体……

周源努力让自己停止这种念头。老胡说得对，不论如何，选择都是自己做出的。自己的选择是离开这个鬼地方！

分别说出口的那一瞬间，周源感觉到和陆明之间产生了一股无形的隔阂。

他和老胡一起去了镇上。店面的事情需要交代，另外顺便订一桌酒席。周源特地买了好几瓶白酒，自从染病后，他就没有喝过酒，但今天他很想醉一次。

林静独自待在严毅的房间，周源没有打扰她。马上就要离开这里，她用这种方式在和严毅告别吧。

下午三点多，周源和胡东东安顿好镇上的事情回来了。胡东东的心思很细，还买了不少当地的土特产，准备让周源带回家给父母。

酒菜也很快就送来了，老板帮着布置好桌子，收了钱，高高兴兴地走了。

接下来就是最后的筵席。

周源去叫林静，老胡只好去二楼找陆明。

到实验室的时候，陆明正在实验桌前忙碌着，似乎在调配一些输液的药物。抬眼见老胡进来，挥了挥手，示意先别打扰自己。

老胡也不介意，就在一旁坐了下来。这时，周源推开门也进来了，一脸迷惑地说道："林静不知跑哪里去了。"

老胡眉头皱了起来："林静不是在严老的屋子里吗？"

周源摇摇头："她的屋子和严老的屋子我都看过了，都没看到她。"

接着，他对陆明问道："陆明，你知道林静去哪里了吗？"

陆明没有说话，抬起了头。

周源从来没看到过陆明这样的眼神，觉得这一眼里有很多很多情绪，只是刹那间什么都看不清。

可是胡东东看到他这样的眼神，却如临大敌般站了起来，满脸的警惕防备之意。

他们两个人的古怪表现，让周源不知所措。虽然不知道他们两个之间到底发生了什么，但他直觉有非常不好的事情即将发生。

陆明看了他们一眼之后，慢慢走到一旁，缓缓拉开了他身边的一道白色帘子。

帘子后面是一张床，床上躺着一团红色的东西。

周源一眼就看出这个熟悉的东西，是一团血茧。

血茧的中间，躺着浑身动弹不得的林静。

明明已经过了第二阶段，可林静的身上，却再次长满了血丝一般的东西。

她的病，复发了。

第五十章　决裂

周源一阵头晕目眩，心脏仿佛被什么剧烈地揪住了，那种熟悉的恐惧感一下子覆盖了全身。他颤抖着问陆明：“怎么回事？林静为什么又变成这样了？她什么时候犯病的？”

“刚刚。”陆明的语气很平静。

林静的脸上也布满了那些东西，显得比上次还严重。她这次并没有失去意识，而是用痛苦的眼神看着周源。

为什么会这样？为什么会这样？

为什么林静身上的异化竟然会在这个时候忽然降临？

极度震惊之下，周源求救地看向胡东东。

胡东东的反应很奇怪。他站在原地，浑身都在颤抖，喉咙里喘着粗气，拳头攥得很紧，一只手扶在墙壁上，显然是在压抑自己的情绪。但这种情绪不是难过悲伤，而是愤怒。

对，胡东东的眼神中几乎燃烧着怒火，他没有去看变成血茧的林静，而是死死地盯着陆明。

周源的心脏剧烈跳动着，他明白，终究有什么事情要发生了。

然后他听见老胡说了一句话，像一颗炸弹，几乎把他炸成碎片。

老胡对着陆明一个字一个字地说道：“你还是不肯放过我们吗？”

“老胡！这是没法控制的……”气氛骤然变化下，周源下意识地说道，“林静的病你又不是不清楚！”

“周源，你就是个傻瓜！”胡东东回过头，突然狠狠地骂道。

周源一下子蒙了。

陆明面无表情，胡东东则开始冷笑，两个人都不再理周源。

周源忽然发现，自己的确是个傻瓜，因为显然已经发生了很多事情，可自己却蒙在鼓里，什么都不知道。

胡东东冷笑过后，沉声开口：“陆明，你这么对自己兄弟，还要不要脸？”

陆明没说话。

胡东东看了周源一眼：“周源，你知道陆明都干了些什么吗？”

陆明嘴角微微勾起，毫不在意：“你说。”

“周源，陆明已经不是医生了，你知道吗？”

周源摇摇头，一时没理解这句话的意思。

“陆明早辞职了，但从来没有告诉过我们。”老胡说到这里，伸出手指着陆明，“你让我们一直以为，你是为了给周源治病才来这里。对不对？”

陆明依然没有说话，脸上的表情都没有一丝波动。

周源恍然大悟，难怪这次陆明来大巴镇后就一直留下，从没提过要回去的事。他惊讶地问道：“你为什么从医院辞职？为什么不告诉我们？”

陆明终于开口了，他淡淡说道：“这是我的私事，和你们没有关系。”

“操！”老胡骂了句粗话，“好，你辞职的事和我们没关系。那你每天都抽周源的血做实验，这和我们总有关系吧？”

“那又怎么样？实验需要罢了。每天五十毫升而已。”

“五十毫升？恐怕不止吧？算了，不说这个。”

老胡说的这些细节，周源从来没有留心过，不知真假。但老胡显然不只是对这些事有怀疑，他接着说道：“我们刚来这里的时候，你就曾私下找过林静，商量过事情对吧？”

这件事周源印象深刻，当时是他和林静第一次上山采角儿根，陆明那天随后跟随而来，把林静拉到一边说了什么。自己用手机偷听，但没有听到最关键的内容。

老胡说出了当时没能录音下来的部分：“你那时候找她，是想让她瞒着严毅，拿一些她的血液给你做实验，林静当时没答应。这件事，说明你早就另有想法，我说得对不对？”

陆明大方地点了点头。

老胡一愣，似乎有些意外陆明如此坦荡的态度，他直接问道：“你既然这么爽快，那我问你，严毅的死，跟你有关系吗？”

陆明毫不犹豫，继续点了点头。

周源有一种崩溃的感觉。感觉自己被人抽了一个大嘴巴，眼前有些发黑。严毅不是病情突发死的吗？和陆明有关？怎么可能？陆明是从小和我一起长大的好朋友啊！

脑中无数念头纷飞，直到看着胡东东并不意外的神色，以及陆明淡然默认的表情，忽然意识到自己的确就是个白痴，胡东东提醒过自己要防备陆明，但是总觉得他多想了。现在想来，这两个人暗中早不知道过了多少次招了，只有自己还傻子一样，完全不知情！

周源看着有些陌生的陆明，心情复杂地问道：“你到底想要做什么？我们难道不是朋友吗？可是你呢？你做了这些，到底是为什么？”

老胡压抑着愤怒：“无非就是钱财名利那些狗屁东西。想想，一个小城医生发现了一个新病种，多光宗耀祖的事！”

“不是！”陆明突然摇头，声音大了许多，“胡东东，你真以为我是为了那些东西？如果只是为了钱，为了名，我还用窝在这个小地方？早先的那些研究资料，早就能让我轻松地拥有这一切了。”

“放屁放屁，放屁！”胡东东冷冷地说道，“杀人犯，说再多的理由，也是杀人犯！

“周源，你知道陆明为什么大学时成绩优异，最后却没能留在大城市，而是回了北阳市吗？”

周源不知老胡为什么会再次忽然提起这件事，屏住呼吸，听着下文。“那是因为他居然把一种新型未知的病毒用在同学身上做试验！还好，发现得早，他们寝室的其他两个人被抢救过来，才没有酿成大错。因为这件事，他差点被开除，事情虽然被压下来，但他也彻底断绝了进医疗研究机构的路。”

陆明没有否认，只是淡淡地说了一句：“这是最直接了解一种新病毒的办法，而且不止他们，我同时也在自己身上测试了那种病毒。”

周源只觉得心里涌起一阵寒意，这么多年，他是第一次了解到陆明身上的另外一面，冷血、残酷，无论对别人，还是对自己。

陆明转过头：“你相信我吗，周源？”

周源没有说话。他一直拿陆明当成自己最亲的人之一，感动于他为了自己的病耽误工作，陪着来到这个荒僻的地图上都找不到的小镇，就算很多时候明明感觉到他做的事情很奇怪，却从来没有从本质上怀疑过他的动机。

如今他的承认，让周源彻底明白，他已经不是最初自己认识的那个陆明了。

“严毅，是你杀的？”周源没有回答他，反问道。

陆明抬了抬眼皮：“他早晚都会死的，我只不过做了应该做的事。”

这句话一说，病床上的林静开始剧烈地扭动，虽然她不能说话，但显然众人的对话她都能听见。

陆明伸出手摁在林静的头上，摇头说着：“安静点，林静。我很抱歉，你们一定要走，我只能这么做。”

陆明的这句话，等于也承认了林静诡异的病情发作也和他有关。周源终于压抑不住怒火，整个人暴怒而起，随手抓起旁边架子上的一个三角形实验杯，猛地向陆明砸过去，大骂道：“你把林静放开。”

周源的动作很突然，陆明躲闪不及，额头被玻璃杯砸出了一条长长的伤口，鲜血立即从破口处流了出来。不过陆明却一点儿也不着急，仿佛被打的人不是他，只是顺手拿起身旁的一个试管，把额头上的血迹接到试管里，放到一旁的架子上。

陆明的这些动作冷静熟练，却有一股诡异的气息，周源看得额头冒汗。

老胡显然也没想到陆明会这么“淡定”，他本来要冲过去的，却没想到周源先动手。再准备上前，却看到陆明手里拿着一个针筒，针头正对着林静的头部，于是停下了动作。

“陆明，有话好好说，你别这样。她是无辜的。”周源又气又怒，但只能哀求道。双方又回到了对峙的局面。

陆明擦了一下头上的血迹，说道：“周源，你如果真的关心林静，就别让她跟你一起走，那是送死。”

周源咬牙道：“我们的命，我们自己负责，用不着你管。”

陆明停顿了一阵，忽然说道：“行，我把林静给你，你能带走她，我就让你们走。”

周源和老胡都没想到陆明会这么说，不由得一愣：“当真？”

陆明微微一笑，居然就这么让开，走到一旁。

周源疑惑地看了看陆明，对老胡说道：“你盯着他，我过去。”

老胡点点头，看陆明站的位置和姿势离林静好几米，应该来不及耍什么花招。论武力，陆明在老胡面前根本不占任何优势。

周源谨慎地慢慢朝林静走过去，陆明干脆后退了两步，抱起了肩膀，在一旁神态轻松地看着周源。

可他越是这样，周源越是有一种诡异的感觉，陆明的表现实在太反常了。而林静此时也停止了挣扎，躺在床上一动不动。

周源硬着头皮走到床边，刚伸出手，林静竟然一下子就坐了起来。那种起身的速度极为迅捷，完全不像她第一次异化时候的状态，甚至周源怀疑她身体正常的时候也很难做出这样的动作。

接下来的场面出乎周源的意料，他整个人愣在当地，手伸在半空却无法动弹。

林静缓缓地离开床，站了起来，随着她的动作，可以看到她身上血液异化而成的红色丝状物体以极快的速度纷纷脱落，等她完全站起来时，除了脸上还残留一些，已经基本脱落光了。

让周源不敢动弹的是林静的表情。之前她躺在床上时，眼神虽然痛苦，但至少可以传递情绪，可现在她整个人处于一种僵硬的状态，双眼毫无神采，像是被催眠一般。

周源看了一眼陆明，他不知陆明到底对林静做了什么。既然陆明这么镇定，就一定有什么后手。

陆明见周源僵在原地，打个了响指："还是躺着好吧？"

随着他的这句话，林静像是听话的木偶一样，重新坐回床上，安静地躺了下去。

陆明淡淡地说："我说过，你们带不走林静的，现在……可以坐下来好好聊聊吗？"

"你把林静怎么了？"老胡首先冷静下来，找了张椅子坐下。

"等一下。"陆明说道。随着他的这句话，林静忽然又从床上起身，缓缓走到陆明身前。陆明拿出一个针管，给林静注射了一些东西，然后拍拍林静的肩膀，林静才又缓缓走回去躺到了床上。整个过程中，林静目光呆滞，对周源的眼色完全不理睬，像是一个只听陆明话的小孩子。

面对这样诡异的场景，周源拼命思索，陆明究竟是怎么做到这一点的？他对林静做了什么？

像是知道他在想什么一样，陆明缓缓开口："你们刚刚看到的，就是我实验的一部分成果。"他走到一旁的桌子上，伸出手在旁边的纸巾盒里抽出一张纸，在额头的伤口处蘸了点血，之后平放到桌子上。

"一，二，三，四，烧。"

最后一个字刚说完，"呼"的一下，那张纸就真的开始燃烧起来。这个场面，周源印象太深刻了，就是因为这样诡异的一幕，自己才下定决心来到这里。

周源忍不住喊出声："你是怎么做到的？"

陆明露出一个诡异的笑容："你知道吗，血液是可以被控制的。"

第五十一章　解药

陆明已经完全控制住场面，在搞清林静身上发生了什么之前，周源和老胡都不敢轻举妄动，只能看着陆明从实验台的一个架子上面小心翼翼地拿出了一个玻璃试管。

试管里有一点点血液，陆明把那血液倾倒而出，神奇的是，那血液仿佛是树叶上的一颗露珠，在试管里滚动着，却没有一丝沾到试管上。

当血滴落到桌子上后，陆明从旁边一个贴着“氨基酸”标签的瓶子里，蘸了一点儿氨基酸，那滴血液竟然开始移动过去，到了氨基酸的前面，血滴上忽然伸出很多细小的触手，就仿佛血茧那种，包裹住那一小点儿氨基酸，吸收起来。

陆明眼中多了几丝狂热：“你们仔细看血液这种表现。说明它们可以体外存活，并且自行吸收所需养分，多原始而又完美的生物样本啊！”

老胡突然哼了一声：“就这些吗？我早就知道了，还有没有更新鲜的玩意儿？”

陆明微微一笑，继续说道：“你们这些庸俗的人，根本不会在意这些！人类进化得足够久了，不管是猫科动物、鼠科动物，甚至海洋生物，同样的物种都有不同的种类，就像鲸鱼，就分为须鲸和齿鲸。为什么人类却除了肤色不同，没有太大的差别？”

“这就是你杀人的理由？”周源不可置信。

“周源，你不了解我。”陆明忽然说道，“在医院每天做着重复的工作，也许你会觉得那是救死扶伤，有所谓的成就感。但对我来说，这些事没有意义，因为随便换个人来也能做。我想要做的，是别人做不了的事。但在北阳医院，我又能做什么呢？科研？只是个笑话。

“而我现在做的事情一旦成功了，就可以让人类进化成新的物种，给整个人类带来最大的机缘。严毅，他应该很自豪才对。”

“自豪？陆明，你杀了人啊！”周源无力地说道。

陆明根本不理会他们的质问：“你们以为血液体外存活就仅仅是这样吗？既然它是可以喂养的，你们有没有想过它会长成什么样？”

周源不想再听下去。现在的陆明已经不是一个正常人，而是一个任性妄为的疯子。可他又不得不听下去。

陆明打开身前的柜子，从里面拿出了一个方形的玻璃器皿。这一瞬间，周源感觉自己浑身上下都有些发麻，那里面……到底是什么东西？

只见那玻璃器皿里面有一团血肉模糊的东西，看不清具体样子，大概是一个排球大小的血球，在球体表面上遍布着血茧，间或带着一点类肉组织，最让人感到震惊的是，那个血球正在一下一下地微微动着，就仿佛人的胸膛在起伏一般。

周源骇然地看着这个鬼东西，不自觉地喊出了声：“这究竟是什么怪物？”

陆明无限热情地盯着血球说道：“它还小，你这样说它会伤心的。喏，我说过了，它是完美而原始的血液生物样本，这就是它第二阶段的样子。在第一阶段，它是吸收氨基酸的，可是到了第二阶段，氨基酸已经没用了，它会自主吸收脂肪酸，脂肪酸可以提供给它皮肉组织的生长，看哪，这小家伙已经开始出现了。”

陆明说着，捧起那个玻璃器皿，眼睛发亮：“它的活性非常大，只要注射进人体，就会在短时间里分裂并同化人体内的血液细胞。”

陆明轻描淡写地说着，放下手里的玻璃器皿：“时间还早，如果你们不着急离开的话，我可以多给你们讲讲我伟大的研究。”

“好啊。只是这个研究绝大部分的功劳，应该是严毅做出的吧？”老胡大大咧咧地换了个坐姿，并朝周源使了个眼色，示意他先不要激动。

局面又重新恢复到对峙状态，周源担忧地看了一眼躺在床上一动不动的林静，默默地拖过一张椅子，在老胡旁边坐下。

“胡东东，你说得没错。”陆明微微笑道，“绝大部分研究都是严毅这些年独自做出来的。只是他太缺乏想象力了，所以一直停留在真相的门口，始终没能够迈出最关键的一步。

“我之前的猜测是正确的。血液是一种独特的生物，在很久之前，它和人体是相互共生的关系。在漫长的进化中，它却逐渐丧失了主导权，变成了寄生关系。最后作为生物最重要的标志——独立意识也逐渐消退，彻底变成了人体的一部分。”

这套理论，周源之前就听陆明讲过，所以没有特别震惊，他面无表情，等着陆明继续讲下去。

“但总会有例外，在很偶然的情况下，某些人体内的血液中的自主意识有所觉醒。这种觉醒很微弱，只是凭借本能，想要夺回对身体的控制权。

“这种推断太过惊人，所以严毅的基础研究虽然做得很详细，却一直没有往这方面想过。虽然他能够判断出问题是出在血液上，却始终无法解释为何体内的血液活性如此之高。

“严毅一直认为，这种异常的血液活性是导致一切病状的根源。他想了很多办法，试图解决这个问题，但方式都太常规了，始终无法做到让血液在体内保持稳定状态。

“林河的死亡，就是在治疗中，进一步刺激了血液意识的觉醒。在它本能意识的驱使下，最终导致平衡彻底破裂，血液失去控制，做出了最为极端的反应，那就是燃烧！”

周源忍不住问道：“那小青呢？她又是怎么回事？”

陆明微微摇头：“这是我的猜测：当时林河体内的平衡已经彻底失控，他体内的血液就像即将燃烧的火种。小青运气不好，当她喝下含有林河血液的饮料后，本来沉睡的血液被唤醒，平衡被打破，身体机能迅速紊乱，所以在极短的时间死去。”

“你是说我们的血和毒药一样？”周源忍不住说道。

陆明点点头：“从某种意义上说是的。”他又看向老胡：“胡东东，你让我有些出乎意料，居然意识到问题出在周源身上，并找到了根源。”

老胡面无表情，冷冷地说道：“还是晚了。”

陆明看向周源：“周源，你知道吗？正因为你，事情才会变得如此。”

“放屁！”周源忍不住破口大骂。

陆明也不以为意：“说到小青，你和她刚好相反，作为一个次级被传染者，却安然无恙地活了下来。既然严毅都意识到你的特别，我怎么会放过这一点呢？可对你的所有详细检查都没有问题，严毅对此疑惑不解，我却马上意识到是怎么回事。想到你是被收养的这件事，所以我第一次回北阳市就着手进行了调查。

“周源，我不知应该说你运气很好，还是差到了极点。你身上的家族遗传病症是一种隐形的基因缺陷，如果不做针对性的基因筛查，很难检查出来。如果它毫无预兆地暴发，你就会被认为死于急性血友病。但偏偏这种罕见病状在人体内产生的反应，恰好能够抑制血液的活性！

“严毅的研究始终没有进展，是因为他找错了方向。当他也意识到血液是一种生物后，很自然地开始从这个方向进行研究。以他的能力，很快就可以从你的血液里找到问题的关键。可惜我和他沟通后，他并不认同我的想法，所以我只好让他去死了。”

“所以那天晚上，你是故意的。”老胡恍然大悟，沉声问道，“你知道我对你有所怀疑，所以特意半夜出门，让我和周源跟踪你。这样严毅死时，你就不在场，我们也不会怀疑是你杀了他。”

老胡说着，眉头皱了起来：“但严毅的死和小青死时极为相似，是典型的病发症状。你是怎么做到的？”

“无论是林河的自燃，还是严毅、小青的死亡，都可以理解为血液想要夺取人体的控制权，失败之后，本能地同归于尽导致的。那你们有没有想过，如果让血液成功控制人体，会出现什么状况？”

老胡似乎明白了什么，表情凝重：“你是用异化后的血液来控制林静？”

陆明点点头，露出赞赏的表情：“胡东东，你的理解力不错。我刚才就告诉过你们，我已经控制血液，所以也能控制其他人！”

陆明一脸真诚地劝说着：“周源，我不会让你走的。你本来只是一个普通的罕见遗传病患者，但在觉醒的血液面前，却是一个特别的存在，不管这是不是巧合，都让我看到了一个伟大的机会。你愿意选择默默无闻，还是选择和我一起，为人类跨越一大步做贡献？来帮我吧，严毅拒绝我，是他太守旧了，你们留下和我一起分享这个伟大的成果吧！”

连续的震撼接踵而来，周源的大脑麻木到极点，这种情况下，他反而可以开始思考了。

周源保持沉默，脑子里却在快速转动着，总感觉有什么地方不对劲，陆明的话里有什么重要的东西被忽略了，可是具体是什么却一时抓不到。

陆明见他沉默下来，以为是在考虑自己的提议，语气也柔和了很多，叹了口气，说道：“其实我并不想让林静这个样子的，我为了这个计划已经放弃了太多太多的东西，这么多人都死了，你们却要走，要我放弃这里的一切。你们难道没有想过，这件事对我来说有多重要？成败在此一举，留下来吧，兄弟们！我们一起去完成这个伟大的计划。而且，你们也不希望有更多的人感染这种病，甚至死于这种病症吧？我这样做既可以救更多的人，又可以让人类前进一大步！”

陆明最后的那句话让周源心里一动，猛地清醒过来，刚才一晃而过的那个念头被牢牢抓住。

周源颤抖着问出了一个问题："陆明，你说我体内的遗传病恰好可以克制血液的活性，是不是也就是说……我们的病，其实是可以治好的？"

这句话说出来后，整个屋子里的气氛忽然变得非同寻常的安静。

良久之后，陆明缓缓点了点头："是的。周源，你终于想到了，但已经晚了。"

第五十二章　怪物

周源脑中一片空白。他这个时候思维变得非常迟钝，陆明的回答意味着什么，他还没有反应过来。

胡东东却猛然暴起，但他却没有扑向陆明，反而站到了周源身后，手中多了一把不知从哪里拿到的手术刀，直接抵在了周源的脖子上。

周源感觉到脖子上传来丝丝冰凉的感觉，从震惊中回过神来："老胡，你干什么？"

老胡没有理他，而是恶狠狠地看着陆明："让我们走。否则我杀掉周源，再杀掉你。"

周源这才明白过来，不禁暗暗佩服胡东东居然在瞬间就反应过来。既然自己对陆明如此重要，那么老胡拿自己的性命作为威胁，也许真的能够重新扳回局面。于是他配合着，装作惊恐的表情看向陆明。

陆明显然没想到胡东东会这么做。自从对峙开始之后，他一直很淡定，此刻脸上表情终于变得暴戾起来，低吼道："你们也想和严毅那个老家伙一样吗？"

"少废话，让林静过来。"胡东东手上的手术刀闪着寒光："还有，你现在还有脸再提严毅吗？"

陆明脸色数度变化，最后忽然呵呵一笑，伸开双手，表示自己认栽："好的，我放。不过我要给她打一针，不然林静没法自己活动。"

老胡看了一眼林静，犹豫了一下，还是点了点头。于是陆明慢慢走到一旁的柜子边上，从里面掏出一个装满鲜血的试管，顺手掀开了旁边的玻璃器皿，直接把血液注射到里面，那血球立刻开始蠕动起来。

陆明的举动很奇怪，老胡没来得及阻止他，喝道：“你这是干什么？”

陆明做完这一切，突然说了句：“你们是不是以为严毅已经死了？”

话音一落，周源就听到身旁的一个柜子发出一声巨响，门嘭的一声被一个黑影撞开，接着那黑影当头撞了过来，一股腐败的臭味包裹着消毒水的刺鼻味道直冲鼻子。

老胡和周源都猝不及防，被那黑影推了个跟头，三个人一起摔在地上。

周源被那个黑影撞翻在地上，感觉腰好像要断了一样，疼得直不起来。扭过头去一看，顿时被眼前的景象骇得浑身发麻。

那个腐烂的“人”，竟然是死去好多天的严毅！

死人怎么可能复活？

即使这段时间，周源已经见过太多从前根本无法想象的诡异场景，也依然认为这是不可能的。所以之前在夜色中，即便曾亲眼看到过那个和严毅极其相似的身影，最终也是用错觉来解释这件事。

现在他知道，显然错了。

如此近的距离，那张布满了尸斑的脸看上去极为恐怖，脖子下的很多皮肤已经腐烂，皱巴巴地贴在喉骨上，其他的地方则是一些凸出体外的血茧。可即使是变成这样，周源还是一眼认出，这就是严毅。

严毅就死在面前，这是百分之一百的事实。可现在他却复活了，从柜子里飞扑而出，这也是百分之一百的事实。

周源惊恐地大叫起来，感到自己的头都炸了起来。胡东东被死死压住，用膝盖努力顶着严毅的腰，想要摆脱他。但他弯起的膝盖居然被严毅的手慢慢摁了下去。严毅活着的时候，只是个身体虚弱的老头儿，可现在力气却变得如此夸张，连老胡都完全被压制住。

“帮忙啊！”老胡大吼道，把周源从瞬间的震惊中拉回。

周源不再去想这些根本找不到答案的“为什么”，咬着牙，顺手操起旁边桌子上的一个钢架，对着“死去”的严毅脑袋就砸了下去。

这一下，他用足了力气，尸体脑袋上腐烂的头皮顿时掉下来一块，能看到下面的头盖骨出现了蜘蛛网一样的裂缝。

周源从来不知道人的头骨会这么硬，虎口都震得生疼，可这一砸丝毫没有什么效果，严毅只是身体摇晃了一下，依然继续压在胡东东身上。周源只能咬着牙继续砸，又是嘭嘭两下，严毅的头几乎被砸歪到一边，但是两只胳膊还是把胡东东锁得紧紧的，砸落下来的烂肉掉了老胡一身。

周源在旁边都闻到那股腥臭无比的味道，想必老胡的感觉更是难受，他叫出来的声音都嘶哑了："别管我了，去抓陆明！"

周源立即醒悟过来，严毅能复活，显然是陆明搞的鬼，解决掉陆明才是关键。可刚刚想站起来，却被一股巨大的力量拽倒在地。

他一边挣扎着起身，一边转头，发现严毅分出了一条胳膊，扯住了自己的腰。那股力道大得惊人，被猛一拉扯，周源重新重重地摔倒在地。两个活人和一个活死人，再度纠缠在一起。

离得近了，严毅身体上的腐烂气息更加浓烈，周源下意识地继续用钢架狠砸，带来的结果是大量的碎肉和脓血齐飞，有一些还溅进了嘴里，恶心得几乎要吐。

老胡也拼尽全力，抓住了严毅的另一只手，周源终于觉得身上一松，连拉带踹地挣脱了严毅的控制，爬起来，就操着手中的钢架向陆明扑了过去。

陆明还在原来的位置，双手抱着胸，淡然地站着没动。可周源也没有动。

他是不敢动，因为陆明身前多了一个人：

林静。

林静站在周源和陆明的中间，脸上的表情茫然又诡异，双眼泛红，她的右手举了起来，放在自己的脖子下方，手中捏着一片薄薄的手术刀片。只要右手一使劲，就可以割破颈动脉。

周源万念俱灰，终于明白陆明在做这些之前一定把所有可能都想好了。林静是他的软肋，此刻局面完全在陆明的掌控之中。

"陆明，你赢了。"周源颓然说道。

老胡也不再挣扎。房间里重新平静下来，四个活人和一个活死人维持着这样诡异的动作。

"你们何苦这样？"陆明叹了口气。

"你到底想干什么？"陆明没有回答，走过来，弯下身，拉起周源的胳膊。

周源只觉得小臂那里一疼，然后一阵凉意。他看着自己的胳膊，陆明手里拿着一个针管，显然刚才在他身体里注射了什么东西。

"放心，这些只是让你安生点，别给我捣乱。"陆明轻声说道。

周源很快感觉到，自己的身体正在不由自主地一点一点放松，知道陆明肯定给自己注射了镇静剂之类的东西。

接着，陆明也对胡东东做了同样的事。

“陆明，我留下。”周源绝望地说道，“你把老胡和林静放了吧。”

周源这时已经想通了很多事，低声说道：“老胡的病也是你搞的鬼吧？”自从来了这里之后，每过一两天，陆明都会对老胡做一个检查，防止被感染。老胡又是医学外行，做手脚太容易了。而且他已经猜到陆明用的方法，多半是给老胡注入了自己的血液，就像林河对小青做的那样。

“你自己的染病也是骗我们，让我们失去对你的警惕，对吧？”

出乎意料的是，陆明摇了摇头，否认道：“这么伟大的事情，我怎么可能不亲自参与呢？”

说着，陆明走到一旁，拿出两个空的注射器，从周源身体里抽了满满一管血。

“周源，你们太不识时务了，耽误了这么久，它都饿了。”陆明语气柔和，有些埋怨地说道。但周源却听得打了一个寒战：它饿了？他直觉这句话里的信息是自己不想见到的。

实验室靠近山体的部分，有一个柜子，陆明走到旁边使劲一拉，柜子的门缓缓从中间分开，一个东西缓缓从墙后露了出来。

周源终于知道，陆明所说的“它”是什么东西了。这是个半人多高的红色肉球。

确切来说，那应该是血液混合着一些淋巴组织、结缔组织组成的东西。表面凹凸起伏，整个像是被拼接起来的，上面还有一些黏稠的半透明分泌物。在那些缝隙中间，不时钻出很多红色物质，那些血线一般的东西没有规律地从球体内部各处钻出来，然后再从其他地方钻进球体里。整个血肉团还在一下又一下地有规律地蠕动着。

陆明走到那东西跟前，把刚刚从周源体内抽出的那管血液直接注入进去：“你们不是想知道，我要周源的血做什么吗？”

他轻轻拍了拍那个肉球，脸上满是兴奋的神色：“就是这个！”

周源本来心若死灰，此刻却被他的举动激怒了，惊怒地喊道：“你用我的血，来养这样的怪物？陆明，你真的疯了！完全疯了！”

陆明冷笑着看了他一眼：“你们两个人啊，看事情总这么悲观。我们遇到的这些事，是上天给的机遇。”

老胡也开口了，满是震惊：“陆明，你就没想过，你到底在做什么？”

陆明眼神变得阴森：“闭嘴！我本来希望跟你们一起创造人类的新未来，现在看来……你只配做我这个宝贝的食物。”

“食物？”看着陆明脸上露出的怪异笑容，老胡立刻闭了嘴。此时的陆明已经完全疯狂，他相信陆明真的做得出来这种事。现在已经处于绝对的劣势，最好还是不要刺激他。

那个肉球看起来骇人至极，很难给它一个定义，周源绝对不承认这样的东西是生物，可当陆明注射完那管血后，那东西开始快速蠕动。陆明像是在安慰一个小孩一样，一边抚摸着它，一边低声对它说着什么，似乎在跟那东西对话。

这样的情景，看得周源又是恶心又是可怖。

他不知道陆明接下来会怎样，但是心里明白，如果不想办法逃脱，最后的下场必定会成为被圈养起来的奶牛一样，成为这个可怕的东西的血液提取库。

可怎么逃啊？

本来之前也许有机会逃出去，但此时林静被控制住，周源是不可能抛下她的。周源迅速地转动着脑筋。现在局面十分不利，身体里打了镇静剂，身后又有活死人一样却力大无穷的严毅，这个屋子，已经成了一个封闭的死亡空间。

一切都在陆明的控制之中。

控制？不对！

周源忽然意识到，也许陆明并不像他表现出来的那么强大。虽然不知他是通过什么手段控制林静和死去的严毅，但这种手段一定有着某种程度的限制。否则他为什么不直接用这种手段控制住自己和胡东东？毕竟那样更加稳妥。

周源心中燃起了一丝希望，虽然一时间并没有想到破局的办法，但至少不再像先前那样慌乱了。

“陆明，你放了他们，我说了，我会留下！”周源再次说道。

陆明却根本不理他，他在那肉球身上插了很多管子，旁边还有许多的检测仪器，正嘀嘀作响地运转着。陆明似乎觉得一切尽在掌握之中，居然就这样进入了工作状态，专心地关注着那些仪器，不时在手中的一个本子上记录着数据。

周源微微转头看了严毅一眼。现在想来，那天晚上，严毅的身影消失在村子附近，果然是躲在那条排污河里。那条河活人不能待，死人自然没问题。

他不由得又再次想到这个关键的问题：陆明到底是怎么做到让一具尸体动起来的？而林静是活人，为何也会同样被他控制？

镇静剂让周源身体的力气消失了大半，但副作用反而有利，那就是居然渐渐地在这么惊悚的环境里冷静下来。

控制……陆明这种异常理性、讲究效率的人，既然没有直接控制自己和胡东东，那么肯定是因为他无法做到。或者这种控制需要特殊条件，而老胡忽然提出要走，匆忙中打乱了陆明的计划，所以让他没有准备好这些条件。

周源感觉这种猜测应该是正确的方向。只是要解开这样的局面，必须有些变数。

怎么才能有变数呢？身体完全动不了，但至少还可以说话，如果能想办法让陆明开口，也许可以获得一些有用的信息。

周源故意叹了一口气："陆明，你太厉害了，竟然能把严毅复活。能做到这样的事，足够让整个医疗界震惊了。"

本来想夸陆明让他放松警惕，但没想到马屁却拍到了马腿上。陆明哼了一声，冷冷地说道："严毅根本没复活。"

"可他……"周源看了一眼身边已经腐烂了一大半的严毅，发现这的确无论如何都算不上通常意义上的复活。

"那他算是怎么回事？"这次周源是真的很想知道答案。

陆明耸耸肩膀："只是一个实验品。"

"实验什么？"

"刚才已经给你展示了，血液生物在体外的存活机能究竟有多强。"陆明解释道，"严毅的尸体，只是一个载体。"

周源听得心中寒意阵阵。严毅毕竟和他们相处了这么长一段时间，多少有些感情，可现在陆明只是轻描淡写地把严毅的尸体说成一个试验品，冷酷漠然的语气中没有一点儿感情色彩。

"陆明，你想过为什么严毅这十几年的研究，已经触及很多关键，却根本没有往这方面想过？因为人性阻止了他！而你这样做，已经失去了人性！"

"这个肉球，就是能控制严毅的主要原因吧。"老胡忽然哈哈大笑起来，"陆明，不是很厉害吗？我看都是放屁，你所有的一切都是这个肉球给的。哈哈，真好笑！"

"你懂什么？"陆明之前对周源的恳求和挑衅都无动于衷，但老胡这句话却成功地挑起了陆明的情绪，他大吼道，"它是我的一部分，是我的孩子。"

老胡的话显然说中了一部分真相。

周源忽然想明白了很多事情："你故意让自己也感染，体内的血液被激活，有了觉醒的意识。这是因为，那个时候你已经有了疯狂的设想，所以需要亲自试验。然后你用自己的血液，培养出了这个怪物。你控制严毅和林静，应该就是通过它，只是我不知道你是怎么做到的。"

陆明似乎很愿意讨论关于这方面的技术问题，开口解释道："既然觉醒后的血液有可能反过来控制寄生体，于是我就有了一个想法，是否可以控制离开身体的血液呢？那么再进一步，能不能让血液进一步觉醒，当它们的意识觉醒到一定程度，再利用这些已经具有一定意识的血液，去控制其他生命体呢？但要检验这个可能性，我只能亲身验证。"

周源还是不理解："你自己发疯就好，可你为什么要把老胡也拖进来？他是无辜的啊！"说着，充满歉意地看了一眼老胡。

老胡没什么表情，眼神乱转，不知在想什么。

陆明傲然说道："这都是必需的。样本越多，得到的结果才越有效。在这样伟大的发现面前，个人的牺牲并不重要。"

又是他那一套丧心病狂的理论。

周源已经不想就此和他争论。他的思路已经逐渐清晰起来，但还是有些无法绕开的疑问："可你是怎么做到的？虽然我对理论研究不懂，但也明白利用自己的血液控制其他人，能做到这种程度，一定是件很困难的事情。这是在走钢丝！血液如果觉醒得不够彻底是不会有效果的，如果完全觉醒，就会反客为主，吞噬你。"

"周源，我一直觉得你很单纯，用胡东东说的话，就是很蠢。"陆明轻轻鼓了个掌，脸上焕发出一种伟大成就被人理解后的光彩，"不过现在我得重新认识一下你了。你说得没错，这是一件很困难的事。

"严毅留下的许多资料和数据对我帮助很大。所以我经过反复试验，终于可以做到这一点。周源，你知道为什么我说这是一个伟大的成就？因为我已经可以做到精准控制血液的觉醒程度了，比如我可以让血液随时燃烧，也可以让林静……"

"狗屁。"老胡打断他的话，开启嘲讽模式，"说得那么神，你控制一下你爷爷我试试啊？"

周源暗自点头，果然胡东东也已经发现了这一点。

但随即周源倒抽一口凉气，注意力都放在刚才陆明说的一句话上，他猛然想起之前跟踪复活的严毅时，在镇上伙计对他曾说的话，于是说道："反复试验？陆明，你做了什么？村子里失踪的人，是不是都是你干的？你把他们怎么了？"

陆明毫不在意地说道："都是些报废的试验品而已。"

虽然已经知道他现在毫无人性了，可周源还是气得浑身发抖。他知道任何指责和谩骂陆明都不在乎，所以没有再说什么，只是愤怒地咬着嘴唇。

陆明讥诮地看着周源："你们还有什么想知道的吗？满足你们的好奇心之后，接下来就可以乖乖地配合我了吧？"

周源想到了一件事，刚想发问，胡东东却忽然抢先问道："上次我们在镇上看到的严毅，应该就是你控制的。这种控制到底是怎么回事？没有距离限制？"

"我说了，血液就是我的分身。在镇子范围内可以做到控制无碍。"陆明看了一眼胡东东，"我在林静的身体里一直不断注入我的血液，所以她现在也在我的控制之下，如果不想她有什么问题，那么最好不要轻举妄动。"

周源痛苦地闭上了眼睛。老胡早就看出了陆明的不对劲，可自己却一再不以为意，造成了如今这噩梦一般的场景。事已至此，周源强迫自己不再无用地懊恼，用残余的理智思考，是否有什么办法能够扳回绝境中的劣势。

无数念头转过，周源的目光最后移到了桌上那个可怖的肉球上。它是陆明和周源两个人的血液培育而成的，就像是一个控制器，是他利用血液控制其他人的关键东西。

陆明说过，这种控制需要很精准，那么如果毁掉它是否有用？无论如何，这都是周源想到的唯一机会。

可镇静剂已经发挥作用，身体的力气消失大半，前有林静作为人质，后有严毅在旁，怎么才能抓住机会呢？

正在周源一筹莫展的时候，老胡忽然开口了："陆明，你错了。"

第五十三章　结束

陆明讥讽地看了老胡一眼。可老胡的下一句话让他眉头皱了起来："你把血液当作工具，可是你却没有发现，觉醒的血液反过来也影响着你。"

"荒谬！是我控制它，你懂吗？"似乎为了证明这一点，身后的严毅上前一步，伸出双手按住了老胡的肩膀，把他死死按在地上。

可老胡不以为意："你有没有想过，血液就算是生物，也是低等生物，没有器官，甚至没有意识。作为弱势一方，在漫长的岁月里，它凭什么和人或其他高等生物维持共生关系？"

陆明皱起眉头，显然他也没有深入地想过这个问题。

"我虽然不懂医学，但受你的启发，我也有一个猜测。"老胡说到这儿，停顿了一下，厌恶地看了看肩头那双半腐烂的手，"让他离我远点。"

陆明看了老胡一眼，严毅往后退了一步。显然陆明对老胡所谓的猜测真的有些好奇。

老胡耸了耸肩，此时他似乎完全放松下来，好整以暇地点上一根烟，使劲吸了一口，才继续说道："我的猜测很简单，那就是，在远古时代，生物的主导者，其实是血液。"

"这不可能！"陆明立刻反驳道，"它甚至没有思考器官……"

"听我说完。"老胡挥挥手，打断了陆明，"既然血液都可以是活的，为什么不能想得更夸张一些？那么完全有可能，在一开始，血液是所有生物的唯一主导意识，但后来大脑逐渐进化，在进化过程中越来越强，血液这才逐渐失去独立意识。"

陆明仔细思考了半天，才摇摇头："这些猜测无法证实。就算你说的可能是对的，也没有什么意义。"

"不，有意义。

"血液对人体的影响，并不是你想象的那样，是对肉体的控制。它最大的能力，是对人意识的影响。你难道没有发现吗？被觉醒血液感染过的人，都有着很大的变化！

"比如林河，一直是个温和善良的人，可死亡前的行为却荒诞不经。还有严毅，他自私了几十年，但死前却毫无保留地把所有资料交出来。同样是亲生孩子，他在林河身上悄悄实验时冷酷无情，可最后却对林静愧疚万分。这些改变你不觉得太突兀了吗？"

陆明的嘴角露出嘲讽的笑容："这些什么也说明不了。你不懂医学，就不要胡乱猜测了。"

"我的确不懂。所以这些推论，也并不是我自己凭空想出来的。"老胡呵呵一笑，把手里的烟头随意弹在地上，"严毅死前找过我，这些推论有一大部分都是他给我的启发。"

"严毅？"陆明眼神游移不定，半信半疑地看着老胡。周源也有些吃惊，拿不准老胡说的是真的，还是随口胡诌骗陆明的。

"也许他并没有什么证据，只是对即将发生什么有所预感。他只是提出了血液有可能会反过来控制人，剩下的是我刚才突然想到的。

"也许血液觉醒后，最可怕的，是能够激起一个人内心最强烈的欲望，并不断放大。比如……"

"你的野心！"老胡冷笑起来，"血液即便有了觉醒的意识，也是弱势的，它最强烈的手段也是和宿主同归于尽。我终于明白这是为什么了，因为它没有机会。

"可是你不同。你的野心让你做出了太出格的事，也给了它机会。你费尽心思培养它，甚至让它觉醒到更高的层次，就没有想过被它反噬吗？"

老胡的话让陆明愣住了，但随即陆明却哈哈大笑起来，仿佛听到什么可笑的笑话。他走到那个巨大的肉球旁边，拿起刀划开了自己的指尖，顿时鲜血涌出，一滴滴地滴在那个肉球上。

"反噬？这是我的一部分，它怎么会反噬我？哈哈哈！"

陆明的血就像是美味的食物，巨大的肉球内部涌出无数细小的红色丝线，猛然包围住这些滴落的血液，像是饥饿的小兽在进食一样。

意外就在此时发生。

它像是没有吃饱一样，那些血丝忽然弹射出来，瞬间变得细长，长度却增加了许多，猛地缠绕在陆明的手指上。

陆明顿时脸色大变，显然从来没有遇见过这样的情况。就在他迟疑的时候，那些血丝已经把他的整只手都给包裹住。

陆明终于露出了惊慌的神色，他使劲甩动着被裹住的右手，可是那些血丝不但有弹性，而且韧性极强，不但没有甩掉，而且肉球上又弹射出更多的血丝，陆明的整个胳膊瞬间就被血丝完全包住。

但那个肉球并没有就此停下，它竟然蠕动着爬上了陆明的身体，无数血丝弹出，十几秒的时间，几乎就将陆明完全包裹起来。

陆明的皮肤接触到肉团的地方，开始出现了诡异的红色。

他的表情显得很痛苦，却没有声音发出。

周源和老胡下意识地远离陆明，一直往后退到墙角，这才发现身后的严毅不知什么时候已经倒在地上，彻底变成了一具普通的尸体。

而林静也猛然从床上坐起，像是忽然醒过来一样，眼前的诡异情景让她吓得大叫一声，跳起来跑到周源身边，惊恐地看着眼前的一幕。

“陆明……”周源忍不住呻吟起来，眼看着那团血肉生物渐渐地萎靡下去，越来越干瘪。而陆明的身体却整个胀大了一圈，皮肤也开始出现了裂痕，无数的红色丝线从他的皮肤里钻了出来，像是无数可怕的触手，随着他的挣扎晃荡着。

陆明张大嘴，无声地叫着，用力地撕扯着自己的头发，但这一切无法改变他制造出来的那个怪物的反噬。渐渐地，陆明的皮肤全部裂开，露出鲜红的血肉，此时的他却没有死去。

他依然站着，却变成了一个活生生的怪物。

周源却并没有太多的害怕，心里只有说不出的心酸。虽然很恨他，可是眼睁睁地看着最好的朋友变成这样，只是觉得无比的悲哀。“走！”老胡最先反应过来，一把拽过周源和林静，将他们拉出门，然后猛地从外面关上了实验室的门。

“不知道他变成怪物后会做什么，我们得离开这里。”老胡脸色惨白，显然这场意外也远远超过了他的想象。

这时，忽然听到屋里哗啦一声巨响，那是玻璃碎掉的声音。

三个人面面相觑，不知里面发生了什么，但等了好几分钟，屋里依然没有任何动静。老胡打开门，发现屋里一片狼藉，严毅的尸体依然躺在地上，却不见了陆明的踪迹。

周源走到被撞烂的玻璃窗前，看到地上有一摊黏糊糊的血迹，然后这片血迹一路延伸，一直消失在后山的树林里。

“陆明！”周源对着山林喊道。

没有回音。

怪物陆明，就这样逃进了山里。如果这是一场电影，那么没有惊天动地的BOSS对决，一切就这样忽然可笑地结束了，让周源觉得有种不真实的感觉。可是凌乱的地面，还有心里那种劫后余生的空虚感觉，提醒周源一切都是真实的。

也许，很多事本来就是这样毫无道理。

“你怎么办到的？”周源有气无力地问老胡，“那个反噬你是怎么猜到的？”

老胡目光有些飘忽地看着地上的严毅尸体：“这是严老的功劳……”

“他真的找过你？”周源有些惊讶，他以为老胡是骗陆明的。

老胡点点头：“陆明本来是想劝严老也加入这个疯狂的计划，但严老拒绝了他。你知道为什么吗？”

周源摇头。

“严老问过我一个很奇怪的问题：‘你知道兔子眼中的世界是什么样的吗？’这是他的原话。我当然不知怎么回答，只是以为他做实验做累了，随便聊聊。

“但他的另一句话让我印象很深。他说，平时我们感受的世界，是通过眼睛、耳朵、鼻子去看见、听见和闻见的。可也许我们有另外一种了解世界的方式。然后他又很严肃地说，这种感觉很特别，但很可怕，很可能会反客为主。也许尝试本身就是一个错误。

“当时我没有放在心上，只觉得他神神道道的。但陆明做的事，让我明白，严老也做过这样的实验，只是他的实验对象是兔子。他说的那些话，就是对陆明最后结局的一个猜测。”

周源直到此时才彻底明白是怎么回事。打个比方，这就像是科幻小说里经常会出现的一种设想，也许有一天，人们之间可以直接用意念沟通交流。如果真的进化到这种层次，人类对于世界的认识，一定和现在是截然不同的感受。就像二维世界的人是无法理解三维世界一样。也许从生物进化的角度来看，这是更高级的生物形态，但如果一个普通人，直接进入到这样的层次，无论是身体还是意识，其实都是承受不住这样巨大的变化的。

难怪严毅最后拒绝了陆明，他提前看到了这件事的危险。想到这里，周源叹了口气，换了个话题："接下来我们该怎么办？"

"先把严老安葬了吧。"老胡叹了口气。

直到陆明被他制造出来的血肉分身吞噬的那一刻，严毅的尸体才脱离了他的控制，真正地死去。周源他们这次将严毅的尸体真正埋在了严爱华之墓的旁边，希望让这个一生经历坎坷的老人真正能够安息。

林静真正接受了这个事实，没有再大声哭泣，只是跪在立起的新坟前喃喃轻语了良久，不知道在和死去的父亲说着什么。

默默地做完这一切，他们再次回到了实验室。看着这间凌乱不堪的屋子，周源心中充满感慨。事情告一段落，但似乎又才开始，因为一切好像都没有改变。

因为身上奇怪的病来到这里，而现在似乎什么都没解决。更加糟糕的是，本来已经找到解决这种病情方法的人，却已经变成怪物，消失无踪了……

"我们离开这里吧。"林静提议道。她不愿在这个地方继续待下去。至于是否随时会像严毅那样暴毙，或者像林河那样燃烧起来，大家都已经管不了那么多了。

周源点点头，他也是这样想的。老胡很快从地下储藏室里提来一大桶酒精，一边拧开盖子，一边说："我怎么觉得和林河做的事都差不多啊。"

周源只能苦笑。他是担心女朋友的尸体会变成怪物，所以才挖开坟墓烧掉。只是他不知道，被感染的人，尸体本身是不会变异的，只有在被陆明这样的疯子控制下，才会变成怪物。

不过老胡说的有一点没错，他们和林河差不多，都是在对身体状况失去控制之下，才绝望地做出了这些事……

"咦！"胡东东准备泼洒汽油，却忽然停了下来，把盖子拧上了。"怎么了？"周源有些惊讶。

老胡有些激动："我们也许还有治愈的机会！"

周源怀疑地问道："可是陆明已经不在了，我们该怎么做？"

"正是因为陆明不在了，所以我们反而还有机会。"老胡把汽油桶放下，"先把屋里所有的资料都找出来。"

事情比想象的更加顺利。

很快他们就在陆明用来记录治疗过程的十几个笔记本中，找到了想要找到的东西。

那是一些关于血液觉醒的详细图表，还有文字说明。

这部分图表和文字的最前面，写着两个字：“结论。”

也就是说，这并不是研究过程中的某种猜想，而是经过实践证明的。详细看完之后，他们才终于确定，不管是严毅的暴毙，还是林静身上重复出现的第二次血茧状态，都是人为造成的。

简单地说，陆明通过大量的实验和数据分析，按照人体的稳定程度，把血液苏醒带来的病状分为十个级别，并对每个级别的状态进行了详细的描述。

最低级的零级，就是毫无异状，和普通人一样，这是因为血液的活性完全被压制。

周源刚被林河感染上时，身体发热，出现皮疹，属于三级状态。而当他的血液离开身体开始自燃时，已经到达了五级。这时血液苏醒状态进入到不稳定状态，随时可能会发生变化。

而林静身上出现血茧，这种状态被归到危险的七级。因为此时血液的活性剧烈变强，随时可能会失控。

奇妙的是，当血液进入到十级状态时，反而会重新达到一个新的稳定状态。这时的血液意识完全苏醒，却同时能够被人控制，陆明能够控制严毅和林静，就是他将自己的身体维持在这个阶段。只是这样的危险性太大，因为这种平衡实在是太过精细，只要一旦被打破，就会出现发生在面前的那种惨剧，寄主被血液反噬。

而十级以上，则是彻底失控的崩溃状态，血液处于狂乱的本能自我毁灭状态。林河的自燃，小青和严毅浑身急剧脱水而死，就是这种情况下的表现。

对照这些研究结论，他们发现三个人现在都处于三至五级。不算太糟糕，但情况也绝对说不上好。因为现在体内血液的活性依然保持在比较稳定的状态，不会有任何威胁本体生命的事情发生。但是一旦某种意外超出这个阶段，自燃和器官衰竭的状况就会出现。

不过还没有来得及失望，在结论的结尾部分，就找到了解决的办法。只是看到这种解决的办法时，周源和胡东东不禁眼神古怪地对视一眼，感觉非常讽刺。

陆明曾骄傲地宣称，他做出了一项伟大的成就，可以精准地控制血液的觉醒程度。实际上他也做到了，并以此为手段，可以让染病的对象身体状况在这十个等级之间转换。

而做到这些的前提，是他研制出两种试剂。如果打个比方，其中一种试剂，就像是油门，可以增加血液活性，提高觉醒程度；另一种试剂则刚好相反，可以抑制血液活性，作用和刹车一样，这种试剂的来源，正是从周源的血液中提取出来，源自家族遗传的那种病毒。陆明把这两种试剂分别命名为“+”和“-”。

周源和胡东东看到这里，之所以觉得很讽刺，是因为从某种程度上来说，陆明给他们用的药其实是有用的，问题在于，他加了过多的量，所以让他们一直处于明显的感染状态中。

既然这两种试剂是陆明实验中不可缺少的必备物品，那么想必在这间实验室里，依然会残留许多。想必陆明变成怪物，然后破窗仓皇逃走这个短短的过程中，他来不及毁去吧……

此刻周源心里忽然变得十分紧张，而老胡看完笔记上的最后一个字，已经忍不住冲到墙边的柜子前，打开柜门开始寻找。

“周源……你过来……”胡东东的声音有些发抖。在紧张的心情之下，周源甚至判断不出他是因为过于激动还是绝望，深吸了一口气，才慢慢走了过去。

柜子里最显眼的位置，放着两大瓶透明的溶液，瓶身上分别贴着一个标签：

“+”和“-”。

周源长出了一口气，经过这么多事，终于找到解决这一切的解药，可他却没有什么兴奋的感觉。

这一刻，他自然地想到了陆明。不得不承认，他能在严毅多年的研究基础之上，完美解决血液的活体化，果然天才都是偏执狂啊……只是他身体里的血液已经完全失控，即使现在注射试剂，也不可能有用了。

接下来，只需要按照笔记上记载的具体用量，把试剂注入静脉，就能真正抑制住体内暴躁不堪的血液，恢复到安全的零级状态。

周源心情复杂地看向窗外，山林中一片寂静，早已经没有陆明的痕迹。

周源忽然脑中冒出一个念头：这试剂，是陆明忘记毁去，还是故意留下给他们的呢？

尾声

试剂注入身体的那一刻，不知是不是错觉，周源有一种解脱的感觉，似乎身体里的骚动就这样安静下来。

他们在小楼里又待了一晚。因为陆明曾把自己的血液注入林静体内，并导致她被陆明控制，周源本来还有些担心林静身体会不会出现一些副作用，但第二天，经过检测，他们的体温都恢复了正常，包括林静。

看来事情在朝好的方面发展，经过的这一切就如做了一场梦一样。离开的时候，他们在小楼里放了一把火。“周源，都结束了！”看着火光逐渐吞没了这间充满秘密的楼房，老胡感慨地说道。

“是啊，都结束了。”林静喃喃地跟着说道，眼角流下了一滴泪水。

接下来的两天，遇到了一些麻烦，不过都在预料之中。

小楼的火灾是因为煤气爆炸，实际上他们也是这样做的。林静又主动拿出了一笔钱，捐给镇上修建学校，这场“意外火灾”就这样不了了之。

胡东东把镇上的膏药厂分了些股份给那两个伙计，角儿根的生意，他准备继续做下去，但不满足于小打小闹了，准备把精力放在营销和推广上。

虽然试剂已经注射过，体温也恢复正常，但出于谨慎，他们还是决定暂时尽量不要出入人群之中，免得出现意外，给别人带来灾难。

简单讨论后，大家没有回北阳市，而是在大巴镇附近继续待了下来。严毅给林静留下了丰厚的遗产，她买了一栋房子。

周源和胡东东算是开始创业了，角儿根的膏药销量不错。但在林静的启发下，他们又开发了以角儿根为原料的面膜。这东西对于皮肤疤痕的治疗效果不错，很快变成家喻户晓的热销产品。在短短一年多的时间里，他们不知不觉把它做成了一个知名的品牌，大家也从大巴镇搬到了成都，建了厂房，并开始人工培育角儿根。

虽然一切迹象都表明，他们现在已经和普通人没有什么分别，但周源总觉得心里有什么东西没有放下，也时常会想起陆明。

他想得最多的，还是曾经历的这些事情，这一切到底是怎么发生的呢？无聊的时候，周源想出了许多种假设。

一开始，也许是上千万年前，甚至是几亿年前。那个时候，地球的进化树上，还没有人类。血液才是最早的一批生物。但它们的形态过于脆弱，为了保护自己，它们在进化中为了更好地生存，它们进化出了手脚，甚至后来因为懒得思考，于是进化出了大脑，就像人类发明了电脑一样。

地球上的生物分为动物和植物两大类，也许所有的动物在最早的时候，都只是血液这种生物的不同变种下的形态。

可是血液却没想到，最终大脑却独立进化，变成了完整的个体，大脑搭配手脚就可以很好地存活，于是血液就彻底地退化了，变成了人身体的一部分，意识也渐渐地消退。

或者是另外一种可能：血液只是为了生存，所以共生在其他的生物体内。这种共生让生命变得强大起来，在一次次进化中趋于完美。只是最终共生的双方不可避免地开始对主导权展开了争夺，结果就是血液失败，在接下来的一次次进化中，完全丧失了意识，成为其他生命体内的一部分。这样的话，之前自己身上的情况，只是偶尔出现的血液返祖现象？

这些猜测是不可能获得解答的，因为涉及生物起源这样最玄妙的奥秘。只是随着时间的推移，周源渐渐地对此产生了浓厚的兴趣，买了很多生物方面的书来看。有时候看着他房间里的那些专业书籍，老胡会摇摇头，感慨地说：“周源你怎么变成科学家了？几年前你丫还是个黑车司机，这变化也太吓人了。”

周源也不甘示弱地回敬：“这就是生活，谁也不知道自己会被改变成什么样。倒是开烧烤店的胡总现在变成卖面膜的胡总，你倒是没什么进步啊？”

说到这里，他们总会不约而同地沉默。因为会想起另外一个人，被改变得面目全非的人，那个周源曾经最好的朋友。

周源和林静从大巴镇离开后的第二年就结了婚。

离开后的第五年，周源找到胡东东，进行了一次长谈，告诉他自己准备去做的事。这时候，周源和林静已经有了一对双胞胎，事业已经走上了正轨。再也不缺钱，这是几年前开黑车时周源的梦想，现在不知不觉实现后，他却没什么感觉。

只是更加确定，自己要去做这件事。

“你真的决定去找陆明？”胡东东无法打消周源的这个决定，表情很愁苦。

“是的。”周源态度很坚定。

“很危险。不，是太危险了，而且……”

周源知道胡东东想说什么。老胡认为这没有必要，因为陆明的结局是他的偏执造成的。但周源还是认为，一切的源头，都是因为自己把他拉进来的，如果他是被魔鬼诱惑了，那么把魔鬼带到他面前的自己，对此也负有责任。

出发之前，周源大醉了一场。那个夜晚，他做了一个梦。

梦中，周源在海边，一个人孤独地游荡着，听着海浪拍打礁石的声音，心中充满莫名的哀愁。当天色慢慢变亮时，他才发现，面前的大海并不是蓝色的。

眼前的大海是红色的。那是一片血海，而血色浪花拍打着的，不是礁石，而是一个人。

那是陆明。他被血海包围着，或者说围困着，远远地看着周源，表情绝望。

周源没有告诉胡东东这个梦，更没有告诉他，这几年这个梦经常在夜晚出现在自己的意识中。

传说中的地狱里，第十三层，叫作血海地狱。周源要去做的事，就是把陆明从第十三层狱中拯救出来。

后记

大巴山脉绵延千里，因为地势险要，自古交通不便，其中的无数险峰都依然处于原始状态，人烟稀少。

一处峻岭之中，有一个三十多岁的男子正艰难地跋涉其中。这里几乎从没有人来过，距离最近的村镇大巴镇也有将近一百公里的距离。

男子背着一个巨大的旅行背包，身上的装备，从帽子到登山杖无一不是最顶尖的，但看他的狼狈样子，还是看得出这一路走来的艰难。

他终于登上了山顶，疲惫地坐在草地上，打量着四周。这里长着很多领春木、红豆杉等大巴山特有的树木，但茂密的植被中，却完全没有人来过的痕迹。

男子的眼中流露出一丝失望，不过很快目光再次坚定起来。他从背包里拿出一小块压缩饼干，认真地吃完，休息了片刻后，重新站了起来，准备下山，然后继续探寻下一座山。

这个时候，他忽然感觉到了一些异常，脚步便停顿下来。

异常来自于身后的树林里。

这种原始的山林中，有许多鸟儿，每时每刻都能听到自在的鸟叫声。但此时他惊异地发现，林中的一棵连香树上，密密麻麻地落满了起码数百只鸟儿。

这些鸟儿颜色不一、品类各异，一眼望过去，他就认出了乌嘴柳莺、灰头鸫等七八种，更多的名字都叫不上来。

这些鸟儿没有鸣叫，全都齐刷刷地注视着他，沉默地打量着这个闯入山林的不速之客。这种人性化的举动出现在鸟儿身上，有一种极其诡异的反常感。

一人，百鸟，就这样相对无言。

忽然之间，有一只小杜鹃从树枝上飞起，飞向那名男子。就在快要靠近那名男子的时候，这只小杜鹃的身体忽然发出了一点亮光。

接下来，那亮光迅速地扩大，吞没了整只鸟，接下来，这只鸟儿的羽毛中猛然爆出一团火焰。

这只飞在半空中的鸟儿，就这样凭空燃烧起来。

《金沙古卷Ⅰ·青铜之门》

揭开被重重铁幕包裹的人类文明之谜，
破解千年古蜀王朝留下的惊天之局。
终极真相却比谎言和阴谋更加离奇！

△ △ △ △ △

故事简介

公元前316年，秦灭古蜀。对此之前的古蜀文明，史书简单记载为：不晓文字，未有礼乐。这八个字，掩盖了一切真相。

公元1929年春，四川广汉月亮湾，三星堆文明首次露出真容。

公元2001年1月，四川深山里一座普通村子，数十万虫子莫名齐聚，想要吞噬一个12岁的少年——杜小康。

公元2001年2月，某建筑公司意外挖掘出一座规模宏大的古代文化遗址——金沙遗址。

十几年后……

侥幸从虫群中脱险的杜小康，长大后被卷入一场诡异的凶杀事件，惊觉这些年一直给自己带来巨大困扰的种种幻象，居然都是真实存在的！

很快，杜小康发现自己成为几股神秘势力争夺的焦点，而他身边陆续出现的同伴，究竟是敌是友？

在经历青铜之门、巴蛇神、噬魂灯等神秘事件后，杜小康和同伴们逐渐解开金沙古卷的秘密，但答案竟然指向人类文明的最大谜团：

也许，在广阔的时空维度上，所有历史都是不存在的。

悬念力作　震撼上市